Pasaje al Paraíso

Pasaje al Paraíso

Michael Connelly

Traducción de Helena Martín

rocabolsillo

Título original: *Trunk Music*
© 1997, Hieronymus, Inc.

Primera edición: octubre de 2009

© de la traducción: Helena Martín
© de esta edición: Roca Editorial de Libros, S. L.
Marquès de la Argentera, 17, Pral.
08003 Barcelona
info@rocabolsillo.com
www.rocabolsillo.com

Diseño de cubierta: Mario Arturo
Fotografía de cubierta: Philip James Corwin / Corbis

Impreso por Litografía Roses, S.A.
Energía 11-27
08850 Gavá (Barcelona)

ISBN: 978-84-96940-68-0
Depósito legal: B. 6.027-2009

A mi editor, Michael Pietsch

1

Harry Bosch comenzó a oír la música mientras conducía por Mulholland Drive en dirección al paso de Cahuenga. La melodía le llegaba en forma de secuencias errantes de trompa y fragmentos de cuerda que resonaban entre las colinas pardas, secas por el sol del verano, y se confundían con el ruido del tráfico procedente de la autopista de Hollywood. Bosch no acababa de reconocer la música; sólo sabía que avanzaba hacia su punto de origen.

Harry aminoró al avistar los vehículos —dos sedanes de la brigada de detectives y un coche patrulla— en una pequeña desviación con el firme de grava. Tras aparcar detrás de ellos, salió de su Caprice y miró a su alrededor. Un solitario agente de uniforme montaba guardia apoyado contra el guardabarros del coche patrulla, a cuyo retrovisor lateral se había atado la clásica cinta amarilla para marcar la escena del crimen, que en Los Ángeles se emplea por kilómetros. La cinta atravesaba la carretera y colgaba de un cartel blanco, en el que las pintadas hacían casi ilegibles las siguientes palabras:

Cuerpo de bomberos de Los Ángeles
Pista forestal
Prohibido el paso - Prohibido fumar

El policía de uniforme —un hombre corpulento con la piel quemada por el sol y pelo rubio cortado a cepillo— se irguió cuando Bosch se dirigió hacia él. Aparte de su tamaño, lo primero que a Harry le llamó la atención fue la porra. La llevaba colgada de la anilla del cinturón y estaba tan gastada que los rasguños sobre la pintura acrílica negra dejaban a la vista el aluminio de debajo. Normalmente los que peleaban en la jungla lucían con orgullo sus armas cubiertas de heridas de guerra, en señal de clara advertencia. Aquel poli, que según rezaba su placa se llamaba Powers, sin duda era de los que disfrutaban repartiendo leña.

El agente Powers miraba a Bosch con arrogancia, sin quitarse sus Ray-Ban a pesar de que el sol ya se estaba poniendo y un cielo de nubes anaranjadas se reflejaba en los cristales espejados. Era uno de esos atardeceres cuyo resplandor recordaba a Bosch el de los incendios provocados años atrás durante los famosos disturbios de Los Ángeles.

—Vaya, vaya, Harry Bosch —exclamó Powers sorprendido—. ¿Cuándo has vuelto?

Bosch lo miró un momento antes de contestar. No conocía a Powers, pero eso no importaba. Toda la División de Hollywood debía de estar enterada de su historia.

—Ahora mismo —respondió.

Bosch no le dio la mano. Nadie se daba la mano en la escena de un crimen.

—Es tu primer caso desde que has vuelto a Homicidios, ¿no?

Bosch sacó un cigarrillo y lo encendió, sin preocuparle que se tratara de una clara infracción del reglamento.

—Más o menos. —Bosch cambió rápidamente de tema—. ¿Quién ha llegado?

—Edgar y la nueva del Pacífico, su hermana de sangre.

—Rider.

—Como se llame.

Bosch no dijo nada más al respecto, consciente del desprecio en la voz del policía. Poco importaba que Kizmin Rider tuviera talento o fuera una investigadora de primera; por mucho que Bosch insistiera, Powers no cambiaría de opinión. Para el agente sólo existía una razón por la cual él seguía de uniforme en vez de lucir la placa dorada de detective: era un hombre blanco en una época en que se favorecía a mujeres y miembros de minorías étnicas. A juicio de Bosch, era mejor no hurgar en ese tipo de heridas.

Al parecer Powers interpretó el silencio de Harry como signo de desacuerdo, porque enseguida cambió de tema.

—Bueno, me han dicho que deje pasar al forense y al de Huellas cuando lleguen, así que ya deben de haber acabado el registro. Si quieres puedes entrar con el coche.

Bosch se dirigió a la calzada, arrojó al suelo el cigarrillo a medio fumar y lo aplastó firmemente con el zapato. No quería causar un incendio forestal el día de su retorno a Homicidios.

—Iré andando —replicó—. ¿Y la teniente Billets?

—Aún no ha llegado.

Bosch regresó al coche y metió la mano por la ventanilla para recoger su maletín. Después volvió hasta donde estaba Powers

—¿Lo encontraste tú?

—Sí, señor —contestó Powers con orgullo.

—¿Cómo lo abriste?

—Llevo una palanqueta en el coche. Primero abrí la puerta y luego forcé el maletero.

—¿Por qué?

—Por el olor. Era evidente.

—¿Lo hiciste con guantes?

—No, no tenía.

—¿Qué tocaste?

Powers tuvo que pensar un momento.

—El tirador de la puerta y el del maletero, nada más.

—¿Te han tomado declaración Edgar o Rider? ¿O has escrito algo tú?

—De momento no.

—Mira, Powers. Ya sé que estás muy orgulloso, pero la próxima vez no lo hagas, ¿de acuerdo? Todos queremos ser detectives, pero no todos lo somos. Así es como se joden las escenas del crimen y tú lo sabes.

El policía enrojeció y apretó la mandíbula.

—Mira, Bosch —respondió el agente—. Lo único que sé es que si os hubiera dicho que había un vehículo sospechoso con pestazo a fiambre, habríais pensado: «¿Qué coño sabrá Powers?», y vuestra maldita escena se habría podrido al sol.

—No te lo niego, pero al menos habríamos tenido la opción de cagarla. Ahora, en cambio, ya está jodida.

Powers permaneció rabioso, pero en silencio. Bosch esperó un segundo, listo para continuar la discusión, pero al final lo dejó.

—¿Me dejas pasar?

Powers se dirigió a la cinta amarilla. El policía tendría unos treinta y cinco años y Bosch observó que caminaba con los andares arrogantes de un veterano de la calle. Era una manera de caminar que en Los Ángeles, al igual que en Vietnam, se contagiaba enseguida.

Finalmente Powers levantó la cinta y Bosch pasó por debajo.

—No te pierdas —comentó el patrullero.

—Muy gracioso, Powers. Te has quedado conmigo.

A ambos lados de la estrecha pista forestal, la maleza llegaba hasta la cintura. En la calzada de grava había desperdicios y cristales rotos: la respuesta de los intrusos a la advertencia de la verja. Bosch dedujo que aquél sería uno de los lugares nocturnos favoritos de los adolescentes de la ciudad que yacía a sus pies.

A medida que avanzaba la música se oía cada vez más fuerte, pero Bosch seguía sin reconocerla. Cuando llevaba recorridos unos cuatrocientos metros, llegó a un claro que supuso que serviría de base a los bomberos por si se declaraba un incendio en la maleza de las colinas circundantes. En cambio, ese día se había convertido en el escenario de un asesinato. Al fondo del claro Bosch divisó un Rolls-Royce Silver Cloud y, junto a él, a sus compañeros: Rider y Edgar. Rider bosquejaba la escena del crimen en una libreta, mientras Edgar tomaba medidas y las recitaba en voz alta. Al percatarse de la presencia de Bosch, Edgar lo saludó con una mano enguantada y dejó que la cinta métrica se enroscara automáticamente.

—Harry, ¿dónde estabas?

—Pintando —respondió Bosch, acercándose a Edgar—. He tenido que limpiarme, cambiarme y guardar las cosas.

Bosch se aproximó al borde del claro y contempló el panorama que se extendía a sus pies. Se encontraban en lo alto de un risco detrás del Hollywood Bowl, el célebre auditorio al aire libre. A la izquierda, a no más de cuatrocientos metros, se hallaba la construcción en forma de concha de donde procedía la música. Aquella tarde se

celebraba la gala anual del Día del Trabajo, con la Filarmónica de Los Ángeles. Desde donde estaba, Bosch veía
a dieciocho mil personas sentadas al otro lado del cañón,
disfrutando de uno de los últimos domingos del verano.

—Joder —exclamó al comprender el problema.

Edgar y Rider se acercaron.

—¿Qué tenemos? —preguntó Bosch.

—Un hombre de raza blanca —contestó Rider—. Sabemos que son heridas de bala y poco más. Hemos mantenido el maletero cerrado, pero ya hemos avisado a todo
el mundo.

Bosch se encaminó hacia el Rolls, sorteando las cenizas de una vieja hoguera en el centro del calvero. Los
otros dos lo siguieron.

—¿Puedo? —preguntó Bosch al acercarse al coche.

—Sí, ya hemos registrado el exterior —le respondió
Edgar—. Aunque no había gran cosa. Aparte de un poco
de sangre debajo del coche, nada. Hacía tiempo que no
veía una escena tan limpia.

Jerry Edgar, al que habían llamado a casa como al resto del equipo, llevaba tejanos y una camiseta blanca. En
el pecho izquierdo lucía el dibujo de una placa con la palabra HOMICIDIOS y las siglas del Departamento de Policía de Los Ángeles. Cuando adelantó a Bosch, Harry
leyó en la espalda: «Nuestro día empieza cuando el suyo
acaba». La camiseta contrastaba con la piel oscura de Edgar y resaltaba su torso musculoso y la agilidad de sus
movimientos. A pesar de que Bosch había trabajado con
él en numerosas ocasiones durante los últimos seis años,
nunca se habían relacionado demasiado fuera del trabajo
y hasta ese momento no se había dado cuenta de que Edgar era un auténtico atleta que debía de frecuentar el
gimnasio.

Era raro que Edgar no llevase uno de sus elegantes trajes de rayas, pero Bosch creía conocer la razón. Seguramente se había puesto atuendo informal porque éste le impedía realizar la tarea más odiada: la notificación de los hechos al familiar más cercano.

Al acercarse al Rolls todos aminoraron el paso, como si lo que contenía pudiera resultar contagioso. El coche estaba aparcado de cara al norte, con la parte trasera a la vista de los espectadores situados en los niveles superiores del Bowl. Bosch volvió a considerar la situación.

—¿Vais a sacar a este tío con toda esa gente pija mirando? —preguntó—. ¿Cómo creéis que quedará en las noticias de la noche?

—Bueno —contestó Edgar—, la idea era dejarte la decisión a ti. Ahora que eres el tres...

Edgar sonrió y le guiñó el ojo.

—Sí, claro —contestó Bosch con sarcasmo—. Soy el tres.

Bosch todavía se estaba acostumbrando a la idea de estar al mando del equipo. Hacía más de dieciocho meses que no investigaba un homicidio, y mucho más que no dirigía un equipo de tres detectives. Cuando regresó al trabajo en enero, después de su baja involuntaria lo asignaron a Robos en la División de Hollywood. La jefa de la brigada de detectives, la teniente Grace Billets, le explicó que aquel puesto era una forma de facilitarle el retorno gradual al trabajo de detective, aunque Bosch sabía perfectamente que era mentira y que se trataba de una imposición desde arriba. A pesar de ello no se quejó, porque sabía que tarde o temprano vendrían a buscarlo.

Efectivamente, al cabo de ocho meses de llevar papeleo

y practicar algún que otro arresto en la sección de Robos, Bosch fue llamado al despacho de Billets, donde ésta le comunicó que iba a introducir algunos cambios. El porcentaje de casos de homicidio resueltos en la división había caído a su cota más baja; menos de la mitad. Billets, que había asumido el mando de la brigada hacía más de un año, admitió avergonzada que el descenso más pronunciado se había producido bajo sus órdenes. Bosch podría haberle dicho que aquella disminución se debía, al menos en parte, a que ella no practicaba la misma política de manipulación de datos que su predecesor, Harvey Pounds, que siempre hallaba el modo de hinchar el número de casos resueltos. Sin embargo, Bosch se calló y escuchó atentamente mientras Billets le exponía su estrategia.

La primera parte del plan consistía en trasladar a Bosch a Homicidios a principios de septiembre. Un detective de Homicidios llamado Selby, que apenas resolvía casos, pasaría a ocupar el puesto de Bosch en la mesa de Robos. Billets también pensaba reclutar a una joven e inteligente detective con la que ya había trabajado en la División del Pacífico, una tal Kizmin Rider. Asimismo, y ésta era la parte más audaz del plan, Billets iba a cambiar el agrupamiento tradicional en parejas. En su lugar, los nueve detectives de homicidios asignados a Hollywood pasarían a trabajar en equipos de tres. Cada uno de los equipos tendría al mando un detective de tercer grado. Bosch había sido puesto al frente de uno de los grupos.

El cambio tenía sentido, al menos sobre el papel. La inmensa mayoría de casos de homicidio que no se resuelven en las cuarenta y ocho horas que siguen al descubrimiento del cadáver acaban archivados. Billets quería solucionar más casos, así que decidió poner más hombres en cada uno. Lo que ya no hacía tanta gracia a los nueve detectives era que, con el nuevo sistema, a cada policía le tocaba investigar uno de cada tres homicidios (en lugar de uno de cada cuatro). Eso les suponía más trabajo, más tiempo perdido en juicios, jornadas más largas y más estrés. Lo único que consideraban positivo eran las horas extraordinarias remuneradas. No obstante, Billets era una mujer dura y las quejas de sus subordinados no le afectaron demasiado, por lo que pronto se ganó un mote apropiado.

—¿Alguien ha hablado con Billets? —preguntó Bosch.

—Yo —contestó Rider—. Estaba en Santa Bárbara de fin de semana. Por suerte había dejado el número de teléfono en su despacho. Viene hacia aquí, pero todavía está a hora y media de camino. Me ha dicho que dejaría a su maridito en casa y se iría directamente a la comisaría.

Bosch asintió e inmediatamente se dirigió a la parte trasera del Rolls, donde enseguida notó un olor débil pero inconfundible, distinto a cualquier otro.

Harry hizo otro gesto de aprobación, depositó su maletín en el suelo y lo abrió para sacar un par de guantes de goma del paquete de cartón. Después cerró el maletín y lo apartó un poco.

—Muy bien, echemos un vistazo —anunció mientras se ponía los guantes, aunque detestaba llevarlos—. Mantengámonos juntos. No hay que dar a la gente del Bowl más espectáculo por el mismo precio.

—Es bastante desagradable —le advirtió Edgar.

Los tres detectives se colocaron detrás del Rolls para

tapar la vista al público del concierto. No obstante, Bosch sabía que cualquier persona con unos prismáticos decentes adivinaría lo que estaba ocurriendo. Al fin y al cabo estaban en Los Ángeles.

Antes de abrir el maletero, Bosch se fijó en que la matrícula del coche estaba personalizada con las letras TNA. Edgar le contestó antes de que llegase a formular la pregunta.

—TNA Productions, en Melrose Avenue.

—¿En qué parte de Melrose?

Edgar sacó una libreta del bolsillo y comenzó a hojearla. A Harry le sonaba la dirección, pero no acababa de situarla con exactitud. Lo único que sabía era que estaba cerca de la Paramount, que ocupaba toda la sección norte de la manzana a la altura del cinco mil quinientos. El enorme estudio cinematográfico se hallaba rodeado de productoras más pequeñas y estudios de rodaje de poca monta. Éstos eran como pececillos que nadan alrededor de la boca de un gran tiburón con la esperanza de alimentarse de las sobras.

—Vamos allá.

Bosch volvió su atención al maletero. La puerta no estaba cerrada del todo y Harry la levantó suavemente con un dedo enguantado. De inmediato el aliento fétido y nauseabundo de la muerte los abofeteó a todos. Bosch deseó tener un cigarrillo en la boca, pero sabía que era imposible. Los abogados defensores podían hacer maravillas con la ceniza dejada por un policía en la escena del crimen; con mucho menos construían una buena defensa basándose en la noción jurídica de duda razonable.

Atento a no rozar el parachoques trasero con los pantalones, Bosch introdujo la cabeza en el maletero. Dentro descubrió el cuerpo sin vida de un hombre. Tenía la piel de un blanco grisáceo y vestía ropa cara: unos pantalones de lino con vueltas y perfectamente planchados, una camisa azul celeste con un estampado de flores y una cazadora de cuero. No llevaba zapatos ni calcetines.

El cadáver yacía sobre el costado derecho en posición fetal, excepto las manos, que estaban a la espalda en lugar de cruzadas sobre el pecho. Bosch dedujo que la víctima había sido maniatada y luego le habían retirado las ligaduras, seguramente después de muerto. Al acercarse, Harry distinguió una ligera abrasión en la muñeca izquierda, tal vez producto del forcejeo desesperado del hombre para desatarse. También observó que tenía los ojos firmemente cerrados y en los rabillos se había secado una sustancia blancuzca, casi translúcida.

—Kiz, quiero que tomes notas sobre el aspecto del cadáver.

—Muy bien.

Al aproximarse un poco más, Bosch reparó en una espumilla granate en la boca y nariz del hombre. La sangre también le cubría todo el pelo y había resbalado por los hombros hasta la alfombrilla, donde formaba un charco coagulado. Al fondo del maletero, Harry vio un agujero por el cual la sangre se había colado y había manchado el suelo de grava. El orificio tenía los bordes regulares y se hallaba en un lugar donde la alfombrilla quedaba levantada, a un palmo de la cabeza de la víctima. No era el impacto de una bala, sino un pequeño desagüe o el agujero de un tornillo que se había soltado.

Pese a la sangre que empapaba la nuca del cadáver, Bosch distinguió con claridad dos perforaciones irregulares en la parte posterior del cráneo, cuya denominación anatómica —la protuberancia occipital— le vino automáticamente a la cabeza. «Demasiadas autopsias», pensó. El cabello que rodeaba las heridas había quedado chamuscado por los gases de la descarga y el cuero cabelludo presentaba rastros de pólvora. Eran disparos a bocajarro, sin orificio de salida aparente. Bosch supuso que el arma sería del veintidós, y las balas de ese calibre rebotan en el interior del cráneo como canicas en un pote de cristal.

Al alzar la cabeza, Bosch vio salpicaduras de sangre en el interior de la puerta. Examinó las gotas durante un buen rato. Luego dio un paso atrás, se enderezó y se quedó contemplando el maletero mientras hacía una lista mental de posibilidades. Como no habían encontrado huellas de sangre en la pista forestal, todo apuntaba a que el hombre había sido asesinado en aquel claro. No obstante, seguía habiendo otros misterios: ¿por qué allí?, ¿por qué iba descalzo? y ¿por qué motivo le habían quitado las ligaduras de las muñecas? Bosch decidió aparcar esas cuestiones para más adelante.

—¿Habéis buscado la cartera? —preguntó, sin mirar a sus compañeros.

—Todavía no —respondió Edgar—. ¿Lo conoces?

Por primera vez Bosch consideró la cara como una cara y vio que en ella todavía se marcaba el miedo. El hombre tenía los ojos cerrados, lo cual hacía suponer que había sido consciente de lo que le esperaba. Bosch se preguntó si la sustancia blancuzca de los ojos serían lágrimas secas.

—No, ¿y vosotros?

—No. Aunque es difícil con tanta sangre.

Con sumo cuidado, Bosch levantó la cazadora de cuero, pero no halló nada en los bolsillos traseros del pantalón. En cambio, al abrir la cazadora descubrió una cartera en el bolsillo interior, donde iba cosida la etiqueta de la lujosa tienda Fred Haber. Bosch también encontró un sobre de cartulina de una compañía aérea. Con la mano que le quedaba libre, sacó las dos cosas del bolsillo.

—Ya puedes cerrar —dijo Bosch, dando un paso atrás.

Edgar lo hizo con la misma delicadeza que un empleado de pompas fúnebres cierra un ataúd. A continuación Bosch fue hasta su maletín, se agachó y depositó encima de él los dos objetos que había encontrado.

Primero abrió la cartera. En la parte izquierda había todo un repertorio de tarjetas de crédito y en la derecha un permiso de conducir, según el cual el hombre se llamaba Anthony N. Aliso.

—Anthony N. Aliso —repitió Edgar—. Tony para los amigos, de ahí TNA. TNA Productions.

Aliso vivía en Hidden Highlands, una pequeña urbanización cerca de Mulholland, en las colinas de Hollywood. El sitio era uno de esos enclaves rodeados de muros y vigilados las veinticuatro horas por policías retirados o pluriempleados. Era una dirección en consonancia con el Rolls-Royce.

Bosch también encontró un buen fajo de dólares. Sin sacarlos de la cartera, contó dos de cien y nueve de veinte. Después de recitar la cantidad en voz alta para que Rider tomara nota, Bosch abrió el sobre de la compañía aérea American Airlines. Dentro halló un billete de Las Vegas a Los Ángeles con salida a las diez y media de la mañana del viernes. El nombre del viajero coincidía con el del permiso de conducir. Al no encontrar ningún adhesivo o papel grapado que indicara que el titular del pasaje hubiese facturado una maleta, Bosch dejó aquellas pruebas en el maletín y se dispuso a examinar el interior del coche.

—¿No había equipaje? —inquirió.

—No —respondió Rider.

Bosch volvió a levantar la puerta del maletero. Se acercó al cuerpo y, con un dedo, alzó un poco el puño izquierdo de la cazadora. En la muñeca asomó un Rolex de oro con la esfera cuajada de diamantes.

—Mierda —dijo Edgar, a su espalda.

Harry se volvió.

—¿Qué?

—¿Quieres que llame a la DCO? —sugirió Edgar.

—¿Por qué?

—Nombre italiano, sin robo, dos tiros en la cabeza. Esto es un ajuste de cuentas, Harry. Deberíamos llamar a la DCO.

—Aún no.

—Billets pensará lo mismo.

—Ya veremos.

Bosch examinó el cadáver una vez más, especialmente la cara ensangrentada y retorcida. Después cerró el maletero y caminó hasta el borde del calvero, desde donde se divisaba casi toda la ciudad. Al este, más allá de Hollywood, Harry no tuvo problema en distinguir los rascacielos del centro a pesar de la neblina. Bosch también observó que los focos del estadio de los Dodgers estaban encendidos para el partido de aquella noche. A un mes del final de la liga de béisbol, los Dodgers, con Nomo de lanzador, estaban empatados a puntos con Colorado. Bosch se había metido la entrada en el bolsillo interior de la cazadora, pero era perfectamente consciente de que ni se acercaría al estadio. Edgar estaba en lo cierto; todo indicaba que el asesinato era obra de la mafia. Por eso debían dar cuenta a la DCO, la División contra el Crimen Organizado, para que ellos se encargasen de la investigación, o cuando menos, los asesorasen. Sin embargo, Bosch estaba retrasando aquel momento. Hacía mucho tiempo que no llevaba un caso y no le apetecía nada cederlo.

Harry volvió a mirar hacia el Bowl, que parecía lleno hasta la bandera. El público formaba una elipse en la ladera de la colina opuesta. Las localidades más alejadas del auditorio se hallaban casi al mismo nivel que el claro donde habían encontrado el Rolls. Bosch se preguntó cuántas personas lo estarían mirando en esos momentos y de nuevo se enfrentó a su dilema: tenía que comenzar la investigación, pero temía pagar por la mala imagen que daría al departamento y la ciudad si sacaba el cadáver del maletero ante un público semejante.

Una vez más, Edgar pareció adivinar sus pensamientos.

—No te preocupes, Harry; ni se inmutarán. En el festival de jazz de hace unos años una pareja estuvo montándoselo aquí mismo durante media hora. Cuando acabaron, la gente se levantó para aplaudir y el tío hizo una reverencia. ¡En pelota picada!

Bosch se volvió para ver si hablaba en serio.

—Lo leí en el *Times*. En la columna «Estas cosas sólo pasan en Los Ángeles».

Jerry, esto es la Filarmónica. Es un público muy distinto, ¿no lo ves? Y no quiero acabar en una columna de cotilleos, ¿de acuerdo?

—De acuerdo.

Bosch miró a Rider, que apenas había abierto la boca.

—Kiz, ¿tú que opinas?

—No lo sé. El tres eres tú.

Antes de que rebajaran los requisitos físicos para atraer a más mujeres, Rider no habría conseguido entrar en el departamento de policía. Era bajita y de aspecto frágil: medía un metro cincuenta y pesaba unos cuarenta y cinco kilos, pistola incluida. Tenía la tez de color marrón claro y el pelo alisado y corto. Aquel día iba con tejanos, una camisa rosa y una americana negra. Su cuerpo era tan menudo que la americana no lograba disimular la Glock 17 de nueve milímetros que llevaba en la cadera derecha.

Billets le había contado a Bosch que había conocido a Rider en la División del Pacífico. Allí esta última trabajaba en casos de robo y fraude, aunque de vez en cuando colaboraba en la investigación de homicidios con móvil económico. Según Billets, Rider podía analizar la escena de un crimen tan bien como cualquier veterano. Así pues, la teniente había usado su influencia para obtener el traslado de Rider, a pesar de estar resignada a que no se quedaría mucho tiempo en la división. Rider llegaría lejos. Su condición de minoría por partida doble, sumada a su eficacia en el trabajo, y al hecho de que tuviera un ángel de la guarda en el Parker Center —Billets no estaba segura de quién era— prácticamente le garantizaba el ascenso. Su estancia en Hollywood sería una última y breve sesión de entrenamiento antes de pasar a la Casa de Cristal.

—¿Y los del garaje? —inquirió Bosch.

—Aún no hemos llamado —contestó Rider—. Pensamos que todavía tardaríamos un poco antes de mover el coche.

Bosch asintió, ya que eso era lo que esperaba oír. Los del Garaje Oficial de la Policía solían ser los últimos en acudir a la escena del crimen. Harry simplemente estaba ganando tiempo antes de tomar una decisión.

—De acuerdo, llamad —decidió finalmente—. Decidles que vengan ahora mismo y que traigan un camión con plataforma, ¿vale? Aunque tengan una grúa cerca, diles que necesito una plataforma. Hay un teléfono en mi maletín.

—De acuerdo —contestó Rider.

—¿Para qué quieres un camión con plataforma, Harry? —preguntó Edgar.

Bosch no respondió.

—Nos llevamos toda la parada —repuso Rider.

—¿Qué? —exclamó Edgar.

Rider se dirigió al maletín sin más explicaciones. Bosch contuvo una sonrisa al ver que la chica sabía perfectamente lo que se llevaba entre manos. Las esperanzas que Billets había puesto en ella comenzaban a verse confirmadas.

A continuación, Bosch sacó un cigarrillo y lo encendió. Después metió la cerilla quemada bajo el celofán del paquete y se lo guardó en el bolsillo de la cazadora.

Bosch fue a fumar al borde del claro y se percató de que desde allí la música se oía mucho mejor. Al cabo de unos segundos incluso logró identificar la pieza que estaban interpretando.

—*Sherezade* —pensó en voz alta.

—¿Qué dices? —preguntó Edgar.

—Es el ballet de *Sherezade*, ¿lo conoces?

—No lo oigo. Hay demasiado eco.

Bosch chasqueó los dedos. Acababa de venirle a la cabeza la imagen de un arco, una especie de réplica del Arco del Triunfo de París.

—La dirección de Melrose —dijo—. Creo que es uno de esos estudios que hay al lado de la Paramount; el Archway.

—Sí, me parece que tienes razón.

—El remolque está en camino; tardarán unos quince minutos —anunció Rider—. También he avisado a los de Investigaciones Científicas y al forense. Todos vienen hacia aquí. Donovan viene de tomar unas huellas por un allanamiento de morada en Nichols Canyon, así que estará al caer.

—Muy bien —opinó Bosch—. ¿Alguno de vosotros ha hablado con el machote de la porra?

—Aparte del reconocimiento preliminar, no —le contestó Edgar—. No es nuestro tipo, así que decidimos dejárselo al tres. —Era del todo evidente que Edgar había notado la actitud racista de Powers.

—De acuerdo, ya me encargo yo —cedió Bosch—. Mientras tanto terminad de tomar notas y volved a registrar la zona circundante, turnándoos de lado.

Bosch enseguida se dio cuenta de que sus órdenes eran superfluas.

—Perdonad, vosotros ya sabéis qué hacer. Sólo lo decía porque hay que llevar este caso con cuidado. Tengo la sensación de que va a ser un ocho por diez.

—¿Y la DCO? —insistió Edgar.

—Ya te lo he dicho. Todavía no.

—¿Un ocho por diez? —preguntó Rider, perpleja.

—Un caso de ocho por diez, es decir, el asesinato de una estrella o alguien de la industria del cine —le explicó Edgar—. Si el tío del maletero era un pez gordo de los estudios, alguien del Archway, vamos a tener a la prensa pisándonos los talones. Desde luego mucho más que en otros casos. Un cadáver en el maletero de un Rolls es noticia, pero un tío de la industria del cine que aparece muerto en el maletero de su Rolls aún lo es más.

—¿El Archway?

Bosch los dejó solos para que Edgar le explicara a Rider cómo se complicaba un caso de asesinato cuando estaban por medio los medios de comunicación y la industria del cine en Hollywood.

Bosch se mojó los dedos para apagar el cigarrillo, lo metió con la cerilla consumida en el envoltorio de celofán y lentamente comenzó a recorrer el medio kilómetro que lo separaba de la carretera principal, Mulholland Drive. Caminaba con la mirada fija en la grava del camino, pero había tanta basura en el suelo y entre la maleza que resultaba imposible determinar si los deshechos —una colilla, una botella de cerveza o un condón usado— guardaban relación alguna con el Rolls. Lo que Harry buscaba con más interés era sangre, porque si lograba encontrar sangre de la víctima, eso sería un indicio de que Aliso había sido asesinado en otro lugar y luego llevado al claro. De no hallarlas, empezaría a convencerse de que el asesinato se había producido allí mismo.

Mientras llevaba a cabo ese registro, Bosch se notó relajado, incluso contento. Había vuelto al trabajo, a su misión. Si bien era consciente de que una persona tenía que haber muerto para que él se sintiera así, Harry enseguida se deshizo del sentimiento de culpa. Aquel hombre habría acabado en el maletero tanto si él hubiese vuelto a Homicidios como si no.

Cuando Bosch llegó a Mulholland vio dos coches de bomberos y un equipo de hombres que claramente aguardaban algo. Bosch encendió otro cigarrillo y miró a Powers.

—Tienes un problema —le advirtió el policía de uniforme.

—¿Qué pasa?

Antes de que Powers respondiera, uno de los bomberos dio un paso al frente. Su casco blanco indicaba que era el jefe del equipo.

—¿Es usted el encargado de esto? —inquirió.

—Sí.

—Soy Jon Friedman, jefe de bomberos —se presentó—. Tenemos un problema.

—Eso me han dicho.

—Verá, cuando termine el espectáculo del Bowl, dentro de noventa minutos, habrá unos fuegos artificiales. El problema es el cadáver de ahí arriba. Si nosotros no podemos instalarnos en el claro para vigilar los fuegos, tendremos que suspenderlos. No podemos arriesgarnos a que salte una chispa y se incendie toda la montaña. ¿Me entiende?

Bosch observó que a Powers le divertía verlo en aquel lío, pero decidió centrar su atención en Friedman.

—¿Cuánto tiempo necesita?

—Diez minutos como máximo. Sólo tenemos que estar allí antes de que lancen el primer cohete.

—¿Ha dicho que faltan noventa minutos?

—Ahora unos ochenta y cinco. Le advierto que la gente se va a enfadar mucho si no hay fuegos artificiales.

Bosch comprendió que, más que tomar decisiones, los demás las estaban tomando por él.

—Si ustedes se esperan aquí, nosotros nos iremos dentro de una hora y cuarto. No hará falta que anule el espectáculo.

—¿Está seguro?

—Se lo prometo.

—¿Oiga?

—¿Sí?

—Está usted infringiendo la ley con ese cigarrillo.

—Friedman le indicó con la cabeza el cartel cubierto de pintadas.

—Perdone.

Bosch se dirigió a la carretera para pisotear el cigarrillo mientras Friedman regresaba a su coche para anunciar por radio que se celebraría el espectáculo. De pronto, Bosch cayó en la cuenta del posible peligro y salió tras él.

—Oiga, diga que el espectáculo sigue en pie, pero no mencione nada sobre el cadáver. No nos interesa una invasión de los medios, con helicópteros y toda la parafernalia.

—Entendido.

Después de darle las gracias, Bosch se volvió hacia Powers.

—No podrás salir de ahí en una hora y cuarto —opinó Powers—. Si ni siquiera ha llegado el forense...

—Eso déjamelo a mí. ¿Has escrito tu declaración?

—Aún no; estaba hablando con esta gente. Me habría ido bien que llevaseis un walkie-talkie para avisaros.

—De acuerdo. Pues cuéntamelo a mí directamente.

—¿Y ellos? —preguntó Powers, señalando hacia el calvero—. ¿Por qué no vienen a entrevistarme Edgar o Rider?

—Porque están ocupados. ¿Me vas a contar lo que pasó o no?

—Ya te lo he contado.

—Desde el principio, Powers. Sólo me has dicho lo que hiciste cuando registraste el coche. ¿Qué te hizo sospechar?

—No sé qué decirte. Suelo pasar por aquí cuando hago la ronda, para ahuyentar a los gamberros.

Entonces Powers apuntó al otro lado de Mulholland Drive, a la cresta de la montaña. Allí había varias casas, casi todas sobre pilares. Parecían caravanas suspendidas en el aire.

—La gente de allá arriba nos llama continuamente para denunciar hogueras, juergas, aquelarres y yo qué sé qué. Supongo que este lado les estropea la vista. Así que yo subo y barro la basura, es decir, a los gamberros del valle de San Fernando. El cuerpo de bomberos había cerrado el paso con una verja, pero un cabrón se la cargó hace seis meses. El ayuntamiento tarda como mínimo un año en reparar cualquier cosa por esta zona. Con decirte que pedí pilas hace tres semanas y aún estoy esperando... Si no me las comprara yo mismo, tendría que hacer la maldita ronda nocturna sin linterna. A ellos les da igual. En esta maldita ciudad...

—Al grano. ¿Qué pasó con el Rolls?

—Sí, bueno, normalmente subo por la noche, pero, como hoy había concierto en el Bowl, decidí venir antes. Entonces vi el Rolls.

—¿Subiste por iniciativa propia? ¿No hubo ninguna queja de los vecinos?

—No. Hoy he venido por mi cuenta, por lo del concierto. Supuse que se colarían algunos.

—¿Y se colaron?

—Unos cuantos..., para escuchar el concierto de gorra. No era la gentuza de siempre porque es una música, no sé..., refinada. De todas formas los eché y, cuando se fueron, sólo quedó el Rolls. Sin dueño.

—Así que le echaste un vistazo.

—Sí, y enseguida reconocí el olor. Lo abrí con la palanqueta y allí estaba el cadáver. Entonces me retiré y llamé a los profesionales.

Powers pronunció esta última palabra con una leve nota de sarcasmo, pero Bosch decidió pasarlo por alto.

—¿Identificaste a la gente que echaste?

—No, ya te he dicho que primero los eché y luego me di cuenta de que nadie se había llevado el Rolls. Para entonces ya era demasiado tarde.

—¿Y ayer por la noche?

—¿Qué quieres decir?

—¿Subiste por aquí?

—No, porque no estaba de servicio. Normalmente trabajo de martes a sábado, pero ayer me cambié el turno con un colega que tenía algo que hacer esta noche.

—¿Y el viernes?

Powers negó con la cabeza.

—Los viernes siempre son muy movidos y, que yo sepa, no recibimos ninguna queja... Por eso no vine.

—¿Estuviste atendiendo denuncias?

—Sí, la radio no paró en toda la noche. Ni siquiera pude hacer una pausa para un diez siete.

—¿No cenaste? Eso sí que es dedicación.

—¿Qué quieres decir?

Bosch comprendió que se había equivocado. Powers se sentía frustrado por su trabajo y Bosch se había pasado con él. Rojo de ira, Powers se quitó las Ray-Ban antes de hablar.

—Mira, tío listo; tú entraste en la brigada cuando se podía, pero los demás... lo tenemos crudo. Nosotros... Yo ya llevo tantos años intentando conseguir una placa dorada que he perdido la cuenta. Y ahora tengo tantas posibilidades de conseguirla como ese desgraciado del maletero. Pero ¿te crees que estoy tocándome las narices? No, señor. Yo salgo cinco noches a la semana a atender las denuncias. Nuestro lema es «Proteger y servir» y eso hago, ¿vale? Así que no me jodas ni me vengas con dudas sobre mi dedicación.

Bosch esperó hasta estar seguro de que Powers había terminado.

—No era ésa mi intención. ¿Quieres un pitillo?

—No fumo.

—De acuerdo, volvamos a empezar. —Bosch permaneció en silencio mientras Powers se ponía las gafas y se calmaba un poco—. ¿Siempre trabajas solo?

—Sí.

Bosch asintió. Algunos agentes patrullaban en solitario y en sus coches recibían todo tipo de llamadas. Normalmente se encargaban de delitos de poca monta, mientras que los coches patrulla con dos agentes llevaban los casos importantes, con mayor peligro potencial.

Los policías que trabajaban solos se movían con libertad por toda la división. En la jerarquía del departamento se situaban entre los sargentos y los últimos en el escalafón: los asignados a hacer la ronda en un área determinada de la división. A estas áreas se las denominaba «zonas de coche base».

—¿Cada cuánto tienes que echar a gente de aquí?

—Una o dos veces al mes. No sé qué pasa con los otros turnos o los coches base, pero normalmente las llamadas de mierda como ésta suelen caernos a nosotros.

—¿Tienes alguna «extorsión»?

Bosch se refería a unas fichas de siete por doce centímetros, conocidas oficialmente como entrevistas de campo. Los policías las rellenaban cuando paraban a un sospechoso pero no disponían de suficientes pruebas para detenerlo o cuando —como en este caso de violación de la propiedad privada— el arresto sería una pérdida de tiempo.

El Sindicato Americano de Derechos Civiles había calificado dichas entrevistas de «extorsiones» y abuso de poder por parte de la policía. Curiosamente se les quedó el nombre, incluso entre los agentes.

—Sí, tengo algunas en la comisaría.

—Bien. Nos gustaría verlas lo antes posible. ¿Podrías preguntarle a los policías del coche base si han visto el Rolls-Royce en los últimos días?

—¿Ahora es cuando me toca darte las gracias por dejarme participar en la superinvestigación y suplicarte que me recomiendes a tu jefe?

Bosch lo miró fijamente antes de responder.

—No, ahora es cuando te toca tener las fichas listas para las nueve de la noche, si no quieres que me queje a tu jefe. Y olvídate del coche base; ya se lo preguntaremos nosotros. No quiero privarte de tu diez siete dos noches seguidas.

Bosch emprendió el regreso a la escena del crimen. De nuevo caminó lentamente, aunque esta vez buscó al otro lado de la carretera de grava. En dos ocasiones tuvo que salirse de la calzada: primero para dejar pasar a la grúa del Garaje Oficial de la Policía y luego a la camioneta de la División de Investigaciones Científicas.

Bosch llegó al final del camino sin haber encontrado nada, lo cual le reafirmó en su idea de que la víctima había sido asesinada en el claro, dentro del maletero del Rolls. Allí ya estaban trabajando Art Donovan, el experto del Departamento de Investigaciones Científicas y Roland Quatro, el fotógrafo que había venido con él. Bosch se acercó a Rider.

—¿Has encontrado algo? —preguntó ella.

—No. ¿Y tú?

—Nada. De momento parece que el asesino metió a

la víctima en el maletero del coche y cuando llegó aquí, abrió la puerta y le disparó dos veces. Luego el tío se fue andando tranquilamente hasta Mulholland, donde debió de recogerlo otra persona. Por eso está todo tan limpio.

Bosch asintió y preguntó:

—¿Por qué crees que es un hombre?

—De momento me baso en las estadísticas.

Bosch caminó hacia Donovan, que estaba metiendo la cartera y el billete de avión en una bolsita de plástico especial para pruebas.

—Art, tenemos un problema.

—Ya lo veo —contestó Donovan—. Estaba pensando en colgar unas lonas de los trípodes que aguantan los focos, pero no creo que baste para bloquear la vista a todo el público. Algunos ya pueden prepararse para un buen espectáculo. Bueno, supongo que es una compensación por anular los fuegos artificiales. A no ser que quieras esperar a que acabe el concierto.

—No, si hacemos eso, en el juicio nos comerán vivos por retrasar la investigación. Ya sabes que todos los abogados de este país se han educado con el caso O. J. Simpson.

—Y entonces, ¿qué?

—Haz lo que tengas que hacer aquí lo más rápido posible y luego nos llevaremos todo a la nave. ¿Sabes si está ocupada ahora mismo?

—No, creo que no —respondió Donovan, vacilante—. ¿Qué quieres decir con «todo»? ¿El cadáver también?

Bosch asintió.

—En la nave podrás trabajar mejor, ¿no?

—Mucho mejor, pero ¿qué me dices del forense? Él tiene que autorizar el levantamiento del cadáver.

—De eso ya me encargo yo. Vosotros aseguraos de

que tenéis fotos e imágenes en vídeo antes de ponerlo en la grúa por si algo se mueve durante el traslado. Pero primero tomadle las huellas dactilares y pasádmelas.

—De acuerdo.

Donovan se dirigió a Quatro para explicarle el procedimiento y Bosch se volvió hacia Edgar y Rider.

—Muy bien, de momento seguimos con el caso. Si teníais planes para hoy, ya podéis anularlos; va a ser una noche muy larga —les advirtió—. Os cuento el plan.

»Kiz, tú vas a ir casa por casa. —Bosch señaló la cima de la colina—. Ya conoces el procedimiento; preguntar si alguien vio el Rolls y averiguar cuánto tiempo lleva aquí. A ver si hay suerte y encontramos a alguien que oyera el eco de los disparos. Primero tenemos que determinar la hora en que ocurrió el asesinato y después..., ¿tienes teléfono?

—No, tengo la radio del coche.

—No nos sirve. Hay que evitar a toda costa hablar de esto por radio.

—Puedo usar el teléfono de alguna casa.

—Muy bien. Llámame en cuanto termines o ya te avisaré yo por el busca. Después, según como vaya la cosa, tú y yo iremos a dar la noticia al pariente más cercano o a su oficina.

Rider asintió y Bosch se volvió hacia Edgar.

—Jerry, tú vas a trabajar desde la comisaría. Lo siento; te ha tocado el papeleo.

—Joder. La nueva es ella.

—Pues la próxima vez no te presentes en camiseta. No puedes llamar a la puerta de la gente vestido así.

—Tengo una camisa en el coche. Me cambio y punto.

—Otra vez será; hoy vas a escribir los informes. Pero antes me gustaría que comprobaras el nombre de Aliso en el ordenador. El permiso de conducir es del año pasado, así que Tráfico tendrá sus huellas dactilares en su base de datos. Trata de encontrar a alguien de Huellas que lo compare con las que Art está tomando del cadáver ahora mismo. Quiero confirmar la identidad lo antes posible.

—Pero si en Huellas no habrá nadie... Art es el único que está de servicio. ¿Por qué no lo hace él?

—Porque va a estar ocupado; tendrás que sacar a alguien de la cama. Necesitamos la identificación.

—Lo intentaré, pero no puedo...

—Muy bien. Después llama a todos los coches base de esta zona y pregúntales si habían visto el Rolls. Powers, el agente que encontró el cadáver, te dará las fichas con las entrevistas de campo de los chicos que suelen merodear por aquí. Quiero que compruebes los nombres en el ordenador antes de empezar a escribir informes.

—A este paso no empezaré ni el lunes que viene.

Bosch no le hizo caso.

—Yo me quedo con el cadáver —explicó—. Si no puedo moverme, Kiz, tú irás a su despacho y yo ya me encargaré de la notificación a la familia. ¿Todo claro?

Rider y Edgar asintieron. Bosch notó que Edgar seguía enfadado por algo.

—Ya puedes irte, Kiz.

Harry esperó a que Rider se hubiera alejado.

—¿A qué viene esa cara, Jerry?

—Sólo quiero saber si de ahora en adelante las cosas van a funcionar así. ¿Me va a tocar a mí todo el marrón mientras la princesa patina sobre el hielo?

—Yo no te haría eso y tú lo sabes. Anda, dime qué te preocupa.

—Pues que no estoy de acuerdo con tus decisiones. En mi opinión, deberíamos llamar a Crimen Organizado ahora mismo. Esto tiene toda la pinta de ser uno de sus casos, pero parece que no quieras llamarles porque llevas demasiado tiempo esperando una oportunidad. Eso es lo que me preocupa. —Edgar hizo un gesto para subrayar que era obvio y continuó—: Harry, no tienes que demostrar nada. Y nunca van a faltar cadáveres; estamos en Hollywood, ¿recuerdas? Yo creo que deberíamos pasar de este caso y esperar el siguiente.

—Puede ser —contestó Bosch—. Es muy probable que tengas razón, pero el jefe soy yo y vamos a hacerlo a mi manera. Primero voy a llamar a Billets para contarle lo que tenemos y después avisaré a la DCO. Aunque ellos decidan llevar el caso, a nosotros nos seguirá tocando una parte. Así que hagámosla bien, ¿de acuerdo?

Edgar asintió, no muy convencido.

—Queda constancia de que no estás de acuerdo, ¿vale?

—Vale.

En ese momento llegó la camioneta del forense con Richard Matthews al volante. Estaban de suerte. Bosch sabía que Matthews no era tan celoso de su territorio como otros y que podría convencerlo para trasladarlo todo a la nave del equipo de Huellas. Matthews comprendería que no quedaba otra salida viable.

—Llámame luego —le recordó Bosch a Edgar, que se despidió con gesto malhumorado.

Cuando Bosch se quedó por fin solo, entre los peritos que trabajaban en la escena del crimen, se detuvo a pensar en lo mucho que disfrutaba de su trabajo. El comienzo de un caso siempre lo excitaba de esa manera, y en ese momento se dio cuenta de lo mucho que había añorado esa sensación durante el último año y medio.

Sin embargo, Harry enseguida apartó esas reflexiones de su mente. Justo cuando se encaminaba hacia la camioneta del forense para hablar con Matthews, se produjo un estallido de aplausos. *Sherezade* había terminado.

La nave era una estructura prefabricada de la Segunda Guerra Mundial instalada en el patio de atrás del Parker Center, allí donde se almacenaba el material de Servicios Urbanos. No tenía ventanas; sólo una gran puerta de garaje. El interior estaba pintado de negro y hasta la última grieta o resquicio había sido tapada con cinta adhesiva. Unas gruesas cortinas negras acababan de impedir que se filtrara luz, con lo que el interior quedaba más negro que el corazón de un usurero. Los peritos que trabajaban allí la llamaban «la cueva».

Mientras descargaban el Rolls del camión, Bosch se llevó el maletín a la nave y sacó su teléfono móvil para llamar a la División contra el Crimen Organizado, una sociedad secreta dentro de un departamento ya de por sí muy cerrado. Bosch sabía poco sobre aquella unidad y apenas conocía a detectives que pertenecieran a ella. La DCO era, pues, una fuerza misteriosa, incluso dentro de la propia policía. Pocos sabían qué hacía exactamente, lo cual engendraba las inevitables sospechas y celos.

Los demás detectives solían llamar a los detectives de la DCO «manguis», porque les robaban los casos y a menudo no los solucionaban. Bosch los había visto agenciarse muchas investigaciones sin que de aquello resultaran demasiadas detenciones de mafiosos. La DCO era la única división del departamento con un presupuesto secreto, que se aprobaba en una sesión a puerta cerrada por el jefe de policía y una comisión que le decía a todo amén. A partir de ese momento, el dinero se esfumaba para pagar a confidentes e investigadores y adquirir material de tecnología punta. Lo peor era que muchos casos también desaparecían por esos mundos subterráneos.

Bosch le pidió a la telefonista que pasase su llamada al oficial de servicio en la División ese fin de semana. Mientras esperaba la conexión, volvió a pensar en el hombre del maletero. Anthony Aliso, si es que era él, se lo había visto venir y había cerrado los ojos. Bosch esperaba que en su caso no fuera así. Él no quería saberlo.

—¿Diga? —La voz interrumpió sus pensamientos.

—Sí, hola. Soy el detective Harry Bosch, estoy al cargo de un caso de homicidio en Hollywood. ¿Con quién hablo?

—Me llamo Dom Carbone. Me ha tocado el turno del fin de semana. ¿Vas a fastidiármelo?

—Puede ser. —Bosch intentó pensar. El nombre le resultaba vagamente familiar, pero no acababa de situarlo. Sin embargo, estaba seguro de que nunca habían trabajado juntos—. Por eso llamo. Puede que os interese echarle un vistazo.

—Cuéntame.

—Hemos encontrado a un hombre de raza blanca en el maletero de un Silver Cloud con dos balazos en la cabeza. Seguramente calibre del veintidós.

—¿Qué más?

—El coche estaba en una pista forestal junto a Mulholland Drive. No parece un robo. Hemos encontrado una cartera repleta de tarjetas de crédito y dinero en metálico y un Rolex Presidencial: uno de ésos con un diamante para cada hora.

—No me has dicho quién es el fiambre. ¿Quién es?

—Aún no está confirmado, pero...

—Dímelo igualmente.

A Bosch le molestaba no estar seguro de la cara que tenía la persona que estaba al otro lado del cable.

—Al parecer se trata de un tal Anthony N. Aliso, de cuarenta y ocho años. Vive en las colinas y creemos que es el dueño de una empresa que tiene sus oficinas en uno de los estudios de Melrose, cerca de la Paramount. La empresa se llama TNA Productions y está en los estudios Archway. Sabremos más dentro de poco.

Hubo un silencio.

—¿Te dice algo el nombre? —inquirió Bosch.

—Anthony Aliso.

—Eso es.

—Anthony Aliso.

Carbone repitió el nombre lentamente, como si estuviera catando un vino antes de decidir si escupirlo o aceptar la botella. Luego se quedó un buen rato en silencio.

—No se me ocurre nada en estos momentos —dijo finalmente—, pero voy a hacer un par de llamadas. ¿Dónde vas a estar?

—En la nave de Huellas. Lo tenemos aquí, así que no me moveré durante un buen rato.

—¿Qué quieres decir? ¿Habéis llevado el cadáver a la nave?

—Es una larga historia. ¿Cuándo crees que podrás contestarme?

—En cuanto haga las llamadas. ¿Habéis ido a su oficina?

—Aún no. Iremos más tarde.

Bosch le dio el número de su teléfono móvil, luego cerró éste y se lo metió en el bolsillo de la chaqueta. Por un momento pensó en la reacción de Carbone al oír el nombre de la víctima, pero finalmente decidió no darle importancia.

Y

En cuanto el Rolls estuvo en la nave y la puerta cerrada, Donovan corrió las cortinas. En el techo brillaba un fluorescente que Art dejó encendido mientras preparaba el equipo. Matthews, el perito forense, y sus dos ayudantes –los que habían transportado el cadáver– se agruparon en torno a una mesa de trabajo para preparar el instrumental.

—Harry, voy a tomármelo con calma, ¿vale? Primero voy a pasar el láser con el tío dentro. Luego sacaré el cuerpo, le echaré la cola y lo volveré a repasar con el láser. Después nos preocuparemos del resto.

—Tú mandas. Tómate el tiempo que quieras.

—Te necesito para apuntar con la varita mientras saco las fotos. Roland ha tenido que ir a fotografiar otro cadáver.

Bosch asintió y observó mientras el perito de Investigaciones Científicas colocaba un filtro anaranjado en una Nikon. A continuación se colgó la cámara al cuello y encendió el láser, un aparato que se componía de una caja del tamaño de un vídeo doméstico y una vara de treinta centímetros conectada a la caja por un cable. La vara tenía un mango y, por el otro extremo, proyectaba un potente rayo naranja.

Antes de empezar, Donovan abrió un armarito y sacó varios pares de gafas protectoras que repartió entre los presentes. Él se colocó el último par y le pasó unos guantes de látex a Bosch para que también se los pusiera.

—Primero haremos una pasada rápida por encima del maletero y luego lo abriremos —anunció Donovan.

Pero justo cuando Donovan se disponía a apagar las

luces, sonó el teléfono que Bosch llevaba en el bolsillo. El perito esperó a que Bosch contestara.

Era Carbone.

—Bosch, hemos decidido pasar.

Por unos instantes ni Harry ni Carbone dijeron nada. Donovan le dio al interruptor y la habitación se sumió en la más completa oscuridad.

—O sea que no tenéis nada sobre este tío —dijo Bosch en medio de la penumbra.

—He mirado un poco y he hecho unas cuantas llamadas, pero nadie lo conoce... Nadie lo está investigando, así que para nosotros está limpio... Dices que lo metieron en el maletero y le dispararon dos veces, ¿no?... Bosch, ¿estás ahí?

—Sí, aquí estoy —contestó Harry—. Eso es, ya te he dicho cómo lo mataron.

—«Música en el maletero.»

—¿Qué?

—Es una expresión de los mafiosos de Chicago. Cuando se cargan a un pobre desgraciado dicen: «¿Tony? No te preocupes por Tony; ése ya es música en el maletero. No lo volverás a ver». De todos modos no encaja con este caso, porque a este tío no lo conocemos. Una posibilidad es que alguien quiera haceros creer que es obra de la mafia. ¿Me entiendes?

Bosch contempló el rayo láser que rasgaba la oscuridad e iluminaba perfectamente la parte trasera del maletero. A través de las gafas, el color naranja se perdía y la luz se tornaba de un blanco luminoso. A pesar de hallarse a unos tres metros de distancia, Harry distinguió perfectamente unas manchas brillantes que habían aparecido en la puerta y el parachoques del Rolls. Toda aquella operación le recordaba los documentales de la National

Geographic en los que una cámara se abría paso por las oscuras profundidades marinas e iluminaba barcos o aviones hundidos. Era una sensación de angustia.

—¿No queréis ni echar un vistazo? —inquirió Bosch.

—Ahora mismo no. Llámame si encuentras algo interesante y yo, mientras tanto, seguiré al quite. Tengo tu número.

Aunque en el fondo Bosch se alegraba de que la DCO no fuera a chafarle el caso, le sorprendió su falta de interés. Resultaba extraña la rapidez con la que Carbone había descartado una posible participación.

—¿Hay algún otro detalle que quieras comentarme?

—Acabamos de empezar, pero ¿conoces a algún asesino a sueldo que se lleve los zapatos de la víctima? Ah, y que le desate las manos.

—Le quita los zapatos... lo desata. Ejem, así de entrada, no se me ocurre nada, pero mañana preguntaré por ahí y lo pasaré por nuestro ordenador —prometió Carbone—. ¿Algo más que te haya llamado la atención?

A Bosch no le gustaba lo que estaba sucediendo. Carbone estaba mostrando demasiado interés pese a afirmar lo contrario. Por un lado decía que Tony Aliso no tenía relación con la mafia, pero por otro seguía pidiéndole detalles sobre el homicidio. ¿Estaba siendo amable u ocultaba algo?

—De momento, no —contestó Bosch, que había decidido no revelar más información sin recibir nada a cambio—. Ya te he dicho que acabamos de empezar.

—Muy bien. Mañana haré más indagaciones. Si encuentro algo, te llamo, ¿vale?

—Vale.

—Hasta mañana, pues —se despidió Carbone, pero enseguida añadió—: ¿Quieres saber lo que pienso?

Pues que el tío se había ido de picnic con la mujer de otro. Hay muchos casos que parecen obra de un profesional y luego no lo son, ¿me entiendes?

—Sí, te entiendo. Hasta mañana.

Bosch se aproximó a la parte trasera del Rolls. En cuanto vio las manchas de cerca, se dio cuenta de que se trataba de las marcas producidas al pasar un paño. Por lo visto, alguien había limpiado el coche de arriba abajo. No obstante, cuando Donovan pasó la vara por encima del parachoques, el láser reveló la huella incompleta de un zapato sobre el metal cromado.

—¿Alguien ha...?

—No —se adelantó Bosch—. Nadie ha puesto el pie.

—Está bien. Aguántame el láser.

Bosch obedeció mientras Donovan se agachaba y sacaba unas cuantas fotos, modificando los parámetros de exposición para asegurarse de que obtenía al menos una imagen nítida de aquella pisada.

La huella correspondía a la parte delantera del zapato y se apreciaba un círculo del que irradiaban varias líneas. En la sección correspondiente al puente del pie había una cuadrícula y finalmente la huella quedaba cortada por el borde del parachoques.

—Parece una zapatilla de tenis —concluyó Donovan—. O un zapato de trabajo.

Después de sacar fotos, el perito volvió a pasar el láser por el maletero, pero no halló nada aparte de las marcas dejadas por el paño.

—De acuerdo. Ábrelo —ordenó Donovan.

Bosch, que llevaba una linterna de bolsillo para guiarse en la oscuridad, se acercó a la puerta del conductor y tiró de la palanquita que abría el maletero. Poco después el hedor a muerte invadía toda la nave.

A Bosch le pareció que el cadáver no se había movido durante el traslado. No obstante, presentaba un aspecto mucho más fantasmagórico a la dura luz del láser. La cara parecía la calavera de uno de esos esqueletos fluorescentes de los parques de atracciones. Y la sangre de la herida parecía más negra; todo lo contrario de las astillas de hueso, que eran de un blanco reluciente.

En la ropa brillaban algunos cabellos e hilos finos. Bosch se acercó con unas pinzas y un tubo de plástico –como los usados para guardar monedas de cincuenta centavos– y fue recogiendo las posibles pruebas. Era un trabajo minucioso, aunque poco interesante puesto que ese tipo de fibras se podían encontrar en cualquier persona en cualquier momento. Cuando hubo acabado, Bosch le dijo a Donovan:

—La cazadora. La levanté yo para buscar la cartera.

—Vale. Vuélvela a colocar como estaba.

Bosch lo hizo y, allí, en la cadera de Aliso, apareció otra pisada. Era muy parecida a la del parachoques, pero más completa. En el talón se apreciaban unas líneas que irradiaban de un círculo, en cuyo interior parecía estar grabado el nombre de la marca. Desgraciadamente era totalmente ilegible.

Tanto si lograban identificar el zapato como si no, Bosch sabía que era un buen hallazgo ya que aquello significaba que el asesino había cometido un error. Uno como mínimo.

Al menos eso les hacía abrigar la esperanza de que tarde o temprano aparecerían otras equivocaciones que los conducirían hasta el culpable.

—Coge el láser.

Bosch lo hizo y Donovan volvió a fotografiar el cadáver.

—Estoy sacando fotos para el informe, pero antes de que se lo lleven le quitaremos la chaqueta —explicó el perito.

A continuación Donovan pasó el láser por la cara interna de la puerta del maletero, lo cual provocó la aparición de varias huellas dactilares, casi todas de pulgares. Alguien debía de haber apoyado la mano mientras cargaba o descargaba cosas. Muchas de las huellas se superponían, lo cual indicaba que eran viejas. Bosch dedujo que seguramente pertenecían a la propia víctima.

—Haré unas fotos, pero no te hagas ilusiones —le advirtió Donovan.

—Ya lo sé.

Finalmente Donovan depositó la vara y la cámara encima de la caja del láser.

—Vale, ¿por qué no sacamos al tío del coche, lo ponemos allá y le damos una pasada rápida con el láser antes de que se lo lleven?

Sin esperar una respuesta, el perito volvió a encender los fluorescentes y todos se taparon los ojos con las manos, deslumbrados por aquella luz cegadora. Momentos más tarde, Matthews y sus ayudantes comenzaron a trasladar el cadáver a una camilla con ruedas donde habían desplegado una bolsa de plástico negra.

—Es un tipo tranquilo, ¿no? —bromeó Matthews cuando depositaron el cuerpo.

—Sí —convino Bosch—. ¿Qué opinas?

—Yo diría que entre cuarenta y dos y cuarenta y ocho horas. Déjame echar un vistazo y te cuento.

Pero antes de que pudiera hacerlo, Donovan volvió a apagar la luz y comenzó a recorrer todo el cuerpo con el láser, empezando por la cabeza. Aquella luz blanca hacía que las lágrimas que se acumulaban en las cuencas oculares brillaran con fuerza. En el rostro del hombre también descubrieron un par de cabellos y fibras, que Bosch recogió de inmediato, y una ligera abrasión en la mejilla derecha, oculta hasta entonces por la postura del cuerpo en el maletero.

—Podrían haberle pegado o tal vez lo hicieron al meterlo en el maletero —dijo Donovan.

De pronto, el perito se animó.

—Vaya, vaya.

La luz del láser mostraba la huella de toda una mano en el hombro derecho de la cazadora de cuero y dos pulgares borrosos, uno en cada solapa. Donovan se agachó para examinar las huellas de cerca.

—Este cuero está tratado con una sustancia que no absorbe los ácidos de las huellas dactilares. Hemos tenido mucha suerte, Harry. Si el tío llega a llevar cualquier otra chaqueta, ya te podrías olvidar. La mano está perfecta y los pulgares no han... Bueno, creo que podemos recogerlo todo con un poco de cola. A ver debajo de las solapas.

Bosch alzó cuidadosamente la solapa izquierda, dejando a la vista cuatro huellas más. Lo mismo ocurrió al levantar la derecha. Estaba claro que alguien había agarrado a Tony Aliso por las solapas.

Donovan silbó.

—Parecen dos personas distintas. Mira el tamaño de los pulgares de la solapa y el de la mano en el hombro. Yo diría que la mano es más pequeña, quizá de una mujer, no lo sé. En cambio, las manos que cogieron a este hombre por las solapas eran muy grandes.

Donovan sacó unas tijeras de una caja de herramientas y, con mucho cuidado, cortó la cazadora para poder qui-társela al cadáver. A continuación Bosch la sostuvo mien-tras Donovan la recorría con el láser, pero no encontra-ron nada aparte de la pisada y las huellas dactilares que ya habían visto. Bosch fue a colgar la chaqueta en el res-paldo de una silla y regresó en el momento en que Do-novan pasaba el láser por las extremidades inferiores.

—¿Qué más? —le preguntó al cadáver—. Venga, cuéntanos más cosas.

En los pantalones aparecieron algunos hilos y man-chas viejas, pero nada les llamó la atención hasta que lle-garon a las vueltas. Bosch desdobló la de la pernera iz-quierda y en el pliegue encontró una gran cantidad de polvo y fibras, así como cinco partículas de un material dorado. Bosch las cogió con las pinzas y las metió en otro tubo de plástico. En la vuelta izquierda encontró otras dos partículas iguales.

—¿Qué es? —preguntó.

—Ni idea. Parece purpurina, pero no lo sé.

Para terminar Donovan pasó el láser por los pies des-calzos del cadáver. Estaban limpios, lo cual indicaba que debieron de quitarle los zapatos después de meterlo en el maletero.

—Vale, ya está —concluyó Donovan.

Cuando encendieron las luces Matthews comenzó a manipular el cadáver: movió las articulaciones, le de-sabrochó la camisa para comprobar el nivel de lividez, le abrió los ojos y le hizo rotar la cabeza. Mientras tan-to, Donovan se paseaba por la nave a la espera de que ter-minara el perito forense para poder continuar su trabajo con el láser.

—Harry, ¿quieres mi «oceo» sobre el caso? —preguntó.

—¿«Oceo»?

—Opinión Científica a Ojímetro.

—Sí —contestó Bosch, divertido—. Dame tu «oceo».

—Bueno, yo creo que alguien secuestró a este tío, lo ató, lo metió en el maletero y se lo llevó a esa pista forestal. El tío todavía estaba vivo, ¿de acuerdo? Después de aparcar, el asesino abrió el maletero y puso el pie en el parachoques, pero no alcanzó a colocar la pistola en el cráneo. Eso era importante para él porque tenía que hacer bien su trabajo, así que apoyó el pie sobre la cadera de este pobre hombre, se inclinó un poco más y ¡pam!, ¡pam!, se lo cargó. ¿Qué te parece?

A Bosch ya se le había ocurrido todo aquello, pero había ido más allá y considerado los posibles problemas.

—Entonces, ¿cómo volvió? —preguntó.

—¿Adónde?

—Si el hombre estaba en el maletero, el asesino tuvo que conducir el Rolls. Y si llegó hasta allí en el Rolls, ¿cómo volvió hasta donde había interceptado a Tony?

—Con la ayuda del cómplice —intervino Donovan—. En la cazadora hay dos tipos de huellas, así que alguien podría haber seguido al Rolls. Quizá la misma mujer que puso la mano en el hombro de la víctima.

Bosch asintió. Ya le había dado vueltas a todo eso. Había algo que no le gustaba, pero aún no sabía exactamente el qué.

—Bueno, Bosch —interrumpió Matthews—. ¿Quieres enterarte esta noche o prefieres esperar el informe?

—Esta noche —respondió Bosch.

—Pues escucha. No hay cambios en la lividez del cadáver, lo cual significa que el cuerpo no fue movido des-

pués de que el corazón dejara de latir. A ver, qué más...
—Matthews se remitió a sus notas—. Tenemos un rígor
mortis del noventa por ciento, las córneas nubladas y la
piel que ya no está adherida al cuerpo. La suma de todos esos factores indica que lleva muerto cuarenta y ocho
horas, tal vez cuarenta y seis. Avísanos si descubres algún dato y te lo diremos con más exactitud.

—Lo haré —prometió Bosch.

Harry sabía que Matthews se refería a qué y cuándo había comido la víctima por última vez. Esa información le serviría al forense para fijar la hora de la muerte al estudiar la digestión de los alimentos en el estómago.

—Es todo tuyo —le dijo Bosch a Matthews—. ¿Y la
autopsia?

—Es el final de un puente, así que vamos fatal. Lo último que he oído es que llevamos veintisiete homicidios
en el condado; eso significa que no haremos la autopsia
hasta el miércoles como muy pronto. No nos llames; ya
te avisaremos nosotros.

—Menuda novedad.

De todos modos a Harry no le importaba demasiado
el retraso. En casos como el que le ocupaba, la autopsia
solía deparar pocas sorpresas, ya que la causa de la muerte estaba bastante clara. El misterio residía en quién había asesinado a Aliso y por qué.

Cuando Matthews y sus ayudantes se llevaron el cadáver, Bosch y Donovan se quedaron solos con el Rolls.
Donovan contemplaba el coche en silencio, como un dies-
tro mira al toro que está a punto de lidiar.

—Vamos a desvelar sus secretos, Harry.

En ese momento sonó el teléfono móvil. Bosch tardó un momento en sacarlo del bolsillo interior de su chaqueta.

—Hemos confirmado la identificación. Es Aliso —le informó Edgar.

—¿Te lo han dicho los de Huellas?

—Sí. Mossler tiene un fax en casa, así que se lo envié todo y él dio el visto bueno.

Mossler era uno de los hombres del Departamento de Investigaciones Científicas.

—¿A partir de la huella del permiso de conducir?

—Sí. Además encontré una antigua detención por ofrecer sus servicios sexuales, de donde saqué todas las huellas de Aliso. Mossler también les echó un vistazo y es él.

—Muy bien, buen trabajo. ¿Qué más has descubierto?

—Bueno, he pasado sus datos por el ordenador. Casi no tiene antecedentes, aparte del arresto por ejercer la prostitución en el setenta y cinco. Pero hay otras cosas. Su nombre aparece como víctima de un robo en su casa en el mes de marzo. Y en la base de datos de litigios civiles he encontrado un par de demandas contra él. Tienen toda la pinta de ser por incumplimiento de contrato. Eso significa un montón de promesas rotas y gente cabreada. Puede ser un buen móvil.

—¿De qué iban los casos?

—No lo sé; de momento sólo tengo la entrada en la base de datos. Sacaré la información en cuanto pueda pasarme por el juzgado.

—De acuerdo. ¿Has hablado con Personas Desaparecidas?

—Sí, pero nadie había denunciado su desaparición. Y tú, ¿has encontrado algo?

—Puede ser. Parece que hemos tenido suerte y vamos a sacar unas huellas del cadáver. De dos personas.

—¿Del cadáver? ¡Genial!

—De la cazadora de cuero.

Bosch notó que Edgar se había animado. Ambos detectives sabían que aunque las huellas no fueran de un sospechoso, al menos serían lo bastante recientes para pertenecer a personas que habían visto a la víctima poco antes de su muerte.

—¿Has llamado a la DCO?

Bosch estaba esperando la pregunta.

—Sí. Van a pasar del caso.

—¿Qué?

—Eso han dicho, al menos de momento. Hasta que encontremos algo que les interese.

Bosch se preguntó si Edgar estaba dudando de él.

—No lo entiendo, Harry.

—Yo tampoco, pero lo único que nos queda es continuar con nuestro trabajo. ¿Sabes algo de Kiz?

—Aún no. ¿Con quién has hablado en Crimen Organizado?

—Con un tal Carbone, el que estaba de servicio.

—No lo conozco.

—Ni yo. Tengo que irme, Jerry. Tenme informado.

Poco después de que Bosch colgara, Grace Billets entró por la puerta de la nave. La teniente recorrió el lugar con la mirada y, en cuanto vio a Donovan trabajando en el coche, le pidió a Bosch que la acompañara afuera. En ese momento Harry supo que estaba enfadada.

A pesar de que Billets tenía cuarenta y tantos años y llevaba en la policía más o menos el mismo tiempo que Bosch, nunca habían trabajado juntos en el pasado. La jefa de detectives era una mujer de mediana estatura y pelo corto de un castaño rojizo. No llevaba maquillaje e iba completamente vestida de negro: tejanos, camiseta, americana y botas vaqueras. Su única concesión a la feminidad eran unos aritos de oro en las orejas. En cuanto a sus maneras, éstas tampoco denotaban concesión alguna.

—¿Qué coño pasa, Harry? ¿Por qué habéis trasladado el cadáver dentro del coche?

—No había más remedio. O hacíamos eso o teníamos que sacarlo del Rolls ante diez mil personas. Y aguarles los fuegos artificiales que estaban esperando.

Billets escuchó en silencio la explicación de Harry.

—Perdona —se disculpó cuando éste concluyó—. No sabía los detalles. Ya veo que no tuviste otra alternativa.

A Bosch le gustaba eso de Billets; estaba dispuesta a admitir que no siempre tenía razón.

—Gracias, teniente.

—Bueno, cuéntame. ¿Qué habéis encontrado?

Cuando Billets y Bosch regresaron a la nave, Donovan estaba tratando la cazadora de cuero en una de las mesas de trabajo. El perito la había colgado de un alambre dentro de un enorme depósito y había vertido un paquete que despedía vapores de cianoacrilato que se adherían a los aminoácidos y grasas de las huellas dactilares y, al cristalizar, resaltaban sus líneas.

—¿Cómo va? —preguntó Bosch.

—Muy bien. Creo que voy a sacar algo. Hola, teniente.

—Hola —le saludó Billets.

Bosch se dio cuenta de que ella no recordaba el nombre de Donovan.

—Oye, Art —dijo para ayudarla—, cuando termines, mándalas al laboratorio. Luego llámame a mí o a Edgar y enviaremos a alguien a recogerlas en código tres.

Código tres era una clave de la policía que significaba «autorización para luces y sirena». Bosch necesitaba las huellas lo antes posible, ya que hasta el momento eran su mejor pista.

—Muy bien, Harry.

—¿Y el Rolls? ¿Puedo mirar dentro?

—Bueno, aún no he terminado del todo pero puedes entrar si vas con cuidado.

Bosch comenzó a registrar el interior del coche. Los bolsillos de la puerta y de los asientos estaban vacíos. Después examinó el cenicero, que encontró sin una sola ceniza, y tomó nota mental de que la víctima no parecía fumar.

Mientras tanto, Billets lo observaba a poca distancia pero sin intervenir. La teniente había llegado a jefa de la brigada de detectives por su buen hacer como administradora, no por sus dotes como investigadora. Billets era consciente de ello y sabía perfectamente cuándo mirar y no entrometerse.

Bosch buscó debajo de los asientos, pero no encontró nada de interés. Por último abrió la guantera, de la que cayó un papelito cuadrado; era el recibo de un servicio de lavado de coches del aeropuerto. Cogiéndolo por una esquina, Bosch se acercó a la mesa de trabajo y le pidió a Donovan que comprobase si había huellas en cuanto tuviera un momento.

A continuación, reanudó el registro de la guantera y encontró el contrato de alquiler, la documentación del coche y una cajita de herramientas que contenía una linterna. También halló un tubo de pomada para las hemorroides. Le pareció un lugar extraño para tenerla, pero Bosch pensó que tal vez Aliso la guardaba a mano para viajes largos en coche.

Mientras metía cada objeto en una bolsa distinta, Bosch se fijó en que había una pila de repuesto en la caja de herramientas. Aquello le extrañó porque la linterna necesitaba dos pilas; tener sólo una no servía de mucho.

Bosch pulsó el botón de la linterna, pero ésta no se encendió. Al desenroscar la tapa, cayó una pila. Bosch miró dentro y descubrió una bolsita de plástico, que extrajo con la ayuda de un bolígrafo. La bolsita contenía unas dos docenas de cápsulas marrones.

Billets se acercó.

—*Poppers* —anunció Bosch—. Nitrato amílico. Se supone que ayudan a levantarla y durar más, para mejorar el orgasmo.

De pronto Bosch sintió la necesidad de explicar que no lo decía por propia experiencia.

—Me ha salido en otros casos.

Ella asintió. Donovan se acercó con el recibo en un sobre de plástico transparente.

—Hay un par de manchas borrosas, pero nada que nos sirva —dijo.

Bosch lo cogió y llevó el resto de pruebas al mostrador.

—Art, me llevo el recibo, los *poppers* y los papeles del coche, ¿vale?

—Muy bien.

—Te dejo el billete de avión y la cartera. Quiero que te des prisa con las huellas de la cazadora y... ¿qué más? Ah sí, la purpurina. ¿Cómo lo ves?

—Espero tenerlo todo para mañana. También echaré una ojeada a las fibras, pero lo más probable es que sean excluyentes.

Así pues la mayor parte del material que habían recogido se quedaría en el almacén tras un rápido examen de Donovan y sólo entraría en juego si se identificaba a un sospechoso, para excluir o relacionar a éste con el lugar del crimen.

Bosch cogió un sobre grande de un estante situado encima del mostrador, metió todas las pruebas que se llevaba y lo guardó en el maletín. Finalmente se dirigió hacia las cortinas, acompañado de Billets.

—Hasta la próxima, Art —se despidió ella.

—Adiós, teniente.

—¿Quieres que llame al garaje para que vengan a recoger el coche? —se ofreció Bosch.

—No, aún voy a tardar un poco —respondió Donovan—. Primero tengo que pasar la aspiradora y después igual se me ocurre otra cosa. Ya los llamaré yo.

—Vale. Hasta luego.

Bosch y Billets salieron de la nave.

Fuera, él encendió un cigarrillo y contempló el cielo oscuro y sin estrellas.

Ella, por su parte, se fumó uno de los suyos.

—¿Y ahora adónde? —preguntó la teniente.

—A contárselo a los familiares. ¿Quiere usted venir? Será divertido.

Aquello la hizo sonreír.

—No, creo que me voy a casa, pero antes dime qué opinas del caso. Me preocupa un poco que la DCO haya pasado sin siquiera echarle un vistazo.

—A mí también. —Bosch dio una larga calada y exhaló el humo—. Yo creo que será un caso muy difícil, a no ser que saquemos algo de esas huellas. De momento son nuestra única pista.

—Bueno, dile a tu gente que os quiero a todos en la comisaría a las ocho para hablar de lo que hemos averiguado hasta ahora.

—Mejor a las nueve. Para entonces puede que Donovan ya sepa algo de las huellas.

—Muy bien, a las nueve. Hasta mañana, Harry. Y de ahora en adelante, cuando hablemos así, de manera informal, llámame Grace.

—Muy bien, Grace. Buenas noches.

Ella expelió el humo de golpe.

—¿A esto le llamas buenas? —dijo riendo.

De camino a Mulholland Drive y Hidden Highlands, Bosch llamó al buscapersonas de Rider y, poco después, ella le telefoneó desde una de las casas que estaba visitando. Rider le explicó que se hallaba en la última casa con vistas al claro y que sólo había encontrado un residente que recordase el Rolls-Royce blanco. El hombre había visto el coche el sábado, alrededor de las diez de la mañana, y estaba casi seguro de que no estaba allí el viernes por la noche cuando salió al balcón a contemplar el atardecer.

—Eso encaja con la hora que ha mencionado el forense y con el billete de avión. De momento todo apunta al viernes por la noche, un poco después de volver de Las Vegas. Probablemente lo mataron de camino a su casa. ¿Nadie oyó los disparos?

—No, pero en dos de las casas no había nadie, así que voy a volver a intentarlo.

—Déjalas para mañana. Yo salgo ahora mismo para Hidden Highlands y prefiero que vengas conmigo.

Bosch y Rider quedaron en la entrada de la urbanización donde había vivido Aliso. Bosch quería que Kiz lo acompañara a dar la noticia al familiar más cercano por dos motivos: porque a ella le resultaría útil aprender aquella triste tarea y porque, según las estadísticas, nunca debía descartarse al pariente más cercano como posible sospechoso. Y, por supuesto, siempre era mejor tener un testigo cuando se hablaba con alguien que más adelante podía ser tu presa.

Bosch consultó su reloj. Eran casi las diez. Encargarse de la notificación significaba que no llegarían al despacho de la víctima hasta la medianoche. Así pues, llamó al centro de comunicaciones de la policía y le dio a la operadora la dirección de Melrose para que la buscara en la guía. Finalmente ella le dijo que correspondía a Archway Pictures, tal como Bosch había adivinado. El Archway era un estudio de tamaño mediano que alquilaba despachos e instalaciones de producción a realizadores independientes. Que Bosch supiera, ellos no producían sus propias películas desde los años sesenta. Habían tenido un golpe de suerte, ya que conocía a alguien de seguridad del estudio: Chuckie Meachum. Chuckie era un viejo detective de Robos y Homicidios que se había retirado hacía unos años y había aceptado un empleo como subdirector de seguridad del Archway; a Bosch le sería muy útil para acceder al despacho de Aliso. Primero pensó en llamarlo y quedar con él, pero luego descartó la idea. No quería que nadie supiera que iba para allá.

Al cabo de quince minutos, Bosch llegó a Hidden Highlands y vio el coche de Rider aparcado en el arcén de Mulholland Drive. Después de parar un momento para dejar subir a su ayudante, ambos se dirigieron a la pequeña caseta de ladrillo donde un guarda vigilaba la entrada a la urbanización. Hidden Highlands era un ejemplo perfecto de la gran cantidad de comunidades pudientes que se ocultaban, atemorizadas, en las colinas y valles que rodeaban Los Ángeles. Muros, verjas, garitas y fuerzas de seguridad privadas eran los ingredientes secretos del tan cacareado «crisol de culturas» del sur de California.

Cuando un guarda vestido de azul salió de la caseta con la lista de residentes, Bosch ya tenía la placa preparada. El guarda era un hombre alto y enjuto, cuyo rostro gris revelaba cansancio. Bosch no lo reconoció pese a haber oído que la mayoría de vigilantes eran policías de la División de Hollywood que trabajaban allí en sus horas libres. Incluso había visto ofertas de empleos a media jornada en el tablón de anuncios de la comisaría.

El guarda repasó a Bosch de arriba abajo, evitando expresamente mirar la placa.

—¿Puedo ayudarles? —inquirió finalmente.

—Vamos a la casa de Anthony Aliso.

Bosch le dio la dirección que constaba en el permiso de conducir de la víctima.

—¿Me dan sus nombres?

—Detective Harry Bosch, policía de Los Ángeles; lo pone ahí. Y ella es la detective Kizmin Rider.

Bosch le ofreció su tarjeta de identificación, pero al guarda, que estaba tomando nota de sus nombres, seguía sin interesarle. Bosch se fijó en que su placa de hojalata rezaba: «Capitán Nash».

—¿Les esperan?

—No creo. Es un asunto policial.

—De acuerdo, pero tengo que avisar. Son las reglas de la urbanización.

—Preferiría que no lo hiciera, capitán Nash.

Bosch abrigaba la esperanza de que emplear la graduación del guarda le ayudaría. Nash dudó un instante.

—Bueno, hagamos una cosa —sugirió—. Ustedes vayan para allá y yo ya pensaré en una razón para retrasar unos minutos la llamada. Si se quejan les diré que, como estoy solo, no he tenido tiempo.

El guarda retrocedió y metió la mano para pulsar un botón que había en el interior de la caseta. La barrera se elevó.

—Gracias, capitán. ¿Trabaja usted en Hollywood?

Bosch sabía que no, ya que resultaba evidente. Nash carecía de la mirada fría de un policía, pero Harry quería crear una buena relación por si lo necesitaba más adelante.

—Qué va —contestó Nash—. Yo estoy aquí todo el día. Por eso me hicieron capitán de la vigilancia. Los demás trabajan también en la comisaría de Hollywood o en la de West Hollywood, así que yo organizo los turnos.

—¿Y por qué le ha tocado el turno de noche un domingo?

—A todo el mundo le van bien unas horas extras.

—Tiene razón —convino Bosch—. ¿Dónde está Hillcrest?

—Ah, sí. Cojan el segundo camino a la izquierda; ése es Hillcrest. La casa de Aliso es la sexta a mano derecha. Tiene una piscina magnífica, con vistas a toda la ciudad.

—¿Lo conocía? —intervino Rider, al tiempo que se inclinaba para ver a Nash por la ventanilla de Bosch.

—¿A Aliso? —le contestó Nash, que también se agachó para verla a ella. Tras reflexionar un instante, contestó—: No mucho. Lo conozco como al resto de residentes; es decir, casi nada. Para ellos yo soy igual que el tío que limpia las piscinas. Oiga, me ha preguntado usted si lo conocía; ¿es que ha muerto?

—Muy astuto, capitán —respondió Rider.

La detective se enderezó, dando por terminada la conversación. Bosch le hizo a Nash un gesto de agradecimiento y puso rumbo a Hillcrest. De camino, Harry le contó a Rider lo que había descubierto en la nave y el resultado de las pesquisas de Edgar. Mientras ponía al día a Kiz, Harry contemplaba las enormes casas y los bien cuidados jardines. Muchas de las propiedades estaban rodeadas por muros o setos altos cuyos bordes parecían recortados cada mañana. «Muros dentro de muros», pensó Bosch. Se preguntó qué harían los propietarios con tanto espacio aparte de vigilarlo con aprensión.

Bosch y Rider tardaron cinco minutos en encontrar la casa de Aliso en una bocacalle sin salida, en la cima de la colina. Después de franquear las puertas abiertas de la finca, llegaron a una mansión estilo Tudor que se alzaba tras un sendero empedrado. Harry salió del coche con el maletín en la mano y contempló el edificio. Su tamaño era intimidante, pero arquitectónicamente hablando no era gran cosa. Él no hubiese comprado una casa semejante ni aunque hubiera dispuesto del dinero necesario.

Después de pulsar el timbre, Bosch se volvió hacia Rider.

—¿Has hecho esto alguna vez?

—No, pero soy del sur de Los Ángeles. Allá hay tantos tiroteos que he visto a mucha gente recibir la noticia.

Bosch asintió.

—No es por menospreciar esa experiencia, pero esto es distinto —le advirtió a Rider—. Lo importante no es lo que te digan, sino lo que observes.

Harry volvió a pulsar el timbre iluminado, tras lo cual oyó el sonido de una campana en el interior de la casa. Entonces se volvió hacia Rider, que estaba a punto de hacerle una pregunta cuando una mujer abrió la puerta.

—¿Señora Aliso? —preguntó Bosch.

—¿Sí?

—Señora Aliso, soy Harry Bosch, detective del Departamento de Policía de Los Ángeles y ésta es mi compañera, la detective Kizmin Rider. Queremos hablar con usted sobre su marido.

Bosch le mostró su placa y la mujer se la quitó de la mano. Normalmente la gente no hacía eso, sino que se asustaba o la miraba como si se tratara de un objeto extraño y fascinante que no debía tocarse.

—No entien...

La señora Aliso se calló al oír un teléfono en algún lugar de aquella enorme casa.

—Discúlpenme. Tengo que...

—Ése será Nash desde la verja. Me dijo que iba a avisarla, pero detrás había una cola de coches. Parece que nosotros hemos llegado antes. —Bosch hizo una pausa—. Tenemos que hablar con usted.

Ella dio un paso atrás y les franqueó la entrada.

La señora Aliso parecía unos cinco o diez años más joven que su marido, por lo que Bosch dedujo que rondaría los cuarenta y cinco. Era esbelta y atractiva, con el cabello moreno y liso. Harry intuyó que aquella cara tan maquillada debía de haber pasado más de una vez por las manos de un cirujano plástico. De todos modos, se la veía cansada, ajada. La señora Aliso tenía las mejillas sonrosadas, como si hubiera estado bebiendo. Llevaba un vestido azul celeste que dejaba al descubierto unas piernas morenas y todavía bien torneadas. Sin duda habría tenido mucho éxito en su juventud, pero Bosch intuyó que había llegado a esa etapa en que algunas mujeres creen, a menudo sin motivo, que su belleza está desapareciendo. Quizá por eso llevaba tanto maquillaje. O tal vez porque estaba esperando a su marido.

Bosch y Rider la siguieron hasta un gran salón decorado con una mezcla incongruente de cuadros modernos en las paredes y muebles antiguos sobre la mullida moqueta blanca.

El teléfono seguía sonando. La señora Aliso les ofreció asiento y después atravesó la sala y otro pasillo, que daba a un pequeño despacho. Desde allí la oyeron contestar el teléfono, decirle a Nash que no pasaba nada y colgar.

Cuando regresó al salón, la señora Aliso se sentó en un sofá tapizado con un discreto estampado de flores. Bosch y Rider eligieron dos butacas cercanas que hacían juego con el sofá. Harry echó un vistazo a su alrededor y reparó en que no había ninguna foto enmarcada; sólo los cuadros. Las fotos eran una de las primeras cosas que Bosch buscaba cuando tenía que formarse un juicio rápido de una relación.

—Lo siento —se disculpó Bosch—. No sé su nombre de pila.

—Verónica. ¿Por qué quiere hablar de mi marido, detective? ¿Le ha pasado algo?

Bosch se inclinó hacia delante. A pesar de haberlo hecho infinidad de veces, nunca se acostumbraba y siempre se preguntaba si aquélla era la mejor manera.

—Señora Aliso... Lo siento mucho, pero su marido ha muerto. Ha sido víctima de un homicidio.

Bosch la observó con atención, pero ella no dijo nada. Instintivamente, se cruzó de brazos y bajó la cabeza con una mueca de dolor. No hubo lágrimas, todavía no. Por experiencia, Bosch sabía que éstas solían llegar al principio —en cuanto los familiares abrían la puerta y adivinaban lo ocurrido— o mucho más tarde, cuando se daban cuenta de que la pesadilla era real.

—No lo entien... ¿Cómo? —preguntó ella, con los ojos todavía fijos en el suelo.

—Lo encontraron en su coche. Le habían disparado.

—¿En Las Vegas?

—No. Aquí, no muy lejos. Parece que volvía a casa del aeropuerto cuando... cuando alguien lo detuvo. Todavía no estamos seguros. Encontramos su coche en Mulholland, cerca del Hollywood Bowl.

Bosch seguía observando a Verónica Aliso, que aún no había levantado la vista. En ese momento se sintió algo culpable puesto que no la estaba contemplando con lástima. Sin embargo, Harry había pasado por aquella experiencia demasiadas veces para sentir pena, tan sólo buscaba gestos falsos. En una situación así, su recelo superaba a su compasión. Al fin y al cabo ése era su trabajo.

—¿Puedo traerle algo, señora Aliso? —le ofreció Rider—. ¿Agua? ¿Café? ¿Quiere algo más fuerte?

—No, gracias. Estoy bien.

—¿Hay niños en la casa? —inquirió Rider.

—No, nosotros... no tenemos hijos. ¿Sabe lo que pasó? ¿Le robaron?

—Eso es lo que estamos investigando —dijo Bosch.

—Sí, claro... ¿Sufrió mucho?

—No, nada —le aseguró Bosch.

Bosch recordó las lágrimas en los ojos de Tony Aliso, pero decidió no mencionarlas.

—Debe de ser difícil, su trabajo —comentó ella—. Dar estas noticias a la gente...

Bosch asintió y desvió la mirada. Por un momento recordó el viejo chiste sobre la manera más fácil de notificar un homicidio al familiar más cercano de la víctima. Cuando la señora Brown abre la puerta, le preguntas:«¿Es usted la viuda de Brown?».

Bosch volvió su atención a la viuda de Aliso.

—¿Por qué ha preguntado si fue en Las Vegas?

—Porque había ido allí.

—¿Cuánto tiempo?

—No lo sé. Anthony nunca sabía cuándo iba a volver; compraba billetes abiertos para poder regresar cuando quisiera. Volvía en cuanto le cambiaba la suerte. A peor, claro.

—Nosotros creemos que llegó a Los Ángeles el viernes por la noche, pero su coche no ha aparecido hasta hoy. Eso son dos días. ¿Trató usted de comunicarse con él durante ese tiempo?

—No. Casi nunca hablábamos cuando él estaba en Las Vegas.

—¿Y con qué frecuencia iba?

—Una o dos veces al mes.

—¿Y cuánto se quedaba?

—De dos días a una semana. Ya le he dicho que dependía de cómo le fueran las cosas.

—¿Y usted nunca lo llamaba? —insistió Rider.

—Casi nunca. Esta vez, no.

—¿Iba por trabajo o por placer? —inquirió Bosch.

—Él decía que por ambas cosas. Mi marido insistía en que iba a ver a inversores, pero yo creo que era una adicción. Le encantaba jugar y podía permitírselo.

Bosch asintió de forma mecánica.

—¿Cuándo se marchó exactamente?

—El jueves, después del trabajo.

—¿Y cuándo lo vio usted por última vez?

—El jueves por la mañana, antes de ir al estudio. De allí se fue directamente al aeropuerto, porque está más cerca.

—Y usted no tenía ni idea de cuándo volvería.

Bosch lo afirmó; que ella lo contradijera si quería.

—La verdad es que hoy empezaba a preocuparme. Normalmente esa ciudad no tarda tanto en despojar a un hombre de su dinero. Sí, pensé que era demasiado tiempo, pero no intenté localizarlo.

—¿A qué le gustaba jugar en Las Vegas?

—A todo, pero sobre todo al póquer, porque es el único juego en que no se apuesta contra la casa. Ellos se llevan un porcentaje, pero tú juegas contra los demás jugadores. Así me lo explicó Anthony, aunque él llamaba a los compañeros de mesa «pueblerinos de Iowa».

—¿Estaba su marido solo en Las Vegas?

Bosch bajó la mirada a su libreta y se comportó como si estuviera anotando algo importante y la respuesta de ella no lo fuera. Harry se sentía como un cobarde.

—Eso no lo puedo saber —respondió la mujer.

—¿Alguna vez había ido usted con él?

—A mí no me gusta jugar. Odio ese sitio; es horrible. Por mucho que la disfracen, siempre será una ciudad de vicio y prostitución. Y no lo digo sólo por el sexo.

Bosch estudió la fría rabia de aquella mirada.

—No ha contestado a la pregunta, señora Aliso —le recordó Rider.

—¿Qué pregunta?

—¿Lo acompañó alguna vez a Las Vegas?

—Al principio, sí, pero me aburría. Hace años que no voy.

—¿Sabe si su marido estaba endeudado? —preguntó Bosch.

—No lo sé. Si lo estaba, no me lo dijo —contestó ella—. Y llámenme Verónica, por favor.

—¿Nunca le preguntaba si tenía problemas? —inquirió Rider.

—No. Suponía que si los tenía me lo diría.

Cuando Verónica Aliso dirigió su dura mirada hacia Rider, Bosch sintió que le quitaban un peso de encima. La mujer los estaba desafiando.

—Ya sé que esto me hace sospechosa, pero no me importa —explicó—. Ustedes tienen que hacer su trabajo. Seguramente ya habrán deducido que mi marido y yo..., bueno, sólo compartíamos esta casa. En cuanto a sus actividades en Nevada, no puedo decirles si Anthony había ganado o perdido un millón de dólares. Quién sabe, tal vez le sonrió la suerte. Aunque creo que no habría dejado pasar la ocasión de fanfarronear por ello.

Bosch asintió y pensó en el cadáver del maletero. No parecía alguien a quien le hubiese sonreído la suerte.

—¿Dónde se alojaba en Las Vegas?

—En el Mirage. Eso sí lo sé porque no todos los casinos tienen mesas de póquer, pero allí hay una con mucha clase. Anthony siempre me decía que le llamara al Mirage, y si no lo encontraba en la habitación, que preguntara por las mesas.

Bosch se demoró unos segundos en tomar nota de todo aquello, ya que había comprobado que el silencio era la mejor forma de tirar de la lengua a la gente. Esperaba que Rider se percatara de que aquellas pausas eran intencionadas.

—Me han preguntado si Anthony iba solo a Las Vegas —dijo por fin la señora Aliso.

—¿Y qué?

—Durante la investigación, supongo que descubrirán que mi marido era un mujeriego. Sólo les pido una cosa y es que, por favor, hagan lo posible por ahorrarme los detalles. No quiero saberlos.

Bosch asintió y permaneció un momento callado

mientras ordenaba sus pensamientos. Se preguntaba qué tipo de mujer no quería saber más. ¿Una que ya lo sabía todo? Cuando Harry alzó la vista, sus miradas se cruzaron.

—Además de jugar, ¿sabe si su marido tenía algún problema? —preguntó—. ¿Profesional o económico?

—Que yo sepa, no, aunque él llevaba las cuentas. Ahora mismo no tengo ni idea de nuestra situación financiera. Cuando necesitaba dinero, yo se lo pedía y él me decía que extendiera un cheque y le informase de la cantidad. Para los gastos de la casa teníamos una cuenta aparte a mi nombre.

Bosch siguió preguntando con la vista fija en su libreta.

—Sólo un par de preguntas más y la dejamos en paz. ¿Tenía su marido algún enemigo? ¿Alguien que quisiera hacerle daño?

—Anthony trabajaba en Hollywood, donde la gente se clava puñales por la espalda todos los días. Él era tan experto como cualquiera que lleve veinticinco años en la industria, así que podría haber gente descontenta con él... Pero no sé quién pudo hacer esto.

—El coche, el Rolls-Royce, está alquilado a una productora en Archway Studios. ¿Cuánto tiempo llevaba su marido trabajando para ellos?

—Él tenía su despacho allí, pero no trabajaba para el Archway. TNA Productions es..., era su propia empresa. Él sólo alquilaba un despacho y una plaza de aparcamiento, pero no tenía nada que ver con ellos.

—Háblenos de su productora —dijo Rider—. ¿Hacía películas?

—Más o menos. Digamos que empezó por todo lo alto y luego cayó en picado. Hace veinte años produjo su primer largometraje: *El arte de la capa*. Si la vieron, son ustedes de los pocos. El mundo de los toros no es un tema muy taquillero, pero la película fue aclamada por la crítica e hizo el circuito de festivales y salas de arte y ensayo; fue un buen comienzo para Tony.

Verónica Aliso añadió que su marido había logrado rodar un par de películas más, pero que su nivel de calidad y escrúpulos había ido disminuyendo gradualmente hasta acabar produciendo una retahíla de subproductos pornográficos.

—Las películas, si quiere llamarlas así, son todas iguales; la única diferencia es la cantidad de pechos. En el sector se conocen como directos a vídeo —explicó ella—. Además, Anthony tenía bastante éxito en el arbitraje literario.

—¿Y eso qué es?

—Especulación. Tony compraba guiones, pero también manuscritos y libros.

—¿Y cómo especulaba con ellos?

—Él adquiría los derechos y, cuando subía su valor o el autor se ponía de moda, los vendía. ¿Conocen a Michael Saint John?

A Bosch le sonaba el nombre, pero negó con la cabeza. Rider hizo lo mismo.

—Es uno de los guionistas de moda. Dentro de un año estará dirigiendo largometrajes para algún estudio.

—¿Y?

—Hace ocho años, cuando Saint John era un pobre estudiante de cine y buscaba un agente, mi marido era uno de los buitres que pululaban por la facultad. Verán, las películas de Tony eran de tan bajo presupuesto que necesitaba a estudiantes para que las escribieran y las dirigieran. Por eso conocía las universidades y escuelas, y sabía reconocer a un joven con talento. Michael Saint John era uno de ellos. Un día en que el chico estaba desesperado, le vendió a Anthony los derechos de tres de sus guiones por dos mil dólares. Ahora, cualquier cosa con el nombre de Saint John se vende por cantidades de seis cifras como mínimo.

—Y los escritores, ¿cómo se lo toman?

—No muy bien. Saint John estaba intentando comprarle los guiones.

—¿Lo cree capaz de haberle hecho daño a su marido?

—No. Ustedes me han preguntado a qué se dedicaba Tony y yo les he contestado. Pero si me preguntan quién lo podría haber matado, eso no lo sé.

Bosch tomó más notas.

—Dice que su marido se veía con inversores cuando viajaba a Las Vegas —le recordó Rider.

—Así es.

—¿Podría decirnos sus nombres?

—Pueblerinos de Iowa, supongo. Gente que encontraba y a quienes convencía para invertir en una película. Les sorprendería la cantidad de personas que están locas por participar en una producción de Hollywood. Y Tony era un buen vendedor. Lograba que una simple película de dos millones de dólares sonara como la segunda parte de *Lo que el viento se llevó*. A mí también me convenció.

—¿Qué?

—Me convenció para que actuara en una de sus películas; así le conocí. Tal como él me lo pintó, yo iba a ser la nueva Jane Fonda: sexy, pero inteligente. Era un largometraje para un estudio; lo malo es que el director era cocainómano, el guionista no sabía escribir y la película salió tan mal que nunca se estrenó. Fue el final de mi carrera. Tony no volvió a trabajar para un estudio y se pasó el resto de su vida haciendo porquerías para vídeo.

Mientras admiraba los cuadros y muebles en aquella sala de techos altos, Bosch comentó:

—No parece que le fuese tan mal.

—No —respondió ella—. Supongo que esto se lo debemos a los pueblerinos de Iowa.

El rencor de Verónica Aliso era agobiante. Bosch bajó la cabeza para rehuir su mirada.

—Tanto hablar... Tengo sed —continuó ella tras una pausa—. ¿Quieren algo?

—Sí, gracias. Un vaso de agua —contestó Bosch—. Aunque enseguida nos vamos.

—¿Detective Rider?

—No, gracias.

—Ahora vuelvo.

En cuanto ella se hubo ido, Bosch se levantó y se paseó por la habitación con aire despreocupado. No le dijo nada a Rider. Estaba contemplando una figurita de cristal de una mujer desnuda cuando Verónica Aliso regresó con dos vasos de agua helada.

—Sólo quiero hacerle un par de preguntas más sobre esta semana pasada.

—Adelante.

Bosch bebió un sorbo de agua y se quedó de pie.

—¿Sabe qué equipaje se llevó su marido a Las Vegas?

—Sólo una bolsa.

—¿Cómo era?

—Una de esas que se cuelgan del hombro y se doblan por la mitad. Verde con correas de piel marrón y una etiqueta con su nombre.

—¿Solía llevar maletín?

—Sí, uno de aluminio. Son ligeros pero imposibles de forzar. ¿Es que falta su equipaje?

—No estamos seguros. ¿Sabe dónde guardaba la llave del maletín?

—En su llavero, con las del coche.

Ni en el cadáver ni en el Rolls habían encontrado aquellas llaves, por lo que tal vez las habían robado para abrir el maletín. Harry depositó el vaso junto a la figurita de cristal y volvió a mirarla. Después, tomó nota de la descripción del maletín y de la bolsa.

—¿Llevaba su marido una alianza de matrimonio?

—No, sólo un reloj bastante caro. Un Rolex que le regalé yo.

—No se lo llevaron.

—Ah.

Bosch dejó de apuntar y alzó la vista.

—¿Recuerda qué ropa llevaba el jueves por la mañana?

—Em... No sé, ropa informal... Ah sí, unos pantalones blancos, una camisa azul y su cazadora.

—¿Una cazadora de cuero negro?

—Sí.

—¿Recuerda si lo abrazó o le dio un beso de despedida?

Esto pareció ponerla nerviosa. Bosch inmediatamente se arrepintió de la manera en que había formulado la pregunta.

—Lo siento. Lo que quería decir es que encontramos unas huellas dactilares en el hombro de la chaqueta. Si usted lo tocó ahí el día que él se marchó, podrían ser suyas.

Ella se quedó en silencio un momento. Bosch pensó que por fin iba a llorar, pero se equivocaba.

—Puede ser, aunque no lo recuerdo... No, creo que no.

Bosch sacó de su maletín un pequeño aparato para recoger huellas que parecía una diapositiva, pero con una pantallita de dos caras rellena de tinta. Al apretar con el pulgar en el lado A, la huella se imprimía en una tarjeta colocada debajo del lado B.

—Me gustaría tomar una huella de su pulgar para compararla con la que sacamos de la cazadora. Si determinamos que usted no lo tocó, podríamos tener una buena pista.

Verónica Aliso se acercó a Bosch, quien le apretó el pulgar derecho sobre la pantalla. Cuando Harry le soltó el dedo ella lo miró.

—No mancha.

—Está bien, ¿verdad? Empezamos a usar este sistema hace un par de años.

—La huella de la cazadora, ¿era de una mujer?

Bosch la miró fijamente.

—No lo sabremos seguro hasta que descubramos a quién pertenece.

Al guardar la pantallita y la tarjeta con la huella en el maletín, Bosch vio la bolsa que contenía los *poppers* y la sacó para mostrársela.

—¿Sabe qué son?

Ella los miró con perplejidad y negó con la cabeza.

—*Poppers* de nitrato amílico. Alguna gente los utiliza para aumentar su capacidad y satisfacción sexual. ¿Los usaba su marido?

—¿Es que los llevaba encima?

—Señora Aliso, le ruego que se limite a contestar mis preguntas. Sé que es difícil, pero hay cierta información que todavía no puedo darle. Le prometo que lo haré en cuanto pueda.

—No, no los usaba... conmigo.

—Siento tener que mencionar detalles tan íntimos, pero tiene que comprender que todos queremos atrapar al culpable de esto. Veamos, su marido era unos diez o doce años mayor que usted. —Bosch exageraba un poco—. ¿Tenía problemas para mantener relaciones sexuales? ¿Puede ser que estuviera usando *poppers* sin que usted tuviera conocimiento?

Ella se volvió para regresar a su butaca.

—Eso no puedo saberlo —dijo una vez sentada.

En esta ocasión fue Bosch quien la miró perplejo. ¿Qué quería decir? Su silencio funcionó, ya que ella contestó antes de que él tuviera que preguntárselo. Sin embargo, no se dirigió a él, sino a Rider; como si ella, por ser mujer, pudiera comprenderla mejor.

—Detective, yo no tenía... relaciones sexuales. Mi marido y yo no..., bueno, que no ha habido nada en los últimos dos años.

Bosch asintió y bajó la vista, aunque no escribió nada. Incapaz de anotar aquella información ante la mirada de ella, cerró la libreta y se la guardó.

—Supongo que se preguntan por qué, ¿no? —dijo ella con un ligero desafío en el gesto y la voz—. Anthony había perdido interés.

—¿Está segura?

—Me lo dijo a la cara.

Bosch asintió.

—Señora Aliso, siento mucho la muerte de su marido. También lamento la intrusión y las preguntas personales, pero me temo que durante la investigación surgirán más preguntas.

—Lo comprendo.

—Una última cosa.

—¿Qué?

—¿Tenía su marido un despacho en casa?

—Sí.

—¿Podríamos echarle un vistazo?

Ella se levantó y los dos detectives la siguieron por el pasillo que llevaba al pequeño despacho. Una vez dentro, Bosch echó una ojeada rápida. Era una habitación pequeña con una mesa de trabajo, dos archivadores y un carrito con un televisor.

Detrás de éste había una estantería, repleta de libros y guiones de cine con los títulos escritos en el lomo, y apoyados en un rincón Harry vio unos palos de golf.

La mesa, que estaba impecable, tenía dos cajones archivadores. Uno estaba vacío y en el otro había varias carpetas cuyas etiquetas indicaban que contenían documentos financieros y relativos a impuestos. Bosch decidió que el registro del despacho podía esperar.

—Es tarde —comentó—. No es el momento de hacer un registro, pero quiero que comprenda que las investigaciones como ésta suelen ir en muchas direcciones; tenemos que seguirlas todas. Mañana vendremos a dar una ojeada a las cosas de su marido y seguramente nos llevaremos algunas. Traeremos una orden para que sea perfectamente legal.

—Sí, claro. Pero ¿no puedo darles permiso para que se lleven lo que quieran?

—Sí, pero será mejor de esta manera. Le estoy hablando de talonarios, documentos de sus cuentas corrientes, balances de su tarjeta de crédito, seguros, todo. Seguramente necesitaremos los papeles sobre la cuenta corriente dedicada a los gastos de la casa.

—Muy bien. ¿A qué hora?

—Aún no lo sé. Ya la llamaremos —respondió Bosch—. ¿Sabe si su marido hizo testamento?

—Sí, los dos lo hicimos. Ahora está en manos de nuestro abogado.

—¿Cuánto hace?

—¿Del testamento? No sé, mucho tiempo. Años.

—Por la mañana me gustaría que llamase a su abogado y le dijera que necesitamos una copia. ¿Cree que podrá hacerlo?

—Por supuesto.

—¿Y seguro de vida?

—Sí, los dos nos hicimos pólizas. También las tiene nuestro abogado, Neil Denton, en Century City.

—Muy bien. Ya nos preocuparemos de eso mañana. Ahora precintaremos la habitación y ya está.

Todos salieron al pasillo y, tras cerrar la puerta, Bosch sacó de su maletín un adhesivo en el que se leía:

ESCENA DEL CRIMEN
PROHIBIDO EL PASO
LLAMAR AL: 213 485-4321

Bosch pegó el adhesivo en la jamba de la puerta; de ese modo, cualquier intruso se vería obligado a cortarlo o desengancharlo.

—¿Detective? —susurró Verónica Aliso detrás de él. Bosch se volvió.

—Yo soy la principal sospechosa, ¿no?

Bosch se guardó en el bolsillo los papeles sobrantes del adhesivo.

—En estos momentos todo el mundo es sospechoso. Estamos considerando todas las posibilidades, así que eso la incluye a usted.

—Entonces no debería haber sido tan sincera.

—Si no tiene nada que ocultar, la verdad no la perjudicará —intervino Rider.

A Bosch la experiencia le impedía decir algo semejante, ya que sabía que era falso. Y, a juzgar por la pequeña sonrisa que asomó en el rostro de Verónica Aliso, ella también lo sabía.

—¿Es usted nueva, detective Rider? —preguntó la viuda, con la mirada fija en Bosch.

—No, señora. Hace seis años que soy detective.

—Ah. Al detective Bosch no hace falta que se lo pregunte.

—Señora Aliso... —comenzó Bosch.

—Verónica.

—Todavía no sabemos a qué hora fue asesinado su marido, pero nos gustaría descartar ciertas hipótesis para así concentrarnos en...

—Quiere saber si tengo una coartada, ¿no?

—Sólo queremos establecer dónde estuvo usted durante estos últimos días y noches. Es una pregunta de rutina, nada más.

—Bueno, siento aburrirle con los detalles de mi vida porque eso es lo que son: aburridos. Aparte de ir al centro comercial y al supermercado el sábado por la tarde, no he salido de casa desde que cené con mi marido el miércoles por la noche.

—¿Ha estado aquí sola?

—Sí... Creo que el capitán Nash podrá confirmárselo. Los de Seguridad apuntan quién entra y quién sale de Hidden Highlands, incluidos los residentes. Además, el viernes vino el cuidador de la piscina. Puedo darles su nombre y teléfono.

—No, gracias, de momento no es necesario. Y siento mucho lo de su marido. ¿Hay algo que podamos hacer por usted?

Ella parecía haberse retraído y Bosch no estaba seguro de que hubiera oído su pregunta.

—No, gracias —contestó finalmente.

Bosch recogió el maletín y se alejó por el pasillo seguido de Rider. Harry se fijó en que en la pared no había fotos ni cuadros. Aquello no le pareció normal, pero enseguida concluyó que hacía tiempo que las cosas habían dejado de ser normales en aquella casa. El detective estudiaba los hogares de sus víctimas como los expertos estudiaban los retratos de gente ya fallecida en el museo Getty.

Buscaba significados ocultos: los secretos de sus vidas y sus muertes.

Rider fue la primera en salir. Después lo hizo Bosch, que se volvió a mirar hacia la casa. Al fondo del pasillo se recortaba la silueta de Verónica Aliso. Bosch titubeó un instante, pero finalmente se despidió con un gesto y se marchó.

Ya en el coche, Bosch y Rider permanecieron un buen rato en silencio mientras digerían la conversación.

—¿Cómo fue? —preguntó Nash, cuando llegaron a la verja de entrada.

—Bien.

—El señor Aliso está muerto, ¿no?

—Sí.

Nash silbó, asombrado.

—Capitán Nash, ¿guarda usted una lista de las entradas y salidas a la urbanización?

—Sí, pero esto es propiedad privada. Necesitaría una...

—Una orden de registro, ya lo sé —contestó Bosch—. Pero antes de liarme a hacer todos los trámites, dígame una cosa. Si vuelvo con una orden, ¿me dirá esa lista la hora exacta en que salió y entró la señora Aliso?

—La señora Aliso, no. Sólo su coche.

—Entendido.

Bosch llevó a Rider hasta su coche y ambos se dirigieron a la comisaría de la División de Hollywood en sus respectivos vehículos. Por el camino, Bosch no dejó de pensar en Verónica Aliso y en aquellos ojos llenos de rencor hacia su difunto marido. Pese a no saber cómo encajaba aquello (y ni siquiera si encajaba), estaba convencido de que volverían a hablar con ella.

Rider y Bosch se detuvieron unos instantes en la comisaría para poner a Edgar al corriente de lo sucedido y tomarse un café. El siguiente paso fue llamar a la oficina de seguridad del Archway para que avisaran a Chuckie Meachum. Bosch no le dijo al oficial de guardia de qué iba el tema ni a qué despacho se dirigían; sólo le pidió que convenciera a Meachum para que fuera hacia allá.

Eran ya las doce de la noche cuando salieron por la puerta trasera de la comisaría y pasaron por delante de la celda de borrachos en dirección al coche de Bosch.

—Bueno, ¿qué te ha parecido la señora Aliso? —inquirió Bosch mientras salía del aparcamiento.

—¿La viuda resentida? Pues que su matrimonio no fue gran cosa, al menos al final. Lo que no sé es si eso la convierte en una asesina.

—No había fotos.

—¿En las paredes? Sí, ya lo he notado.

Bosch encendió un cigarrillo. Rider no se lo recriminó, a pesar de que fumar en el coche era una clara violación de las normas del departamento.

—¿Qué opinas tú? —preguntó ella.

—Aún no estoy seguro. En parte, está lo que tú dices, ese rencor tan profundo, pero hay un par de cosas más que me han llamado la atención.

—¿Cuáles?

—Pues todo el maquillaje que llevaba y la forma en que me quitó la placa de la mano. Nadie me había hecho eso antes. Es como... no lo sé... como si nos hubiera estado esperando.

Cuando llegaron a la entrada de Archway Pictures, Meachum les aguardaba fumando bajo la réplica a escala del Arco del Triunfo. El ex policía, que vestía una cazadora sobre una camiseta de golf, sonrió con sorpresa al ver a Bosch. Ambos habían trabajado juntos en la División de Robos y Homicidios hacía diez años; no habían llegado a ser compañeros, pero habían colaborado en algún proyecto. Meachum dejó el departamento en el momento justo; presentó su dimisión un mes después de que el caso Rodney King saltara a las primeras páginas de los periódicos. Meachum sabía, y así se lo dijo a todo el mundo, que aquello era el principio del fin. Poco después, el estudio Archway le ofreció el cargo de subdirector de seguridad. Era un buen puesto con un buen sueldo, al que Meachum añadía la pensión equivalente a media paga que le correspondía por sus veinte años de servicio en la policía. Cuando los detectives hablaban de gente lista siempre lo ponían como ejemplo. En esos momentos, con el lastre que arrastraba el departamento —la paliza a Rodney King, los disturbios del noventa y dos, la Comisión Christopher, los casos O. J. Simpson y Mark Fuhrman—, un policía jubilado ya podía darse por satisfecho si el Archway lo contrataba de portero.

—Harry Bosch —saludó Meachum—. ¿Qué tal?

Lo primero que Bosch notó de Meachum es que se había arreglado los dientes desde la última vez que lo había visto.

—Chuckie, cuánto tiempo... Ésta es mi compañera, Kiz Rider.

Rider y Meachum se saludaron con la cabeza. Meachum se la quedó mirando un momento, probablemente porque las detectives negras eran algo raro en su época (a pesar de que llevaba retirado menos de cinco años).

—Bueno, ¿qué pasa, colegas? ¿Por qué me habéis sacado de la cama?

Meachum sonrió, mostrando su renovada dentadura. Bosch estaba seguro de que lo hacía a propósito.

—Estamos investigando un caso y queremos echarle un vistazo al despacho de la víctima.

—¿Aquí? ¿Quién es el fiambre?

—Anthony N. Aliso, de TNA Productions.

Chuckie Meachum frunció el ceño. El policía jubilado lucía un bronceado de golfista que nunca se pierde su partido del sábado por la mañana y que juega como mínimo una vez entre semana.

—No me suena. ¿Estás seguro de que...?

—Búscalo, Chuck. Trabaja aquí, te lo aseguro. Bueno, trabajaba.

—Muy bien. Hagamos una cosa; aparcad allá, vamos un momento a mi despacho y, mientras nos tomamos un café rápido, os busco a este tío.

Meachum señaló la zona del aparcamiento situada frente a la verja de entrada y Bosch obedeció sus indicaciones. El aparcamiento estaba casi vacío y junto a él se alzaba un enorme escenario que tenía una pared toda pintada de azul con nubecillas blancas. Aquella pared se usaba como telón de fondo para rodar exteriores cuando la contaminación teñía el cielo de Los Ángeles del color del agua sucia.

Bosch y Rider siguieron a Meachum hasta las oficinas de seguridad del estudio. Lo primero que vieron fue un despacho acristalado, ocupado por un hombre ataviado con el uniforme marrón de Archway Security. El guarda estaba sentado, rodeado de monitores de vídeo y leyendo la página deportiva del *Times*, que arrojó rápidamente a la papelera en cuanto se percató de la llegada de Meachum. A Bosch le pareció que éste no se había dado cuenta, puesto que estaba aguantándoles la puerta a él y a Rider. Cuando se volvió, saludó de manera informal al hombre del despacho acristalado y condujo a los dos detectives al suyo.

Una vez allí, Meachum se acomodó frente al ordenador. El salvapantallas, que mostraba una batalla intergaláctica entre diversas naves espaciales, desapareció en el instante en que el expolicía pulsó una tecla. Meachum le pidió a Bosch que le deletreara el nombre de Aliso y, acto seguido, giró el monitor para impedir que lo vieran. A Bosch le molestó aquel gesto, pero no dijo nada.

—Tienes razón —anunció Meachum al cabo de unos segundos—. Aliso trabajaba aquí, en el edificio Tyrone Power. Alquilaba uno de esos cuchitriles para la gente de fuera del estudio. Es una oficina con tres despachos para tres perdedores con una secretaria compartida, que va incluida en el precio del alquiler.

—¿Pone ahí cuánto tiempo llevaba en el despacho?

—Sí, casi siete años.

—¿Qué más dice?

Meachum miró la pantalla.

—No mucho. Al parecer no hubo problemas, aparte de una queja porque alguien le pidió limosna en el aparcamiento. Aquí dice que conducía un Rolls-Royce. Seguramente era el único tío de Hollywood que no se había pasado a un Range Rover. Menudo hortera.

—Vamos a echar un vistazo.

—Mira —le cortó Meachum—. ¿Por qué no te vas con la detective Riley a tomar un café mientras yo hago una llamada? No sé muy bien cuál es la política de la casa en una situación como ésta.

—Primero, se llama Rider, no Riley —le corrigió Bosch—. Y segundo, estamos investigando un homicidio. Sea cual sea vuestra política, nosotros tenemos que entrar.

—Acuérdate de que esto es propiedad privada, colega.

—Vale. —Bosch se levantó—. Y cuando tú hagas tu llamada, acuérdate de que los medios aún no saben nada de este rollo. No creo que al Archway le interese involucrarse, sobre todo cuando todavía no sabemos qué está pasando. Dile a quienquiera que llames que yo procuraré que no se sepa.

Meachum sonrió y sacudió la cabeza.

—Siempre igual, Bosch. O se hace a tu manera o no se hace.

—Algo así —dijo Harry con una sonrisa.

Mientras esperaban, a Bosch le dio tiempo de tomarse un par de tazas de un café que llevaba horas hecho. Aunque estaba amargo y casi frío, sabía que no aguantaría toda la noche con el que se había tomado antes en la comisaría. Rider, en cambio, optó por un vaso de agua del tanque que había en el pasillo.

Pasaron casi veinte minutos hasta que Meachum salió de su despacho.

—Vale, podéis entrar. Pero alguien tiene que ir con vosotros para observar. ¿De acuerdo?

—De acuerdo.

—Muy bien, vamos allá. Cogeremos un buggy.

Cuando se dirigían a la salida. Meachum abrió la puerta del despacho acristalado y asomó la cabeza.

—Peters, ¿quién está haciendo la ronda?

—Em… Serrurier y Fogel.

—Vale. Llama a Serrurier y dile que nos espere en Tyrone Power. Él tiene las llaves, ¿no?

—Sí.

—Muy bien. —Meachum comenzó a cerrar la puerta, pero se detuvo—. Ah, Peters. Deja la página deportiva en la papelera.

Cogieron un carrito de golf para llegar hasta el edificio Tyrone Power, que estaba en el otro extremo del recinto. Por el camino, Meachum saludó a un hombre todo vestido de negro que salía de una de las enormes naves del estudio.

—Si no estuvieran rodando en la calle de Nueva York, os llevaría por allí. Da la sensación de estar en Brooklyn.

—Nunca he estado en Brooklyn —comentó Bosch.

—Ni yo —añadió Rider.

—Entonces no importa, a no ser que queráis ver el rodaje.

—Con el edificio Tyrone Power nos basta.

—Muy bien.

Cuando llegaron, les estaba esperando otro hombre de uniforme: Serrurier. A instancias de Meachum, el guarda abrió la puerta de la zona de recepción y la del despacho de Aliso. Después, Meachum le ordenó que regresara a su trabajo.

Meachum no había exagerado demasiado al llamarlo cuchitril; Bosch, Rider y Meachum estaban tan apretujados que casi podían notarse el aliento. Apenas había espacio para una mesa, una silla y un archivador de cuatro cajones. Una de las paredes estaba decorada con los carteles de dos películas clásicas: *Chinatown* y *El padrino*, ambas rodadas en la Paramount, que tenía sus estudios en esa misma calle.

En la pared opuesta, Aliso había contrastado aquellos carteles con dos de sus propias producciones: *El arte de la capa* y *Víctima del deseo*. A ellos se añadía algún cuadro de menor tamaño y fotos enmarcadas que mostraban a Aliso en compañía de famosos. La mayoría habían sido tomadas en aquel mismo despacho, con Aliso y el famoso de pie detrás de la mesa.

Primero, Bosch se fijó en los dos carteles. Ambos llevaban el imprimátur «Anthony Aliso Presenta», pero fue el de *Víctima del deseo* el que capturó su atención. Debajo del título se veía a un hombre vestido de blanco con una pistola en la mano y un gesto de desesperación en el rostro. En primer plano, una mujer con una larga cabellera negra enmarcaba la imagen y lo miraba con ojos sensuales. Todo y con ser una copia barata del cartel de *Chinatown*, tenía algo cautivador. Una de las razones era que la mujer, naturalmente, era Verónica Aliso.

—Una tía guapa —comentó Meachum a su espalda.

—Es su mujer.

—Ya lo veo. Parece la protagonista, pero no me suena su nombre.

—Sí, creo que ésa fue su única oportunidad.

—Pues era guapa. Aunque dudo mucho que lo siga siendo.

Bosch estudió aquella mirada en el cartel mientras pensaba en la mujer que acababa de conocer hacía apenas una hora. Sus ojos eran igual de oscuros y brillantes, con las mismas crucecitas de luz en cada pupila.

A continuación, Bosch se fijó en las fotos enmarcadas. Lo primero que le llamó la atención fue que en una de ellas aparecía Dan Lacey, el actor que lo había interpretado a él en una película para televisión sobre la búsqueda de un asesino en serie. La productora había pagado una considerable suma de dinero a Bosch y a su compañero por utilizar sus nombres y emplearlos como asesores durante el rodaje. Su compañero tomó el dinero y corrió; es decir, se retiró y se marchó a México. Bosch, por su parte, se compró una casa en las colinas. Él no podía huir; aquel trabajo era su vida.

Bosch se volvió y examinó el resto del despacho. En la pared de la entrada había unos estantes repletos de guiones y cintas de vídeo, pero ni un solo libro aparte de un par de catálogos de actores y directores.

—De acuerdo —dijo Bosch—. Chuckie, tú quédate en la puerta y obsérvanos, tal como has dicho. Kiz, tú empieza por la mesa mientras yo miro el archivador.

Como el archivador estaba cerrado con llave, Bosch tardó unos diez minutos en abrirlo con la ganzúa que llevaba en el maletín. Luego se pasó una hora hojeando las carpetas, que contenían una gran cantidad de documentos relacionados con la financiación de varios largometrajes. Aunque Bosch nunca había oído hablar de ellos, no le extrañó demasiado dada su ignorancia sobre el cine y lo que le había contado Verónica Aliso. Con sólo ojear las facturas, vio que TNA había pagado importantes sumas de dinero a varias compañías de servicios cinematográficos durante la producción de las películas. Y lo que más le sorprendía era el tren de vida que Aliso había conseguido financiar desde aquel despacho miserable.

Cuando acabó con el cuarto y último cajón, Bosch se levantó y estiró un poco los músculos. Al hacerlo, sus vértebras entrechocaron como fichas de dominó. Entonces su vista se posó en Rider, que seguía registrando los cajones de la mesa.

—¿Encuentras algo?

—Un par de cosas interesantes, pero ningún arma humeante, si es a eso a lo que te refieres. Aquí hay una notificación de Hacienda, que por lo visto iba a hacerle una auditoría el mes que viene. Aparte de eso, he encontrado correspondencia entre Tony Aliso y Saint John, el guionista de moda que mencionó la señora Aliso. Hay algunas palabras fuertes, pero nada amenazador. Aún me queda un cajón.

—En los archivos hay mucha cosa, sobre todo financiera. Vamos a tener que volver a examinarlo todo y me gustaría que lo hicieras tú. Qué, ¿te ves capaz?

—Sí. De momento los papeles parecen los de cualquier empresa; la única diferencia es que el producto que fabrican son películas.

—Salgo un momento a fumarme un pitillo. Cuando acabes, cambiamos; tú te encargas de los archivos y yo de la mesa.

—Buena idea.

Antes de salir, Bosch recorrió con la mirada los estantes de la pared de la entrada. Leyó los títulos de las cintas de vídeo y se detuvo cuando localizó la que estaba buscando: *Víctima del deseo*. Harry la puso en la pila de lo que se iban a llevar a la comisaría y observó que la carátula era idéntica al cartel. Rider le preguntó qué era.

—Es la película de Verónica Aliso —contestó Bosch—. Quiero verla.

—Ah, yo también.

Ya fuera, en un pequeño patio, Bosch encendió un cigarrillo junto a una estatua de bronce que supuso que sería de Tyrone Power. El aire era frío y el humo en el pecho le ayudaba a entrar en calor. En aquel momento reinaba un silencio absoluto en los estudios de rodaje.

Bosch se acercó hasta una papelera situada junto a un banco del patio y la usó de cenicero. Fue entonces cuando se fijó en que había una taza rota en el fondo, así como varios bolígrafos y lápices. En uno de los fragmentos de la taza, Harry distinguió el logotipo del Archway: el Arco del Triunfo sobre un sol naciente. Bosch se disponía a agacharse para recoger una estilográfica de oro de la marca Cross cuando oyó la voz de Meachum y se volvió.

—Esa chica llegará lejos, ¿no?

Meachum estaba encendiendo un cigarrillo.

—Eso dicen. Es nuestro primer caso juntos. No la conozco demasiado bien y, por lo que he oído, no hace falta que me esfuerce porque va directa a la Casa de Cristal.

Meachum asintió y arrojó la ceniza al suelo. A continuación levantó la vista hacia el tejado e hizo un gesto de saludo. Al mirar en esa dirección, Harry descubrió una cámara de seguridad instalada en la parte inferior del alero del tejado.

—No te molestes —le aconsejó Bosch—. No te ve. Está leyendo el artículo sobre el partido de los Dodgers de ayer por la noche.

—Es muy posible. Hoy en día es dificilísimo conseguir gente competente; sólo encuentro tíos que se pasan todo el santo día dando vueltas en esos cochecitos de golf para que alguien los descubra, como a Clint Eastwood. El otro día uno se me estampó contra una pared porque se puso a hablar con un par de ejecutivos creativos que pasaban. Ejecutivos creativos... menuda contradicción.

Bosch permaneció en silencio, porque no tenía el menor interés en todo aquello.

—Deberías venir a trabajar aquí, Harry. Ya llevas veinte años en la policía, ¿no? Pues te retiras y vienes a trabajar para mí. Te aseguro que tu calidad de vida mejorará muchísimo.

—No, gracias, Chuck. No me imagino paseando en uno de tus cochecitos de golf.

—Bueno, ahí queda la oferta. Cuando quieras, colega.

Bosch apagó el cigarrillo contra la parte exterior de la papelera y arrojó la colilla dentro. Había decidido no registrarla con Chuckie Meachum presente, así que anunció que regresaba adentro.

—Bosch, tengo que decirte algo.

Harry se volvió hacia Meachum.

—Oye, yo no puedo dejarte llevar nada sin que exista una orden judicial. He oído lo que decías sobre esa cinta de vídeo y ya he visto que ella está apilando cosas para llevárselas, pero no puede ser.

—Pues te vas a pasar toda la noche aquí, Chuck. Son muchos papeles y mucho trabajo. Será más fácil para todos si nos los llevamos a comisaría.

—Ya lo sé. Yo también he pasado por lo mismo, pero me han dado instrucciones de que no os deje sacar nada sin una orden.

Bosch utilizó el teléfono de recepción para llamar a Edgar, que todavía estaba en la oficina de detectives y se disponía a escribir los primeros informes sobre el caso. Bosch le pidió que lo dejara y comenzara a pedir órdenes de registro para todos los documentos de la casa de Aliso, de su despacho en el Archway y cualquier papel que se hallara en posesión de su abogado.

—¿Me estás pidiendo que llame al juez esta noche? —preguntó Edgar—. ¡Son casi las dos!

—Hazlo —contestó Bosch—. Cuando te las firme, tráetelas al Archway. Ah, y coge algunas cajas.

Edgar refunfuñó porque le estaba tocando bailar con la más fea. A nadie le gusta despertar a un juez en plena noche.

—Ya sé, ya sé, Jerry, pero hay que hacerlo. ¿Alguna novedad?

—Nada importante. He llamado al Mirage y el jefe de seguridad me ha dicho que la habitación donde se alojó Aliso volvió a usarse el fin de semana. Ahora no hay nadie y él la mantendrá vacía, pero ya no servirá de nada.

—Seguramente... Bueno, tío, la próxima vez no te tocará la china, pero ahora consígueme esas órdenes.

En el despacho de Aliso, Rider ya había terminado su inspección de los archivos. Bosch le contó que Edgar iba a pedir una orden y que tendrían que escribir un inventario para Meachum. También le propuso tomarse un descanso, pero ella declinó la oferta.

Bosch se sentó detrás de la mesa del despacho, que estaba ocupada con los típicos objetos de escritorio: un teléfono con accesorio de manos libres, un fichero rotatorio, un cartapacio, un taco magnético con clips imantados y una talla de madera con las letras TNA. También había una bandeja llena de papeles.

Al mirar el teléfono, Bosch se fijó en el botón de rellamada automática. Sin pensárselo dos veces, descolgó el auricular y pulsó el botón. La larga cadena de sonidos indicaba que la última llamada hecha desde allí había sido de larga distancia. Después de sonar dos veces, se oyó una voz femenina con música de fondo.

—¿Diga?

—Sí, hola, ¿con quién hablo? —preguntó Bosch.

Ella soltó una risita.

—No lo sé. ¿Con quién hablo yo?

—A lo mejor me he equivocado de número.

—Esto es el Dolly's.

—Ah, vale. Oye, ¿y dónde estáis?

Ella volvió a reírse.

—En Madison, ¿dónde vamos a estar?

—¿Y dónde está eso?

—En North Las Vegas. ¿Dónde estás tú?

—En el Mirage.

—Vale, pues tira hacia el norte por la calle del hotel. Cuando hayas pasado el centro y un par de zonas un poco cutres, llegarás a North Las Vegas. Madison es la tercera después del puente. Giras a la izquierda y nosotros estamos a una manzana, a mano izquierda. ¿Cómo dices que te llamas?

—Harry.

—Bueno, Harry, yo soy Rhonda, como en...

Bosch no dijo nada.

—Anda, Harry, ¿es que no te sabes la canción? Tenías que decir: «Ayúdame, Rhonda. Ayúdame, Rhonda».

Rhonda cantó la canción de los Beach Boys.

—Pues la verdad es que sí puedes ayudarme —dijo Bosch—. Estoy buscando a un colega mío, Tony Aliso. ¿Ha pasado por ahí últimamente?

—Esta semana no. No lo veo desde el jueves o el viernes. Ah, ahora entiendo de dónde has sacado el número del camerino.

—Sí, de Tony.

—Bueno, esta noche Layla no está, así que Tony no creo que venga. Pero tú ven igualmente; no hace falta que esté él para que te diviertas.

—Vale, intentaré pasarme.

Bosch colgó, se sacó una libreta del bolsillo y escribió el nombre del local, la dirección y los nombres Rhonda y Layla, subrayando este último.

—¿Qué pasa? —preguntó Rider.

—Tenemos una pista en Las Vegas.

Bosch le recontó la conversación y lo que Rhonda había sugerido de una tal Layla. Rider estuvo de acuerdo en que se trataba de un hallazgo interesante y volvió a los archivos. Bosch continuó observando lo que había sobre el escritorio antes de pasar a los cajones.

—¿Chuckie?

Meachum, que estaba apoyado de espaldas contra la puerta con los brazos cruzados, arqueó las cejas como diciendo: «¿Qué pasa?».

—No tiene contestador. ¿Y cuando no está la recepcionista? ¿Las llamadas pasan a una operadora?

—Em, no. Todos tenemos un buzón de voz.

—¿Ah, sí? ¿Y cómo se accede a él?

—Con un código de tres cifras. Llamas al ordenador central, marcas el código y recoges tus mensajes.

—¿Cómo puedo conseguir su código?

—No puedes. Lo programó él mismo.

—¿No hay un código maestro que sirva para todos?

—No, no es un sistema tan sofisticado. Son sólo mensajes, tío.

Bosch volvió a sacar su libreta y comprobó la fecha de nacimiento de Aliso.

—¿Cuál es el número del ordenador central?

Bosch le dio el número y Bosch llamó. Después de la señal, Harry marcó las cifras 217, pero el ordenador no lo aceptó. Bosch tamborileó sobre la mesa mientras pensaba en otra posibilidad.

Entonces marcó 862, el número que correspondía a las teclas TNA, y una voz cibernética le comunicó que tenía cuatro mensajes.

—Kiz, escucha.

Bosch conectó el manos libres y colgó el auricular. Tomó algunas notas mientras oía los mensajes, aunque los tres primeros eran de hombres informando de diversas cuestiones técnicas relativas a un rodaje, como el alquiler del equipo y los costes. Cada llamada iba seguida de la voz cibernética que informaba de la hora del viernes en que se había recibido.

El cuarto mensaje hizo que Bosch se inclinara hacia delante y escuchara con atención. Era la voz de una mujer joven que parecía estar llorando.

«Tony, soy yo. Llámame en cuanto oigas este mensaje. Casi telefoneo a tu casa; te necesito. El cerdo de Lucky me ha echado. Y sin razón; el muy guarro lo único que quiere es metérsela a Modesty. Estoy tan... No quiero tener que trabajar en el Palomino o en uno de esos sitios como el Garden... ni en broma. Quiero ir a Los Ángeles para estar contigo. Llámame, por favor».

La voz electrónica anunció que la llamada se había recibido a las cuatro de la madrugada del domingo, es decir, mucho después de que hubiera muerto Tony Aliso. La chica no había dado su nombre, lo cual indicaba que Aliso la conocía. Bosch se preguntó si sería Layla, la mujer que había mencionado Rhonda. Al mirar a Rider, ella se encogió de hombros. Les faltaba demasiada información para evaluar la importancia de la llamada.

Bosch se quedó un rato pensativo. Abrió el cajón pero no comenzó a registrarlo, sino que sus ojos se fueron a la pared de la derecha y recorrieron las fotos de Tony Aliso, que posaba sonriente junto a varios famosos. Algunos habían escrito dedicatorias, casi todas difíciles de leer. Bosch contempló la imagen de su álter ego cinematográfico, Dan Lacey, pero no logró descifrar la breve nota de la esquina de la fotografía. De pronto Bosch se fijó en lo que había debajo de las letras: una taza con el logotipo del Archway llena de bolígrafos y lápices.

Bosch descolgó la foto y llamó a Meachum.

—Alguien ha estado aquí —le informó.

—¿Qué dices?

—¿Cuándo vaciaron la papelera de ahí fuera?

—¿Y yo qué sé? ¿Qué coño...?

—¿Y la cámara del tejado? —preguntó—. ¿Cuánto tiempo guardáis las cintas?

Meachum dudó un instante.

—Las cintas nos duran unos siete días, así que grabamos encima cada semana. La cámara sólo recoge diez fotogramas por minuto.

Bosch llegó a casa pasadas las cuatro, lo cual sólo le dejaba tres horas para dormir antes de la reunión matinal con Edgar y Rider. Sin embargo, la cafeína y la adrenalina le impedían pegar ojo.

La casa apestaba a pintura, así que abrió la puerta corredera de la terraza para que entrara un poco de aire fresco. Bosch se quedó un rato contemplando el paso de Cahuenga y los automóviles que circulaban por la autopista que discurría a sus pies. Nunca cesaba de sorprenderle que siempre hubiera coches en las autopistas de Los Ángeles, fuera cual fuera la hora del día.

Bosch pensó en poner un compacto, algo de música de saxofón, pero finalmente se sentó en el sofá a oscuras y encendió un cigarrillo. Entonces comenzó a considerar las distintas ramificaciones del caso. A juzgar por las apariencias, Anthony Aliso había gozado de una buena posición económica. Dicha posición suele conllevar una fuerte protección contra la violencia, lo cual explica que a los ricos casi nunca los maten. Pero, en su caso, algo había salido mal.

Bosch recordó la película de Aliso y fue a buscar el maletín, que había dejado en la mesa del comedor. Dentro había dos cintas de vídeo: la de la cámara de vigilancia del Archway y la copia de *Víctima del deseo*. Harry encendió el televisor y el vídeo, introdujo la cinta del largometraje y comenzó a verla en la oscuridad del salón.

A Bosch no le cupo la menor duda de que la película se merecía la acogida que había recibido. Estaba mal iluminada y en algunas secuencias se veía el micrófono por encima de los intérpretes, lo cual era especialmente molesto en las escenas rodadas al aire libre. Eran fallos básicos de cinematografía. Para colmo, al toque de aficionado en la realización, se añadían las pésimas interpretaciones de los actores. El protagonista, un actor desconocido, resultaba totalmente acartonado en su papel de hombre desesperado por conservar a su joven esposa. Ella se aprovechaba de la frustración sexual del marido para incitarlo a cometer una serie de crímenes, asesinato incluido; todo para satisfacer sus morbosos deseos. Las dotes interpretativas de Verónica Aliso, que daba vida a la mujer, no eran mucho mejores que las del actor principal.

Bien iluminada, Verónica estaba guapísima. Bosch contempló las cuatro escenas en las que aparecía parcialmente desnuda con la fascinación de un *voyeur*. Pero en general no era un buen papel para ella; resultaba evidente por qué su carrera, como la de su marido, se había truncado. Tal vez Verónica lo culpaba a él de su fracaso como actriz y le guardaba rencor, pero a decir verdad ella era una más de las miles de chicas que venían a Hollywood cada año. Tenía un cuerpo imponente, pero era absolutamente negada para la interpretación.

En la escena clave de la película, en la cual detenían al marido y la esposa lo inculpaba ante la policía, ella recitaba el guion con la expresividad de una hoja en blanco.

«Fue él. Está loco. No pude pararlo hasta que fue demasiado tarde. Y después tuve que callar porque..., porque habría parecido que la culpable era yo.»

Al terminar los rótulos, Bosch rebobinó la cinta con el control remoto. Sin levantarse, apagó el televisor y colocó los pies en el sofá. Más allá de las puertas correderas, la luz del amanecer empezaba a perfilar el contorno de las colinas del paso. Seguía sin tener sueño y sin parar de darle vueltas al modo en que las decisiones determinaban la vida de la gente. Se preguntó qué habría ocurrido si los actores hubieran sido mejores y hubiesen encontrado un distribuidor para la película. ¿Habrían cambiado las cosas? ¿Habría evitado que Tony Aliso acabara en aquel maletero?

La reunión con Billets en la comisaría no empezó hasta las nueve y media. Aunque la oficina de la brigada de detectives estaba desierta a causa del fin de semana largo, todos se llevaron sillas al despacho de la teniente y cerraron la puerta. Billets anunció entonces que algunos medios de comunicación locales ya se habían enterado de la muerte de Aliso a través del registro de defunciones y comenzaban a mostrar más interés del habitual en el caso Aliso. Luego añadió que los jefes se estaban planteando pasar la investigación a Robos y Homicidios, la división de elite del departamento. Por supuesto, aquello irritó a Bosch. Él había trabajado en Robos y Homicidios, pero había sido relegado a Hollywood tras una investigación de Asuntos Internos que cuestionó que sus disparos contra un asesino en serie hubieran sido en defensa propia. Por eso le molestaba tanto tener que ceder el caso a la oficina central. Si Crimen Organizado hubiese mostrado interés, el traspaso habría sido más fácil de aceptar. Además, y así se lo dijo a Billets, a Bosch no le hacía ninguna gracia perder el caso después de que su equipo se hubiese pasado casi toda la noche sin dormir y disponiendo de unas cuantas pistas muy interesantes. Rider intervino para darle la razón. Edgar, todavía enfadado por haber cargado con todo el papeleo, no dijo nada.

—Lo comprendo —convino Billets—. Pero cuando acabe la reunión, tengo que llamar a casa de la capitana LeValley y convencerla de que tenemos esto bajo control. Así que veamos lo que habéis descubierto. Si me convencéis a mí, yo la convenceré a ella, y ella expondrá la situación en la oficina central.

Durante los siguientes treinta minutos, Bosch habló en nombre del grupo y narró con todo detalle los resultados de la investigación de la noche anterior. A continuación, puso la copia que Meachum había hecho de la cinta del Archway en el único televisor y vídeo de la brigada de detectives. El aparato se guardaba bajo llave en el despacho de la teniente porque no era seguro dejarlo fuera, ni siquiera en una comisaría de policía. Una vez encendido, Bosch pasó la cinta hasta llegar a la parte del intruso.

—La cámara de seguridad que grabó esto sólo recoge una imagen cada seis segundos. Es todo bastante rápido y sincopado, pero tenemos al tío que entró —explicó Bosch.

Cuando Bosch pulsó el botón, apareció una imagen granulosa y en blanco y negro del patio y la fachada del Tyrone Power. Por la luz, parecía que estaba anocheciendo. El reloj digital en la parte inferior de la pantalla marcaba las ocho y trece de la noche anterior. Aun a cámara lenta, la secuencia que Bosch quería mostrarle a Billets seguía siendo demasiado rápida. Seis fugaces imágenes mostraban a un hombre que llegaba a la puerta del edificio, se inclinaba sobre la cerradura y entraba.

—En tiempo real, el hombre estuvo frente a la puerta de treinta a treinta y cinco segundos —explicó Rider—. Aunque en la cinta todo parece normal, medio minuto es demasiado tiempo para abrir la puerta con llave, así que debió de usar una ganzúa. Era un tío rápido.

—Vale, aquí vuelve a salir —anunció Bosch.

Cuando el reloj marcaba las ocho y diecisiete, el hombre emergió del edificio. En el siguiente fotograma, el hombre aparecía en el patio camino a la papelera y, al volver a saltar la imagen, se alejaba de ella y desaparecía. Bosch rebobinó la cinta y la congeló en la última imagen, la del hombre alejándose de la papelera. Era la mejor. Aunque estaba oscuro y el rostro del hombre se veía borroso, era lo suficientemente reconocible como para identificarlo si encontraban a alguien. Se trataba de un hombre blanco, de pelo moreno y complexión robusta. Llevaba una camisa de manga corta y un reloj en la muñeca derecha. El reloj asomaba ligeramente por debajo de los guantes negros y en la cadena se reflejaba la luz de la farola del patio. En el antebrazo se apreciaba la som-

bra indefinida de un tatuaje. Tras mostrarle esos detalles a Billets, Bosch le dijo que pediría a los de Investigaciones Científicas que intentaran mejorar por ordenador aquella última imagen.

—Muy bien —concluyó Billets—. ¿Y qué creéis que
fue a hacer ahí?

—Recuperar algo —contestó Bosch—. Desde que entra hasta que sale, pasan menos de cuatro minutos. Eso
no es mucho tiempo y, además, tenía que abrir la puerta del despacho de Aliso. Mientras llevaba a cabo su misión, se le debió de caer al suelo una taza del escritorio.
Cuando terminó, recogió la taza rota y los bolígrafos y
los tiró a la papelera. Allá estaban ayer por la noche.

—¿Hay huellas? —preguntó Billets.

—En cuanto descubrimos que habían entrado, no tocamos nada más y le pedimos a Donovan que viniera después de acabar con el Rolls. Art sacó alguna cosa, pero
nada útil. Había huellas de Aliso, de Kiz y mías. Ya ha
visto en el vídeo que el tío llevaba guantes.

—De acuerdo.

Bosch no pudo evitar que se le escapara un bostezo, y Edgar y Rider lo imitaron. Aunque estaba frío, bebió un poco de café que se había traído al despacho. Hacía horas que sentía los temblores de la cafeína, pero
sabía que si dejaba de alimentar a la bestia, caería re-
dondo.

—Y, según vosotros, ¿qué iba a recuperar el intruso?
—inquirió Billets.

—La taza rota nos hace sospechar que fue algo de la
mesa, no del archivador —respondió Rider—. Y como en
la mesa no parece que falte nada, ni carpetas vacías ni
nada por el estilo, pensamos que era un micrófono. Alguien pinchó el teléfono de Aliso, pero no quería que lo

descubriésemos. Según las fotos del despacho, la taza estaba justo al lado del teléfono y debió de caérsele al retirar el micrófono. Lo más gracioso es que ni se nos había ocurrido comprobar si habían pinchado el teléfono. Si el tío lo hubiese dejado donde estaba, nunca lo habríamos descubierto.

—Yo he estado en el Archway —protestó Billets—. Tienen un muro de protección y su propio sistema de seguridad. ¿Cómo logró entrar ese hombre? ¿O acaso insinuáis que es alguien de dentro?

—Hay dos posibilidades —respondió Bosch—. Esa noche estaban rodando una película en el plató de Nueva York, lo cual quiere decir que entró y salió mucha gente por la puerta principal; a lo mejor el tío se coló como parte del equipo de rodaje. En el vídeo, cuando se aleja, va en dirección al plató de Nueva York, no hacia la salida. Además, la parte norte del estudio da al cementerio de Hollywood. Tiene razón, teniente; hay un muro, pero de noche, cuando cierran el cementerio, está oscuro y protegido. Nuestro hombre podría haber trepado por allí. De todos modos, está claro que tenía práctica.

—¿Qué quieres decir?

—Que si estaba retirando un micrófono del teléfono, alguien tenía que haberlo instalado.

Billets asintió.

—¿Quién crees que fue? —preguntó la teniente en voz baja.

Bosch miró a Rider para ver si ella quería responder. Al no hacerlo, él tomó la palabra.

—No sé. La clave es la hora. Aliso debía de llevar muerto desde el viernes por la noche, y nosotros no encontramos el cadáver hasta las seis de la tarde de ayer. Y, de pronto, a las ocho y trece apareció el intruso. Eso fue después de que encontraran a Aliso y comenzara a saberse que había muerto.

—Pero a las ocho y trece aún no habíais hablado con la mujer de Aliso, ¿no?

—Sí, eso lo lía todo. Yo pensaba centrarme en la viuda para ver qué sacábamos, pero ahora no estoy tan seguro. Si ella está implicada, lo del intruso no tiene sentido.

—Explícate.

—Pues que primero tenemos que averiguar por qué le pincharon el teléfono. ¿Y cuál es la respuesta más probable? Que la mujer contrató a un detective privado para saber si el tío la engañaba con otra, ¿no?

—Sí.

—Bueno, supongamos que fuera verdad; si la mujer estaba implicada en el asesinato de su marido, ¿por qué esperaron ella o su detective privado hasta anoche (después de que apareciera el cadáver) para sacar el micrófono de ahí dentro? Es absurdo. Sólo tiene sentido si las dos cosas no están relacionadas; si el asesinato y el pinchazo telefónico no tienen nada que ver. ¿Me entiende?

—Creo que sí.

—Por eso no estoy de acuerdo con descartar todo lo demás para concentrarnos en Verónica Aliso. Personalmente, creo que ella pudo hacerlo, pero todavía nos faltan demasiados datos. Hay algo que no me gusta. Creo que hay otra cosa detrás de todo esto, pero aún no sabemos qué.

Billets asintió y miró a todos los investigadores.

—Estupendo. Ya sé que aún no tenemos nada sólido, pero habéis hecho un buen trabajo. ¿Algo más? ¿Y las huellas que sacó Art Donovan de la chaqueta de la víctima?

—De momento no ha habido suerte. Las hemos pasado por el Sistema Automatizado de Identificación Dactilar, el ordenador del Centro Nacional de Información sobre Delitos, por todas partes, pero nada.

—Mierda.

—De todas formas siguen siendo valiosas. Si encontramos un sospechoso, las huellas podrían ser la prueba definitiva.

—¿Algo más en el coche?

—No —contestó Bosch.

—Sí —dijo Rider.

Billets arqueó las cejas ante la contradicción.

—Una de las huellas que Donovan halló en la parte interior de la puerta del maletero era de Ray Powers, el patrullero que encontró el cadáver —explicó Rider—. El agente violó el reglamento al forzar el coche. Nosotros nos dimos cuenta y no pasó nada, pero está claro que metió la pata; no debería haberlo abierto. Tendría que habernos llamado y punto.

Billets miró a Bosch como preguntando por qué éste no lo había mencionado. El detective bajó la vista.

—De acuerdo, dejádmelo a mí —dijo la teniente—. Conozco a Powers; hace tiempo que trabaja con nosotros y debería saberse las reglas.

Bosch podría haber defendido a Powers con la explicación que éste le había dado el día anterior, pero lo dejó correr. Por Powers no merecía la pena.

—Bueno, ¿cuál es el próximo paso? —prosiguió Billets.

—Todavía nos queda mucho que investigar —le respondió Bosch—. Es como lo del escultor al que le preguntaron cómo podía convertir un bloque de granito en la estatua de una mujer. Él contestó que sólo había que eliminar todo lo que no fuera la mujer; y eso es precisamente lo que tenemos que hacer ahora. Hemos encontrado un enorme bloque de datos y pruebas y tenemos que eliminar todo lo que no cuenta, lo que no encaja.

Billets sonrió y de pronto Bosch se sintió avergonzado por la comparación, aunque le seguía pareciendo acertada.

—¿Y Las Vegas? —preguntó la teniente—. ¿Creéis que forma parte de la estatua o que hay que eliminarlo?

Rider y Edgar sonrieron.

—Yo creo que tenemos que ir —respondió Bosch, esperando no sonar demasiado ofendido—. Ahora mismo sólo sabemos que la víctima fue allá y murió poco después de regresar. No sabemos qué hizo, ni si ganó o perdió, ni si alguien lo siguió desde allá. Podría haber ganado una fortuna en las máquinas tragaperras y que alguien lo hubiera seguido para robarle. Todavía hay muchas preguntas sin respuesta sobre Las Vegas.

—Además, está la mujer —añadió Rider.

—¿Qué mujer? —inquirió Billets.

—Ah, sí —dijo Bosch—. La última llamada hecha desde el despacho de Tony Aliso fue a un club en North Las Vegas. Cuando llamé, me dieron el nombre de una mujer que Aliso estaba viendo allá: Layla. También había...

—¿Layla? ¿Como la canción?

—Supongo. En el buzón de voz de Aliso había un mensaje de una mujer que podría ser Layla. Tenemos que hablar con ella.

Billets asintió y esperó un instante para asegurarse de que Bosch había terminado antes de esbozar el plan de batalla.

—Veamos: primero, quiero que me paséis todas las llamadas de la prensa. La mejor forma de controlar la información es que salga siempre de una sola boca. De momento les diremos que la investigación está abierta, pero que nos decantamos por la idea de un robo. Es algo inocuo que seguramente los mantendrá contentos. ¿Todo el mundo de acuerdo?

Los tres detectives asintieron.

—Vale. En segundo lugar, voy a pedirle a la capitana que nos deje continuar con el caso. Me parece que tenemos tres o cuatro indicios que debemos investigar inmediatamente. Granito para eliminar, como diría Harry —comentó Billets—. De todos modos, me ayudaría mucho que ya estuviéramos en plena faena. Harry, quiero que cojas un avión para Las Vegas lo antes posible y sigas todas las pistas que llevan hasta allí. Pero si no encuentras nada, te vuelves inmediatamente. Te necesitamos por aquí, ¿de acuerdo?

Bosch asintió. Aunque él habría hecho lo mismo, le molestó que ella tomara la decisión.

—Kiz, tú sigue con el asunto financiero. Mañana por la mañana quiero saber todo sobre Anthony Aliso. También tendrás que subir a su casa con la orden de registro, así que mientras estés allí, puedes aprovechar para hacerle unas preguntas más a la viuda. Si puedes, siéntate con ella; intenta que se sincere contigo.

—No sé —comentó Rider—. Dudo que sea de las que se sinceran. Es una mujer lista, al menos lo bastante para saber que la estamos vigilando. Creo que la próxima vez que hablemos con ella nos conviene leerle sus derechos. Ayer estuvo a punto de irse de la lengua.

—Haz lo que tú creas mejor —concedió Billets—. Pero si la adviertes, seguramente llamará a su abogado.

—Haré lo que pueda.

—Y Jerry, tú...

—Ya lo sé, ya lo sé. A mí me toca el papeleo.

Era la primera vez que abría la boca en quince minutos. Bosch pensó que se estaba pasando con la rabieta.

—Sí, te toca el papeleo, pero también quiero que investigues los casos civiles y al guionista que estaba peleado con Aliso. Me parece improbable, pero tenemos que contemplar también esa posibilidad. Si aclaramos este tema, podremos concentrarnos en lo importante.

Edgar asintió e hizo un saludo militar.

—Otra cosa —agregó ella—. Mientras Harry investiga el rastro de Las Vegas, quiero que compruebes lo del aeropuerto. Tenemos el ticket del aparcamiento, así que puedes empezar por allí. Cuando hable con los medios les daré una descripción detallada del coche (no creo que haya muchos Clouds blancos en la ciudad) y les diré que buscamos a gente que lo viera el viernes por la noche. Les contaré que estamos intentando reconstruir los pasos de la víctima desde el aeropuerto. ¿Quién sabe? A lo mejor tenemos suerte y nos cae alguna pista del cielo.

—Quién sabe —repitió Edgar.

—De acuerdo. Entonces, adelante —dijo Billets.

Los tres detectives se levantaron, pero Billets se quedó sentada. Bosch se entretuvo sacando la cinta del vídeo con la intención de quedarse a solas con la teniente.

—He oído que hasta ahora nunca había trabajado en Homicidios —comentó Bosch.

—Es cierto. Mi único trabajo como detective fue investigando delitos sexuales en la comisaría del valle de San Fernando.

—Bueno, por si le sirve de algo, yo habría asignado las cosas igual que usted.

—Pero te ha molestado que lo hiciera yo, ¿no?

Bosch reflexionó un segundo.

—Lo superaré.

—Gracias.

—De nada. Ah, lo de la huella de Powers... Seguramente se lo habría dicho, pero no me parecía que esta reunión fuera el mejor momento. Yo ya le eché la bronca por forzar el coche y él me contestó que si nos hubiera esperado, el coche seguiría allí. Aunque es un gilipollas, tiene parte de razón.

—Ya.

—¿Le molesta que no se lo haya dicho?

Billets reflexionó un segundo.

—Lo superaré.

2

*B*osch se quedó dormido unos minutos después de sentarse en el avión de la compañía Southwest que cubría el puente aéreo de Burbank a Las Vegas. Durmió profundamente, sin soñar, hasta que lo despertó la sacudida del aterrizaje. Mientras el aparato se deslizaba lentamente por la pista, Bosch salió poco a poco de su letargo y se sintió revitalizado por aquella hora de descanso.

Fuera de la terminal, el sol estaba en su punto más alto y la temperatura rondaba los cuarenta grados centígrados. De camino al aparcamiento, donde le esperaba un coche de alquiler, Bosch notó que el calor le privaba de sus recién recuperadas energías. Lo primero que hizo en cuanto encontró el automóvil fue poner el aire acondicionado al máximo. Acto seguido se dirigió hacia el Mirage.

A Bosch nunca le había gustado aquella ciudad, aunque su trabajo lo obligaba a ir con frecuencia. Las Vegas tenía un rasgo en común con Los Ángeles; ambos lugares eran el refugio de gente desesperada. Las Vegas era incluso peor, porque allí acababan los que huían de Los Ángeles. Bajo una fina capa de brillo, dinero, energía y sexo, latía un corazón oscuro. Bosch sabía que, por mucho que intentaran vestirla de luces de colores y diversión para toda la familia, Las Vegas seguía siendo una puta.

Si había un sitio que podía cambiar su opinión sobre la ciudad, éste era el Mirage. El hotel simbolizaba la nueva Las Vegas; era limpio, elegante, opulento, legal. Bajo la luz del sol, las ventanas del altísimo edificio resplandecían con un fulgor dorado. Dentro tampoco se habían escatimado gastos; en el vestíbulo Bosch se quedó fascinado ante la grandiosa jaula de cristal en la que se paseaban unos tigres blancos que ya quisieran para sí los mejores zoológicos del mundo. Mientras esperaba en la cola para registrarse, Harry contempló el enorme acuario situado tras la mesa de recepción. Al otro lado del vidrio, varios tiburones se desplazaban tan perezosamente como los tigres.

Cuando le llegó el turno a Bosch, el recepcionista vio una nota en su reserva e hizo una llamada. enseguida apareció el jefe de seguridad del turno de día, que se presentó como Hank Meyer y le aseguró a Harry que podía contar con la completa colaboración del hotel y el casino.

—Tony Aliso era un cliente muy apreciado —explicó Meyer—. Queremos hacer todo lo posible para ayudar, aunque dudo mucho que su muerte guarde alguna relación con su estancia aquí. Nuestro establecimiento es el más limpio del desierto.

—Ya lo sé —le tranquilizó Bosch—. Y también sé que no quieren manchar su reputación. No espero encontrar nada en el Mirage, pero tengo que dar todos los pasos. ¿De acuerdo?

—De acuerdo.

—¿Lo conocía?

—No, yo llevo en el turno de día desde que empecé hace tres años. Por lo que me han dicho, el señor Aliso jugaba de noche.

Mcycr tenía unos treinta años y la nueva imagen que el Mirage, y toda Las Vegas, deseaba proyectar al mundo. El encargado de seguridad explicó que el hotel había precintado la habitación donde se había alojado Aliso para que pudiera ser inspeccionada. A continuación le entregó la llave a Bosch y le pidió que la devolviera en cuanto hubiese terminado. Meyer agregó que los crupieres y los corredores de apuestas que trabajaban en el turno de noche estaban a su disposición. Dada la frecuencia de sus visitas, todos ellos conocían a Tony Aliso.

—¿Hay una cámara encima de las mesas de póquer?

—Em... sí.

—Si tienen un vídeo de la noche del jueves al viernes, me gustaría verlo.

—¿Cómo no?

Bosch quedó con Meyer en la oficina de seguridad a las cuatro, hora en que cambiaban los turnos del casino y los crupieres que conocían a Aliso entraban a trabajar. Así también podría echarle un vistazo a la cinta de vigilancia de las mesas de póquer.

Unos minutos más tarde Bosch se hallaba solo, sentado en la cama de su habitación. El cuarto era más pequeño de lo que esperaba pero no podía quejarse; era el más cómodo y bonito que había visto en Las Vegas. Harry cogió el teléfono, se lo puso en el regazo y llamó a la División de Hollywood para averiguar cómo iban las cosas.

—Hola.

—Vaya, el Miguel Ángel del asesinato, el Rodin del homicidio.

—Muy gracioso. ¿Qué tal va todo?

—Bueno, de momento Billets ha ganado la batalla —le informó Edgar—. No ha venido nadie de Robos y Homicidios a quitarnos el caso.

—Muy bien. ¿Y tú? ¿Has encontrado algo?

—Casi me he pulido el papeleo, pero ahora tengo que dejarlo porque el guionista estará al caer. Dice que no necesita abogado.

—Vale, hasta luego. Dile a la teniente que he llamado.

—Muy bien. Por cierto, tenemos otra reunión a las seis. Llama y te pasaremos al altavoz.

—De acuerdo. Hasta entonces, pues.

Bosch se quedó sentado en la cama unos segundos. Deseaba echarse a dormir, pero sabía que no podía. Tenía que seguir con el caso.

Venciendo el cansancio se levantó y deshizo su pequeña bolsa de viaje. Primero colgó en el armario las dos camisas y el par de pantalones que había traído y después colocó su ropa interior y calcetines en el estante. Al acabar salió de la habitación y cogió el ascensor hasta el último piso.

La suite de Aliso estaba al final del pasillo. Bosch abrió la puerta con la tarjeta electrónica que le había dado Meyer y entró en una habitación el doble de grande que la suya, con dormitorio, sala de estar y hasta un *jacuzzi* de forma ovalada junto a una ventana que ofrecía una vista espléndida del desierto y la cadena montañosa de suave color cacao al noroeste de la ciudad. Justo debajo se veía la piscina y la otra gran atracción del hotel: un acuario con delfines. Bosch distinguió uno bajo el agua resplandeciente. El pobre parecía tan fuera de lugar en aquella piscina como él en aquella suite.

—Delfines en el desierto —comentó en voz alta.

La habitación era un derroche de lujo, por lo que debía de estar reservada a jugadores de elite. Cuando Bosch miró a su alrededor, le pareció que todo estaba en su sitio y que acababan de pasar la aspiradora. Eso significaba que, de haber habido alguna prueba, ya habría desaparecido. De todos modos, decidió llevar a cabo una inspección de rutina. Primero buscó debajo de la cama y después examinó los cajones de la cómoda. Detrás del mueble encontró una caja de cerillas de un restaurante mexicano llamado La Fuentes, aunque resultaba imposible determinar cuánto tiempo llevaba allí.

El cuarto de baño era todo de mármol rosado con grifería dorada. Bosch echó un vistazo, pero no vio nada de interés. A continuación abrió la mampara de la ducha y miró dentro, pero tampoco detectó nada. Sin embargo, cuando estaba a punto de cerrarla, se percató de que había algo en el desagüe: una pequeña partícula dorada que se había quedado adherida a él. Harry la recogió con el dedo y supuso que coincidiría con las motitas doradas que habían encontrado en las vueltas de los pantalones de Aliso. Ya sólo le faltaba averiguar qué era y de dónde venía.

El Departamento de Policía de Las Vegas, más conocido como la Metro, estaba situado en Stewart Street, en el centro de la ciudad. Bosch se dirigió a recepción y explicó que era un investigador de Los Ángeles que venía a realizar una visita de cortesía a la brigada de homicidios. Desde allí lo enviaron al tercer piso, donde un agente lo condujo por la desierta oficina de detectives hasta el despacho del oficial al mando.

El capitán John Felton era un hombre de unos cincuenta años, tez bronceada y cuello grueso. Bosch se ima-

ginó que, en el último mes, habría soltado su discursito de bienvenida a un mínimo de cien policías de todo
el país. Así era Las Vegas.

—Detective Bosch, bienvenido a Las Vegas —le dijo
tras ofrecerle asiento—. Suerte que he venido a sacarme un poco de papeleo de encima, porque si no, lo habría encontrado todo vacío. Por el puente, se entiende.
Bueno, espero que tenga una estancia agradable y fruc-
tífera. Si necesita algo, no dude en llamarme. No puedo prometerle nada, pero si es algo que esté en mi poder, estaré encantado de ayudarlo. Bueno, ahora que ya
lo sabe, ¿por qué no me cuenta qué le trae por aquí?

Bosch le hizo un breve resumen del caso. Felton tomó
nota del nombre de la víctima y de las fechas y motivos
de su estancia en Las Vegas.

—Estoy intentando averiguar qué hizo Aliso en
esta ciudad.

—¿Cree que lo siguieron desde aquí y se lo cargaron
en Los Ángeles?

—De momento no creo nada. No tenemos ningún
dato que corrobore esa teoría.

—Y espero que no lo encuentre. Ésa es justamente
la imagen que no queremos dar al mundo. ¿Qué más tiene?

Bosch se colocó el maletín sobre el regazo y lo abrió.

—Dos huellas tomadas del cadáver. Las...

—¿Del cadáver?

—Sí. La víctima llevaba una cazadora de piel trata-
da y obtuvimos las huellas con el láser. Después las pasamos por el SAID, el Centro Nacional de Información
sobre Delitos, el Departamento de justicia de California
y todo lo demás, pero no encontramos nada. He pensado que tal vez usted podría probar en su ordenador.

El SAID —Sistema Automatizado de Identificación Dactilar— usado por la Policía de Los Ángeles era una red de ámbito nacional. Sin embargo, la red no incluía todas las bases de datos, ya que la mayoría de departamentos de policía contaba con información privada. En Las Vegas, por ejemplo, tenían las huellas de todo aquel que solicitaba trabajar para el ayuntamiento o en los casinos. También disponían de una lista de dudosa legalidad de huellas de individuos que se hallaban bajo sospecha, pero que nunca habían sido detenidos. Ésa era la base de datos con la que Bosch esperaba que Felton comparase las huellas del caso Aliso.

—Bueno, lo intentaremos —acordó Felton—. No puedo prometer nada. Seguramente tenemos algunas huellas más que no salen en la red nacional, pero sería mucha casualidad.

Bosch le entregó las tarjetas con las huellas que Art Donovan le había preparado.

—Entonces, ¿va a empezar con el Mirage? —preguntó el capitán después de dejar las tarjetas a un lado.

—Sí. Les enseñaré la foto de Aliso, haré las preguntas de rutina y a ver qué pasa.

—Me está contando todo lo que sabe, ¿no?

—Pues claro —mintió Bosch.

—De acuerdo. —Felton abrió el cajón de su mesa y sacó una tarjeta de visita que le entregó a Bosch—. Aquí tiene el número de mi despacho y el del busca, que siempre llevo encima. Llámeme si descubre algo. Yo mañana le diré algo sobre las huellas.

Bosch le dio las gracias y se marchó. En el vestíbulo de la comisaría, telefoneó a la División de Investigaciones Científicas para preguntarle a Donovan si había tenido tiempo de analizar las pequeñas partículas dora-

das que habían encontrado en las vueltas de los pantalones de Aliso.

—Sí, pero no creo que te sirva de mucho —contestó Donovan—. Sólo es purpurina, trocitos de aluminio
pintado, de esa que usan en disfraces y celebraciones. Seguramente el tío fue a una fiesta o a un sitio donde ti-
raron esa mierda y se le pegó a la ropa. Después debió
de limpiarse, pero se le quedaron unas motas en las vueltas de los pantalones.

—Vale. ¿Algo más?

—No, nada, al menos en cuanto a las pruebas.

—¿Qué pasa?

—¿Sabes el tío de Crimen Organizado con quien ha-
blaste ayer por la noche?

—¿Carbone?

—Sí, Dominic Carbone. Pues hoy se ha presentado
en el laboratorio y ha estado haciendo preguntas sobre
lo que encontramos ayer.

El rostro de Bosch se ensombreció, pero no dijo nada.

—Dijo que había venido para otro asunto y le había
picado la curiosidad. Pero no sé, Harry, parecía algo más.

—Ya. ¿Cuánto le contaste?

—Bueno, antes de empezar a sospechar, se me escapó que habíamos sacado las huellas de la cazadora. Perdona, Harry, pero es que estaba muy orgulloso. Es muy
raro sacar huellas útiles de un cadáver y me chuleé un
poco.

—No pasa nada. ¿Le dijiste que las huellas no nos habían servido de nada?

—Sí, le conté que no las habíamos localizado. Entonces... entonces me pidió una copia y me dijo que tal
vez él podría hacer algo con ellas. No sé qué.

—¿Y qué hiciste?

—¿Tú qué crees? Se las di.

—¿Que hiciste qué?

—No, hombre no. Le dije que te llamara a ti si quería una copia.

—Muy bien. ¿Qué más le contaste?

—Nada más, Harry.

—Vale, Art. Tranquilo. Ya hablaremos.

—Adiós. Oye, por cierto, ¿dónde estás?

—En Las Vegas.

—¡No jodas! Oye, ¿me puedes apostar cinco dólares al número siete? A la ruleta. Te pago cuando vuelvas. A no ser que gane; entonces te tocará pagar a ti.

Bosch regresó a su habitación cuarenta y cinco minutos antes de su cita con Hank Meyer, así que empleó el tiempo en ducharse, afeitarse y ponerse una camisa limpia. Eso le bastó para sentirse fresco y listo para volver al calor del desierto.

Meyer había pedido a los corredores de apuestas y a los crupieres que habían trabajado en las seis mesas de póquer el jueves y viernes por la noche que pasaran por su despacho para entrevistarlos uno por uno. Había seis hombres y tres mujeres: ocho crupieres y la mujer a quien Aliso siempre confiaba sus apuestas deportivas. Los crupieres se turnaban cada veinte minutos, lo cual significaba que los ocho barajaron cartas para Aliso durante su última visita a Las Vegas. Debido a aquel sistema y a la frecuencia de sus visitas, todos lo reconocieron enseguida.

En menos de una hora, Bosch terminó las entrevistas con los crupieres, ante la mirada atenta de Meyer. Aquello le permitió establecer que Aliso solía jugar en la mesa «cinco a diez», llamada así porque se apostaban cinco dólares antes de repartirse las cartas y luego de cinco a diez por jugada. En una partida se podían subir las apuestas tres veces y había cinco jugadas por partida. Bosch enseguida comprendió que si los ocho asientos de la mesa estaban ocupados podían acumularse fácilmente varios cientos de dólares en cada mano. Claramente el nivel era distinto del de las timbas de los viernes entre Bosch y sus compañeros.

Según los crupieres, Aliso había jugado unas tres horas el jueves por la noche sin perder ni ganar demasiado. El viernes por la tarde se pasó dos horas en las mesas y, según sus cálculos, cuando se marchó, había perdido un par de miles de dólares. Ninguno de ellos recordaba que Aliso hubiera sido un gran ganador o perdedor en visitas anteriores; siempre se marchaba con unos pocos miles de más o de menos. Al parecer, sabía cuándo parar.

Los crupieres también mencionaron que Aliso era generoso con las propinas. Generalmente les daba unos diez dólares en fichas cada vez que ganaba o una ficha de veinticinco cuando se llevaba un buen pellizco. Era más que nada por aquella costumbre por lo que ellos lo recordaban con aprecio. Siempre jugaba solo, bebía gin tonic y charlaba con los otros jugadores. En los últimos meses, le dijeron los crupieres, Aliso había venido acompañado de una rubia de unos veintipocos años. Ella nunca jugaba al póquer, pero sí a las tragaperras. De vez en cuando le pedía a Tony más dinero. Tony nunca la presentó a nadie y ninguno de los crupieres había oído su nombre. En su libreta Bosch apuntó: «¿Layla?».

Después de los crupieres, entró la corredora de apuestas favorita de Aliso: una mujer de aspecto tímido y pelo teñido de rubio llamada Irma Chantry. En cuanto se sentó, Irma encendió un cigarrillo. Por su voz, Bosch dedujo que debía de fumar como un carretero. Irma le contó que las dos noches que Aliso estuvo en la ciudad apostó a favor de los Dodgers.

—Tony tenía un sistema —le explicó—. Siempre doblaba la apuesta hasta que ganaba.

—¿Qué quiere decir?

—Pues que la primera noche apostó uno de los grandes por los Dodgers. Como perdieron, al día siguiente apostó dos mil dólares a su favor. Esa vez sí ganaron. Descontando el porcentaje que se queda el casino, se sacó casi mil dólares con la apuesta. Aunque no vino a buscarlo.

—¿No fue a buscarlo?

—No es tan raro. El recibo no caduca; podía volver en cualquier momento y nosotros se lo hubiésemos pasado por el ordenador. Tony ya lo había hecho alguna vez. Ganaba, pero no recogía el dinero hasta su siguiente visita a la ciudad.

—¿Cómo sabe que no se lo pidió a otro corredor?

—Porque Tony nunca haría eso. Siempre cobraba sus ganancias conmigo y me daba una propina; decía que yo era su talismán.

Bosch meditó un instante. Sabía que los Dodgers habían jugado en casa el viernes por la noche y que el avión de Aliso había despegado de Las Vegas hacia las diez de la noche. Por lo tanto, antes del final del partido Aliso ya tenía que estar en el aeropuerto internacional McCarran o en el avión de vuelta a Los Ángeles. Sin embargo, el recibo no había aparecido ni en su cartera ni en el cadáver. Aquello le recordó a Harry el maletín perdido. ¿Estaría allí? ¿Podría un papelito valorado en cuatro mil dólares ser el móvil del asesinato? Parecía improbable, pero no podía pasarse por alto. Bosch miró a Irma, que estaba chupando su cigarrillo con tanta fuerza que la dentadura se le marcaba en las mejillas.

—¿Y si otra persona cobró la apuesta? ¿Con otro corredor? ¿Hay alguna forma de averiguarlo?

Irma vaciló un instante.

—Sí, es posible —intervino Meyer—. Cada recibo lleva un código con el número del corredor y la hora en que se realizó la apuesta.

Meyer se dirigió a la mujer.

—Irma, ¿recuerdas haber hecho muchas apuestas de dos mil dólares a favor de los Dodgers ese viernes?

—No, sólo la de Tony.

—Lo encontraremos —le aseguró Meyer a Bosch—. Revisaremos los recibos cobrados desde el viernes por la noche hasta hoy. Si alguien cobró la apuesta del señor Aliso, descubriremos cuándo lo hizo y lo tendremos grabado en vídeo.

Bosch volvió a mirar a Irma. Era la única empleada del casino que se había referido a Aliso por su nombre de pila. Quería averiguar si entre ellos había algo más que una relación profesional, pero supuso que los empleados tendrían prohibido salir o confraternizar con los clientes del casino, así que si se lo preguntaba delante de Meyer no obtendría una respuesta sincera. Tras decidir que ya hablaría con ella más tarde, Bosch le dijo que ya podía irse.

Harry consultó su reloj. Le quedaban cuarenta minutos antes de su reunión telefónica con Billets y los demás detectives, de modo que le preguntó a Meyer si podía echarle un vistazo al vídeo de la mesa de póquer.

—Sólo quiero ver al tío jugando —explicó—. Para hacerme una idea de cómo era.

—Lo comprendo. Las cintas están listas; ya le he dicho que estamos a su disposición.

Bosch y Meyer salieron de la oficina y caminaron hasta una sala de control. La habitación estaba poco iluminada y, a excepción del zumbido del aire acondicionado, en completo silencio. Dentro, unos hombres con americanas grises controlaban los seis monitores que había en cada una de las seis consolas de la sala. Bosch vio varias imágenes aéreas de las mesas de juego y se fijó en que cada consola tenía un tablero de mandos que permitía al operador cambiar el encuadre mediante el zoom de las cámaras.

—Si quisieran —susurró Meyer—, podrían decirle las cartas de cada jugador en todas las mesas de black jack.

Meyer condujo a Bosch hasta el despacho de un encargado situado junto a la sala de control. Allí, rodeado de más equipos de vídeo y un almacén de cintas, había otro hombre con una americana gris sentado tras una mesita. Meyer lo presentó como Cal Smoltz, el supervisor.

—¿Todo listo, Cal?

—Sí —afirmó Smoltz, señalando uno de los monitores de quince pulgadas—. Empezaremos con el jueves. Le he pedido a uno de los crupieres que identificara a su hombre. Por lo visto, el cliente llegó a las ocho y media y jugó hasta las once.

Smoltz puso en marcha la grabación. La imagen era granulosa y en blanco y negro, como la cinta de vigilancia del Archway, pero a diferencia de aquélla, estaba grabada en tiempo real, sin movimientos bruscos. El vídeo comenzaba con Aliso siendo acompañado a una mesa por el jefe de sala. El empleado del casino llevaba una pila de fichas que depositó en la mesa, frente a Aliso. Antes de comenzar, Aliso hizo un gesto de aprobación y sonrió a la crupier a quien Harry había entrevistado aquella misma tarde.

—¿Cuánto había en la pila? —quiso saber Bosch.

—Quinientos —respondió Smoltz—. Yo ya he visto la cinta. Aliso no compra más fichas y, cuando se marcha, parece que todavía le queda la pila entera. ¿Quiere que lo pase rápido o a velocidad normal?

—Rápido.

Bosch observó con atención las imágenes que se sucedían a toda velocidad. Harry contó que Aliso se tomaba cuatro gin tonics, se retiraba a tiempo en la mayoría de jugadas, ganaba cinco manos y perdía seis más. Nada emocionante. Smoltz ralentizó la cinta cuando el reloj digital se aproximaba a las once de la noche, momento en que Aliso llamó al jefe de sala, canjeó las fichas por dinero y desapareció de la imagen.

—De acuerdo —le dijo Smoltz—. Del viernes tenemos dos cintas.

—¿Por qué? —preguntó Bosch.

—Porque jugó en dos mesas. Cuando llegó, no había sitio en la «cinco a diez». Sólo tenemos una porque no hay mucha gente que quiera apostar tan alto. Así que Aliso jugó en la mesa «uno a cinco» hasta que quedó un sitio libre. Esta cinta corresponde a la más barata.

Smoltz puso otro vídeo y Bosch contempló a Aliso, que se comportó exactamente igual que en el anterior. Bosch se fijó en que en esta ocasión llevaba la cazadora de cuero negro y que, además del habitual intercambio de saludos con el crupier, saludaba a una jugadora al otro lado de la mesa. La mujer le devolvió el saludo, pero el ángulo de la cámara no le permitió a Bosch verle la cara. Tras pedirle a Smoltz que cambiara a velocidad normal, Harry se quedó observando unos minutos a la espera de que se produjera otro gesto entre los dos jugadores.

A simple vista no volvieron a comunicarse. Sin embargo, al cabo de cinco minutos, hubo una rotación de crupieres y la nueva empleada del casino —a quien Bosch también había entrevistado hacía una hora— saludó tanto a Aliso como a la mujer sentada frente a él.

—Párelo aquí —le rogó Bosch. Smoltz congeló la imagen.

—Vale —dijo Bosch—. ¿Quién es esa crupier?

—Amy Rohrback. Antes ha hablado con ella.

—Es verdad. Hank, ¿podría pedirle que suba?

—Sí, claro. ¿Por qué?

—Por esta jugadora, la que saludó a Aliso —respondió Bosch mientras apuntaba a la mujer sentada frente a la víctima—. Amy Rohrback la conoce y me interesa averiguar su nombre.

—De acuerdo, voy a buscarla, pero si está en medio de una partida tendré que esperar.

—Está bien.

Mientras Meyer bajaba al casino, Bosch y Smoltz continuaron repasando las cintas. Aliso jugó veinticinco minutos en la mesa «uno a cinco» antes de que llegara el jefe de sala, recogiera sus fichas y lo trasladara a la mesa «cinco a diez». Acto seguido, Smoltz cambió el vídeo y ambos observaron a Aliso en la nueva mesa, donde perdió miserablemente durante dos horas más. Aliso compró tres pilas de fichas por valor de quinientos dólares cada una y las perdió tres veces consecutivas. Al final, dejó de propina las fichas que le quedaban y se levantó de la mesa.

Cuando terminaron, Meyer todavía no había regresado con Rohrback. Smoltz le explicó a Bosch que iba a rebobinar la cinta en la que aparecía la mujer misteriosa para tenerla lista cuando llegara la crupier. En cuanto lo hubo hecho, Bosch le pidió que avanzara un poco para ver si en algún momento se le veía el rostro. Al cabo de cinco minutos de seguir los movimientos de los jugadores a cámara rápida, Harry vio que la mujer misteriosa alzaba la vista.

—¡Ahí! Rebobine y páselo a cámara lenta.

Smoltz siguió sus instrucciones. La mujer sacaba un cigarrillo, lo encendía, echaba la cabeza hacia atrás —con el rostro hacia la cámara del techo— y le daba una calada. Al exhalar, el humo empañó su imagen, pero antes de aquello Harry creyó reconocerla.

Se quedó petrificado.

Smoltz rebobinó la cinta hasta el momento en que la cara se veía mejor y congeló la imagen en la pantalla. Bosch la contempló en silencio. Smoltz empezaba a decir algo sobre la nitidez de la imagen, cuando Meyer irrumpió en la sala. Venía solo.

—Amy acaba de empezar a repartir, así que no podrá subir hasta dentro de unos diez minutos. Le he dejado recado de que venga en cuanto termine.

—Pues llámela y dígale que no se moleste —dijo Bosch, con los ojos aún fijos en la pantalla.

—¿Ah, sí? ¿Por qué?

—Porque ya sé quién es.

—¿Quién es?

Bosch permaneció un segundo en silencio. Ignoraba si había sido por verla a ella fumando o por una ansiedad más profunda, pero de pronto sintió la necesidad imperiosa de fumarse un pitillo.

—Alguien a quien conocí hace mucho tiempo.

Y

Bosch esperaba la llamada de Billets sentado en la cama y con el teléfono en el regazo. Sin embargo, tenía la cabeza en otra parte. En ese instante estaba recordando a una mujer que creía alejada de su vida. ¿Cuánto tiempo hacía ya? ¿Cuatro? ¿Cinco años? Su mente era tal torbellino de ideas y sentimientos que ya no estaba seguro. Lo que estaba claro era que había transcurrido el tiempo suficiente para que ella hubiese salido de la cárcel.

—Eleanor Wish —dijo en voz alta.

Bosch pensó en los árboles de jacarandá frente al piso que ella tenía en Santa Mónica y en la diminuta cicatriz en forma de luna que tenía en la barbilla. También recordó la pregunta que ella le había formulado hacía tanto tiempo, mientras hacían el amor: «¿Crees que alguien puede estar solo y no sentirse solo?».

El timbrazo del teléfono sacó a Bosch de su ensueño.

—Vale, Harry. Ya estamos todos —le dijo Billets—. ¿Me oyes bien?

—No demasiado, pero dudo que pueda mejorarse.

—Imposible; es un aparato prehistórico —contestó Billets—. Bueno, comencemos con los informes de hoy. Harry, ¿quieres empezar tú?

—Muy bien, aunque no tengo mucho que contar.

Bosch narró lo que había descubierto hasta ese momento, subrayando el detalle del recibo perdido. Luego les refirió que había repasado las cintas de vigilancia, sin mencionar a Eleanor Wish. Harry había decidido omitir ese detalle porque aún no había nada definitivo que la conectase con Aliso. Para finalizar, les informó sobre sus planes de ir a Dolly's —el local al que Aliso había llamado desde su despacho del Archway—, con la esperanza de poder entrevistar a Layla.

Cuando le tocó el turno a Edgar, éste anunció que el

guionista de moda se hallaba libre de sospecha gracias a una sólida coartada. En su opinión, al hombre no le faltaban razones para detestar a Aliso, pero no era la clase de persona que expresaría ese odio con una pistola del calibre veintidós. Asimismo, Edgar había entrevistado a los empleados del garaje donde Aliso dejaba su coche para que le hicieran una limpieza mientras estaba en Las Vegas. Uno de los servicios del garaje era recoger a los clientes en el aeropuerto. Según la declaración del hombre que fue a buscar a Aliso, Tony regresó de Las Vegas solo, relajado y sin prisas.

—Lo recogió como siempre —explicó Edgar—. Aliso se metió en su coche, le dio veinte pavos de propina y se marchó. Así que el asesino lo interceptó de camino a casa. Yo creo que ocurrió allá arriba, en Mulholland; por ahí está lleno de curvas muy solitarias. Con un poco de rapidez, se puede parar un coche, aunque seguramente se necesitarían dos personas.

—¿Y el equipaje? —preguntó Bosch.

—Ah, sí —contestó Edgar—. El hombre dijo que estaba casi seguro de que Tony llevaba los dos bultos que describió su mujer: un maletín metálico y una de esas bolsas que se cuelgan. Al parecer no las había facturado.

Bosch asintió con la cabeza, a pesar de estar solo.

—¿Y la prensa? —inquirió Bosch—. ¿Habéis dicho algo?

—Aún no —respondió Billets—, pero mañana a primera hora Relaciones Públicas difundirá un comunicado con una foto del Rolls y dejará entrar a los periodistas en el garaje para que tomen imágenes. Yo me ofreceré a hacer declaraciones, así que espero que salga por la radio. ¿Algo más, Jerry?

Edgar respondió que había terminado con el papeleo y había investigado a la mitad de los demandantes en los diversos pleitos contra Aliso. También añadió que al día siguiente concertaría varias citas con otras personas a las que Aliso presuntamente había perjudicado. Y por último, les contó que había llamado a la oficina del forense, pero aún no habían fijado la fecha de la autopsia.

—De acuerdo —dijo Billets—. Kiz, ¿qué has encontrado tú?

Rider dividió su informe en dos partes. Primero relató su entrevista con Verónica Aliso, de la cual dio cuenta rápidamente. Según la detective, la mujer había permanecido muy callada en comparación con la noche en que Bosch y ella le habían comunicado la noticia de la muerte de su marido. Aquella mañana la viuda se había ceñido a respuestas cortas y sólo había aportado un par de detalles nuevos. Al parecer, la pareja llevaba casada diecisiete años y no tenía hijos. Verónica Aliso había participado en dos de las películas de su marido, pero no había vuelto a trabajar nunca más.

—¿Crees que un abogado le aconsejó que no hablara con nosotros? —preguntó Bosch.

—Ella no lo mencionó, pero eso parece —respondió Rider—. Sólo sacarle lo que te he dicho fue como arrancarle una muela.

—Vale, ¿qué más? —intervino Billets, intentando que no se desviaran del tema.

Rider pasó a la segunda parte de su investigación, a las cuentas de Tony Aliso. A pesar de lo mal que se oía el teléfono, Bosch notó en la voz de Kiz que estaba entusiasmada con lo que había descubierto.

—Bueno, las cuentas personales de Aliso confirman que el tío estaba forrado. Sus saldos siempre son de cinco cifras, las tarjetas de crédito están al día y la casa tiene una hipoteca de setecientos mil dólares, pero está valorada en más de un millón.

De momento es todo lo que he encontrado. El Rolls es alquilado, el Lincoln de su mujer también y el despacho ya sabíamos que lo era.

Rider hizo una pausa antes de proseguir.

—Por cierto, Harry, si tienes tiempo, podrías mirar una cosa. Aliso alquiló los dos coches a nombre de TNA Productions en una compañía de Las Vegas. Tal vez te interese pasarte por allí. Se llama Ridealong (todo junto) Incorporated y están en el 2.002 de Industrial Drive, suite número 33.

Bosch había dejado su chaqueta, con la libreta dentro, en una silla al otro lado de la habitación. Para no levantarse, tomó nota del nombre y la dirección en un pequeño bloc que había en la mesilla de noche.

—Bueno, ahora pasamos a su negocio, que es donde la cosa se pone interesante —anunció Rider—. Todavía no he acabado de estudiar todos los papeles que sacamos de su despacho, pero me parece que el tío andaba metido en un chanchullo de los gordos. No hablo de engañar a un pobre guionista (eso lo dejaba para sus ratos libres), sino de blanqueo de dinero. Creo que Aliso era la tapadera de alguien.

Rider se calló un momento que Bosch aprovechó para acercarse al borde de la cama, totalmente intrigado.

—Tenemos las declaraciones de renta —prosiguió la detective—, las facturas de producción, el alquiler de equipos y todas las cuentas relacionadas con la realización de más de una docena de películas. Todas ellas se estrenaron directamente en vídeo y, como dijo Verónica, no les falta mucho para ser porno. Yo les eché un vistazo y todas eran igual de malas; la única intriga era cuándo se desnudaría la protagonista. —Rider hizo una pausa—. El problema es que las cuentas no encajan con lo que se ve en las películas. Casi todos los cheques importantes de TNA Productions se pagaron a direcciones postales y empresas que sólo existen sobre el papel.

—¿Qué quieres decir? —preguntó Billets.

—Pues que sus cuentas muestran inversiones de un millón a millón y medio por película (si es que puede llamárselas así) y salta a la vista que no pudieron costar más de cien o doscientos mil dólares. Mi hermano trabaja de montador en la industria y sé lo suficiente para ver que Aliso no empleó en sus largometrajes las cantidades que figuran en sus libros de cuentas. Personalmente, creo que estaba usando la productora para blanquear dinero, mucho dinero.

—¿Puedes concretar un poco más? —insistió Billets—. ¿Cómo lo hacía?

—Vale, empecemos con su fuente de ingresos, al que llamaremos el señor X. El señor X tiene un millón de dólares que no debería tener, procedente de tráfico de drogas o de lo que sea. La cuestión es que necesita blanquear ese millón para poder ingresarlo en un banco y gastárselo sin atraer la atención. Así que se lo da a Tony Aliso, bueno, lo invierte en su empresa de producción —explicó Rider—. Entonces Aliso hace una película barata en la que se gasta menos de una décima parte del dinero, pero, a la hora de pasar cuentas, finge que lo ha usado todo en gastos de producción. Casi cada semana paga cheques a diversos realizadores, compañías de atrezo y material de rodaje por valor de unos ocho a nueve mil dólares; justo por debajo del límite que debe declararse al fisco.

Mientras Rider hablaba, Bosch escuchaba atentamente

con los ojos cerrados. Admiraba la habilidad de la detective para deducir todo esto a partir de unos simples papeles.

—Total, que al final del proceso de producción, Tony hace unos cuantos miles de copias de la película, las vende o trata de colocarlas a distribuidores y tiendas de vídeo independientes (porque las cadenas principales ni se acercarían a esa mierda) y se acabó. Pero en realidad lo que está haciendo es devolverle al señor X, el inversor original, unos ochenta centavos por dólar en forma de pagos a empresas fantasma. Quienquiera que esté detrás de ellas está siendo pagado con su propio dinero por servicios que no ha prestado. La diferencia es que ahora el dinero es legal; puede entrar en cualquier banco del país, ingresarlo, pagar impuestos y gastárselo. Mientras tanto, Tony Aliso recibe un buen porcentaje por sus servicios y pasa a la siguiente película. Según mis cálculos, realizaba dos o tres producciones y se embolsaba medio millón de dólares al año.

Todos se quedaron unos momentos en silencio antes de que Rider retomara su exposición.

—Pero hubo un problema —dijo ella.

—Hacienda —adivinó Bosch.

—Exactamente —confirmó ella, y Bosch se la imaginó con una gran sonrisa—. El plan era bueno, pero estaba a punto de irse al garete. Este mes iban a inspeccionar las cuentas de Tony y ya os podéis imaginar que, si yo he descubierto todo esto en un día, los federales lo harían en menos de una hora.

—Eso convertiría a Tony en un peligro para el señor X —intervino Edgar.

—Especialmente si él cooperaba con la inspección —agregó Rider.

Alguien silbó y, aunque Bosch no lo hubiera jurado, supuso que había sido Edgar.

—¿Cuál es el próximo paso? ¿Encontrar al señor X? —inquirió Bosch.

—Sí, ése es el primer objetivo —contestó Rider—. Ahora mismo estoy preparando un fax con el nombre de todas las empresas fantasma para enviárselo al registro de empresas del estado. Tal vez el culpable fue tonto y puso algún nombre o dirección auténticos en los documentos. También estoy tratando de conseguir otra orden judicial; con los cheques cancelados de la compañía de Tony intentaré averiguar el número de las cuentas corrientes donde los enviaba y, con un poco de suerte, descubrir dónde fue el dinero después de que Tony lo blanqueara.

—¿Y Hacienda? —preguntó Bosch—. ¿Ya has hablado con ellos?

—No, porque no trabajan por el puente, pero me he fijado en que el código de la inspección lleva un prefijo que indica que no era un control rutinario, sino que alguien los había avisado.

En la notificación pone el nombre del inspector encargado, así que lo llamaré a primera hora de la mañana.

—¿Sabéis qué? —intervino Edgar—. Me huele a chamusquina que Crimen Organizado haya pasado del caso. No sé si Tony estaba liado con los italianos, pero esto apesta a mafia. Y me juego algo a que ellos estaban al loro del chanchullo de Aliso, a través de Hacienda o lo que fuera.

—Creo que tienes razón —convino Billets.

—Ah, me olvidaba —agregó Bosch—. Art Donovan me ha dicho que el tío de Crimen Organizado con quien hablé anoche, un tal Carbone, se pasó esta mañana por su oficina y comenzó a interrogarle sobre el caso. Según Art, el tío hacía ver que pasaba, pero no dejaba de hacer preguntas.

Nadie dijo nada durante un buen rato.

—¿Y qué vamos a hacer? —preguntó Edgar al fin.

Bosch cerró los ojos de nuevo y esperó. Lo próximo que dijera Billets determinaría el curso de la investigación, así como su respeto por ella. Bosch sabía exactamente lo que habría hecho su predecesor, el teniente Pounds: sacarse el caso de encima y pasárselo a Crimen Organizado.

—Nada —decidió Billets finalmente—. El caso es nuestro y vamos a continuar investigando, pero tened cuidado. Si Crimen Organizado sigue metiendo las narices después de desentenderse, puede haber algo raro.

Hubo otro silencio y Bosch abrió los ojos. Billets le gustaba cada vez más.

—De acuerdo —prosiguió la teniente—. Creo que deberíamos centrarnos en la empresa de Tony. Quiero que ésa sea nuestra prioridad. Así que, Harry, ¿puedes terminar pronto en Las Vegas y volver aquí?

—Si no encuentro nada, estaré de vuelta mañana a mediodía. Pero acordaos de que la señora Aliso dijo que Tony iba a Las Vegas a ver a unos inversores. Quizá nuestro señor X esté aquí mismo.

—Puede ser —concedió Billets—. De acuerdo, buen trabajo. Seguid así.

Después de despedirse, Bosch volvió a colocar el teléfono en la mesilla de noche. Los avances en la investigación le habían dado nuevas fuerzas, así que se quedó allí un rato, disfrutando de la inyección de adrenalina. Hacía mucho tiempo que esperaba aquella sensación.

Y

Bosch salió del ascensor y se adentró en el casino. El del Mirage era de los más tranquilos; no se oían gritos, ni exclamaciones en las mesas de dados, ni ruegos para que saliera el número siete. Bosch comprendió que la gente que jugaba allí era diferente; entraba con dinero y, por mucho que perdiera, salía con dinero. El sitio no olía a desesperación. Era el casino de los bien calzados y con carteras abultadas.

Al pasar por delante de una ruleta llena de jugadores, Harry recordó la apuesta de Donovan. Se abrió paso entre dos mujeres orientales, sacó cinco dólares y pidió una ficha, pero enseguida le informaron de que el mínimo en aquella mesa eran veinticinco dólares. Una de las mujeres orientales señaló con su cigarrillo otra ruleta al otro lado del casino.

—Allá se lo aceptarán —le indicó con desprecio.

Bosch le dio las gracias y se dirigió a la mesa barata. Después de colocar su ficha en el siete, contempló los brincos de la bolita de número en número. Curiosamente aquello no le producía ninguna emoción; en cambio, los jugadores de verdad solían decir que lo que los impulsaba no era ganar o perder, sino la espera, el suspense. Cualquiera que fuese la siguiente carta, el número de los dados o el de la casilla donde se parase la bolita eran esos pocos segundos de espera lo que los excitaba y los convertía en adictos. A Harry, sin embargo, todo aquello lo dejaba frío.

La bola se detuvo en el cinco, con lo que Donovan le debía cinco dólares. Bosch se volvió y buscó la mesa de póquer. Como era temprano —aún no eran las ocho— había varias sillas desocupadas. Harry hizo un rápido repaso de las caras. Eleanor Wish no estaba, aunque tampoco tenía muchas esperanzas de encontrarla. No obstante, sí reconoció a varios de los crupieres que había entrevistado antes, incluida Amy Rohrback. Bosch se sintió tentado de sentarse en una de las sillas vacías de su mesa y preguntarle por qué había saludado a Eleanor Wish, pero decidió que no era buena idea interrogarla mientras trabajaba.

Mientras se planteaba qué hacer, el jefe de sala se acercó y le preguntó si estaba esperando para jugar. Bosch enseguida lo identificó; era el hombre que había acompañado a Tony Aliso a su mesa.

—No, sólo estoy mirando —respondió Bosch—. ¿Tiene un momento ahora que está esto tranquilo?

—¿Un momento para qué?

—Soy el policía que ha estado entrevistando a su gente.

—Ah, sí. Me lo ha dicho Hanky.

El hombre le dijo que se llamaba Frank King y le dio la mano.

—Perdone que no haya subido, pero yo no trabajo por turnos y no puedo moverme. Es sobre Tony Aliso, ¿no?

—Sí. ¿Lo conocía?

—Sí, claro. Todos lo conocíamos; era buen tío. Es una pena lo que le ha pasado.

—¿Cómo sabe lo que le ha pasado?

Durante las entrevistas Bosch se había cuidado de no contar a los crupieres que Aliso había sido asesinado.

—Por Hanky —respondió King—. Me dijo que le habían disparado en Los Ángeles. Es normal; si vives en Los Ángeles, te la juegas.

—Puede ser. ¿Hacía mucho tiempo que lo conocía?

—Uf, años. Antes de abrir el Mirage, yo trabajaba en el Flamingo y Tony se alojaba allá. Después los dos nos mudamos aquí.

—¿Alguna vez se vieron fuera del casino?

—Una o dos veces, pero por casualidad. Alguna vez nos encontramos en algún bar y nos tomamos algo, pero nada más. Es normal; él era un cliente del hotel y yo un empleado. O sea que no éramos colegas.

—Ya. ¿En qué lugares se lo había encontrado?

—Uf, no sé... Hace mucho... Un momentito.

King se fue a pagar a un jugador que se marchaba de la mesa de Amy Rohrback. Bosch ignoraba con cuánto había comenzado, pero se iba con cuarenta dólares y el ceño fruncido. King lo despidió con un gesto de «la próxima vez tendrá más suerte» y volvió con Bosch.

—¿De que hablábamos? Ah, sí. De que vi a Tony en un par de bares hace mucho tiempo. Una vez me lo encontré en la barra redonda del Stardust. Uno de los camareros era amigo mío y yo solía pasarme por allí cuando salía de trabajar. Un día vi a Tony y él me invitó a una copa. Esto fue hace tres años, al menos. No sé de qué puede servirle.

—¿Iba solo?

—No, estaba con una tía, una chavala joven. Nadie que yo conozca.

—De acuerdo. Y la otra vez, ¿cuándo fue?

—El año pasado. Yo estaba en una despedida de soltero (de Marty, el jefe de las mesas de dados) y nos fuimos al Dolly's, un club de *striptease* al norte de la ciudad. Tony ya estaba allí; iba solo y vino a tomarse algo con nosotros. Al final acabó pagando una ronda para toda la mesa y eso que éramos unos ocho. Era un tío enrollado. Eso es todo.

Bosch asintió. Según aquello, hacía al menos un año que Aliso frecuentaba Dolly's, lo cual le convenció todavía más de que valía la pena intentar localizar a Layla. Harry suponía que sería una bailarina y que ése no sería su verdadero nombre.

—¿Lo vio con alguien más recientemente?

—¿Con una tía?

—Sí. Algunos crupieres me han dicho que lo habían visto con una mujer rubia.

—Sí, creo que lo vi un par de veces con la rubia. Tony le daba pasta para las tragaperras mientras él jugaba a las cartas. No la conozco, si es eso lo que quiere saber.

Bosch volvió a asentir.

—¿Ya está? —preguntó King.

—Una última cosa. ¿Conoce a una tal Eleanor Wish? Estaba jugando en la mesa barata el viernes por la noche. Tony jugó un rato allá y parecía que se conociesen.

—Conozco a una jugadora llamada Eleanor, pero no sé el apellido. Guapa, con el pelo y los ojos castaños. Bien conservada a pesar de la huella que dejan los años.

King sonrió, orgulloso de su frase, pero a Bosch no le hizo gracia.

—Parece ella. ¿Viene regularmente?

—Sí, casi cada semana. Creo que vive aquí. Los jugadores residentes en la zona siguen un circuito. No todos los casinos tienen mesa de póquer, porque la casa gana muy poco con ella. Nosotros lo ofrecemos como un servicio a nuestros clientes, pero la intención es que se dediquen al black jack Total, que los jugadores de la localidad hacen un circuito para no encontrarse con las mismas caras cada día. Un día juegan aquí, el siguiente en el Harrah, después el Flamingo y, luego, a lo mejor se recorren los casinos del centro. Es normal.

—¿Quiere decir que es una profesional?

—No. Quiero decir que es de aquí y que juega mucho. Si tiene un trabajo de día o vive del póquer, eso no lo sé. No creo haberle pagado más de doscientos dólares y eso no es tanto. Además, dicen que da buenas propinas a los crupieres, cosa que no hacen los profesionales.

Bosch le pidió a King el nombre de todos los casinos de la ciudad con mesa de póquer y después le dio las gracias.

—Oiga, no creo que Tony la conociera demasiado.

—¿Por qué?

—Porque era demasiado vieja. Es una tía guapa, pero un poco mayor para Tony. A él le gustaban jovencitas.

Bosch asintió y lo dejó marchar. A continuación, se paseó por el casino sin dejar de pensar en Eleanor Wish. No sabía qué hacer; le intrigaba su presencia allí, aunque, si era cierto que jugaba en el Mirage una vez a la semana, no era tan extraño que conociera a Aliso de vista. A pesar de que seguramente no tenía nada que ver con el caso, Harry deseaba hablar con ella. Quería decirle que se arrepentía de cómo habían ido las cosas y admitir que él había tenido parte de culpa.

Entonces, Bosch vio una serie de teléfonos públicos junto al mostrador de recepción y decidió llamarla. Solicitó en información el teléfono de Eleanor Wish, pero una voz grabada le respondió que no podían facilitar aquel número a petición del abonado. Tras reflexionar un instante, Harry metió la mano en el bolsillo de su chaqueta y sacó la tarjeta que le había dado Felton, el capitán de la brigada de detectives de la Metro. Bosch lo llamó al busca y esperó con la mano sobre el teléfono para que nadie más pudiera usarlo. Sonó al cabo de cuatro minutos.

—¿Felton?

—¿Sí? ¿Quién es?

—Bosch. He hablado hoy con usted.

—Ah, sí. De Los Ángeles. Todavía no sé nada de las huellas. Me han dicho que lo tendrán mañana a primera hora.

—No le llamo por eso. Me preguntaba si usted o alguien de la comisaría tendría un enchufe en la compañía telefónica para conseguirme un teléfono y una dirección.

—¿No está en el listín?

—No. —Bosch reprimió las ganas de decirle que no estaría llamándole si el abonado figurara en la guía telefónica.

—¿Quién es?

—Alguien de aquí que jugó al póquer con Tony Aliso el viernes por la noche.

—¿Y qué?

—Pues que se conocían y quiero hablar con ella. Si no puede ser, no pasa nada; ya la encontraré. Lo he llamado porque usted me dijo que lo llamara si necesitaba algo y ahora necesito algo. Bueno, ¿qué me dice?

Hubo un largo silencio antes de que Felton contestase.

—Vale, démelo. Veré qué puedo hacer. ¿Dónde va a estar?

—En ningún sitio. ¿Puedo llamarle yo?

Felton le dio el número de su casa y le pidió que lo llamara al cabo de media hora.

Para matar el tiempo, Bosch cruzó la avenida principal de Las Vegas, el Strip, con la intención de echar un vistazo a la mesa de póquer del Harrah. No había ni rastro de Eleanor Wish, así que siguió caminando hacia el Flamingo. Hacía tanto calor que por el camino se quitó la chaqueta. Harry esperaba que refrescase un poco cuando anocheciese.

En el Flamingo sí la encontró. Eleanor estaba jugando en una mesa «uno a cuatro» con cinco hombres. A pesar de que el asiento a su izquierda estaba vacío, Bosch decidió no ocuparlo y se dispuso a espiarla camuflado entre la gente que se arremolinaba alrededor de la ruleta.

El rostro de Eleanor Wish mostraba una concentración total en sus cartas. Bosch observó que los hombres con los que jugaba la miraban de reojo y sintió un morboso placer al ver que la deseaban. Durante los diez minutos que la observó, ella ganó una mano —aunque no alcanzó a ver cuánto se llevó— y se retiró a tiempo en unas cinco más. Parecía ir ganando, puesto que había acumulado un buen montón de fichas sobre el tapete azul.

Después de verla ganar una segunda mano, en la que se había acumulado una suma considerable, Bosch miró a su alrededor en busca de un teléfono. Cuando lo encontró, llamó a Felton para que le diera el domicilio y el teléfono particular de Eleanor Wish. El capitán le informó de que la dirección, en Sands Avenue, no estaba demasiado lejos de la zona del Strip, en un barrio de pisos donde residían muchos empleados de los casinos. Bosch no le contó que ya la había encontrado; simplemente le dio las gracias y colgó.

Cuando regresó a la mesa de póquer, ella se había ido. Los cinco hombres seguían allí, pero había un nuevo crupier y el asiento de Eleanor estaba vacío. Sus fichas tampoco estaban, por lo que Bosch dedujo que las habría canjeado y se habría marchado. Bosch se maldijo por haberle perdido la pista.

—¿Buscas a alguien?

Bosch se volvió. Era Eleanor, seria y con una mirada que denotaba irritación e incluso desafío. Los ojos de Harry se posaron en la pequeña cicatriz que tenía en la barbilla.

—Em... yo... Bueno, te buscaba a ti.

—Siempre tan evidente; te vi en cuanto entraste. Me habría levantado, pero estaba ocupada con ese tío de Kansas. El muy listo pensaba que sabía cuándo iba de farol, pero no tenía ni idea. Como tú.

Bosch se quedó mudo. No era así como se había imaginado la conversación.

—Mira, Eleanor, yo sólo quería saber cómo estabas. Quería...

—Ya. ¿Y has venido hasta Las Vegas para saludarme? Venga, ¿qué pasa?

Harry miró a su alrededor. Estaban en una sección concurrida del casino, rodeados de gente que pasaba por su lado e inmersos en una cacofonía de máquinas tragaperras y exclamaciones de victoria y derrota. Un verdadero caos de imágenes y ruido.

—Ahora te lo cuento. ¿Te apetece una copa o prefieres comer algo?

—Una copa.

—¿Conoces algún sitio tranquilo?

—Aquí no. Vamos.

Salieron al calor seco de la noche. El sol se había puesto completamente y el neón había ocupado su lugar en el cielo.

—El Caesar's tiene un bar tranquilo, sin tragaperras.

Ella lo condujo al otro lado de la calle, hacia una cinta transportadora que los llevó a la entrada del Caesar's Palace. Después de atravesar el vestíbulo, entraron en un bar circular donde sólo había tres clientes más. Eleanor tenía razón. Era un oasis de paz, sin póquer ni máquinas tragaperras; sólo la barra. Bosch pidió una cerveza y Eleanor un whisky con agua. Ella encendió un cigarrillo.

—Antes no fumabas —le comentó Bosch—. Es más, recuerdo que...

—De eso hace mucho tiempo. ¿Por qué has venido?

—Estoy investigando un caso.

Durante el trayecto hasta el casino había tenido tiempo de recobrar la compostura y ordenar sus pensamientos.

—¿Qué caso y qué tiene que ver conmigo?

—No tiene nada que ver contigo, aunque tú conocías a la víctima. El viernes jugaste al póquer con él, en el Mirage.

Eleanor frunció el ceño, con una mezcla de confusión y curiosidad. Bosch se acordó de aquel gesto y de lo atractivo que siempre le había parecido. En ese instante deseó alargar la mano y tocarla, pero no lo hizo. Tuvo que recordarse a sí mismo que ella había cambiado.

—Anthony Aliso —le informó.

Al ver su expresión de sorpresa, Bosch supo inmediatamente que era auténtica. Harry no era un jugador de Kansas incapaz de detectar un farol; él había conocido a aquella mujer y su reacción demostraba que hasta ese momento ignoraba que Aliso había muerto.

—Tony A... —dijo ella, sin poder acabar.

—¿Lo conocías mucho o sólo jugabas con él?

Eleanor tenía la mirada perdida.

—Sólo de verlo en el Mirage. Juego allí los viernes porque hay mucho dinero y caras nuevas. Me lo encontraba un par de veces al mes; al principio pensé que también vivía en Las Vegas.

—¿Cómo descubriste que no vivía aquí?

—Me lo dijo él hace un par de meses. Como no había asientos libres en las mesas, dimos nuestro nombre y le pedimos a Frank que nos viniera a buscar al bar cuando se marchara alguien. Así que nos tomamos una copa y entonces me contó que era de Los Ángeles y que trabajaba en el mundo del cine.

—¿Ya está? ¿Nada más?

—Bueno, sí, me contó otras cosas. Hablamos un rato, pero de nada interesante. Sólo estábamos matando el tiempo hasta que nos llamaran a jugar.

—¿No lo volviste a ver fuera del casino?

—No —contestó Eleanor—. ¿Y a ti qué te importa? ¿Acaso sospechas de mí porque me tomé una copa con él?

—No, nada eso.

Bosch sacó uno de sus cigarrillos y lo encendió. Cuando la camarera vestida con una toga blanca y dorada les trajo las bebidas, se quedaron un rato en silencio. Bosch había perdido el ritmo; una vez más no sabía qué decir.

—Parece que te ha ido bien esta noche —tanteó.

—Sí, mejor de lo normal. Enseguida he llegado a mi tope.

—¿Tu tope?

—Cuando voy ganando por doscientos dólares, me largo. No soy ambiciosa y sé que la suerte no dura mucho. Nunca pierdo más de cien, y si tengo la suerte de ir ganando por doscientos, me retiro. Hoy he terminado pronto.

—¿Cómo has...?

Bosch se calló, porque ya sabía la respuesta.

—¿Cómo he aprendido a jugar al póquer para ganarme la vida? Si te pasas tres años y medio a la sombra, aprendes a fumar, a jugar a póquer y muchas otras cosas.

Ella lo miró a los ojos, como retándolo a hacer algún

comentario. Tras un largo silencio, Eleanor desvió la mirada y sacó otro cigarrillo. Harry le dio fuego.

—¿Así que no tienes otro trabajo? ¿Sólo el póquer?

—Sólo el póquer. Llevo en esto casi un año. Es un poco difícil encontrar un trabajo normal, Bosch. Cuando dices que eres una ex agente del FBI, a la gente se les iluminan los ojos. Pero si después explicas que acabas de salir de la prisión federal, te aseguro que se les apagan rápidamente.

—Lo siento, Eleanor.

—Tranquilo. No me quejo; gano más de lo necesario para vivir y, de vez en cuando, conozco a gente interesante como a tu hombre, Tony Aliso. Además, aquí no pago impuestos. ¿Cómo voy a quejarme si noventa días al año estamos a más de cuarenta grados a la sombra?

A Bosch no se le pasó por alto el resentimiento latente en sus palabras.

—Quería decirte que siento todo lo que pasó. Ya sé que ahora no te sirve de nada, pero me gustaría poder volver atrás. Desde entonces he aprendido cosas y ahora actuaría de forma distinta. Sólo quería que lo supieras. Cuando te vi jugando con Tony Aliso en el vídeo del casino, quise buscarte para decírtelo. Nada más.

Eleanor apagó el cigarrillo a medio fumar en el cenicero de cristal y le dio un buen trago a su whisky escocés.

—Bueno, debo irme —anunció, mientras se levantaba.

—¿Necesitas que te lleve a algún sitio? —ofreció Bosch.

—No, gracias. Tengo coche.

Eleanor se encaminó hacia la salida, pero tras dar unos pasos se detuvo y volvió a la mesa.

—Tenías razón.

—¿En qué?

—En que ya no me sirve de nada.

Dicho eso, se marchó. Bosch la observó mientras empujaba las puertas giratorias y se perdía en la noche.

Siguiendo las instrucciones que había escrito cuando habló con Rhonda por teléfono, Bosch llegó hasta Dolly's, en la calle Madison, en North Las Vegas. Aquél era un club de lujo, donde cobraban veinte dólares de entrada y había que tomar un mínimo de dos consumiciones. Un hombre enorme vestido de esmoquin (con el cuello tan almidonado que parecía estrangularle) acompañaba a los clientes a las mesas. Las bailarinas también eran de lo mejorcito; chicas jóvenes y bellas que aún no se atrevían a trabajar en los grandes espectáculos del Strip.

El individuo del esmoquin condujo a Bosch a una mesa del tamaño de un plato a poco más de dos metros del escenario, que en esos momentos se hallaba totalmente vacío.

—Enseguida saldrá una nueva bailarina —le informó—. Disfrute del espectáculo.

Bosch no sabía si darle propina por sentarlo tan cerca del escenario o por soportar aquel uniforme o no. Finalmente lo dejó correr ya que el hombre no parecía esperarla. Bosch apenas había sacado los cigarrillos cuando una camarera vestida con un negligé de seda roja, tacones y medias de red se acercó y le recordó el mínimo de dos consumiciones. Bosch pidió cerveza.

Mientras esperaba, Harry echó un vistazo a su alrededor. No había mucha gente, probablemente por ser la noche de un lunes festivo. Como mucho habría unos veinte hombres; la mayoría iban solos y no miraban a los demás mientras aguardaban a la próxima mujer desnuda.

Unos espejos de cuerpo entero cubrían las paredes laterales y traseras de la sala. En el lado izquierdo había una barra y, detrás, una puerta arqueada con un rótulo de neón rojo que anunciaba: PRIVADO. Frente a ella se alzaba el escenario —momentáneamente oculto por un telón brillante—, del que salía una especie de pasarela que atravesaba la sala. Unos focos colgados del techo iluminaban la pasarela de forma que parecía brillar en contraste con el ambiente cargado y oscuro de las mesas.

Un presentador sentado en una cabina de sonido a la izquierda del escenario anunció que la próxima bailarina sería Randy. Acto seguido sonaron los primeros compases de una vieja canción de Eddie Money, *Dos billetes al paraíso*. Entonces irrumpió en el escenario una chica morena y alta, vestida con la parte superior de un bikini rosa fluorescente y unos tejanos cortados que mostraban la parte inferior de sus nalgas. Randy empezó a moverse al ritmo de la música.

Bosch se quedó perplejo. Era guapísima y se extrañó que estuviera haciendo eso. Siempre había creído que la belleza ayudaba a las mujeres a escapar de las peores penurias de la vida. Aquella mujer, aquella muchacha, era bella. Sin embargo, ahí estaba. Pensó que tal vez lo que atraía a aquellos hombres no era su desnudez, sino su sumisión; la emoción de saber que una más había caído. Bosch empezaba a creer que estaba equivocado con respecto a las mujeres guapas.

La camarera depositó las dos cervezas en la mesita y anunció que le debía quince dólares. Bosch estuvo a punto de pedirle que le repitiera el precio, pero enseguida comprendió que formaba parte del pago por el espectáculo. Le dio un billete de veinte y, cuando ella comenzó a buscar en el fajo que llevaba en la bandeja, Bosch le hizo un gesto para que se quedara con el cambio. Entonces la camarera lo cogió por el hombro y se agachó para susurrarle algo al oído, de forma que él pudiera verle bien el escote.

—Gracias, cariño. Avísame si necesitas algo más.

—Sí, una cosa. ¿Está Layla esta noche?

—No, no está.

Bosch asintió y la camarera se incorporó.

—¿Y Rhonda? —preguntó Bosch.

—Ésa es Randy.

Ella le señaló el escenario, pero Bosch negó con la cabeza y le hizo un gesto para que se acercara.

—No, Rhonda, como la de la canción *Ayúdame, ayúdame, Rhonda*. ¿Sabes si trabaja hoy? Ayer estaba aquí.

—Ah, esa Rhonda. Sí, acabas de perderte su actuación. Ahora estará detrás, cambiándose.

Bosch se metió la mano en el bolsillo y depositó un billete de cinco en la bandeja.

—¿Podrías decirle que el amigo de Tony con quien habló anoche quiere invitarla a una copa?

—Sí, claro.

La camarera le apretó de nuevo el hombro y se marchó. Bosch volvió su atención al escenario, donde Randy acababa de terminar su primera canción. La siguiente fue *Abogados, pistolas y dinero*, de Warren Zevon. Hacía tiempo que Bosch no la oía, pero recordó que había sido un verdadero himno de los policías de uniforme cuando él también lo era.

La tal Randy no tardó en quitarse la ropa y quedarse totalmente desnuda a excepción de un liguero sujeto al muslo izquierdo. Mientras ella bailaba lentamente por la pasarela, muchos de los hombres se levantaban y deslizaban billetes bajo el liguero. Cuando alguien le ponía uno de cinco, Randy se apoyaba sobre su hombro, se contoneaba y le daba un beso en la oreja.

Al verlo, Harry comprendió al fin por qué había una huella en el hombro de la cazadora de Aliso.

—Hola, soy Rhonda —dijo una rubia menudita que se sentó junto a él—. Te has perdido mi espectáculo.

—Eso me han dicho. Lo siento.

—Bueno, vuelvo a salir dentro de media hora. Espero que te quedes. Yvonne dice que querías invitarme a una copa.

La camarera se encaminó hacia ellos, como si lo hubiera oído.

—Mira, Rhonda —le susurró Bosch—, prefiero darte el dinero a ti que al bar. Así que hazme un favor y no te me pongas exorbitante.

—¿Exorbitante? —Ella lo miró perpleja.

—Que no pidas champán.

—Ah, vale.

La chica pidió un martini e Yvonne desapareció entre las sombras.

—Perdona, no sé cómo te llamas.

—Harry.

—Y eres un amigo de Tony de Los Ángeles. ¿También haces películas?

—No, no exactamente.

—¿Y de qué conoces a Tony?

—Lo conocí hace poco. Estoy intentando encontrar a Layla para darle un recado. Yvonne me ha dicho que hoy no trabaja. ¿Sabes dónde puedo encontrarla?

Bosch notó que ella se ponía tensa, consciente de que algo no iba bien.

—Primero, Layla ya no trabaja aquí. Cuando hablé contigo ayer no lo sabía, pero se ha marchado. Y segundo, si eres realmente un amigo de Tony, ¿por qué me preguntas a mí cómo encontrarla?

No era tan tonta como había supuesto, así que Bosch decidió ir al grano.

—Porque a Tony lo han matado; por eso no puedo preguntárselo. Quiero encontrar a Layla para decírselo y para avisarla de que tenga cuidado.

—¿Qué? —gritó ella.

Su voz se proyectó por encima de la música como una bala en el aire. Todo el mundo, incluida la chica desnuda del escenario, se volvió a mirarlos. La gente debió de pensar que él le había hecho una proposición deshonesta; que le había ofrecido una tarifa insultante por un acto igualmente insultante.

—Baja la voz, Randy —le rogó.

—Rhonda.

—Rhonda.

—¿Cómo puede ser? Pero si estaba aquí el otro día.

—Alguien le disparó cuando volvió a Los Ángeles —explicó Bosch—. Bueno, ¿sabes dónde está Layla? Si me lo dices, prometo protegerte.

—Pero ¿quién eres? ¿Eres su amigo o no?

—En estos momentos seguramente soy su único amigo. Soy policía. Me llamo Harry Bosch y estoy intentando averiguar quién lo mató.

La chica adoptó una expresión todavía más horrorizada que al enterarse de que Aliso había muerto. A Bosch no le sorprendió; era una reacción habitual cuando le decía a la gente que era policía.

—Ahórrate el dinero —le dijo ella—. No puedo hablar contigo.

Rhonda se levantó y se dirigió muy decidida hacia la puerta situada junto al escenario. Bosch la llamó, pero la música del espectáculo ahogó su voz. Al volverse vio que el hombretón del esmoquin lo vigilaba entre las sombras y decidió que no iba a quedarse a la segunda actuación de Rhonda. Tras tomarse un último trago de cerveza —ni siquiera había tocado la segunda copa—, se levantó de su asiento.

Cuando estaba a punto de salir, el tipo del esmoquin se situó detrás de él y golpeó uno de los espejos de la pared. Fue entonces cuando Bosch advirtió que había una puerta camuflada. La puerta se abrió y el matón se colocó frente a la salida del club para impedir el paso a Bosch.

—¿Me hace el favor de pasar a la oficina?

—¿Por qué?

—El director quiere hablar con usted.

Bosch vaciló un instante, pero a través de la puerta atisbó que efectivamente había un despacho, donde le esperaba un hombre trajeado. Harry entró, seguido del gorila del esmoquin, que cerró la puerta tras ellos.

Bosch miró al individuo sentado detrás de la mesa; era rubio y muy musculoso.

Tanto era así que Harry no habría sabido por quién apostar si se hubiese desencadenado una pelea entre el del esmoquin y el presunto director. Los dos eran unos bestias.

—Acabo de hablar con Randy y me ha dicho que estabas preguntando por Tony Aliso.

—Randy, no. Rhonda.

—Me importa un carajo. Me ha contado que Tony estaba muerto.

Hablaba con un acento que a Bosch le pareció del sur de Chicago.

—Lo estaba y lo sigue estando.

A una señal del rubio, el gorila del esmoquin golpeó a Bosch en la boca con el revés de la mano. Harry trastabilló y se golpeó la cabeza contra la pared. Sin darle tiempo a recuperarse, el del esmoquin le dio la vuelta, lo puso cara a la pared y apoyó todo su peso sobre él. Harry notó que lo cacheaban de arriba abajo.

—Basta de hacerte el listo —le espetó el rubio—. ¿Qué hacías hablando de Tony con las chicas?

Antes de que Bosch pudiera contestar, las manos que le estaban registrando encontraron la pistola.

—Lleva una pipa —anunció el del esmoquin.

Bosch notó que le arrebataban el arma. Al mismo tiempo su boca se llenó de sangre y la rabia comenzó a oprimirle la garganta.

A continuación las manos encontraron su cartera y las esposas. El matón las arrojó a la mesa, mientras mantenía a Bosch inmovilizado con una mano. Harry logró girar un poco la cabeza y ver al rubio abriendo la cartera.

—Es un poli. Suéltalo.

Cuando la mano se retiró de su cuello, Bosch se separó del tipo del esmoquin con brusquedad.

—Un poli de Los Ángeles —prosiguió el rubio—. Hieronymous Bosch. Como el pintor que hizo esas cosas tan raras, ¿no? Bosch se limitó a mirarlo mientras el rubio le devolvía la pistola y las esposas.

—¿Por qué le has pedido que me pegara?

—Ha sido un error. Verás, la mayoría de polis que vienen aquí se anuncian, nos dicen qué buscan y nosotros los ayudamos si podemos. Pero tú te has colado a hurtadillas y nosotros tenemos un negocio que proteger. Te sangra el labio.

El hombre abrió un cajón y sacó una caja de pañuelos de papel que ofreció a Bosch.

Bosch se quedó con toda la caja.

—Así que es verdad lo que dijo la chica. Tony ha muerto.

—Ya te lo he dicho. ¿Lo conocías mucho?

—Vaya, ésta sí que es buena. Tú asumes que lo conocía y ya lo incluyes en la pregunta. Muy astuto.

—Pues contesta.

—Aliso venía a menudo por aquí. Siempre intentaba ligarse a las chicas; les prometía una carrera en el cine, bueno, lo típico, pero las muy tontas seguían cayendo de cuatro patas. En los últimos dos años Tony me costó tres de mis mejores bailarinas. Ahora están en Los Ángeles; el tío las dejó colgadas en cuanto se cansó de ellas. Nunca aprenderán.

—¿Por qué le dejabas entrar si se llevaba a tus chicas?

—Porque se gastaba mucha pasta aquí dentro. Además, en Las Vegas nunca hay escasez de chocho.

Bosch cambió el rumbo de la conversación.

—¿Y el viernes? ¿Estuvo aquí?

—No, no me... Ah, sí, sí que vino. Lo vi por la pantalla.

Con la mano derecha señaló un panel de monitores de vídeo que mostraban el club y la puerta desde todos los ángulos. Era un montaje tan impresionante como el que Hank Meyer le había enseñado en el Mirage.

—¿Tú recuerdas haberlo visto, Dandi? —le preguntó el rubio al del esmoquin.

—Sí, estuvo aquí.

—Ya lo oyes. Estuvo aquí.

—¿No hubo problemas? ¿Vino y se fue?

—Eso es.

—Entonces, ¿por qué despediste a Layla?

El rubio hizo una mueca.

—Ah, ya veo —dijo—. Eres uno de esos tíos que enredan a la gente con palabras.

—Puede ser.

—Pues no te molestes. Layla era el último rollo de Tony, es verdad, pero ya se ha ido.

—¿Qué le pasó?

—Ya lo sabes; la despedí. El sábado por la noche.

—¿Por qué?

—Por romper las normas de la casa. Pero da igual, porque eso no te importa.

—¿Cómo me has dicho que te llamas?

—No te lo he dicho.

—Pues si quieres te llamo gilipollas. ¿Qué te parece?

—La gente me llama Lucky. ¿Podemos acabar con esto, por favor?

—Pues claro. Sólo dime qué le pasó a Layla.

—Vale, vale. Aunque pensaba que habías venido a hablar de Tony. Al menos, eso es lo que dijo Randy.

—Rhonda.

—Rhonda, eso es.

Bosch estaba perdiendo la paciencia, pero hizo un esfuerzo y esperó a que contestara.

—Layla... Bueno, el sábado por la noche se peleó con otra chica. La cosa se puso fea y tuve que elegir. Modesty es una de mis mejores bailarinas, de las más productivas, y me dio un ultimátum: o se va Layla o me voy yo. Joder, la tía vende de diez a doce botellines de champán cada noche. No había color. Quiero decir, que Layla es buena y muy guapa, pero no es Modesty. Modesty es la mejor.

Bosch sólo asintió. De momento la historia coincidía con el mensaje que Layla había dejado en el contestador de Aliso. Al pedirle su versión del asunto al rubio, Bosch lo estaba poniendo a prueba.

—¿Por qué se pelearon Layla y la otra chica? —inquirió.

—Ni lo sé ni me importa. Supongo que fue la típica bulla entre tías. No se cayeron bien desde el principio. Verás, cada club tiene su mejor chica, y la nuestra es Modesty. Layla quería desbancarla, pero Modesty no se dejaba. De todos modos, Layla fue un problema desde que llegó. A ninguna de las chavalas les gustaba su actitud; les copiaba las canciones, se ponía polvos aunque yo se lo tenía prohibido y no dejaba de dar la vara. Me alegro de que se haya ido. Yo tengo que llevar un negocio; no puedo perder el tiempo cuidando a coñitos malcriados.

—¿Polvos?

—Sí, esa purpurina que se ponen para que les brille el chocho. El único problema es que se pega a los idiotas de ahí fuera. Si una tía baila encima de ti el que acaba con la bragueta brillante eres tú. Cuando llegas a casa, tu mujer lo descubre y te cae una bronca que no veas. Yo pierdo clientes y eso no puede ser. Si no hubiese sido por Modesty, habría sido por otra cosa. A Layla la eché en cuanto se me puso a tiro.

Bosch pensó en la historia durante unos instantes.

—De acuerdo —le dijo finalmente—. Dame su dirección y me voy.

—No puedo.

—No me vengas con gilipolleces. Pensaba que estábamos de acuerdo; déjame ver las nóminas. Tiene que haber alguna dirección.

Lucky sonrió y negó con la cabeza.

—¿Nóminas? ¿Te crees que les pagamos un duro? Son ellas las que tendrían que pagarnos a nosotros. Actuar aquí es un chollo para ellas.

—Tenéis que tener un número de teléfono o una dirección. ¿O quieres que arreste a Dandi por agredir a un oficial de la policía?

—No tenemos ni su dirección ni su teléfono, Bosch. ¿Qué quieres que te diga? —El hombre le mostró sus manos vacías—. No tengo las señas de ninguna de las chicas. Yo preparo un programa y ellas vienen y bailan. Si un día no se presentan, se acabó. Ya lo ves; simple y eficaz. Así es como trabajamos —explicó el rubio—. En cuanto a lo de Dandi, haz lo que te dé la gana. Pero recuerda que tú eres el tipo que entró aquí solo, sin decir quién era ni lo que quería, que se bebió cuatro cervezas en menos de una hora e insultó a una de nuestras bailarinas antes de que le pidiéramos que se marchase. Será muy fácil conseguir declaraciones juradas que confirmen nuestra versión.

El hombre volvió a mostrarle las palmas de las manos, en un gesto que significaba que era a Bosch al que le tocaba mover ficha. A él no le cabía ninguna duda de que Yvonne y Rhonda contarían lo que les ordenaran, así que decidió retirarse con una sonrisa irónica.

—Buenas noches —dijo, dirigiéndose hacia la puerta.

—Buenas noches —respondió el hombre a su espalda—. Y vuelve un día a ver el espectáculo.

La puerta se abrió mediante un dispositivo electrónico que debía de controlarse desde la mesa. Dandi le cedió el paso a Bosch y lo siguió hasta la calle. En el porche Harry le dio el ticket de aparcamiento a un mexicano más arrugado que una pasa. Mientras éste iba a buscar el coche, Dandi y Bosch esperaron en la acera.

—No me guarda rencor, ¿no? —preguntó Dandi cuando finalmente divisaron el automóvil—. Yo no sabía que era policía.

—No, sólo pensabas que era un cliente.

—Ya, bueno, yo sólo obedecí al jefe.

Dandi le tendió la mano para hacer las paces. Bosch vio de reojo que su coche se acercaba y, con un movimiento rápido, tiró de la muñeca del matón y le dio un rodillazo en la entrepierna. Dandi gimió y se dobló sobre sí mismo. Entonces Bosch le soltó la mano y, con gran destreza, le levantó la chaqueta por detrás para taparle la cara e inmovilizarle los brazos y lo golpeó en plena cara con la rodilla. Dandi cayó de espaldas sobre el capó de un Corvette negro estacionado junto a la puerta. En ese mismo instante, el aparcacoches mexicano saltó del automóvil de Bosch y se lanzó a defender a su jefe.

—No lo haga —le advirtió Bosch, alzando un dedo para detenerlo. El mexicano, viejo y flaco, no tenía ninguna oportunidad y Harry no tenía ningún interés en enfrentarse a gente inocente.

El hombre consideró su situación mientras Dandi se lamentaba con el rostro oculto bajo la chaqueta del esmoquin. Finalmente levantó los brazos en señal de rendición y dio un paso atrás para que Bosch pudiera abrir la puerta de su coche.

—Veo que al menos hay alguien que toma decisiones inteligentes —comentó Bosch al entrar en su vehículo.

A través del parabrisas Bosch vio el cuerpo de Dandi que se deslizaba por el capó del Corvette y se precipitaba sobre la acera, mientras el aparcacoches corría en su auxilio.

Ya en Madison Avenue, Bosch miró por el retrovisor. El empleado estaba quitándole la chaqueta a su jefe y, en ese momento, Bosch distinguió una mancha de sangre en su camisa blanca.

Harry estaba demasiado nervioso para volver al hotel a dormir. Además, su cabeza era un remolino de emociones. Ver a la bailarina desnuda le había afectado; ni siquiera la conocía, pero tenía la sensación de haber invadido un mundo muy íntimo que no le pertenecía. También estaba furioso consigo mismo por haber agredido al matón, Dandi. Pero sobre todo, le preocupaba lo mal que había llevado todo el asunto. Había ido al club de *striptease* para localizar a Layla, pero no había sacado nada en claro. Como mucho, había hallado una posible explicación a las motas brillantes que aparecieron en las vueltas de los pantalones de Tony Aliso y en el desagüe de su ducha. Pero no era suficiente. Por la mañana tenía que regresar a Los Ángeles y aún no había descubierto nada.

Al detenerse en el semáforo al principio del Strip, Bosch encendió un cigarrillo. Luego sacó su libreta y la abrió por la página donde había escrito la dirección que Felton le había dado esa noche.

Al llegar a Sands Boulevard giró a la izquierda y, un kilómetro y medio más allá, encontró los bloques de pisos donde vivía Eleanor Wish. El lugar era un gran complejo de edificios numerados, por lo que tardó un poco en localizar su bloque y sus ventanas. Una vez que supo cuál era, Harry permaneció un buen rato sentado en el coche, fumando y contemplando las luces encendidas, sin saber muy bien qué hacer.

Cinco años antes Eleanor Wish le había proporcionado los momentos más felices y más tristes de su vida. Eleanor lo había traicionado y puesto en peligro, pero también le había salvado la vida. Primero le hizo el amor y después se estropeó todo. Sin embargo, Bosch había seguido pensando en ella, dándole vueltas a la clásica pregunta del qué habría podido ser. A pesar del tiempo transcurrido, Harry seguía colado por Eleanor. Y aunque ella se había mostrado fría con él esa noche, Bosch estaba seguro de que el sentimiento era mutuo. Ella era su alma gemela; Harry siempre lo había sabido.

Por fin Bosch salió del coche, arrojó la colilla al suelo y se acercó a la puerta. Ella acudió a abrirla casi inmediatamente, como si lo hubiera estado esperando. A él o a otra persona.

—¿Cómo me has encontrado? ¿Me has seguido?

—No. Hice una llamada, eso es todo.

—¿Qué te has hecho en el labio?

—Nada. ¿Puedo pasar?

Ella retrocedió para dejarlo entrar. El piso era pequeño, con pocos muebles. Daba la impresión de que Eleanor había ido añadiendo cosas con el tiempo, a medida que podía permitírselas. El primer objeto en que reparó Bosch fue una reproducción de *Aves nocturnas*, de Edward Hopper. Él también había tenido el mismo cuadro en la pared de su propia casa; se lo había dado Eleanor cinco años antes, como regalo de despedida.

Bosch volvió la vista hacia ella. Cuando sus miradas se encontraron, supo al instante que todo lo que Eleanor había dicho antes era pura fachada. Lentamente se acercó a ella y la tocó; le puso la mano en el cuello y le acarició la mejilla con el pulgar. Harry contempló detenidamente aquel rostro sereno y decidido.

—He tenido que esperar mucho tiempo —susurró Eleanor.

Bosch recordó que él había dicho lo mismo la primera noche que hicieron el amor. Harry tenía la sensación de que habían pasado siglos desde entonces y se preguntaba si era posible retomar algo cuando había pasado tanto tiempo y tantas cosas.

Harry la atrajo hacia él. Los dos se abrazaron y besaron largamente hasta que ella, sin decir una palabra, lo condujo hasta el dormitorio, donde se desabrochó la blusa y se quitó los tejanos.

Después volvió a abrazarlo y los dos continuaron besándose mientras ella le desabotonaba la camisa a él y se arrimaba a su piel. El pelo de Eleanor olía al humo del casino, pero también desprendía un ligero perfume que le recordó la noche que pasaron juntos cinco años antes. Bosch evocó los árboles de jacarandá y el manto de flores violetas que cubría la acera junto a la casa de ella.

Hicieron el amor con una intensidad de la que Bosch no se recordaba capaz. Fue un acto jadeante y frenético, algo físico totalmente carente de amor, impulsado tan sólo —al menos aparentemente— por la lujuria y la nostalgia. Cuando él terminó, ella tiró de él y lo mantuvo dentro de ella hasta que, con sacudidas rítmicas, también llegó a su clímax y finalmente se calmó. Luego, con la lucidez que siempre viene después, los dos se sintieron avergonzados de su desnudez, de cómo habían copulado con la ferocidad de animales, y se miraron por primera vez como seres humanos.

—Me olvidé de preguntártelo —dijo ella—. No estarás casado, ¿verdad? —Eleanor soltó una risita.

Bosch alargó la mano hasta el suelo donde yacía su chaqueta y cogió el tabaco.

—No —contestó—. Estoy solo.

—Tendría que habérmelo imaginado. Harry Bosch, el solitario.

Bosch vio que ella le sonreía en la oscuridad, gracias a la luz de la cerilla. Después de encender el cigarrillo, se lo ofreció a Eleanor, pero ella lo rechazó.

—¿Cuántas mujeres ha habido después de mí?

—No lo sé, pocas. Sólo una en serio; estuvimos juntos casi un año.

—¿Y qué pasó?

—Que se fue a Italia.

—¿Para siempre?

—¿Quién sabe?

—Bueno, si tú no lo sabes, es que no va a volver. Al menos contigo.

—Ya. Hace tiempo que se marchó.

Él se quedó un rato en silencio y después ella le preguntó quién más había habido.

—Una pintora que conocí en Florida durante un caso. No duró mucho. Después, otra vez tú.

—¿Qué le pasó a la pintora?

Bosch negó con la cabeza para intentar evadir la pregunta. No le hacía mucha gracia repasar su desastrosa vida sentimental.

—La distancia, supongo —contestó—. No funcionó. Yo no podía dejar mi trabajo en Los Ángeles y ella no podía marcharse de donde estaba.

Eleanor se acercó a él y lo besó en la barbilla. Bosch recordó que necesitaba afeitarse.

—¿Y tú, Eleanor? ¿Estás sola?

—Sí... El último hombre que me hizo el amor fue

un policía. Era dulce pero muy fuerte, y no me refiero al físico, sino en la vida. Aunque de eso hace mucho tiempo; en esos momentos los dos necesitábamos curar nuestras heridas. Así que nos entregamos el uno al otro...

Se miraron en la oscuridad durante un largo instante hasta que ella se le acercó. Justo antes de unir sus labios, Eleanor susurró:

—Ha pasado mucho tiempo.

Bosch pensó en esas palabras mientras Eleanor lo besaba y lo empujaba contra la almohada. A continuación ella se montó encima de Bosch e inició un suave balanceo de caderas, dejando caer su cabello sobre la cara de él hasta sumirlo en la más completa oscuridad. Harry recorrió su piel cálida con las manos, desde las caderas hasta los hombros, y terminó acariciándole los pechos. Notó que ella estaba húmeda, pero todavía era demasiado pronto para él.

—¿Qué te pasa, Harry? —susurró—. ¿Quieres descansar un rato?

—No lo sé.

Bosch no podía dejar de pensar en aquellas palabras: «Ha pasado mucho tiempo». Quizá demasiado. Mientras tanto, ella seguía balanceándose encima de él.

—No sé lo que quiero —repitió Bosch—. ¿Y tú?

—Yo sólo quiero el ahora porque es lo único que nos queda. Hemos jodido todo lo demás.

Al cabo de un rato él estuvo listo y volvieron a hacer el amor. Esa vez Eleanor fue muy silenciosa y sus movimientos suaves y regulares. Al estar encima de él, Harry le veía la cara y oía su respiración entrecortada. Casi al final, cuando él estaba aguantando para esperarla, Bosch notó una gota de agua en la mejilla.

—Tranquila, Eleanor, tranquila —le susurró Bosch, mientras le secaba las lágrimas.

Ella pasó su mano por la cara de Harry, como si fuera una mujer ciega. Poco después los dos se encontraron en ese lugar donde nadie más puede entrar: ni palabras, ni recuerdos, sólo ellos dos. Juntos. Harry y Eleanor tuvieron su ahora.

Esa noche Bosch se despertó varias veces, mientras ella dormía profundamente con la cabeza apoyada sobre su hombro. Él apenas durmió, se pasó casi todo el tiempo con la mirada perdida en la oscuridad, envuelto en un aroma a sudor y sexo, y preguntándose qué ocurriría a partir de ese momento.

A las seis, Harry se separó del abrazo inconsciente de ella y se vistió. Cuando estuvo listo, la despertó con un beso y le dijo que debía irse.

—Hoy tengo que volver a Los Ángeles, pero vendré a verte en cuanto pueda.

Ella asintió, adormilada.

—Vale. Aquí estaré.

Por primera vez desde que había llegado a Las Vegas, fuera hacía fresco. Bosch encendió su primer cigarrillo del día de camino al coche. Conduciendo por Sands en dirección al Strip, contempló las montañas del oeste de la ciudad bañadas por la luz dorada del amanecer.

El Strip todavía estaba iluminado por un millón de rótulos fluorescentes, aunque a esa hora había disminuido la cantidad de gente en la acera. De todos modos, Bosch se quedó fascinado con el espectáculo de luces de todos los colores y formas imaginables. Era una explosión de megavatios concebida para incitar la codicia veinticuatro horas al día. Bosch no pudo evitar experimentar la misma atracción que sentía todo el mundo. Las Vegas era como una de las putas que recorren Sunset Boulevard; incluso los hombres felizmente casados les echaban un vistazo, aunque sólo fuera un segundo, para hacerse una idea de lo que había en oferta, para darse algo en que pensar.

Las Vegas poseía un atractivo visceral: la cruda promesa de dinero y sexo. No obstante, la primera era una promesa rota, un espejismo, mientras que el sexo estaba minado de peligros, gastos y riesgos físicos y mentales. Ahí era donde verdaderamente la gente se la jugaba.

Cuando Harry llegó a su habitación, el indicador de mensajes parpadeaba. Al llamar a recepción le informaron de que un tal capitán Felton lo había llamado a la una, luego otra vez a las dos y después una tal Layla a las cuatro. Nadie había dejado recados ni números de teléfono. Bosch colgó y frunció el ceño; era demasiado temprano para llamar a Felton. Sin embargo, lo que más le interesaba era la llamada de Layla. Si realmente era ella, ¿cómo había logrado localizarlo?

Bosch dedujo que habría sido a través de Rhonda. La noche anterior, cuando había llamado desde el despacho de Tony Aliso en Hollywood, le había preguntado a Rhonda cómo se iba al club desde el Mirage. Ella podría habérselo dicho a Layla. Bosch se preguntó por qué había llamado. Tal vez no sabía nada de Tony hasta que Rhonda se lo dijo.

De todos modos, Bosch decidió dejar a Layla de momento. Con los descubrimientos que había hecho Kizmin Rider sobre las finanzas de Aliso, el enfoque del caso parecía estar cambiando. Encontrar a Layla era importante, pero su prioridad en esos momentos era regresar a Los Ángeles. Bosch llamó a Southwest y reservó un vuelo para las diez y media de la mañana. De ese modo tendría tiempo de hablar con Felton, pasarse por la agencia de alquiler de coches que Rider le había comentado y llegar a Los Ángeles antes de la hora de almorzar.

Bosch se quitó la ropa y se dio una buena ducha caliente para desprenderse del sudor de la noche anterior. Luego se enrolló una toalla a la cintura y utilizó la otra para limpiar el vaho del espejo y poder afeitarse. Bosch notó que el labio inferior se le había hinchado como un globo, y el bigote apenas lo tapaba. Tenía los ojos rojos e inyectados en sangre. Al sacar el frasco de colirio de su neceser, se preguntó si Eleanor lo habría encontrado atractivo.

Cuando regresó al dormitorio para vestirse, vio a un desconocido sentado en una silla junto a la ventana. El hombre sostenía un periódico, que depositó sobre la mesa en cuanto Bosch entró con una toalla como única vestimenta.

—Bosch, ¿no?

Bosch miró hacia la cómoda y vio que su pistola seguía allí. Aunque el arma estaba más cerca del hombre que de él, pensó que, con un poco de suerte, tal vez podría alcanzarla más rápidamente.

—Tranquilo —dijo el hombre—. Estamos en el mismo bando; soy policía, en la Metro. Me envía Felton.

—¿Y qué coño haces en mi habitación?

—Llamé a la puerta, pero nadie me contestó. Como oí la ducha, le pedí a un amigo de abajo que me abriera. No quería esperar en el pasillo. Venga, vístete. Luego te contaré lo que pasa.

—Enséñame tu documentación.

El hombre se acercó a Bosch y, con gesto aburrido, se

sacó una cartera del bolsillo interior de la americana. A continuación le mostró la placa y su identificación.

—Iverson, de la Metro. Me manda el capitán Felton.

—¿Y por qué tenías que entrar por la fuerza?

—Oye, yo no he entrado por la fuerza. Llevamos toda la noche llamando sin que nadie conteste. Queríamos saber si estabas bien y, bueno..., el capitán quiere que estés presente durante la detención y por eso me ha enviado a buscarte. Tenemos que irnos. ¿Por qué no te vistes?

—¿Qué detención?

—Eso es lo que estoy intentando contarte, si te vistes y podemos irnos de una vez —respondió Iverson—. Has dado en el clavo con esas huellas que nos trajiste.

Bosch lo miró un instante e inmediatamente se dirigió al armario para coger un par de pantalones y calzoncillos. Después se fue al baño para ponérselos. Cuando volvió al dormitorio, sólo le dijo una palabra a Iverson:

—Explícate.

Bosch terminó de vestirse rápidamente mientras Iverson le comenzaba a describir la situación.

—¿Te suena el nombre de Joey *el Marcas*?

Tras pensar un instante, Bosch contestó que le sonaba, pero no sabía de qué.

—Bueno, eso era antes de que intentara ir de legal; ahora se hace llamar Joseph Marconi. Le pusieron ese mote porque eso es lo que hacía; dejar marcado a cualquiera que se atravesara en su camino.

—¿Quién es?

—Es el tío de la Organización en Las Vegas. ¿Sabes a qué me refiero?

—Sí, a la mafia de Chicago. Lo controlan todo al oeste del Misisipí, incluido Las Vegas y Los Ángeles.

—Vaya, has estudiado geografía. Pues seguramente no tendré que darte muchas lecciones sobre quién es quién por aquí. Ya te haces una idea.

—¿Quieres decir que las huellas que traje pertenecen a Jocy *el Marcas*?

—Ojalá. Pero sí que son de uno de sus hombres más importantes y eso, Bosch, es como maná del cielo. Hoy vamos a sacar a ese tío de la cama, lo detendremos y luego lo convenceremos de que se pase a nuestro bando. A través de él conseguiremos atrapar al Marcas. Hace más de diez años que tenemos clavada esa espina.

—¿No se te olvida algo?

—No, no creo. Ah, sí. Por supuesto, tú y el Departamento de Policía de Los Ángeles tendréis siempre nuestro eterno agradecimiento.

—No. Te olvidas de que éste es mi caso, no el vuestro. ¿Pretendíais detener a ese tío sin siquiera consultármelo?

—Intentamos llamarte. Ya te lo he dicho. —Iverson parecía dolido.

—¿Y qué? ¿Como no me encontráis, decidís tirar el plan adelante?

Iverson no respondió. Bosch terminó de atarse los zapatos y se levantó; listo para salir.

—Vámonos. Llévame con Felton. No os entiendo, la verdad.

En el ascensor Iverson le dijo a Bosch que, aunque quedaba constancia de su objeción, era demasiado tarde para dar marcha atrás. En esos momentos los dos policías se dirigían a un puesto de control en el desierto, desde el cual asaltarían la casa del sospechoso, situada cerca de las montañas.

—¿Dónde está Felton?

—En el puesto de control.

—Muy bien.

Iverson permaneció en silencio durante la mayor parte del trayecto, lo cual le permitió a Bosch analizar los últimos acontecimientos. De pronto, Harry comprendió que tal vez Tony Aliso estaba blanqueando dinero para Marconi. El Marcas era el señor X al que se refería Rider.

Luego la cosa se complicó; la inspección fiscal puso en peligro todo el montaje y, en consecuencia, al propio señor X. El Marcas lo solucionó liquidando al blanqueador.

La historia tenía lógica, pero todavía quedaban algunos cabos sueltos. El asalto al despacho de Aliso se había producido dos días después del asesinato. ¿Por qué esperaron hasta entonces y por qué razón no se llevaron todas las cuentas de la empresa? Aquellos papeles —si relacionaban a Marconi con las empresas fantasmas— podían resultar tan perjudiciales para él como el propio Aliso. Bosch se preguntó si el asesino y el asaltante habrían sido la misma persona y concluyó que no parecía probable.

—¿Cómo se llama ese tío, el de las huellas?

—Luke Goshen. Lo teníamos fichado en el registro de permisos para locales de *striptease*. El permiso está a nombre de Goshen, para no involucrar a Joey. Era un sistema fácil y limpio, pero se les acabó el chanchullo. Las huellas relacionan a Goshen con un asesinato y Joey no puede estar muy lejos.

—Un momento. ¿Cómo se llama el club?

—Dolly's. Está en...

—North Las Vegas. ¡Qué cabrón!

—¿Qué pasa? ¿He dicho algo?

—A este tal Goshen, ¿lo llaman Lucky?

Sí. ¿Lo conoces?

—Lo conocí anoche, al muy hijo de puta.

—No me jodas.

—En Dolly's. La última llamada de Aliso desde Los Ángeles fue a ese club. Me enteré de que iba a menudo a ver una de las bailarinas, así que ayer me pasé por allí y la cagué. Uno de los matones de Goshen me hizo esto.

Bosch se tocó el bulto del labio.

—Me estaba preguntando qué te había pasado. ¿Quién te zurró?

—Dandi.

—Ah, el cerdo de John Flanagan. Hoy también trincaremos a esa bola de sebo.

—¿Se llama John Flanagan? ¿Y por qué le llaman Dandi?

—Porque dicen que es el portero mejor vestido de todo el país, ya sabes, por el esmoquin. Cada día se acicala para ir a currar, de ahí el mote. Espero que no le dejases marcharse impunemente después de ese «morreo».

—No. Tuvimos una pequeña discusión antes de irme.

Iverson se echó a reír.

—Me caes bien, Bosch. Eres un tío duro.

—En cambio tú no sé si me caes bien. Sigue sin hacerme ninguna gracia que hayáis intentado robarme el caso.

—Nos beneficiará a todos, ya verás. Tú resuelves tu caso y nosotros eliminamos a un par de chorizos. Los mandamases se van a cansar de sonreír.

—Ya veremos.

—Ah, para que lo sepas —añadió Iverson—. Nosotros ya estábamos investigando a Goshen cuando tú llegaste.

—¿Qué dices?

—Alguien nos avisó; recibimos una llamada anónima el domingo. El tío no dio su nombre, pero nos contó que estaba en un club de *striptease* y había oído a un par de matones hablar de un asesinato. También dijo que uno llamaba al otro Lucky.

—¿Y qué más?

—Algo sobre meter al tío en el maletero y liquidarlo.

—¿Sabía esto Felton cuando hablé con él ayer?

—No, aún no le había llegado la información. Se enteró por la noche, después de descubrir que las huellas que trajiste coincidían con las de Goshen. Uno de los detectives de la brigada iba a investigar el asunto y le pasó el aviso. Tarde o temprano habríamos hablado con Los Ángeles y tú habrías tenido que venir. Es una suerte que ya estés aquí.

Iverson y Bosch habían dejado atrás la ciudad y se dirigían a la cadena de montañas de color chocolate. De vez en cuando avistaban un grupo de viviendas: casas construidas en las afueras de Las Vegas a la espera de que la urbe las engullera. Bosch ya había estado en aquel lugar durante una investigación, para visitar a un policía jubilado.

En aquella ocasión también le había parecido tierra de nadie.

—Háblame de Joseph Marconi —le pidió Bosch—. ¿Dices que intenta ser legal?

—No, lo que digo es que intenta aparentar legalidad, que no es lo mismo. Un tío como ése nunca será legal. Puede aparentar limpieza, pero siempre será una mancha de aceite en la carretera.

—¿Y qué hace? Según los periódicos, la mafia fue expulsada de la ciudad para dejar paso a un nuevo concepto de diversión para toda la familia.

—Sí, ya me conozco la cantinela. Y en parte es verdad; Las Vegas ha cambiado mucho en los últimos diez años. Cuando empecé a trabajar aquí, podías escoger un casino al azar y ponerte a investigar. Todos tenían negocios ilegales, si no en la propia administración, a través de los suministradores, los sindicatos, etcétera. Ahora es distinto. Las Vegas ha pasado de ciudad del pecado a Disneylandia; tenemos más parques acuáticos que burdeles. No sé, creo que a mí me gustaba más antes. Tenía más personalidad, ¿sabes lo que quiero decir?

—Claro.

—Bueno, la cuestión es que hemos logrado expulsar a la mafia de un noventa por ciento de los casinos, lo cual es bueno. Pero todavía quedan bastantes «actividades extraescolares». Aquí es donde entra Joey. Tiene varios bares de *striptease* de categoría, sobre todo en North Las Vegas, porque allí están permitidos el desnudo y el alcohol, que es lo que da dinero. Además es una pasta muy difícil de controlar. Suponemos que El Marcas se saca un par de millones al año sólo de los locales. Le hemos mandado varias inspecciones fiscales, pero el tío lleva demasiado bien sus cuentas.

Iverson hizo una pausa.

—También creemos que controla buena parte de los burdeles del norte y maneja las típicas operaciones de préstamo y comercio de objetos robados. Además, el tío organiza apuestas y recauda impuestos de todo aquel que tiene «negocios» en la ciudad: ya me entiendes, prostitutas de lujo, espectáculos eróticos, todo eso. Joey es el rey. No puede entrar personalmente en ninguno de los casinos porque está en la lista negra de la comisión, pero eso no importa. Sigue siendo el rey.

—¿Cómo puede correr apuestas en una ciudad donde puedes entrar en cualquier casino y apostar en cualquier juego, deporte o lo que te dé la gana?

—Porque para eso tienes que tener dinero. Con Joey, no. Él te acepta la apuesta, pero si tienes la mala pata de perder, más vale que encuentres la pasta o acabarás mal. Recuerda de dónde le viene el mote. Así controla a la gente; consigue que le deban dinero y que le entreguen una parte de lo que poseen, sea una fábrica de pintura en Dayton o...

—Una productora de películas baratas en Los Ángeles.

—Exactamente. Así funciona la cosa. O le das lo que quiere o, como mínimo, te rompe las dos piernas. En Las Vegas todavía desaparece gente, Bosch. Por fuera todo son volcanes, pirámides y barcos de cartón piedra, pero dentro sigue habiendo un agujero negro que engulle a la gente.

Bosch subió un poco el aire acondicionado. El sol ya había acabado de salir y el desierto comenzaba a arder.

—Esto no es nada —observó Iverson—. Ya verás a mediodía si aún seguimos por aquí; rondaremos los cuarenta y cinco grados.

—¿Y la fachada de legalidad de Joey?

—Bueno, ya te he dicho que tiene intereses en todo el país: negocios legales que adquirió con el dinero de sus chanchullos. También se dedica a invertir. Joey blanquea la pasta que saca de sus diversos negocios sucios y la coloca en sitios legales, hasta en organizaciones benéficas. Posee varios concesionarios de automóviles, un club de campo al este de la ciudad y el pabellón de un hospital bautizado en honor de un hijo suyo que se ahogó en una piscina. Últimamente no para de salir en los periódicos inaugurando cosas. Ya te digo, Bosch, o nos lo cargamos o acabaremos entregándole la llave de la ciudad al muy hijo de puta.

Iverson sacudió la cabeza indignado. Al cabo de unos minutos de silencio, entró en un cuartel de bomberos y aparcó en la parte de atrás. Allí lo esperaban unos cuantos coches de detectives y varios hombres con vasos de café en la mano. Uno de ellos era el capitán Felton.

Bosch había olvidado traer un chaleco antibalas de Los Ángeles, por lo que tuvo que pedirle prestado uno a Iverson. Éste también le dejó una cazadora de plástico con las siglas del Departamento de Policía de Las Vegas en letras amarillas.

Todos se reunieron alrededor del Taurus de Felton para repasar el plan y esperar a los refuerzos de uniforme. El capitán anunció que la detención se practicaría según las leyes de Las Vegas, lo cual significaba que tenían que ir acompañados de al menos un equipo de uniforme.

Para entonces Bosch ya había mantenido una conversación «amistosa» con Felton. Cuando los dos entraron en el cuartel de bomberos en busca de café, Harry le cantó las cuarenta por la forma en que había llevado el descubrimiento de que las huellas pertenecían a Luke Goshen. Felton se mostró arrepentido y le prometió a Bosch que a partir de ese momento estaría presente en la toma de decisiones. Bosch cedió, pues había conseguido lo que quería, al menos en teoría. Ya sólo tenía que asegurarse de que Felton cumpliera su promesa.

Aparte de Felton y Bosch, había cuatro hombres más alrededor del coche, todos ellos pertenecientes a la Unidad contra el Crimen Organizado de la Metro. Estaban Iverson y su compañero, Cicarelli, y otra pareja de detectives: Baxter y Parmelee. La unidad estaba bajo el mando de Felton, pero el que llevaba la voz cantante en esos momentos era Baxter. Baxter era un negro totalmente calvo, a excepción de unos cuantos cabellos canosos a ambos lados de la cabeza. A Bosch le pareció un hombre acostumbrado tanto a la violencia como a los violentos, lo cual no era exactamente lo mismo.

Por sus comentarios, Bosch dedujo que los detectives ya conocían la residencia de Luke Goshen. Parecía que la habían vigilado anteriormente. La casa estaba a un kilómetro y medio al oeste del cuartel de bomberos y esa mañana Baxter había realizado un reconocimiento preliminar para asegurarse de que el Corvette negro de Goshen estaba aparcado frente a ella.

—¿Y la orden de registro? —inquirió Bosch. Le preocupaba que todo pudiese irse a pique en el juicio por culpa de un allanamiento de morada.

—Las huellas eran suficientes para obtener una orden de registro y de arresto, así que se las llevamos a un juez a primera hora de la mañana —respondió Felton—. Además, teníamos nuestra propia información, tal como ya le habrá contado Iverson.

—El que sus huellas aparecieran en el cadáver no significa que lo hiciera él. Nos estamos precipitando. A mi hombre lo mataron en Los Ángeles, y no hay nada que pruebe que Goshen estuvo allí. Y no me hablen de su información. Fue una llamada anónima; eso no significa nada.

Todos miraron a Bosch como si acabara de eructar en un baile de sociedad.

—¿Por qué no vamos a tomarnos otro café, Harry? —sugirió Felton.

—No me apetece.

—Acompáñame de todos modos.

Felton apoyó la mano en el hombro de Bosch y lo condujo de vuelta al cuartel. Sobre la encimera de la cocina había un termo de café y Felton se sirvió un poco antes de hablar.

—Harry, tiene que apoyarnos. Ésta es una gran oportunidad para usted y para nosotros.

—Ya lo sé, pero no quiero pifiarla. ¿No podemos esperar un poco hasta estar seguros de lo que tenemos? Éste es mi caso, pero usted sigue llevando las riendas.

—Pensaba que ya estábamos de acuerdo.

—Yo también lo pensaba, pero ya veo que no pinto nada.

—Mire, vamos a entrar, registraremos la casa de ese tío y lo interrogaremos. Si no es su hombre, le aseguro que nos llevará hasta él y, de paso, nos conducirá hasta Joey. Vamos, venga con nosotros y alegre esa cara.

Felton le dio una palmada en la espalda y volvió al aparcamiento. Bosch lo siguió al cabo de unos segundos. Sabía que se quejaba sin razón; cuando se encuentran las huellas de alguien en un cadáver, se le arresta y punto. Los detalles se trabajan después. Sin embargo, a Bosch le molestaba ser un mero observador; él también quería manejar el cotarro, pero en medio de aquel desierto se sentía como un pez fuera del agua, dando coletazos sobre la arena. Sabía que debía llamar a Billets, pero ya era demasiado tarde para que ella pudiera hacer algo. Además, no le hacía ninguna gracia admitir que el caso se le había escapado de las manos.

Salir del cuartel fue como meterse en un horno.

—De acuerdo, ya estamos todos —anunció Felton, al ver que ya había llegado el coche patrulla con los dos hombres de uniforme—. Vamos a por ese cabrón.

En menos de cinco minutos llegaron a la casa de Goshen, un edificio que se alzaba sobre la tierra árida de Desert View Avenue. Era grande, pero no demasiado ostentosa y los únicos detalles fuera de lo ordinario eran el muro de cemento y la verja que rodeaba la gran finca. Resultaba curioso que, pese a estar en medio de la nada, el propietario hubiera sentido la necesidad de fortificar la casa.

Los policías aparcaron en la esquina de la calle y salieron de sus coches. Baxter venía preparado; del maletero de su Caprice sacó dos escaleras plegables para franquear el muro. El primero en subir fue Iverson. Cuando llegó arriba, colocó la segunda escalera al otro lado de la pared, pero dudó un momento antes de descender.

—¿Hay perros?

—No —repuso Baxter—. Lo he comprobado esta mañana.

Iverson bajó y los demás lo siguieron. Mientras esperaba su turno, Bosch se volvió y vio las luces del Strip a varios kilómetros de distancia. El sol parecía una bola de neón rojo y el aire ya no era cálido, sino sofocante y más áspero que el papel de lija. Bosch recordó el lápiz de labios de manteca de cacao que había comprado en la tienda del hotel, pero no quiso usarlo delante de aquellos desconocidos.

Después de escalar el muro y reunirse con los demás, Harry consultó su reloj. Eran casi las nueve, pero la casa parecía deshabitada. No había movimiento, ni ruido, ni luces, ni nada. Las cortinas estaban echadas en todas las habitaciones.

—¿Estás seguro de que Goshen está en casa? —Bosch le susurró a Baxter.

—Sí —contestó éste sin bajar la voz—. Yo he entrado hacia las seis y el capó del Corvette aún estaba caliente.

Acababa de llegar, así que ahora estará durmiendo. Las nueve de la mañana para este tío son como las cuatro de la madrugada para la gente normal.

Bosch dirigió la mirada hacia el Corvette y se acordó de haberlo visto la noche anterior. Al mirar un poco más allá, se dio cuenta de que todo el terreno estaba cubierto de un césped verde brillante, como una toalla gigantesca extendida sobre la arena del desierto. Mantenerlo debía de costarle un ojo de la cara.

Harry enseguida volvió a la realidad cuando Iverson abrió la puerta principal de una patada. Los agentes desenfundaron sus pistolas y siguieron a Iverson por el oscuro vestíbulo del edificio gritando las consignas habituales: «¡Policía!», «¡No se muevan!». Bosch, que se guiaba por los destellos de las linternas, siguió al grupo por un pasillo situado a su izquierda. De pronto, se oyeron unos gritos femeninos y unos segundos después Harry vio una luz al fondo del pasillo.

Al llegar allí, se encontró a Iverson arrodillado sobre una gran cama de matrimonio con el cañón corto de una Smith & Wesson a medio palmo de la cara de Luke Goshen. El hombre corpulento que Bosch había conocido unas horas antes se había tapado con unas sábanas de satén negro y aparentaba absoluta tranquilidad. A Bosch le recordó el rostro sereno de Magic Johnson antes de un tiro libre decisivo. Goshen incluso se permitió el lujo de echar un vistazo al espejo del techo para admirar la escena.

Las que no se habían calmado eran las dos mujeres, que estaban de pie a ambos lados de la cama, completamente desnudas e histéricas. Su desnudez no parecía importarles; tenían demasiado miedo. Finalmente Baxter las acalló con un fuerte grito:

—¡Basta!

El silencio tardó unos segundos en calar. Durante ese tiempo nadie se movió y Bosch no apartó la vista de Goshen: el único peligro en la habitación. Entonces oyó que los otros policías, que se habían separado para registrar la casa, entraban en el dormitorio y se situaban detrás de él y los dos agentes de uniforme.

—Date la vuelta, Luke —ordenó Iverson—. Y vosotras vestíos. ¡A la voz de ya!

Una de las mujeres intervino:

—¡No pueden...!

—¡Calla y vístete! —la interrumpió Iverson—. O, si quieres, te llevamos así.

—No pienso ir...

—¡Randy! —exclamó Goshen, con una voz cavernosa como el cañón de una pistola—. Cierra la boca y vístete. No van a llevarte a ningún sitio. Ni a ti tampoco, Harm.

Todos los hombres menos Goshen miraron automáticamente a la mujer que él había llamado Harm. Era una chica de unos cuarenta kilos de peso, con el pelo claro, pechos como tacitas de café y un arito de oro en los pliegues de la vagina. En su rostro, el pánico eclipsaba cualquier posible rastro de belleza.

—Harmony —aclaró ella con un susurro.

—Muy bien, Harmony, vístete —repitió Felton—. Las dos daos la vuelta y vestíos.

—Pásales la ropa y que salgan de aquí —dijo Iverson.

Harmony, que estaba poniéndose unos tejanos, se detuvo y miró a los detectives.

—Bueno, ¿en qué quedamos? —preguntó Randy, indignada—. ¡A ver si os aclaráis!

Bosch reconoció a Randy. Era la bailarina de la noche anterior.

—¡Sacadlas de aquí! —gritó Iverson—. ¡Venga!

Los agentes de uniforme se acercaron para acompañar a las mujeres desnudas.

—Ya vamos —chilló Randy—. Y no me toquéis.

Iverson destapó a Goshen de un tirón y comenzó a esposarle las manos a la espalda. Fue entonces cuando Bosch vio que llevaba el pelo recogido en una trenza, un dato que se le había pasado por alto la noche anterior.

—¿Qué te pasa, Iverson? —preguntó Goshen, con la cara aplastada contra el colchón—. ¿Te pone nervioso ver unos chochos? ¿No serás mariquita?

—Cierra la boca o te acordarás.

Goshen se rio de la amenaza. Era mucho más corpulento de lo que Bosch recordaba y estaba totalmente bronceado y musculoso, con unos brazos como jamones. Por un breve instante, Bosch creyó entender el deseo de aquel hombre de acostarse con dos mujeres. Y por qué ellas se prestaban al juego.

Goshen simuló un bostezo a fin de demostrar a los presentes que no se sentía ni lo más mínimamente amenazado por lo que estaba ocurriendo. Por toda vestimenta, llevaba un pequeño calzoncillo negro, a juego con las sábanas, y varios tatuajes. En el omóplato derecho, « 1 %», y en el izquierdo, el logotipo de la Harley Davidson. En el antebrazo izquierdo tenía otro: el número 88.

—¿Qué es esto? ¿Tu coeficiente intelectual? —comentó Iverson, dándole una palmada en el brazo.

—Vete a la mierda, Iverson. Y métete la orden de registro en el culo.

Bosch sabía el significado del tatuaje, ya que lo había visto a menudo en Los Ángeles. Como la octava letra del abecedario es la hache, dos ochos equivalían a dos haches: «Heil Hitler». Eso quería decir que Goshen había pasado algún tiempo con simpatizantes de la supremacía blanca. Sin embargo, la mayoría de tíos con tatuajes parecidos que Harry conocía se los habían hecho en la cárcel.

A Bosch no le cuadraba que Goshen no tuviera antecedentes penales ni hubiera cumplido condena, aunque de haber sido así su nombre habría aparecido en el Sistema Automatizado de Identificación de Huellas Dactilares. Bosch apartó de su mente esa contradicción cuando vio que Goshen giraba la cabeza hacia él.

—Tú —dijo Goshen—. A ti es a quien deberían detener, después de lo que le hiciste a Dandi.

Bosch se inclinó sobre la cama para responder.

—Esto no tiene nada que ver con lo que pasó anoche, sino con Tony Aliso.

Iverson le dio la vuelta a Goshen, con rudeza.

—¿De qué vas? —preguntó Goshen con rabia—. Yo no tengo nada que ver con eso. ¿De qué coño...?

El hombre intentó incorporarse, pero Iverson se lo impidió con un empujón.

—Estate quieto —le ordenó—. Luego ya nos contarás tu versión, pero antes vamos a darnos un paseo por tu casa.

Iverson sacó la orden de registro y la dejó caer sobre el pecho de Goshen.

—Ahí tienes tu orden.

—No puedo leerla.

—Haber acabado la primaria.

—Aguántamela.

Iverson no le hizo caso y se dirigió a los demás.

—Vale, dividámonos para echar un vistazo. Harry, tú

te quedas aquí para hacer compañía a nuestro amigo, ¿de acuerdo?

—De acuerdo.

Iverson se acercó a los dos agentes de uniforme.

—Uno que vigile a este chorizo, pero sin obstruir el paso.

Uno de los agentes asintió y los demás se marcharon. Bosch y Goshen se miraron a los ojos.

—No puedo leer la orden —repitió Goshen.

—Ya lo sé —replicó Bosch—. Ya nos lo has dicho.

—Esto es un farol, una bravuconada. No podéis tener nada contra mí, porque yo no lo hice.

—¿Y a quién se lo ordenaste? ¿A Dandi?

—Que no, tío. No pienso cargar con el muerto; quiero a mi abogado.

—En cuanto te arrestemos.

—¿Arrestarme por qué?

—Por asesinato.

Goshen continuó negando su participación y pidiendo un abogado. Bosch no le hizo el menor caso y comenzó a registrar la habitación. Primero echó un vistazo a los cajones de la cómoda, mirando a Goshen de soslayo cada pocos segundos. Era como caminar dentro de la jaula de un león; sabía que estaba a salvo, pero no podía evitar comprobarlo constantemente, consciente de que el enemigo lo observaba a través del espejo del techo. Cuando por fin se apaciguó la fiera, Bosch esperó unos segundos y empezó a hacerle preguntas. Lo hizo de manera informal, mientras continuaba el registro, como si no le importaran demasiado las respuestas.

—¿Dónde estabas el viernes por la noche?

—Tirándome a tu madre.

—Mi madre está muerta.

—Ya lo sé. Fue un poco rollo.

Bosch alzó la vista. Goshen deseaba que lo golpease; necesitaba la violencia, porque era el campo donde se movía mejor.

—¿Dónde estabas, Goshen? El viernes por la noche.

—Pregúntaselo a mi abogado.

—Ya lo haremos, pero tú también puedes hablar.

—Estaba en el club. Tengo un trabajo, por si no lo sabías.

—Sí, ya lo sé. ¿Y a qué hora terminaste?

—No lo sé. Hacia las cuatro. Después volví a casa.

—Ya.

—Es la verdad.

—¿Dónde estabas? ¿En el despacho?

—Sí, claro.

—¿Te vio alguien? ¿Saliste en algún momento antes de las cuatro?

—No lo sé. Pregúntaselo a mi abogado.

—No te preocupes; lo haremos.

Bosch reanudó el registro. Cuando abrió la puerta del armario empotrado, observó que la ropa sólo ocupaba una tercera parte. Goshen vivía con poca cosa.

—Es la puta verdad —le gritó Goshen desde la cama—. Anda, compruébalo.

Lo primero que hizo Bosch fue examinar los dos pares de zapatos y las Nike que estaban dentro del armario. Tras estudiar detenidamente el dibujo de las suelas, decidió que ninguno se parecía siquiera remotamente a las huellas encontradas en el parachoques del Rolls y en la cadera de Tony Aliso.

Bosch se volvió un momento para asegurarse de que Goshen no se movía.

No se movía.

A continuación, Harry vio una caja en un estante del armario y, al abrirla, descubrió un montón de fotos publicitarias de bailarinas. No estaban desnudas; sólo posaban con poca ropa. El nombre de las chicas aparecía impreso en el margen inferior de cada retrato, así como la referencia de Models A Million. Bosch supuso que sería una agencia que suministraba bailarinas a los clubes y buscó en la caja hasta que encontró una foto con el nombre de Layla.

Bosch contempló la imagen de la mujer que había estado buscando la noche anterior. Layla lucía una larga melena castaña con reflejos rubios, tenía unas buenas curvas, ojos oscuros y unos labios gruesos entreabiertos, lo justo para mostrar un poco de su blanca dentadura. A Bosch le pareció muy guapa y no del todo desconocida, aunque no sabía por qué. Después de pensarlo un poco, achacó la familiaridad a la picardía sexual que transmitían todas esas mujeres.

Tras apartar el retrato de Layla, Bosch sacó la caja del armario y la puso sobre la cómoda.

—¿Qué son estas fotos? —le preguntó a Goshen.

—Son todas las chicas que me he tirado. ¿Y tú, poli? ¿Has estado con tantas? Seguro que la más fea de ahí dentro le da diez vueltas a la tía más guapa que te has llevado al huerto.

—¿Qué es esto? ¿Un concurso de a ver quién la tiene más grande? —se burló Bosch—. Me alegro de que hayas estado con tantas mujeres, porque a partir de ahora, se te ha acabado el chollo. No digo que no folles, pero con mujeres no.

Goshen se calló. Mientras tanto, Bosch depositó la foto de Layla en la cómoda, junto a la caja.

—Mira, Bosch, dime lo que tenéis y yo os diré lo que

sé —propuso Goshen—. Os equivocáis totalmente; yo no he hecho nada. Aclaremos esto de una vez por todas.

Bosch no respondió, sino que volvió al armario y se puso de puntillas para ver si había algo más en el estante. Lo había: un trapito doblado en cuatro. Bosch lo bajó y lo desdobló. Tenía unas manchas grasientas y, al olerlo, Harry enseguida supo de qué se trataba.

Bosch salió del armario y arrojó el trapo a la cara de Goshen.

—¿Qué es esto?

—No lo sé. ¿Qué es?

—Es un trapo con aceite de engrasar pistolas. ¿Dónde está la pipa?

—No tengo. Eso no es mío; nunca lo había visto.

—Ya.

—¿Qué quieres decir con «ya»? Te digo que es la primera vez que lo veo, joder.

—No quiero decir nada. No te pongas nervioso.

—Pues deja de tocarme los cojones.

Bosch se inclinó sobre la mesilla de noche y abrió el primer cajón, donde encontró un paquete de tabaco vacío, unos pendientes de perlas y una caja de preservativos sin abrir. Harry le tiró la caja a Goshen. Ésta rebotó en el enorme pecho del rubio y cayó al suelo.

—No basta con comprarlos. Tienes que ponértelos, Goshen.

Bosch abrió el segundo cajón, que estaba vacío.

—¿Cuánto tiempo llevas viviendo aquí?

—Desde que eché a tu hermana de una patada en el culo. La última vez que la vi estaba haciendo la calle en Fremont, delante del Cortez.

Bosch se incorporó y lo miró a los ojos. Goshen sonreía para provocarlo. El hombre quería controlar la situación, aunque estuviera esposado a la cama y le costara un poco.

—Primero mi madre y ahora mi hermana. ¿A quién le toca ahora? ¿A mi mujer?

—Sí, ya tengo algo planeado para ella. La...

—Cállate ya. No funciona, ¿no lo ves? No puedes hacerme saltar, así que ahórrate saliva.

—Todo el mundo puede saltar, Bosch —le amenazó Goshen—. No lo olvides.

Sin molestarse en contestar, Bosch pasó al cuarto de baño contiguo al dormitorio. Era amplio, con ducha y bañera separadas y una distribución muy similar al de Tony Aliso en el Mirage. Bosch empezó el registro por el retrete, situado en un pequeño cuartito detrás de una puerta con rejilla. Primero levantó la tapa de la cisterna, pero no encontró nada extraño. Acto seguido echó un vistazo entre la cisterna y la pared y llamó al agente de uniforme que estaba en el dormitorio.

—¿Sí, señor? —preguntó el agente.

Era un chico de apenas veinticinco años, de tez tan negra que casi parecía azul. Sus manos descansaban sobre el cinturón de forma relajada, aunque mantenía la derecha a pocos centímetros de la pistola. Aquélla era la pose habitual. Bosch se fijó en que la placa sobre su bolsillo decía «Fontenot».

—Fontenot, echa un vistazo detrás de la cisterna.

El policía hizo lo que le pedían, con las manos firmes en el cinturón.

—¿Qué es? —inquirió.

—Me parece que una pistola. Retírate un poco para que pueda sacarla.

Bosch alargó la mano y la deslizó por el hueco de cinco centímetros que separaba el retrete de la pared. Al hacerlo sus dedos toparon con una bolsa de plástico pegada a la parte trasera de la cisterna con cinta adhesiva. Cuando Harry logró extraerla, se la mostró a Fontenot. Dentro había una pistola de metal azulado equipada con un silenciador de siete centímetros.

—¿Del veintidós?

—Eso es —contestó Bosch—. Llama a Iverson y Felton.

Fontenot salió del cuarto de baño seguido de Bosch, que sostenía la bolsa como un pescador que aguanta un pez por la cola. Al ver a Goshen, Harry no pudo reprimir una sonrisa.

—Eso no es mío —protestó Goshen de inmediato—. ¡Qué cabrón! Me la has colocado. No me lo puedo... ¡Quiero a mi abogado, hijos de puta!

Bosch no prestó atención a sus palabras, sino a su expresión. Por un momento le pareció detectar algo en los ojos de Goshen que él ocultó rápidamente. No era miedo, puesto que un hombre como él no lo dejaría traslucir. Harry creía haber visto otra cosa, pero ¿qué? Se quedó mirando a Goshen con la esperanza de volver a advertir aquella expresión. ¿Era confusión? ¿Decepción? Los ojos de Goshen ya no mostraban nada, pero Bosch concluyó que conocía esa mirada. Lo que él había visto era sorpresa.

Iverson, Baxter y Felton entraron en el dormitorio de uno en uno. Cuando vislumbró la pistola, Iverson soltó un grito triunfal.

—Sayonara, baby!

Conforme Bosch explicaba cómo y dónde había encontrado el arma, el rostro de Iverson se iba llenando de felicidad.

—¡Menudos gánsteres! —comentó el detective, con

la mirada fija en Goshen—. ¿Creéis que no hemos visto *El padrino*? ¿A quién se la has guardado, Lucky? ¿A Michael Corleone?

—¡Quiero a mi abogado, joder! —gritó Goshen.

—Tranquilo, imbécil, tendrás a tu abogado —respondió Iverson—. Y ahora levántate y vístete.

Bosch no dejó de apuntarle con la pistola al tiempo que Iverson le quitaba una de las esposas. Luego los dos lo vigilaron con las pistolas en alto mientras él se ponía unos tejanos negros, botas y una camiseta que le quedaba un poco pequeña.

—Qué duros sois siempre cuando vais juntos —comentó Goshen al vestirse—. El día que me cruce con uno a solas, os cagaréis en los pantalones.

—Venga, Goshen. No tenemos todo el día —le exhortó Iverson.

Cuando Lucky acabó de vestirse, lo esposaron y lo metieron en el asiento trasero del coche de Iverson. Éste dejó la pistola en el maletero, y regresó con Bosch a la casa. En una breve reunión en el vestíbulo, se decidió que Baxter y otros dos detectives se quedarían para terminar el registro.

—¿Y las mujeres? —preguntó Bosch.

—Los agentes de uniforme las vigilarán hasta que los detectives finalicen el registro.

—Sí, pero en cuanto se marchen llamarán por teléfono y el abogado de Goshen se plantará en comisaría antes que nosotros.

—Ya me encargo yo —se ofreció Iverson—. Goshen sólo tiene un coche, ¿no? ¿Dónde están las llaves?

—En la encimera de la cocina —contestó uno de los detectives.

—De acuerdo —respondió Iverson—. Vámonos.

Bosch siguió al agente de Las Vegas hasta la cocina. Iverson recogió las llaves y luego fue hasta el garaje donde estaba el Corvette. Allí había un pequeño taller con herramientas colgadas de un tablero. Iverson cogió una pala y se encaminó hacia la parte de atrás del jardín.

Después de localizar el lugar donde el cable telefónico pasaba del poste a la casa desconectó la línea con un golpe de pala. Bosch se limitó a observar al agente de Las Vegas.

—Es increíble lo fuerte que sopla el viento del desierto —dijo. Iverson miró a su alrededor y agregó—: Las chicas no tienen coche ni teléfono. La casa más cercana está a un kilómetro de distancia y la ciudad a unos ocho. Me parece que se estarán quietecitas un buen rato, con eso bastará.

Dicho esto, Iverson balanceó la pala como si fuera un bate de béisbol, la lanzó por encima del muro de la finca, rumbo a unos arbustos y se encaminó hacia el coche.

—¿Qué te parece? —le preguntó Bosch.

—Pues que, cuanto más arriba están, más dura es la caída. Goshen es nuestro, Harry. Tuyo.

—No, me refiero a la pistola.

—¿Qué le pasa a la pistola?

—No lo sé... Ha sido demasiado fácil.

—¿Y quién dice que los delincuentes han de ser listos? Goshen no lo es; sólo ha tenido suerte. Pero se le ha acabado la racha.

Bosch asintió, aunque seguía sin gustarle. No era una cuestión de ser listo o no. Los delincuentes seguían rutinas, instintos, y aquello no tenía sentido.

—Cuando vio la pistola, puso una cara extraña. Como si estuviera tan sorprendido como nosotros.

—Puede ser. Quizá sea un buen actor o a lo mejor ni

siquiera es la misma pistola. Tendrás que llevártela a Los Ángeles para hacer las pruebas. Descubre primero si es el arma del crimen y después ya nos plantearemos si ha sido demasiado fácil.

Bosch asintió y encendió un cigarrillo.

—No lo sé. Me da la sensación de que falta algo.

—Mira, Harry, ¿quieres resolver el caso, sí o no?

—Sí, claro.

—Pues nos lo llevamos, lo metemos en un cuarto y ya veremos qué pasa.

Al llegar al coche Bosch se dio cuenta de que se había olvidado la foto de Layla en la casa, así que le pidió a Iverson que fuera arrancando el coche. Cuando regresó con la foto, enseguida se fijó en que Goshen tenía un hilillo de sangre en la comisura de los labios. Bosch miró a Iverson.

—No sé, se habrá dado un golpe al entrar —explicó éste—. O se lo ha hecho a propósito para culparme.

Ni Goshen ni Bosch dijeron nada. Iverson cogió la carretera de vuelta hacia la ciudad. La temperatura iba en aumento y Bosch comenzó a notar que la camisa se le adhería a la espalda. El aire acondicionado batallaba por reducir el calor que se había acumulado en el coche durante el tiempo que había durado la operación. El aire estaba tan seco que Bosch se aplicó manteca de cacao en los labios, sin preocuparse de lo que pensaran sus compañeros de trayecto.

Goshen se tiró un pedo mientras subían en el ascensor que conducía a la oficina de detectives. Una vez arriba, Iverson y Bosch lo acompañaron por un pasillo hasta la sala de interrogatorios, un cuarto no mucho mayor que un lavabo. Al cerrar la puerta, Goshen volvió a reclamar su llamada telefónica.

De camino al despacho de Felton, Bosch se fijó en que las oficinas de la brigada de detectives se hallaban prácticamente desiertas.

—¿Dónde está la gente? —preguntó Bosch—. ¿Se ha muerto alguien?

—Han ido a buscar a los otros —contestó Iverson.

—¿Qué otros?

—El capitán quería que viniese tu amigo, Dandi, para pegarle un buen susto. También van a traer a la chica.

—¿A Layla? ¿La han encontrado?

—No, a ella no. La que nos pediste que buscásemos anoche; ésa que jugó con tu víctima en el Mirage. Hemos descubierto que tiene antecedentes.

Bosch tiró del brazo de Iverson para intentar detenerlo.

—¿Eleanor Wish? ¿Vais a traer a Eleanor Wish?

Bosch no esperó la respuesta de Iverson; lo soltó y se dirigió con paso decidido hasta el despacho de Felton. El capitán estaba al teléfono, por lo que Bosch caminó con impaciencia esperando que colgase. Felton señaló la puerta con el dedo, pero Bosch negó con la cabeza.

—Ahora mismo no puedo hablar —dijo el capitán, lanzando a Bosch una mirada asesina—. No te preocupes; está todo controlado. Hasta luego.

Felton colgó y miró a Bosch.

—¿Y ahora qué pasa?

—Llame a su gente y dígales que dejen en paz a Eleanor Wish.

—¿De qué habla?

—Ella no tiene nada que ver con esto. Ya lo comprobé ayer por la noche.

Felton se inclinó hacia delante pensativo.

—Cuando dice que lo comprobó, ¿a qué se refiere?

—La interrogué. Ella conocía a la víctima de vista y poco más. Está libre de sospecha.

—¿Sabe quién es, Bosch? ¿Conoce su historia?

—Sí. Era una agente del FBI asignada a la brigada de atracos de Los Ángeles. Hace cinco años fue a la cárcel por un delito de complicidad en una serie de robos a cámaras acorazadas, pero eso no importa. Ella no tiene nada que ver con esto.

—Pues yo creo que estaría bien que uno de mis hombres la interrogase a fondo. Para asegurarnos.

—Yo ya estoy seguro. Mire...

Bosch se volvió un segundo hacia la puerta del despacho y, al ver a Iverson merodeando por allí, la cerró en sus narices. Acto seguido, cogió una silla y se sentó frente a Felton.

—Mire, yo conocí a Eleanor Wish en Los Ángeles —le confesó—. Trabajé con ella en el caso de las cámaras acorazadas. Yo..., bueno, digamos que fuimos más que compañeros de trabajo. Pero todo se fue a pique. Hacía cinco años que no la veía cuando la reconocí en la cinta de vigilancia del Mirage. Y por eso le llamé a usted anoche; quería hablar con ella, pero no del caso. Ella está libre de sospecha; cumplió su condena y es inocente. Así que avise a sus hombres.

Felton se quedó callado. Bosch casi podía oír el engranaje de sus pensamientos.

—Llevo casi toda la noche trabajando en este asunto. Ayer lo llamé media docena de veces, pero usted no estaba. ¿No quiere decirme dónde estuvo?

—No.

Felton reflexionó un poco más y después sacudió la cabeza.

—No puedo hacerlo. Aún no puedo soltarla.

—¿Por qué no?

—Porque hay algo que al parecer usted no sabe.

Bosch cerró los ojos un instante como un niño que se prepara para que su madre, furiosa, le pegue una bofetada.

—¿Qué?

—Puede que sólo conociera a la víctima de vista, pero a Joey *el Marcas* y sus amigos los conoce mucho más.

Era peor de lo que se imaginaba.

—¿Qué dice?

—Ayer, después de que usted llamase, mencioné el nombre de Eleanor Wish a algunos de mis hombres y resulta que la tenemos fichada. Se la ha visto a menudo en compañía de un hombre llamado Terrence Quillen, que trabaja para Goshen, quien a su vez trabaja para El Marcas. A menudo, detective Bosch. De hecho, tengo a un equipo buscando a Quillen ahora mismo. A ver qué nos dice él.

—¿«En compañía de»? ¿Qué significa eso?

—Según los informes, parecía una relación profesional.

Bosch sintió como si le hubieran propinado un puñetazo. Era imposible; acababa de pasar la noche con aquella mujer. La sensación de haber sido traicionado iba creciendo, aunque una voz interior le decía que ella no le mentía, que todo aquello era un enorme malentendido.

De pronto alguien llamó a la puerta.

—Los demás ya han llegado, jefe —informó Iverson asomando la cabeza—. Ahora los están metiendo en las salas de interrogatorios.

—Muy bien.

—¿Necesita algo? —le ofreció Iverson.

—No, gracias. Cierra la puerta.

Después de que Iverson se hubiera ido, Bosch miró al capitán.

—¿La han detenido?

—No, le hemos pedido que venga de forma voluntaria.

—Déjeme hablar con ella primero.

—No creo que sea buena idea.

—Me importa un comino. Déjeme hablar con ella. Si tiene algo que contar, me lo dirá.

Felton pensó un momento y finalmente asintió con la cabeza.

—De acuerdo, adelante. Tiene quince minutos.

Bosch debería haberle dado las gracias, pero no lo hizo. Simplemente se levantó y se dirigió a la puerta.

—Detective Bosch —le llamó Felton.

Harry se volvió.

—Haré lo que pueda por usted, pero este caso es muy importante para nosotros, ¿me entiende?

Bosch salió del despacho. Felton carecía de tacto. Estaba claro que Bosch quedaba en deuda con él. No hacía falta que se lo recordase.

Bosch pasó por delante de la primera sala de interrogatorios, donde habían dejado a Goshen, y abrió la puerta de la segunda. Allí sentado, con las manos esposadas a la pata de la mesa, estaba Dandi Flanagan. Tenía la nariz hinchada como una patata y con algodón en los agujeros. Flanagan alzó sus ojos inyectados en sangre y reconoció a Bosch, que salió de allí sin pronunciar una sola palabra.

Eleanor Wish estaba al otro lado de la tercera puerta. Aunque su pelo revuelto dejaba claro que los policías de la Metro la habían sacado de la cama, mostraba la mirada atenta y salvaje de un animal acorralado. A Harry, aquello le llegó al alma.

—Lo siento, Eleanor.

—¿Por qué? ¿Qué has hecho?

—Ayer, cuando te vi en el vídeo del Mirage, le pedí a Felton, al capitán de policía, que me diese tu número y dirección porque no estabas en la guía. Sin que yo lo supiera, pasó tu nombre por el ordenador y descubrió tus antecedentes. Luego, por su cuenta, ordenó a sus hombres que te fueran a buscar esta mañana —explicó Bosch—. Es por el asunto de Tony Aliso.

—Ya te lo he dicho; no lo conocía. Me tomé una copa con él una vez —protestó—. ¿Me han traído a comisaría porque me tocó jugar en su mesa?

Eleanor sacudió la cabeza y desvió la mirada. Su rostro reflejaba una gran ansiedad; ella sabía que, a partir de ese momento, las cosas serían siempre así. Sus antecedentes penales se lo garantizaban.

—Tengo que preguntarte una cosa. Quiero aclararlo y sacarte de aquí.

—¿Qué?

—Háblame de ese tal Terrence Quillen.

Bosch detectó la sorpresa en su mirada.

—¿Quillen? ¿Qué tiene él...? ¿Sospecháis de él?

—Eleanor, ya sabes cómo funciona esto. Yo no puedo decirte nada; eres tú la que tienes que hablar. Simplemente responde a la pregunta. ¿Conoces a Terrence Quillen?

—Sí.

—¿Cómo lo conociste?

—Él se me presentó hace medio año cuando salía del Flamingo. Yo llevaba en Las Vegas cuatro o cinco meses;

comenzaba a estar instalada y jugaba unas seis noches a la semana. Él me explicó la situación. No sé cómo, pero sabía cosas sobre mí; quién era y que acababa de salir de la cárcel. Me contó que había un impuesto callejero, que yo tenía que pagarlo y que si no lo hacía tendría problemas. Me aseguró que si lo pagaba, él me protegería y se ocuparía de mí si me metía en algún lío. Ya sabes cómo va; puro chantaje.

En ese momento Eleanor rompió a llorar. Bosch tuvo que emplear toda su fuerza de voluntad para no levantarse y abrazarla.

—Estaba sola y asustada —prosiguió—. Así que le pagué. Le pago cada semana. Qué otra cosa podía hacer... No tenía nada ni a nadie a quién acudir.

—Qué cerdo —maldijo Bosch en voz baja.

Finalmente Harry se levantó y la abrazó.

—No va a pasarte nada —susurró, mientras la besaba en la cabeza—. Te lo prometo, Eleanor.

Bosch permaneció así unos segundos, mientras ella sollozaba silenciosamente. Entonces Iverson irrumpió en la habitación, con un palillo en la boca.

—¡Vete a la mierda, Iverson! —le soltó Bosch.

El detective cerró la puerta lentamente.

—Lo siento —se disculpó Eleanor—. Te he metido en un lío.

—No. Todo es culpa mía.

Al cabo de unos minutos Bosch regresó al despacho de Felton, que lo miró sin decir nada.

—Eleanor Wish estaba pagando a Quillen para que la dejara en paz —le dijo Bosch—. Doscientos dólares a la semana; nada más. No sabe nada de nada. Por pura casualidad se sentó en la misma mesa que Aliso el viernes. Está libre de sospecha, así que suéltela.

Felton se echó hacia atrás y se dio unos golpecitos en el labio con un bolígrafo. Era su pose de gran pensador.

—No sé —concluyó.

—De acuerdo. Hagamos un trato. Si usted la suelta, yo llamo a mi gente.

—¿Y qué les dirá?

—Que he recibido un trato excelente en la Metro y que deberíamos trabajar conjuntamente en el caso. Les contaré que vamos a apretarle los tornillos a Goshen para que acuse al Marcas, que fue quien dio la orden de matar a Tony Aliso: dos por el precio de uno. Les diré que lo mejor es que la operación se lleve desde aquí porque la Metro conoce mejor el terreno y a los sospechosos —propuso Bosch—. Qué, ¿trato hecho?

Felton se dio unos golpecitos más en el labio antes de ofrecerle a Bosch su propio teléfono.

—Llame ahora mismo —le rogó—. Y cuando haya hablado con su jefe, pásemelo. Quiero hablar con él.

—Con ella —le corrigió Bosch.

—Lo que sea.

Media hora más tarde Bosch conducía un coche con Eleanor Wish hecha un ovillo en el asiento de delante. La llamada a la teniente Billets había surtido efecto, y Felton cumplió su parte del trato: soltar a Eleanor. Sin embargo, el daño ya estaba hecho. Cuando por fin Eleanor Wish había logrado volver a empezar, iniciar una nueva vida, los cimientos en los que se sustentaban su confianza, orgullo y seguridad se habían hundido bajo sus pies. Lo peor era que todo era culpa de Bosch, y él lo sabía. Conducía en silencio, sin saber qué decir o hacer para mejorar la situación. A Harry le afectaba profundamente porque estaba ansioso por ayudarla. Aunque hacía cinco años que no la veía, Eleanor nunca había dejado de estar ahí, incluso cuando hubo otras mujeres. Una vocecita interior siempre le recordaba que Eleanor Wish era la mujer de su vida. La pareja perfecta.

—Siempre vendrán a por mí —dijo ella en voz baja.

—¿Qué?

—¿Conoces esa película de Humphrey Bogart en que el policía dice: «Traed a los sospechosos habituales»? Pues ésa soy yo. Hasta ahora no me había dado cuenta de que soy uno de los sospechosos habituales. Supongo que debería darte las gracias por abrirme los ojos.

Bosch no dijo nada. No sabía qué contestar porque ella tenía toda la razón.

Al cabo de unos minutos, llegaron a su apartamento. Bosch la acompañó adentro y la sentó en el sofá.

—¿Estás bien?

—Sí.

—Cuando puedas, echa un vistazo y asegúrate de que no se han llevado nada.

—Tampoco tengo nada.

Bosch dirigió la vista a la reproducción de Aves nocturnas que colgaba de la pared. En el cuadro se veía una cafetería solitaria en una noche oscura. Dentro había un hombre y una mujer juntos, y un hombre solo. Bosch siempre se había identificado con el hombre solo, pero en ese momento vio la pareja y no estuvo seguro.

—Eleanor—le dijo—. Tengo que irme. Volveré en cuanto pueda.

—Muy bien. Gracias por sacarme de allí.

—¿Tendrás cuidado?

—Sí, claro.

—¿Me lo prometes?

—Te lo prometo.

De vuelta en la comisaría, Iverson estaba esperando a Harry para interrogar a Goshen. Felton había accedido a dejarlo en manos de Bosch, ya que seguía siendo su caso.

Antes de entrar en la sala de interrogación, Iverson le dio una palmada a Bosch en el hombro.

—Oye, no sé que relación tienes con esa mujer, y supongo que ya no importa porque el capitán la ha soltado, pero como vamos a trabajar juntos, bueno..., quería aclarar las cosas. No me ha hecho ninguna gracia la forma en que me has hablado, mandándome a la mierda y todo eso.

Bosch lo observó un instante y se preguntó si el palillo que tenía en la boca sería el mismo de antes.

—¿Sabes qué? Aún no sé tu nombre de pila.

—John, aunque la gente me llama Ivy.

—Pues bien, Iverson, a mí tampoco me hace ninguna gracia que me espiases en la sala de interrogación. En Los Ángeles, a los policías que fisgan, cotillean y son unos gilipollas les llamamos perros. Me importa un comino si te ofendo o no, porque eres un perro. Y si me causas problemas, iré a Felton y te las cargarás. Le diré que te encontré en mi habitación esta mañana y, si eso no basta, le contaré que anoche gané seiscientos pavos en la ruleta del casino, pero que el dinero desapareció de la cómoda después de que tú vinieras. Bueno, ¿quieres interrogar a este tío sí o no?

Iverson agarró a Bosch por el cuello de la camisa y lo empujó contra la pared.

—No me jodas, Bosch.

—No me jodas tú a mí, «Ivy».

Lentamente una sonrisa asomó en el rostro de Iverson. El detective soltó a Bosch y dio un paso atrás.

—Pues vamos allá, vaquero —dijo Iverson, mientras Bosch se ajustaba la camisa y la corbata.

En la sala, Goshen los esperaba con los ojos cerrados, los pies apoyados en la mesa y las manos en la nuca. Iverson miró atónito el trozo de metal roto al que había sujetado las esposas.

—Vale, cabrón. Arriba —ordenó, rojo de ira.

Goshen se levantó y le ofreció sus manos esposadas. Iverson sacó las llaves y le quitó una de las esposas.

—Probemos otra vez. Siéntate.

En esta ocasión Iverson lo esposó a la espalda, pasando la cadena por una de las barras metálicas de la silla. A continuación le pegó una patada a otra silla y se sentó junto al detenido. Bosch se situó directamente enfrente.

—Muy bien, Houdini. Ya puedes añadir a tu lista daños contra la propiedad pública —comentó Iverson.

—Vaya, qué valiente, Iverson. Muy valiente. Me recuerda la vez que viniste al club y te llevaste a Cinda a la cabina. Tú lo llamaste interrogatorio, pero ella lo llamó otra cosa. ¿Hoy qué va a ser?

La cara de Iverson se puso aún más encarnada. Goshen hinchó el pecho con orgullo y sonrió al ver la vergüenza del detective.

Entonces Bosch empujó la mesa contra el torso de Goshen, que se dobló en dos y soltó una bocanada de aire. Sin perder tiempo, Harry se levantó y se sacó su llavero del bolsillo. Luego, clavó el codo en la espalda de Goshen para impedir que se incorporara, abrió la navajita y le cortó la coleta. Finalmente volvió a su asiento y arrojó sobre la mesa los quince centímetros de trenza.

—Hace tres años que las coletas pasaron de moda, Goshen. No sé si te habías enterado.

Iverson rompió a reír. Goshen, por su parte, miró a Bosch con unos ojos de un azul tan pálido que no parecían humanos. El hombre no dijo ni una palabra, demostrándole que podía soportar la presión. Estaba aguantando, pero Bosch sabía que ni él ni nadie podían aguantar eternamente.

—Tienes un problema, tío —le anunció Iverson—. Un problema muy gordo...

—Espera, espera. No quiero hablar contigo, Iverson; eres un mamarracho. No te tengo ningún respeto, ¿me entiendes? Si alguien tiene que hablar, que sea él.—Goshen señaló a Bosch con la cabeza.

Se hizo un silencio, durante el cual Bosch miró a Goshen, a Iverson y otra vez a Goshen.

—Vete a tomar un café —dijo Bosch sin mirar a Iverson—. Ya me encargo yo.

—No, tú...

—Vete a tomar un café.

—¿Estás seguro? —preguntó Iverson con cara de haber sido expulsado de un local muy exclusivo.

—Sí, estoy seguro. ¿Tienes una hoja de derechos?

Iverson se levantó, se sacó un papel del bolsillo y lo arrojó encima de la mesa.

—Estaré aquí fuera.

Cuando Goshen y Bosch se quedaron solos, se estudiaron durante unos segundos antes de hablar.

—¿Quieres un pitillo? —le ofreció Bosch.

—No hace falta que juegues al policía bueno. Dime qué pasa y punto.

Bosch se encogió de hombros y se levantó. Se colocó detrás de Goshen y volvió a sacar sus llaves, pero esta vez le quitó una de las esposas. Goshen comenzó a frotarse las muñecas para devolver la circulación a las manos. Al ver la trenza en la mesa, la cogió y la tiró al suelo.

—Oye bien, señorito de Los Ángeles. Yo ya he estado en un sitio donde no importa lo que te hagan porque ya no te duele nada. Estoy de vuelta de todo.

—Vale, has ido a Disneylandia. ¿Y qué?

—Muy gracioso. Pasé tres años en la trena, en Chihuahua. Si allí no pudieron conmigo, no pienses que tú vas a poder.

—Oye una cosa tú también. En mi vida he matado a mucha gente. Sólo quiero que lo sepas y que, si se da la ocasión, no dudaré en volver a hacerlo. Ni lo más mínimo. No se trata de polis buenos y polis malos, Goshen. Eso es en las películas. Supongo que en el cine los malos llevan coletas, pero esto es la vida real. Para mí no eres más que carne de cañón, por eso pienso hundirte. No tienes elección; lo único que puedes hacer es decidir cuánto te vas a hundir.

Goshen reflexionó un instante.

—De acuerdo, ahora que nos conocemos podemos hablar. Pásame ese pitillo.

Cuando Bosch puso los cigarrillos y las cerillas sobre la mesa, Goshen cogió uno y lo encendió.

—Primero tengo que leerte tus derechos —le dijo Bosch—. Ya conoces el sistema.

Harry desdobló la hoja que Iverson había dejado y la leyó en voz alta. Después le pidió a Goshen que firmara.

—¿Estáis grabando todo esto?

—Aún no.

—Pues dime qué tenéis.

—Hemos encontrado tus huellas en el cadáver de Tony Aliso. Ahora mismo vamos a enviar a Los Ángeles la pistola que hallamos detrás de la cisterna. Las huellas ya son una buena prueba, pero si las balas que sacan de la cabeza de Tony coinciden con las de esa pistola, estás perdido. No importa la coartada o explicación que te inventes, ni que tengas a Perry Mason de abogado. Entonces no serás carne de cañón, sino hombre muerto.

—Esa pistola no es mía. Es una trampa, joder. Tú lo sabes tan bien como yo. Te aviso que no va a colar, Bosch.

Harry lo miró un momento y notó que le ardía la cara.

—¿Insinúas que yo la puse allí?

—¿Te crees que no he visto el juicio de O. J. Simpson? Los polis sois todos iguales. No sé si fuiste tú, Iverson o algún otro, pero esa pistola me la han colocado. Eso es lo que insinúo.

Bosch pasó el dedo por la superficie de la mesa, a la espera de que su rabia se disipara lo bastante para poder controlar la voz.

—Tú sigue con esa historia y llegarás lejos, Goshen. Dentro de diez años te atarán a una silla y te clavarán una aguja en el brazo —le advirtió Bosch—. Al menos ya no tenemos cámara de gas. Ahora os lo ponemos más fácil.

Bosch se echó hacia atrás, pero no había mucho espacio y el respaldo de la silla chocó contra la pared. Entonces sacó la manteca de cacao y volvió a aplicársela en los labios.

—Te tenemos cogido por los huevos. Solamente te queda un resquicio de esperanza, una parte de tu destino todavía está en tus manos.

—¿Qué esperanza?

—Tú ya sabes de qué hablo. Un tío como tú no se mueve un milímetro sin el visto bueno de su jefe. Danos al tío que te ayudó y al que dio la orden de meter a Tony en el maletero. Sin trato, no habrá luz al final del túnel.

Goshen soltó un suspiró y sacudió la cabeza.

—Yo no lo maté. ¡Ya no sé cómo decirlo!

Bosch se esperaba esa reacción. No iba a ser tan fácil; tendría que menoscabar su resistencia poco a poco. Entonces se acercó a la mesa con aire de complicidad.

—Oye, te voy a contar una cosa para que veas que no te estoy vacilando. Así podrás decidir qué hacer.

—Adelante, pero no va a cambiar nada.

—Anthony Aliso llevaba una cazadora de cuero negro el viernes por la noche. ¿Te acuerdas? Una con las solapas...

—Pierdes el tiem...

—Tú lo agarraste por las solapas. Así.

Bosch se acercó a él e hizo el gesto de agarrar las solapas de una chaqueta imaginaria con las dos manos.

—¿Te acuerdas? Dime que estoy perdiendo el tiempo. Te acuerdas, ¿verdad? Tú lo hiciste, lo agarraste así. Y ahora, ¿quién miente a quién?

Bosch sabía que había acertado porque, aunque Goshen negó con la cabeza, sus ojos pálidos parecían estar recordando el momento en que ocurrió.

—Es curioso. Resulta que esa clase de cuero conserva los aminoácidos de las huellas dactilares; me lo dijo el experto. Tenemos unas huellas majísimas que, por sí solas, son una prueba suficiente para el fiscal del distrito o para un jurado. Suficiente para que yo viniera aquí y suficiente para entrar en tu casa y trincarte.

Bosch esperó a que Goshen lo mirara.

—Y ahora resulta que encontramos esa pistola. Si no quieres hablar más tendremos que esperar a los de Balística, pero, no sé por qué, me huelo que es el arma del crimen.

Goshen golpeó la mesa metálica con las manos, causando un ruido parecido a un disparo.

—Esto es una trampa. Me habéis...

En ese instante Iverson irrumpió en la habitación con la pistola apuntada sobre Goshen.

—¿Estás bien? —inquirió, moviendo el arma como un policía de televisión.

—Sí —respondió Bosch—. El chico está un poco enfadado, eso es todo. Danos unos minutos más.

Iverson se marchó sin decir otra palabra.

—Bueno, ya lo has intentado —dijo Goshen—. ¿Y esa llamada?

Bosch se volvió a echar hacia atrás.

—Ya puedes llamar, pero en cuanto lo hagas, se acabó la posibilidad de un trato. Porque ése no será tu abogado, sino el de Joey. Aunque te represente a ti, los dos sabemos que defenderá a Joey *el Marcas*.

Bosch se levantó.

—Supongo que tendremos que conformarnos contigo —comentó—. Te cargaremos toda la culpa.

—Pero no me tenéis, idiota —replicó Goshen—. ¿Huellas? Vas a necesitar más que eso y, en cuanto a la pistola, está claro que es un truco que no va a colar.

—Si tú lo dices... Mañana por la mañana recibiré los resultados de Balística.

Bosch no supo si Goshen lo había comprendido, porque éste estalló.

—¡Pero si tengo una coartada, joder! ¡No me podéis cargar con este muerto!

—¿Ah, sí? ¿Cuál es tu coartada? ¿Y cómo sabes cuándo fue asesinado?

—Me preguntaste por el viernes por la noche, ¿no? Pues supongo que fue entonces.

—Yo no he dicho eso.

Goshen se quedó callado e inmóvil durante medio minuto. Bosch vio en sus ojos que su cerebro comenzaba a trabajar. Goshen sabía que había cruzado una línea con lo que acababa de revelar y estaba considerando hasta dónde podía llegar. Bosch retiró la silla y volvió a sentarse.

—Tengo una coartada, así que estoy libre de sospecha.

—Eso lo decidiremos nosotros. ¿Cuál es tu coartada?

—Ya se la diré a mi abogado.

—Te estás perjudicando, Goshen. No pierdes nada por contármelo a mí.

—Excepto mi libertad, ¿no?

—Yo podría salir y comprobar tu historia. Tal vez entonces me plantearía considerar tu versión de que te han colocado la pistola.

—Sí, hombre. Eso es como poner a los presos a cargo de la cárcel. Habla con mi abogado, Bosch. Y tráeme el teléfono de una puta vez.

Tras esposarlo de nuevo, Bosch salió del cuarto y fue a informar a Iverson y Felton de que Goshen había ganado el primer asalto. El capitán le dijo a Iverson que llevara un teléfono a la sala de interrogación para que el sospechoso pudiera avisar a su abogado.

—Podemos ponerlo en remojo —sugirió Felton cuando se quedó a solas con Bosch—. A ver cómo le sienta su primera noche en la cárcel.

—Acaba de decirme que pasó tres años en una prisión de México.

—Eso se lo dice a mucha gente para impresionar. Es como lo de los tatuajes. Después de que apareciera aquí hace un par de años, lo investigamos a fondo y no encontramos nada sobre una cárcel mexicana. Que nosotros sepamos, tampoco ha conducido nunca una Harley, ni solo, ni acompañado por los ángeles del infierno. Creo que unas horas en la cárcel del condado le irán bien. Y con un poco de suerte tal vez tengamos los resultados de Balística para el segundo asalto.

Bosch dijo que tenía que usar el teléfono para preguntarle a Billets qué planeaban hacer exactamente con la pistola.

—Como si estuviera en su casa, póngase en cualquier mesa vacía —le ofreció Felton—. Le diré cómo va a ir este asunto, así se lo puede explicar a su teniente. Goshen seguramente llamará a Mickey Torrino, el mejor abogado de Joey *el Marcas*. Él se opondrá a la extradición e intentará obtener la libertad bajo fianza. La cantidad de la fianza no importa; lo único que quieren es que Goshen pase de nuestras manos a las suyas para poder decidir.

—¿Decidir qué?

—Si se lo van a cargar. Si Joey piensa que Goshen puede rajarse, se lo llevará al desierto y no volveremos a verlo. Nadie volverá a verlo.

Bosch asintió.

—Llame a su jefa y yo telefonearé a la oficina del fiscal para que trate de conseguir una vista. Cuanto antes mejor; si se llevan a Goshen a Los Ángeles, creo que estará más dispuesto a hacer un trato. Eso si no lo convencemos antes.

—Estaría bien tener los resultados de Balística antes de la vista de extradición. Si Balística demuestra que las pistolas coinciden, seguro que nos lo entregan. El problema es que las cosas en Los Ángeles van muy despacio. Dudo incluso que se haya hecho la autopsia.

—Bueno, llame y luego ya hablaremos.

Bosch telefoncó desde una mesa vacía junto a la de Iverson. Cuando Billets contestó, Harry notó que estaba comiendo. En pocos segundos la puso al día sobre su intento fallido de convencer a Goshen y sobre los planes de que la oficina del fiscal de Las Vegas llevara la vista de extradición.

—¿Qué quiere hacer con la pistola? —preguntó Harry.

—La quiero aquí lo antes posible. Edgar ha convencido a alguien de la oficina del forense para que haga la autopsia esta tarde. Eso quiere decir que esta noche tendremos las balas y, si nos traes la pistola, podemos llevarlo todo a Balística mañana por la mañana. Hoy es martes. Dudo que se celebre una vista de extradición antes del jueves, y para entonces ya habremos recibido los resultados de Balística.

—De acuerdo. Cogeré el avión.

—Muy bien.

Bosch notó algo extraño en el tono de Billets. Parecía preocupada, y Harry sabía que no era ni por el resultado de Balística ni por lo que estaba comiendo.

—Teniente —le dijo—. ¿Qué pasa? ¿Hay algo que yo no sepa?

Ella vaciló un instante.

—La verdad es que sí.

Bosch comenzó a ruborizarse. Se imaginó que Felton lo había engañado y le había contado a Billets el asunto de Eleanor Wish.

—¿Qué ha pasado?

—He identificado al hombre que entró en la oficina de Tony Aliso.

—Genial —contestó Bosch, aliviado. Sin embargo, le sorprendió el tono reticente de Billets—. ¿Quién es?

—De genial nada. Era Dominic Carbone, de la DCO.

Bosch se quedó mudo.

—¿Carbone? ¿Qué coño...?

—No lo sé. Estoy intentando averiguar qué pasa. Me gustaría que estuvieras en Los Ángeles para decidir qué hacemos con todo esto. Goshen puede esperar hasta la vista de extradición; no va hablar con nadie excepto con su abogado. Si vuelves pronto, nos reuniremos todos para discutir el caso. Aún no he hablado con Kiz ni con Jerry porque siguen trabajando en el tema financiero.

—¿Cómo identificó a Carbone?

—Por pura casualidad. Esta mañana, después de hablar contigo y el capitán, no tenía mucho que hacer en la comisaría, así que me fui a la central a ver a una amiga, una teniente como yo que trabaja en Crimen Organizado: Lucinda Barnes. ¿La conoces?

—No.

—Bueno, pues me fui a verla. Quería indagar un poco, intentar averiguar por qué la DCO había pasado de este caso. Y, mira por dónde, estábamos ahí hablando cuando entró un tío. Su cara me sonaba mucho, pero no me acordaba de quién era. Así que se lo pregunté a mi amiga y ella me contestó que era Carbone. Entonces caí. Era el tío del vídeo; iba arremangado, así que también le vi el tatuaje. Era él.

—¿Y se lo dijo a su amiga?

—Qué va. Me comporté con naturalidad y salí a escape. Si quieres que te sea sincera, no me hace ninguna gracia esta conexión interna; no sé muy bien qué hacer.

—Ya se nos ocurrirá algo. Bueno, la dejo. Estaré ahí lo antes posible. Lo que puede hacer mientras tanto, teniente, es usar su influencia con los de Balística. Avisarles de que iremos con un código tres mañana por la mañana.

Billets acordó hacer todo lo posible.

Después de reservar el billete de regreso a Los Ángeles, Bosch tuvo el tiempo justo de coger un taxi al Mirage, pagar la factura y pasar por el apartamento de Eleanor para despedirse. Por desgracia, nadie contestó a la puerta. Como no conocía su coche, no pudo descubrir si se hallaba entre los vehículos aparcados. Harry esperó cuanto pudo, pero se arriesgaba a perder el avión. Entonces arrancó una página de su libreta, escribió una nota rápida diciendo que la llamaría y la colocó en el resquicio de la puerta para que cayera al suelo cuando Eleanor la abriera.

Bosch quería esperar un rato más para hablar con ella en persona, pero tuvo que renunciar a ello. Veinte minutos más tarde emergió de la oficina de seguridad del aeropuerto, con la pistola de Goshen envuelta en una bolsa de plástico y metida en su maletín. Y al cabo de cinco minutos se hallaba a bordo de un avión con rumbo a Los Ángeles.

3

Cuando Bosch entró en el despacho de Billets, enseguida notó que estaba preocupada.

—Hola, Harry.

—Hola. Acabo de dejar la pistola en Balística; sólo estaban esperando a que llegaran las balas. No sé con quién ha hablado, pero ha surtido efecto.

—Bien.

—¿Dónde están los demás?

—En el Archway. Kiz se ha pasado la mañana en Hacienda y después ha ido a ayudar a Jerry con las entrevistas a los socios de Aliso. También le he pedido a Fraudes que nos cediera un par de expertos para repasar la contabilidad de Aliso. Ahora mismo están localizando las cuentas corrientes de las empresas fantasmas para embargarlas. Cuando congelemos el dinero, es posible que salgan de quién sabe dónde unas cuantas personas de carne y hueso. Mi teoría es que Aliso no sólo blanqueaba dinero para Joey *el Marcas*; hay demasiada pasta en juego. Si los cálculos de Kiz son correctos, Aliso debía de trabajar para casi todos los mafiosos al oeste de Chicago.

Bosch asintió.

—Ah, por cierto —prosiguió Billets—. Le he dicho a Jerry que tú te encargarías de la autopsia para que él pueda quedarse en el Archway. Y a las seis os quiero a todos aquí para hablar de lo que tenemos.

—Vale. ¿A qué hora es la autopsia?

—A las tres y media. ¿Te va mal?

—No. ¿Puedo preguntarle una cosa? ¿Por qué ha llamado a Fraudes en lugar de a Crimen Organizado?

—Por razones obvias. No sé qué hacer con Carbone y la DCO. No sé si llamar a Asuntos Internos, hacer la vista gorda o qué.

—Bueno, no podemos hacer la vista gorda porque ellos tienen algo que nosotros necesitamos. Y si llama a Asuntos Internos, ya podemos olvidarnos del caso porque lo paralizarán todo.

—¿Qué es lo que tienen?

—Pues si Carbone se llevó un micrófono de esa oficina...

—Habrá grabaciones, claro. Joder, no había pensado en eso.

Los dos se quedaron un rato en silencio. Finalmente Bosch tomó asiento frente a Billets.

—Déjeme hablar con Carbone para intentar averiguar qué estaban haciendo y conseguir las cintas —sugirió Bosch—. Ahora mismo tenemos la sartén por el mango.

—Podría tratarse de algo entre Fitzgerald y el gran jefe.

—Es posible.

Billets se refería a la rencilla interdepartamental entre el subdirector Leon Fitzgerald, responsable de la DCO durante más de una década, y el hombre que teóricamente estaba por encima de él, el jefe de la Policía de Los Ángeles. Durante el tiempo que llevaba al mando de la División contra el Crimen Organizado, Fitzgerald había adquirido una fama parecida a la de John Edgar Hoover en el FBI; la de guardián de secretos que no dudaba en emplear para proteger su presupuesto, su división y su propio cargo. Se le acusaba de poner más interés en investigar a ciudadanos honrados, policías y oficiales elegidos por la ciudad que a gángsteres a los que su división tenía como misión erradicar. En el departamento nadie ignoraba que Fitzgerald y el a la sazón jefe de policía mantenían una lucha por el poder. El jefe quería controlar la DCO, pero Fitzgerald no se sometía. Al contrario, su ambición era ampliar su dominio para llegar a ser jefe de policía. En esos momentos la lucha se hallaba en una fase de intercambio de descalificaciones. El jefe no podía despedir a Fitzgerald debido a sus derechos como funcionario. Tampoco podía obtener apoyo de la comisión de policía, el alcalde o los concejales de la ciudad porque, por lo visto, Fitzgerald poseía gruesos expedientes sobre cada uno de ellos y también sobre el jefe. Esos altos cargos no sabían con exactitud el contenido de los expedientes, pero se imaginaban lo peor que habían hecho en su vida. Por eso no apoyarían un ataque a Fitzgerald sin antes tener la seguridad de que no saldrían trasquilados.

Aunque en gran parte se trataba de rumores o leyendas del departamento, Bosch sabía que tenía que haber un fondo de verdad. Al igual que a Billets, a Harry no le apetecía remover el asunto, pero se ofreció a hacerlo porque no le quedaba otro remedio. Tenía que averiguar lo que había estado haciendo la DCO y lo que estaba protegiendo Carbone al entrar ilegalmente en el despacho de Aliso.

—De acuerdo —concedió Billets, después de pensárselo un buen rato—, pero ten cuidado.

—¿Dónde está el vídeo del Archway?

La teniente señaló al suelo detrás de su mesa.

—Aquí estará seguro —dijo ella, refiriéndose a la caja fuerte donde solían guardar las pruebas.

—Eso espero, porque es mi único escudo.

Billets asintió y Bosch vio que ella sabía de qué iba la cosa.

Las oficinas de la DCO estaban en el tercer piso de la División Central, en el centro de Los Ángeles. La División contra el Crimen Organizado se hallaba lejos del cuartel general de la policía porque, dado el carácter secreto de muchas de sus operaciones, no habría sido prudente que los agentes entraran y salieran de un edificio tan público como el Parker Center, la Casa de Cristal. Sin embargo, esa separación contribuía a abrir la brecha que separaba a Leon Fitzgerald del jefe de policía.

En el trayecto de Hollywood al centro, Bosch tramó un plan. Cuando llegó a la cabina del guarda y le mostró su identificación, ya sabía exactamente cómo iba a jugar sus cartas. Bosch se fijó en su placa, aparcó el coche cerca de la puerta de atrás y llamó al número de la DCO desde su teléfono móvil.

—Soy Trindle, del aparcamiento —le dijo Bosch a la secretaria que contestó el teléfono—. ¿Está Carbone?

—Sí, ahora se...

—Dígale que baje. Le han entrado en el coche.

Bosch colgó y esperó. Al cabo de tres minutos se abrieron las puertas de atrás de la comisaría y un hombre salió a toda prisa. Billets tenía razón; era el mismo que habían visto en el vídeo del Archway. Harry arrancó y lo siguió hasta darle alcance.

—¿Carbone? —preguntó, mientras bajaba la ventanilla.

—¿Qué?

Carbone continuó caminando, sin apenas prestar atención a Bosch.

—No hace falta que corras. A tu coche no le ha pasado nada.

Carbone se paró en seco y se quedó mirando a Bosch.

—¿Qué? ¿Qué dices?

—Que te he llamado yo. Sólo quería que bajaras.

—¿Y quién coño eres?

—Soy Bosch. Hablamos por teléfono la otra noche.

—Ah, sí. Por el asunto Aliso.

En ese momento Carbone comprendió que para hablar con él Bosch sólo tenía que tomar el ascensor hasta el tercer piso.

—¿Qué es esto, Bosch? ¿Qué pasa?

—¿Por qué no subes? Quiero dar un paseo.

—No lo sé, tío. No me gusta tu forma de actuar.

—Es por tu bien.

Bosch lo dijo con un tono y una mirada que sólo invitaban a obedecer. Carbone, un hombre corpulento de unos cuarenta años, vaciló un instante antes de entrar en el coche.

Como la mayoría de los policías antimafia, llevaba un elegante traje azul marino y una fuerte colonia que impregnó todo el vehículo. A Bosch le disgustó desde el principio.

Al salir del estacionamiento, Bosch puso rumbo al norte, a Broadway. Las calles estaban atestadas de coches y peatones, por lo que avanzaron lentamente. Harry no dijo nada, a la espera de que Carbone iniciara la conversación.

—¿Qué es tan importante para que me secuestres? —preguntó finalmente.

Bosch condujo otra manzana sin responder. Quería hacerle sufrir un poco.

—Tienes un problema gordo, Carbone —contestó finalmente—. He pensado que debería avisarte.

Carbone miró a Bosch con cautela.

—Eso ya lo sabía —contestó—. Tengo que pagar la pensión alimenticia a dos ex mujeres, tengo grietas en casa del último terremoto y poquísimas posibilidades de que nos suban el sueldo. ¿Y qué?

—Tío, eso no son problemas, sino molestias. Te hablo de problemas de verdad, como el registro ilegal que hiciste el otro día en el Archway.

Carbone permaneció un momento en silencio y a Bosch le pareció que se había puesto nervioso.

—No sé de qué hablas. Llévame a mi oficina.

—Te has equivocado de respuesta, Carbone. Yo he venido a ayudarte. No quiero perjudicar a nadie; ni a ti ni a tu jefe... Fitzgerald.

—Sigo sin saber a qué te refieres.

—Entonces te lo diré yo. El domingo por la noche te llamé para preguntarte sobre Tony Aliso y tú me telefoneaste luego para decirme que pasabais del caso y que no teníais ni idea de quién era. Pero nada más colgar, te fuiste al Archway, entraste en el despacho de Aliso y te llevaste el micrófono con el que le habíais pinchado el teléfono. —Bosch hizo una pausa—. A eso me refiero.

Por primera vez, Bosch se volvió para mirarlo y descubrió el rostro de un hombre acorralado. Lo tenía bien cogido.

—Eso es mentira.

—¿Ah, sí, tonto del culo? Pues la próxima vez que decidas entrar sin permiso, fíjate en las cámaras de seguridad. La primera enseñanza del caso Rodney King es: «No permitirás que te graben en vídeo».

Bosch hizo otra pausa para que Carbone digiriera la información antes de darle el toque de gracia.

—Cuando rompiste la taza, la tiraste a la papelera para que nadie lo notase, ¿verdad? —le dijo—. Lo cual me recuerda otro mandamiento: «Si vas a hacer algo ilegal en manga corta, tápate el tatuaje del brazo». Los tatuajes son perfectos para identificar a gente que sale en los vídeos. Y te aseguro que tú sales un montón.

Carbone se pasó una mano por la cara.

Bosch giró en Third Avenue y se internó en el túnel que pasa por debajo de Bunker Hill.

—¿Quién sabe esto? —preguntó por fin Carbone, en plena oscuridad.

—De momento sólo yo, pero que no se te meta ninguna idea en la cabeza. Si a mí me pasa algo, la cinta llegará a mucha gente. Aunque de momento creo que puedo controlarla.

—¿Qué quieres?

—Quiero saber qué está pasando y que me des todas las grabaciones.

—Imposible. No puedo porque no las tengo yo. Ni siquiera era un caso mío. Yo sólo hice lo que...

—Lo que te dijo Fitz, ya lo sé, pero no me importa. Dile a Fitz o a quien sea que te las dé. Entro contigo o me espero en el coche, como quieras. Pero ahora mismo vamos a buscarlas.

—No puedo.

Carbone se refería a que no podía conseguir las cintas sin confesarle a Fitzgerald su torpeza al ejecutar sus órdenes.

—Vas a tener que hacerlo, Carbone. A mí me importa

un huevo lo que te pase; sólo sé que me mentiste y jugaste con mi caso. O me das las grabaciones y una explicación o tomaré medidas. Haré tres copias del vídeo; una irá al jefe de policía en la Casa de Cristal, otra a Jim Newton del *Times* y otra a Stan Chambers del Canal 5. Stan es un buen periodista y sabrá qué hacer con ella. ¿Sabías que él fue el primero en recibir la cinta de Rodney King?

—¡Joder, Bosch! ¡Me estás matando!

—Tú decides.

Salazar era el responsable de la autopsia, que ya había empezado cuando Bosch llegó al centro médico de la Universidad de California. Después de recibir un saludo seco de Salazar, Bosch —ataviado con bata de un solo uso y máscara de plástico— se apoyó en una de las mesas de acero y se limitó a observar. No esperaba mucho de la autopsia. En realidad sólo había ido a recoger las balas. Confiaba en que estuvieran en buenas condiciones para ser analizadas en Balística. Una de las razones por las cuales los asesinos a sueldo empleaban armas del veintidós era que los proyectiles a menudo se deformaban al rebotar en el interior del cráneo. Y si se deformaban no servían para hacer un estudio comparativo.

Salazar llevaba su larga melena negra recogida en una coleta y tapada con un gran gorro de papel. Como iba en una silla de ruedas, trabajaba en una mesa más baja especialmente preparada para él. Aquello proporcionaba a Bosch una mejor perspectiva del cadáver.

Durante años Bosch había bromeado con Salazar mientras éste realizaba autopsias. Sin embargo, desde su baja de nueve meses tras el accidente de moto y su regreso en una silla de ruedas, Salazar ya no había sido el hombre alegre de antaño. Rara vez conversaba con la gente.

Bosch contempló a Salazar mientras éste raspaba la sustancia blancuzca de los rabillos de los ojos de Aliso con el lado romo de un escalpelo.

El forense depositó el polvillo obtenido en un papel absorbente, que colocó en una placa de Petri. Finalmente puso la placa en una bandeja junto a las probetas llenas de sangre, orina y otras muestras que había extraído del cadáver para analizarlas.

—¿Crees que son lágrimas? —preguntó Bosch.

—No, es demasiado espeso. Es algo que tenía en los ojos o en la piel. Ya lo averiguaremos.

Bosch asintió y Salazar comenzó a abrir el cráneo para examinar el cerebro.

—Menudo destrozo —comentó.

Minutos después, con la ayuda de unas pinzas largas, extrajo dos fragmentos de bala, que dejó caer en el plato. Bosch se acercó y, cuando los vio, frunció el ceño. Al menos una de las balas se había roto con el impacto y seguramente no serviría.

Acto seguido Salazar sacó una bala entera y la depositó sobre la bandeja.

—Ésta te valdrá —concluyó.

Bosch echó un vistazo. A consecuencia del impacto, la bala se había abierto como una flor, pero al menos la mitad del proyectil seguía intacta y presentaba los pequeños arañazos que se producían al salir por el cañón de la pistola. Harry comenzaba a animarse.

—Sí, puede ser.

La autopsia finalizó al cabo de diez minutos. En total Salazar le había dedicado a Aliso cincuenta minutos de su tiempo; algo más de lo habitual. Bosch leyó en una hoja que aquélla era la undécima autopsia de Salazar ese día.

Salazar limpió las balas y las metió en una bolsa especial para pruebas. Al entregársela a Bosch, le dijo que le informaría de los resultados de los análisis en cuanto los tuviera. Salazar también consideró importante mencionar que el hematoma en la mejilla de Aliso había sido causado cuatro o cinco horas antes de su muerte. A Bosch le pareció curioso, ya que significaba que alguien había golpeado a Aliso mientras estaba en Las Vegas, a pesar de que lo habían matado en Los Ángeles. Harry le dio las gracias a Salazar, a quien llamó Sally como lo hacía mucha gente, y se marchó. Ya estaba en el pasillo cuando recordó algo que le hizo dar media vuelta. Bosch asomó la cabeza por la puerta de la sala de autopsias y vio a Salazar envolviendo el cuerpo con una sábana y colocando bien la etiqueta de identificación que le habían colgado en el dedo gordo del pie.

—Eh, Sally, el tío tenía hemorroides, ¿no?

Salazar lo miró sorprendido.

—¿Hemorroides? No. ¿Por qué lo dices?

—Porque encontré un tubo de pomada en la guantera del coche. Estaba empezada.

—Pues... No sé, pero de hemorroides nada.

Bosch estuvo tentado de preguntarle si estaba seguro, pero sabía que sería insultante. Así que se marchó sin decir nada.

Los detalles eran la clave de cualquier investigación; nunca debían olvidarse ni perderse de vista. Mientras se dirigía a la salida, Bosch le daba vueltas al detalle de la pomada que había hallado en la guantera del Rolls-Royce. Si Tony Aliso no padecía de hemorroides, ¿a quién pertenecía la pomada y por qué estaba en el coche? Podría haber considerado que carecía de importancia, pero Bosch no trabajaba así. Para él todo era importante en una investigación. Absolutamente todo.

Estaba tan inmerso en esta cuestión que llegó al aparcamiento sin ver a Carbone, que lo esperaba fumando un cigarrillo. Bosch lo había dejado un rato antes en la DCO, porque el policía le había pedido un par de horas para obtener las grabaciones. Bosch había accedido, pero no le había dicho que iba a una autopsia. Carbone debía de haber averiguado su paradero a través de la comisaría de Hollywood, aunque Bosch no pensaba preguntárselo. No quería mostrar ni la más mínima preocupación por el hecho de que lo hubiesen localizado con tanta facilidad.

—Bosch.

—Sí. —Hay alguien que quiere hablar contigo.

—¿Quién? ¿Cuándo? Quiero las cintas, Carbone.

—Tranquilo. Ven.

Carbone condujo a Bosch a la segunda fila del aparcamiento, donde los aguardaba un automóvil con los cristales ahumados y el motor en marcha.

—Sube atrás —le ordenó Carbone.

Bosch se acercó a la puerta con aire despreocupado, la abrió y entró. En el asiento trasero estaba Leon Fitzgerald. El jefe de la División contra el Crimen Organizado era un hombre de casi dos metros, por lo que las rodillas le topaban con el respaldo del asiento delantero. Lucía un magnífico traje de seda azul, llevaba gafas de montura metálica y sostenía un cigarro entre los dedos. Debía de rondar los sesenta años, por lo que el pelo negro azabache era teñido. Sus ojos azules y su piel pálida delataban que era una criatura nocturna.

—Jefe —le saludó Bosch.

Harry no conocía a Fitzgerald personalmente, pero lo había visto a menudo en funerales de policías y en las noticias de televisión. Leon Fitzgerald era la única cara conocida de la DCO, puesto que nadie más posaba ante las cámaras, por motivos de seguridad.

—Detective Bosch —contestó Fitzgerald—. Le conozco, bueno, conozco sus hazañas. A lo largo de estos años me han sugerido más de una vez su nombre como candidato para nuestra unidad.

—¿Y por qué no me ha llamado?

Carbone, que se había sentado al volante, los condujo a través del aparcamiento.

—Porque ya le he dicho que le conozco —continuó Fitzgerald—. Y sabía que usted no dejaría Homicidios. Los asesinatos son su vocación, ¿verdad?

—Más o menos.

—Lo cual nos lleva al caso de homicidio que está usted investigando actualmente. Dom, por favor.

Con una mano, Carbone le pasó una caja de zapatos por encima del asiento. Fitzgerald la colocó sobre el regazo de Bosch. Al abrirla, Harry descubrió que estaba llena de casetes, todas ellas fechadas.

—¿Son del teléfono de Aliso? —preguntó.

—Evidentemente.

—¿Cuánto tiempo lo espiaron?

—Solamente nueve días. No obtuvimos resultados, pero las cintas son vuestras.

—¿Y qué quiere a cambio, jefe?

—¿Que qué quiero?

Fitzgerald miró por la ventana más allá del aparcamiento, hacia la vieja estación de maniobras del ferrocarril.

—¿Que qué quiero? —repitió—. Quiero al asesino, por supuesto. Pero también quiero que vaya con cuidado, Bosch. El departamento ha pasado por muchos problemas en los últimos años. No nos conviene sacar a relucir los trapos sucios.

—Quiere que eche tierra al asunto.

Nadie dijo nada, pero no hacía falta. Todos los presentes sabían que Carbone obedecía órdenes, probablemente del propio Fitzgerald.

—Entonces tiene que contestarme a unas preguntas.

—Adelante.

—¿Por qué pincharon el teléfono de Aliso?

—Por la misma razón que se pincha cualquier teléfono. Nos llegaron rumores sobre él y decidimos averiguar si eran ciertos.

—¿Qué rumores?

—Que estaba metido en negocios sucios, que era un chorizo que blanqueaba dinero para la mafia de tres estados. Acabábamos de comenzar a investigarlo cuando lo mataron.

—¿Y por qué pasaron del caso cuando yo los llamé?

Fitzgerald dio una larga calada al cigarro, cuyo aroma impregnaba todo el coche.

—Esa pregunta tiene una respuesta compleja, detective. Baste con decir que preferimos mantenernos al margen.

—Era una escucha ilegal, ¿no?

—La ley de este estado pone muy difícil reunir los requisitos necesarios para justificar una escucha. Los federales pueden hacerlo cuando les apetece, pero nosotros no, y a veces no queremos trabajar con los federales.

—Pero eso no explica por qué pasaron del caso. Podrían habérnoslo quitado de las manos para controlarlo, enterrarlo o hacer con él lo que quisieran. Así nadie habría sabido nada sobre sus escuchas ilegales.

—Tal vez nos equivocamos.

Bosch comprendió que lo habían subestimado a él y a su equipo. Creyeron que nadie descubriría el robo del micrófono ni la participación de la unidad antimafia. En ese momento Bosch se dio cuenta del tremendo poder que tenía sobre Fitzgerald. La información sobre la escucha ilegal era justo lo que necesitaba el jefe de policía para deshacerse de su rival.

—¿Y qué más saben de Aliso? —preguntó Bosch—. Lo quiero todo. Si me entero de que me han ocultado algo, el trabajito ilegal de Carbone saldrá a la luz, ¿me entiende?

Fitzgerald dejó de mirar por la ventanilla para encararse con Bosch.

—Le entiendo perfectamente, pero no crea que tiene las cartas más altas en esta partida.

—Pues ponga las suyas sobre la mesa.

—Detective, voy a cooperar totalmente con usted, pero quiero que tenga en cuenta una cosa. Si intenta perjudicarme a mí o a alguien de mi división, yo le perjudicaré a usted. Por ejemplo, está el asunto de pasar la noche en compañía de un delincuente convicto.

Fitzgerald dejó que la acusación flotara en el aire, como el humo de su cigarro. Bosch se quedó estupefacto e indignado, pero hizo un esfuerzo por tragarse las ganas de estrangular a Fitzgerald.

—Hay una regla del departamento que prohíbe que un agente se relacione con delincuentes. Estoy seguro de que usted conoce y comprende la necesidad de dicha regla. Si se supiera esto sobre usted, su trabajo peligraría. ¿Qué haría entonces con su vocación?

Bosch no respondió, sino que miró directamente por encima del asiento, hacia el parabrisas. Fitzgerald se acercó hasta casi susurrarle al oído:

—Esto es lo que hemos descubierto sobre usted en menos de una hora. ¿Y si le dedicáramos un día? ¿O una semana? —le amenazó—. Ah, y puede decirle a su teniente que sí hay un «techo de cristal» en el departamento para lesbianas, especialmente si sale a la luz lo de la escucha. Su amiguita podría llegar más lejos por ser negra, pero la teniente tendrá que irse acostumbrando a Hollywood porque ahí se quedará.

Fitzgerald volvió a recostarse en el asiento y su voz recobró el tono normal.

—¿Entendido, detective Bosch?

Bosch se volvió y finalmente le miró a los ojos.

—Entendido.

Después de dejar las balas que Salazar había extraído del cadáver en el laboratorio de Balística de Boyle Heights, Bosch llegó a la División de Hollywood justo cuando todos se dirigían al despacho de Billets para la reunión de las seis.

Tras presentarle a Russell y Kuhlken, los dos investigadores de Fraudes, Billets dio por empezada la reunión. En el despacho también se hallaba presente Matthew Gregson, un ayudante del fiscal que se encargaba de querellas especiales: casos contra miembros del crimen organizado, agentes de policía y otros asuntos delicados.

El primero en tomar la palabra fue Bosch, que relató de manera concisa los hechos ocurridos en Las Vegas, explicó los primeros resultados de la autopsia y dio cuenta de su visita al laboratorio de Balística del departamento. Informó de que los del laboratorio le habían prometido tener listas las conclusiones a las diez de la mañana siguiente, pero no mencionó a Carbone ni a Fitzgerald. No por la amenaza de éste —o al menos eso se dijo a sí mismo—, sino porque era preferible no comentar el tema ante un grupo tan numeroso, sobre todo con un fiscal presente. Al parecer Billets compartía su opinión, puesto que no le hizo ninguna pregunta.

La siguiente en intervenir fue Rider. La detective había hablado con el inspector de Hacienda asignado al caso de TNA Productions, un tal Hirchsfield, aunque no había obtenido demasiada información.

—Por lo visto, Hacienda tiene un programa especial para confidentes; si delatas a un evasor de impuestos, recibes un porcentaje de la suma evadida —explicó Rider—. Así es como empezó todo esto. El único problema es que, según Hirchsfield, el aviso fue anónimo, o sea que la persona que delató a Aliso no quería dinero. Hacienda recibió una carta de tres páginas que daba detalles sobre el negocio de blanqueo de dinero de Tony Aliso. Hirchsfield no me la dejó ver, porque, aunque era anónima, el reglamento del programa exige que todo sea confidencial y el lenguaje específico de la carta podría llevar a la identificación del autor...

—Eso es una tontería —intervino Gregson.

—Es posible —concedió Rider—, pero no pude hacer nada.

—Dame el nombre de ese tío y ya lo intentaré yo.

—Muy bien. Total, que los del fisco recibieron esta carta, consultaron en sus archivos el historial de TNA y concluyeron que la carta tenía fundamento. Por esa razón, el 1 de agosto notificaron a Aliso que iban a hacerle una auditoría a finales de este mes. Eso es todo lo que le saqué a Hirchsfield —admitió Rider—. Ah, sí. También me dijo que la carta anónima llevaba matasellos de Las Vegas.

Bosch casi asintió sin querer, porque ese último dato encajaba con algo que le había contado Fitzgerald.

—Bueno, ahora pasamos a los socios de Tony Aliso —prosiguió Rider—. Jerry y yo hemos entrevistado a casi toda la gente que trabajaba en esas porquerías que Aliso llamaba películas. Por lo visto, el tío reclutaba a sus «artistas» en diversas escuelas de cine locales, academias baratas de arte dramático y bares de *striptease*, pero tenía cinco colaboradores habituales en la realización. Jerry y yo los interrogamos por separado y concluimos que no sabían nada sobre la financiación de las películas ni las cuentas de la empresa. Estaban pez, ¿no, Jerry?

—Sí —convino Edgar—. Personalmente, creo que Tony los eligió porque eran un poco tontos y no hacían preguntas incómodas. Primero los mandaba a las facultades de cine de Los Ángeles para pescar a algún chico que quisiera dirigir o escribir el guion. Luego se iban a Hollywood Boulevard o a La Cienaga para buscar a chicas para interpretar los papeles femeninos. Rider y yo hemos llegado a la conclusión de que Tony era el único que participaba en el negocio de blanqueo de dinero. Sólo lo sabían él y sus clientes.

—Lo cual nos lleva a vosotros —dijo Billets, con la vista fija en Russell y Kuhlken—. ¿Habéis encontrado algo?

Kuhlken respondió que todavía estaban hasta el cuello de papeles y facturas, pero que habían descubierto que el dinero de TNA Productions iba a varias empresas fantasma en California, Nevada y Arizona. El dinero pasaba a las cuentas bancarias de TNA y luego se invertía en otras compañías aparentemente legítimas. Kuhlken agregó que, cuando tuvieran pruebas suficientes, podrían ampararse en la legislación federal en materia fiscal para requisar el dinero, basándose en que se trataba de fondos ilegales de una empresa clandestina. Russell explicó que, desgraciadamente, los trámites eran largos y complejos. Todavía tardarían al menos una semana en poder mover un dedo.

—Tomaos el tiempo que haga falta —les dijo Billets. Luego miró a Gregson—. Bueno, ¿cómo lo ves?

—Creo que vamos bien —respondió Gregson tras meditarlo un instante—. Mañana a primera hora llamaré a Las Vegas para averiguar quién lleva la vista de extradición. Puede que yo tenga que ir a controlar este tema. No me hace mucha gracia que estemos todos aquí mientras Goshen sigue en Nevada con ellos. Si tenemos suerte con los resultados de Balística, creo que Harry y yo deberíamos ir a Las Vegas a buscar a Goshen.

Bosch asintió.

—Después de escuchar vuestros informes, sólo tengo una pregunta —prosiguió Gregson—. ¿Por qué no hay alguien de Crimen Organizado en esta reunión?

Billets miró a Bosch y, con un gesto casi imperceptible, le pasó a él la pregunta.

—Les informamos del asesinato y de la identidad de la víctima, pero no les interesó el caso porque no conocían a Tony Aliso —respondió Bosch—. Hace menos de dos horas que he hablado con Leon Fitzgerald y le he contado lo que sabemos. Él me ha ofrecido la asistencia de su equipo, pero cree que ya hemos avanzado demasiado en la investigación para meter a gente nueva. Nos ha deseado buena suerte con el caso.

Gregson lo miró fijamente antes de asentir. El fiscal,

de unos cuarenta y tantos años, tenía el pelo corto y muy canoso. Bosch nunca había trabajado con él, pero lo conocía de oídas. Gregson llevaba mucho tiempo en el cargo, el suficiente para intuir que las palabras de Bosch ocultaban algo más y para comprender cuándo era mejor no inmiscuirse.

—Muy bien —intervino Billets, cambiando de tema—. ¿Y si discutimos un par de teorías antes de dejarlo por hoy? ¿Qué creéis que le pasó a este hombre? Comenzamos a tener mucha información y muchas pruebas, pero ¿qué le ocurrió?

Billets recorrió con la mirada las caras de los presentes, hasta que Rider rompió el silencio.

—Yo creo que la inspección fiscal lo desencadenó todo —sugirió—. Aliso recibió la notificación por correo y cometió el error fatídico de decirle a su cliente en Las Vegas que el fisco iba a revisar sus cuentas y que el pastel podría descubrirse. Joey *el Marcas* reaccionó como suelen reaccionar los tipos de su calaña; se lo cargó. Le ordenó a Goshen, uno de sus esbirros, que siguiera a Tony a Los Ángeles para que todo sucediera lejos de Las Vegas.

Los presentes hicieron un gesto de aprobación con la cabeza, Bosch incluido. La información que le había proporcionado Fitzgerald también coincidía con esa explicación.

—Era un buen plan —continuó Edgar—. El único error fueron las huellas dactilares que Artie Donovan sacó de la cazadora. Tuvimos una potra increíble. Si no las hubiéramos encontrado, no creo que hubiéramos descubierto nada más.

—O quizá sí —intervino Bosch—. Las huellas de la cazadora lo aceleraron todo, pero la Metro ya estaba investigando un aviso anónimo de alguien que oyó a Goshen hablar de asesinar a un tío y meterlo en un maletero. Tarde o temprano nos habría llegado la información.

—Mejor temprano —comentó Billets—. ¿Hay alguna teoría alternativa que debiéramos investigar? ¿Qué pasa con la esposa, el guionista indignado o sus otros socios?

—De momento nada —contestó Rider—. Está claro que no había mucha pasión entre la víctima y su mujer, pero de momento ella parece libre de sospecha. Yo solicité una orden de registro para comprobar la lista de entradas y salidas de la urbanización. Según esa lista, el coche de la señora Aliso no salió de Hidden Highlands el viernes por la noche.

—¿Y la carta que recibió Hacienda? —inquirió Gregson—. ¿Quién la envió? Obviamente alguien que sabía muy bien lo que Aliso se llevaba entre manos, pero ¿quién?

—Todo este asunto podría tratarse de una lucha jerárquica en el grupo de Joey *el Marcas* —contestó Bosch—. Como ya he explicado antes, Goshen se extrañó cuando vio la pistola e insistió muchísimo en que se la habían colocado... No sé, tal vez alguien avisó al fisco a sabiendas de que matarían a Tony y que después podrían cargarle el muerto a Goshen. Con Goshen fuera de juego, esa persona subiría automáticamente en el escalafón.

—¿Quieres decir que Goshen no lo hizo? —preguntó Gregson con cara de sorpresa.

—No. Es probable que Goshen apretara el gatillo, pero no se imaginaba que esa pistola iba a aparecer detrás del retrete. Además, no tiene ningún sentido guardarla. Supongamos que Goshen se cargó a Tony a instancias de Joey y después le dio la pistola a alguien de su banda para que se deshiciera de ella. Esa persona pudo plantársela en su casa; la misma persona que envió la carta a Hacienda para poner todo esto en marcha. Y ahora, si nosotros empapelamos a Goshen, el tío que colocó la pistola y mandó la carta tiene el campo libre para subir en la organización.

Bosch vio que los demás estaban sopesando su teoría.

—Quizá Goshen no sea el objetivo de todo el golpe —sugirió Rider, y todas las miradas se posaron en ella—. Es posible que haya una jugada más. Tal vez alguien quiere librarse de Goshen y Joey para ocupar su lugar.

—¿Y cómo se desharán de Joey? —preguntó Edgar.

—A través de Goshen —contestó Rider.

—Si Balística confirma que su pistola es el arma del crimen, Goshen está jodido —explicó Bosch—. Le caerá la pena de muerte o la perpetua sin posibilidad de conmutación. A no ser que nos dé algo.

—A Joey —contestaron Gregson y Edgar al unísono.

—Entonces, ¿quién escribió la carta? —preguntó Billets.

—¿Quién sabe? —respondió Bosch—. Yo no conozco la organización en Las Vegas, pero los policías de allá mencionaron a un abogado, un tipo que lleva todos los asuntos de Joey. Él sabría lo del negocio sucio de Aliso y podría haber planeado todo esto. Debe de haber unas cuantas personas cercanas a Joey capaces de hacerlo.

Todos se quedaron un buen rato en silencio; la teoría tenía sentido. Era el momento propicio para dar por terminada la reunión.

—Buen trabajo —les felicitó Billets—. Matthew, gracias por venir. Te llamaré en cuanto recibamos los resultados de Balística por la mañana.

Todos se levantaron.

—Kiz y Jerry, uno de vosotros tendrá que acompañar a Bosch a Las Vegas para realizar la escolta de extradición. Son las normas. Podéis jugároslo a cara o cruz —propuso Billets—. Ah, Harry, ¿podrías quedarte un momento? Quiero consultarte algo sobre otro caso.

Después de que los otros se hubieran marchado, Billets le pidió a Bosch que cerrara la puerta. Bosch obedeció y se sentó en una de las sillas que había frente a la mesa de la teniente.

—Bueno, ¿qué ha pasado? —le preguntó Billets—. ¿Has hablado con Fitzgerald?

—Más bien él habló conmigo.

—¿Y qué pasa?

—Pues que ellos tampoco sabían quién coño era Aliso hasta que recibieron una carta, probablemente la misma que llegó a Hacienda. Tengo una copia. La carta contiene detalles que revelan que el delator estaba enterado de todo, tal como sospechaba Kiz. El sobre que recibió la DCO también llevaba matasellos de Las Vegas e iba dirigido a Leon Fitzgerald.

—Y por eso pincharon el teléfono de su despacho.

—Eso es. Fue una escucha ilegal. Acababan de empezar (tengo las cintas correspondientes a nueve días) cuando yo llamé y les dije que Tony había sido asesinado, y les entró el pánico. Ya conoce la relación de Fitzgerald con el jefe. Si se descubría que ellos habían pinchado el teléfono de Tony y que indirectamente habían provocado su muerte porque Joey *el Marcas* se enteró, el jefe habría tenido todo lo necesario para expulsar a Fitzgerald y recuperar el control de la División.

—Así que Fitzgerald encargó a Carbone que retirase el micrófono y se hiciese el sueco.

—Eso es. Además, Carbone no vio la cámara o no estaríamos hablando de esto.

—Qué idiota. Cuando resolvamos el caso, lo primero que voy a hacer es pasarle toda la información al jefe.

—Em... —Bosch no estaba seguro de cómo decírselo.

—¿Qué pasa?

—Fitzgerald ya se lo veía venir, así que he tenido que hacer un trato con él.

—¿Que has hecho qué?

—Un trato. Él me ha dado todo: las cintas, la carta... Pero el asunto no puede salir de aquí. No puede decírselo al jefe.

—Harry, ¿cómo has podido? No tenías ningún...

—Fitzgerald tiene información contra mí. Y también contra usted... y Kiz.

Se hizo un largo silencio, durante el cual Bosch observó la rabia creciente de Billets.

—Qué hijo de puta —dijo la teniente.

Bosch le contó lo que Fitzgerald había descubierto sobre él. Puesto que él conocía el secreto de Billets, le pareció justo que ella supiera lo de Eleanor. Billets se limitó a asentir. Evidentemente seguía pensando en su propio problema y en las consecuencias que se derivaban de que Fitzgerald estuviera enterado.

—¿Crees que me han seguido? —inquirió ella—. ¿Que Fitzgerald me está espiando?

—¿Quién sabe? Es uno de esos tíos que actúan cuando pueden y se guardan la información para un momento de necesidad, como si fuera dinero en un banco. Hoy la necesitaba, así que la sacó —respondió Bosch—. No se preocupe: el trato lo hice yo. Olvidémoslo y sigamos con el caso.

Cuando ella se quedó un momento en silencio, Bosch intentó detectar alguna señal de vergüenza, pero no la vio. Billets, por su parte, miró a Bosch en busca de algún gesto de desaprobación, pero tampoco lo vio.

—¿Qué más hizo la DCO cuando les llegó la carta? —preguntó ella.

—No mucho... Pusieron a Aliso bajo vigilancia; tengo un registro de todos sus movimientos. Pero el viernes por la noche no lo siguieron porque sabían que se había ido a Las Vegas de vacaciones —contestó Bosch—. Estaban esperando a que volviera para reanudar la vigilancia.

Billets asintió de nuevo, pero era evidente que tenía la cabeza en otra parte. Bosch se levantó.

—Esta noche escucharé las siete horas de grabaciones, aunque me han dicho que la mayor parte son conversaciones de Aliso con su amiga en Las Vegas —le informó—. ¿Algo más?

—No, ya continuaremos mañana. Quiero que me llames en cuanto recibas los resultados de Balística.

—De acuerdo.

Bosch se dirigió hacia la puerta, pero ella lo detuvo.

—Es curioso cuando no distingues a los buenos de los malos.

Harry se volvió hacia ella.

—Sí, es curioso.

Cuando Bosch finalmente llegó a su casa, todavía olía

a pintura. Al mirar la pared, que había empezado a pintar tres días antes y ya no sabía cuándo iba a terminar, le dio la sensación de que había transcurrido una eternidad. Después del terremoto la casa había tenido que ser reconstruida casi por completo y hacía pocas semanas que Bosch había vuelto tras pasarse un año en un apartotel cercano a la comisaría. El terremoto también le parecía muy lejano. La vida transcurría muy deprisa en Los Ángeles. Todo lo que no fuera el presente parecía pertenecer a la prehistoria.

Bosch llamó al número de Eleanor Wish que Felton le había dado, pero no respondió nadie, ni siquiera un contestador automático. Al colgar, se preguntó si ella habría recibido su nota. Harry albergaba la esperanza de que pudieran estar juntos después del caso, aunque no sabía de qué forma soslayaría la prohibición del departamento de mantener relaciones con delincuentes.

Esa cuestión le llevó a la pregunta de cómo Fitzgerald había descubierto que había pasado la noche con Eleanor. Enseguida se dio cuenta de que era muy probable que el jefe de la División contra el Crimen Organizado tuviera sus contactos en la Metro y que tal vez Felton o Iverson le habían informado sobre su relación con Eleanor Wish.

Harry se preparó dos bocadillos de embutido, sacó dos cervezas de la nevera y se lo llevó todo hasta la butaca situada junto al equipo de música. Mientras comía, comenzó a escuchar por orden cronológico las cintas que le había dado Fitzgerald, al tiempo que comprobaba en una lista la hora y el número de origen o destino de las llamadas.

Más de la mitad eran entre Aliso y su amante, en su mayoría al club —que se caracterizaba por el ruido y la música de fondo— o a un número que debía de corresponder a la casa de ella. La mujer nunca se identificaba y Tony tampoco la llamaba por su nombre, a no ser que telefoneara al club. Entonces preguntaba por ella por su nombre artístico: Layla. La mayoría de las conversaciones eran sobre temas cotidianos; él solía llamarla a su casa a media tarde. En una de las grabaciones, Layla se enfadaba con Aliso por despertarla. Él argumentaba que ya eran las doce y ella le recordaba que había trabajado en el club hasta las cuatro de la mañana. Como un niño arrepentido, él se disculpaba y prometía llamarla más tarde, cosa que hizo, a las dos de la tarde.

Además de Layla, Aliso había hablado con algunas actrices para concretar el rodaje de una escena y había hecho otras llamadas por cuestiones de trabajo. También había telefoneado dos veces a su casa, pero en ambas ocasiones, la conversación había sido rápida y al grano. En una de ellas Tony avisaba a su mujer de que iba para casa y, en la otra, que estaba muy liado y no podría volver a cenar.

Cuando Bosch terminó de repasar las cintas, eran más de las doce de la noche y sólo había encontrado una conversación de interés: una llamada al camerino del club el martes antes de que Aliso fuera asesinado. Durante una charla bastante aburrida e insustancial, Layla le preguntaba a Tony cuándo iría a Las Vegas.

—El jueves —contestó Aliso—. ¿Por qué? ¿Me echas de menos, pequeña?

—No... Bueno, claro que te echo de menos. Pero te lo decía porque me lo ha preguntado Lucky.

Layla tenía una vocecita dulce, de niña pequeña: o muy ingenua o totalmente falsa.

—Bueno, dile que iré el jueves por la noche. ¿Tú trabajas?

—Sí.

Bosch pensó en aquellas palabras. Goshen sabía, a través de Layla, que Aliso iba a ir a Las Vegas. No era mucho, pero un fiscal podría emplearlo para acusarlo de premeditación. Lástima que fuera una prueba obtenida de modo ilegal y, por lo tanto, nula ante cualquier jurado.

Bosch consultó su reloj y, aunque era tarde, decidió llamar. Sacó el número de Layla del registro de llamadas y telefoneó. Una voz de mujer contestó con un tono intencionadamente sensual.

—¿Layla?

—No, soy Pandora.

Bosch casi se echó a reír, pero estaba demasiado cansado.

—¿Dónde está Layla?

—No está. ¿Quién es?

—Soy Harry, un amigo suyo. Layla intentó llamarme la otra noche. ¿Sabes dónde está o cómo localizarla?

—No. Hace unos días que no la veo y no sé dónde está. ¿Es sobre Tony?

—Sí.

—Pues está bastante hecha polvo. Si quiere hablar contigo, ya te llamará. ¿Estás en Las Vegas?

—Ahora mismo no. ¿Dónde vivís vosotras?

—Bueno..., eso no te lo puedo decir.

—¿Tú crees que Layla está asustada?

—Pues claro; acaban de matar a su novio. Cree que la gente va a pensar que ella sabe algo y no es verdad. Está muy acojonada.

Bosch le dio a Pandora el número de su casa y le pidió que se lo pasara a Layla si la veía.

Después de colgar, Harry volvió a consultar el reloj

y sacó la pequeña agenda que guardaba en la chaqueta. Cuando llamó a casa de Billets, contestó un hombre, su marido. Bosch se disculpó por telefonear tan tarde y preguntó por la teniente. Mientras esperaba, se preguntó si aquel hombre sabría lo de su mujer y Kizmin Rider. Finalmente, Billets cogió el teléfono y Bosch le informó del escaso valor de las cintas.

—Una de las llamadas demuestra que Goshen conocía el plan de Aliso de ir a Las Vegas y había mostrado interés en él, pero nada más. No creo que la necesitemos. Cuando encontremos a Layla, ella nos dará la información de forma legal.

—Menos mal.

Bosch la oyó exhalar. A pesar del silencio, estaba claro que la teniente temía que las cintas contuvieran información vital y que debieran presentarse a la fiscalía. Eso habría perjudicado a Fitzgerald y, por tanto, habría supuesto el final de la carrera de Billets.

—Perdone por llamar tan tarde, pero he pensado que le gustaría saberlo —le dijo Bosch.

—Gracias, Harry. Hasta mañana.

Después de colgar, Bosch intentó comunicarse con Eleanor Wish, pero de nuevo fue en vano. En ese instante el asomo de angustia que había notado en el pecho se agudizó. Harry deseó estar en Las Vegas para poder ir a su apartamento y comprobar si simplemente ella no quería contestar al teléfono o si había ocurrido algo peor.

Bosch sacó otra cerveza de la nevera y salió a la terraza. La nueva terraza era mayor que su predecesora y ofrecía una vista mejor del paso. Fuera estaba oscuro y silencioso. El lejano murmullo de la autopista que discurría a sus pies era tan constante que a Harry le resultaba fácil borrarlo de su mente. Mientras contemplaba los focos de los estudios Universal que iluminaban un cielo sin estrellas y bebía su cerveza, se preguntó dónde estaría Eleanor.

El miércoles por la mañana Bosch llegó a la comisaría a las ocho con el propósito de escribir el informe de su investigación en Las Vegas, tarea que sólo interrumpió para ir a buscar café a la oficina de guardia. Una vez acabado el informe, Harry hizo fotocopias y las depositó en el casillero de la teniente. Los originales iban destinados al expediente que Edgar había comenzado a elaborar sobre el caso y que ya tenía dos dedos de grosor. Bosch se guardaba de mencionar sus charlas con Carbone y Fitzgerald o las grabaciones realizadas por la DCO.

Aunque Bosch había finalizado todas esas tareas a las diez de la mañana, esperó otros cinco minutos antes de llamar al laboratorio de Balística del departamento. La experiencia le había enseñado a no llamar antes de la hora señalada, así que añadió cinco minutos más para asegurarse. Fueron unos cinco minutos larguísimos.

Mientras marcaba el número, Edgar y Rider se acercaron a su silla para enterarse inmediatamente de los resultados. Los tres sabían que era un momento clave de la investigación. Bosch preguntó por Alfred Canterilla, el perito de Balística asignado al caso, con quien había trabajado anteriormente. Canterilla era un hombre menudo que lo sabía todo sobre armas. A pesar de que él no llevaba ninguna por ser un funcionario civil, era el mejor experto del departamento.

Alfred Canterilla tenía la extraña manía de que nadie le llamara Al; insistía en que la gente le llamara Canterilla o incluso Cant, pero nunca el diminutivo de Alfred. Una vez le confesó a Bosch que temía que si le llamaban Al, algún listillo empezaría a llamarle Alcantarilla y no pensaba permitirlo.

—Alfred, soy Harry —dijo Bosch cuando cogió el teléfono—. Nos tienes a todos en vilo. ¿Qué hay?

—Una noticia buena y una mala.

—Primero la mala.

—Aún no he escrito el informe, pero puedo avanzarte que limpiaron la pistola. El asesino también usó ácido para borrar el número de serie. He usado todos mis trucos, pero no he podido sacarlo.

—¿Y la buena?

—Pues que es el arma que disparó las balas extraídas del cráneo de la víctima. No hay duda.

Bosch miró a Edgar y Rider y levantó el pulgar. Los detectives chocaron palmas y Rider le hizo el mismo gesto a la teniente. Bosch vio que Billets cogía el teléfono, seguramente para llamar a Gregson.

Canterilla le prometió a Bosch que el informe estaría listo hacia las doce y que se lo enviaría por correo interno. Tras darle las gracias, Bosch colgó y se dirigió sonriente al despacho de Billets, seguido de Edgar y Rider. La teniente seguía al teléfono y Bosch confirmó que estaba hablando con Gregson.

—El fiscal está muy contento —les contó Billets al colgar.

—No me extraña —comentó Edgar.

—Bueno. ¿Y ahora qué? —inquirió Billets.

—Ahora vamos a buscar a esa rata del desierto y traérnosla aquí por la cola —repuso Edgar.

—Sí, eso ha dicho Gregson. También ha insistido en ir a la vista, por si acaso. Es mañana por la mañana, ¿no?

—Eso parece —respondió Bosch—. Yo estaba pensando

en irme hoy mismo. Aún quedan un par de cabos sueltos. Quiero localizar a la amiga de Tony y me gustaría hacer todos los preparativos para que mañana podamos llevarnos a Goshen en cuanto el juez dé el visto bueno.

—De acuerdo —accedió Billets. La teniente se volvió hacia Edgar y Rider—: ¿Habéis decidido quién va acompañar a Harry?

—Yo —le contestó Edgar—. Kiz está más metida en todo el asunto de las cuentas. Yo prefiero ir a buscar a ese mamón.

—Muy bien, de acuerdo. ¿Algo más?

Bosch les contó que era imposible seguirle el rastro a la pistola, lo que no hizo demasiada mella en la euforia generalizada. El caso parecía casi resuelto.

Después de felicitarse mutuamente, los detectives salieron del despacho y Bosch regresó a su mesa. Desde allí llamó a Felton, en Las Vegas, que cogió el teléfono inmediatamente.

—Felton, soy Bosch, de Los Ángeles.

—Bosch, ¿qué hay?

—He pensado que le gustaría saber que la pistola que me llevé es la misma que disparó las balas que mataron a Tony Aliso.

Felton soltó un silbido.

—Qué bonito. Cuando se entere Goshen no le hará ninguna gracia.

—Yo voy hacia allá para decírselo en persona.

—Vale. ¿Cuándo llega?

—Aún no he reservado el billete. ¿Y la vista de extradición? ¿Todavía nos toca mañana por la mañana?

—Que yo sepa sí, pero le pediré a alguien que lo compruebe. Supongo que el abogado tratará de poner trabas, pero no creo que consiga nada. Con esta última prueba tenemos todas las de ganar.

Bosch le contó que Gregson acudiría a la vista para ayudar al fiscal local.

—Creo que no es necesario, pero bienvenido sea.

—Ya se lo diré. Oiga, si tiene a un detective sin nada que hacer, aún hay algo que quiero aclarar.

—¿Qué?

—Busco a la amante de Tony. Trabajaba de bailarina en el Dolly's hasta que Goshen la despidió el sábado. Todavía quiero hablar con ella. Sólo sé su teléfono y su nombre artístico: Layla.

Bosch le dio a Felton el número y éste le prometió que le pediría a alguien que lo investigase.

—¿Algo más? —preguntó el de Las Vegas.

—Sí, una cosa. Usted conoce a Fitzgerald, el jefe de la División contra el Crimen Organizado, ¿no?

—Sí, claro. Hemos trabajado juntos en varios casos.

—¿Ha hablado con usted últimamente?

—Em, no..., no. No desde... Hace bastante tiempo.

Aunque Bosch tuvo la impresión de que mentía, no dijo nada. Necesitaba la cooperación de aquel hombre durante veinticuatro horas más.

—¿Por qué lo pregunta, Bosch?

—Por nada. Es que nos ha ayudado un poco con el caso.

—Me alegro. Es un hombre muy hábil.

—¿Hábil? Sí, eso sí.

En cuanto colgó, Harry se dispuso a hacer los preparativos para el viaje. Primero, reservó dos habitaciones en el Mirage. El precio superaba el máximo permitido por el departamento, pero estaba seguro de que Billets le daría el visto bueno. Además, Layla le había llamado una vez al Mirage y tal vez volviera a intentarlo. A continuación compró dos billetes de ida y vuelta a Las Vegas y reservó un asiento más para Goshen en el viaje de vuelta del jueves por la tarde.

El vuelo a Las Vegas salía a las tres y media y llegaba a su destino una hora más tarde. Bosch pensaba que aquello les daría tiempo de hacer lo que tenían que hacer.

Cuando Nash salió de su garita para recibir a Bosch, éste le presentó a Edgar.

—Menudo misterio, ¿no? —comentó el guarda con una sonrisa en los labios.

—Sí —contestó Bosch—. ¿Alguna teoría?

—Ninguna. Ya le di a su chica la lista de entradas y salidas. ¿Se lo dijo?

—No es mi chica, Nash. Es una detective y de las buenas.

—Ya lo sé. No quería ofender.

—¿Está la señora Aliso?

—Vamos a ver. —Nash retornó a la garita, revisó unas hojas de su mesa y volvió a salir—. Debería estar en casa. No ha salido en dos días.

Bosch asintió, agradecido.

—Tengo que avisarla —les advirtió Nash—. Son las reglas.

—Adelante.

Nash alzó la verja y Bosch entró en la urbanización. Cuando llegaron a la casa, Verónica Aliso los esperaba con la puerta abierta. Llevaba unas mallas grises bajo una camiseta ancha con una reproducción de Matisse y, de nuevo, un montón de maquillaje. Después de que Bosch le presentara a Edgar, los condujo hasta la sala de estar y les ofreció algo de beber, que ellos rechazaron.

—Bueno, ¿qué puedo hacer por ustedes?

Bosch abrió su libreta, arrancó una página escrita y se la pasó.

—Ahí tiene el teléfono de la oficina del forense y el número de referencia del caso —le informó Bosch—. Ayer hicieron la autopsia, así que ya pueden entregarle el cadáver. Si piensa utilizar los servicios de una empresa de pompas fúnebres, deles la referencia y ellos se encargarán de todo.

La señora Aliso se quedó unos instantes mirando el papel.

—Gracias —dijo por fin—. ¿Han venido hasta aquí para darme esto?

—No. También tenemos noticias. Hemos detenido a un hombre por el asesinato de su marido.

Ella los miró sorprendida.

—¿Quién? ¿Ha dicho por qué lo hizo?

—Se llama Luke Goshen y es de Las Vegas. ¿Lo conoce?

Verónica Aliso parecía confundida.

—No. ¿Quién es?

—Un mafioso, señora Aliso. Me temo que su marido lo conocía bastante. Ahora mismo vamos a Las Vegas a buscarlo y, si todo va bien, mañana lo traeremos a Los Ángeles. Entonces el caso pasará a los tribunales. Habrá una vista preliminar en el juzgado municipal y, si tal como esperamos se presentan cargos, el juicio se celebrará en el Tribunal Superior de Los Ángeles. Es probable que usted tenga que testificar a favor de la acusación.

Ella asintió, con la vista perdida.

—¿Por qué lo hizo?

—Aún no estamos seguros; seguimos investigando.

Lo que sí sabemos es que su marido tenía negocios con el jefe de este hombre, un tal Joseph Marconi. ¿Recuerda que su marido mencionara alguna vez los nombres Goshen o Joseph Marconi?

—No.

—¿Y Lucky o Joey *el Marcas*? Ella negó con la cabeza.

—¿Qué negocios? —preguntó la señora Aliso.

—Su marido blanqueaba dinero de la mafia a través de la productora cinematográfica. ¿Está segura de que no sabía nada de todo esto?

—Pues claro —replicó la señora Aliso—. ¿Es que necesito a mi abogado? Él ya me advirtió que no hablara con ustedes.

Bosch sonrió y alzó las manos, en gesto de inocencia.

—No, señora Aliso, no necesita a su abogado. Nosotros sólo estamos intentando averiguar qué pasó. Si usted sabe algo sobre los negocios de su marido, nos puede ayudar a atrapar a este tal Goshen y quizás a su jefe. Verá, ahora mismo tenemos a Goshen bien atado; no nos preocupa demasiado. Tenemos datos de Balística, huellas dactilares... pruebas contundentes. Pero él no habría hecho lo que hizo si Joey *el Marcas* no se lo hubiera ordenado. Él es el hombre que nos interesa y, cuanta más información obtengamos sobre su marido y sus negocios, más posibilidades tendremos de arrestarlo. Así que, si sabe algo, éste es el momento de decírnoslo.

Bosch se calló y esperó un rato, mientras Verónica Aliso clavaba la vista en el papel doblado que tenía en la mano. Finalmente ella asintió y levantó la cabeza.

—No sé nada de sus negocios —reiteró—, pero hubo una llamada la semana pasada, el miércoles por la noche. Tony la cogió en su despacho y cerró la puerta, pero... yo me acerqué a escuchar y oí todo lo que dijo mi marido.

—¿Y qué dijo?

—Pues oí que llamaba al otro Lucky, de eso estoy segura. Luego estuvo un buen rato en silencio hasta que le dijo que iría a Las Vegas a finales de semana y que ya se verían en el club. Nada más.

—¿Por qué no nos lo contó antes? —le preguntó Bosch.

—No pensaba que fuera importante... Bueno, la verdad es que no se lo dije porque creí que estaba hablando con una amante. Supuse que Lucky era el nombre de una mujer.

—¿Y por eso lo espió detrás de la puerta?

Ella desvió la mirada y dijo que sí con la cabeza.

—Señora Aliso, ¿contrató alguna vez a un detective privado para seguir a su marido?

—No. Se me ocurrió, pero no lo hice.

—¿Sin embargo, sospechaba que tenía una aventura?

—Varias, detective. Y no lo sospechaba; lo sabía. Yo era su mujer y esas cosas se notan.

—Muy bien, señora Aliso. ¿Recuerda algo más de la conversación telefónica? ¿Dijo su marido alguna otra cosa?

—No. Sólo lo que le he contado.

—Si pudiéramos precisar cuándo lo llamaron, nos sería útil en el juicio, para argüir premeditación. ¿Está segura de que fue el miércoles?

—Sí, porque él se fue al día siguiente.

—¿A qué hora llamaron?

—Tarde. Estábamos viendo las noticias del Canal 4, así que debió de ser entre las once y las once y media. No puedo concretar mucho más.

—Con eso nos basta.

Bosch miró a Edgar y arqueó las cejas. Edgar hizo un gesto para indicar que no tenía más preguntas y ambos se levantaron. La señora Aliso los acompañó hasta la puerta.

—Ah —exclamó Bosch por el camino—. Tenemos una duda sobre su marido. ¿Sabe si tenía médico de cabecera?

—Sí. ¿Por qué?

—Porque quería preguntarle si padecía hemorroides.

Verónica Aliso pareció a punto de reír, pero no lo hizo.

—¿Hemorroides? Lo dudo mucho. Le aseguro que Tony se habría quejado.

—¿Seguro?

Bosch ya había llegado a la puerta.

—Segurísimo. Además, si han hecho la autopsia, ¿por qué no se lo pregunta al forense?

Bosch asintió. Ella tenía razón.

—Sí, sólo se lo digo porque encontramos una pomada en su coche. No entiendo qué hacía allí si no la necesitaba.

Esta vez Verónica Aliso sí se rio.

—Eso es un viejo truco de artista.

—¿Un truco de artista?

—De actrices, modelos, bailarinas... Muchas lo usan.

Bosch la miró a la espera de más detalles, pero ella no dijo nada.

—No lo entiendo —admitió él—. ¿Para qué sirve?

—Se la ponen debajo de los ojos, detective Bosch. Al ser un antiinflamatorio, elimina las bolsas de cansancio. La mitad de la gente que la compra en esta ciudad lo usa para eso, no para las hemorroides —explicó ella—. Mi marido era un hombre coqueto. Si iba a Las Vegas para estar con una chica joven, no me extrañaría que se hubiera puesto pomada. Sería típico de él.

Bosch asintió al recordar la sustancia no identificada que hallaron bajo los ojos de Aliso. «No te acostarás sin saber una cosa más», pensó. Tendría que llamar a Salazar para decírselo.

—¿Cómo habría descubierto su marido una cosa así? —preguntó.

Ella estuvo a punto de responder, pero se limitó a encogerse de hombros.

—En Hollywood es un secreto a voces —comentó al fin—. Cualquiera se lo podría haber dicho.

«Incluida usted», pensó Bosch mientras salía de la casa.

—Ah, una última cosa —añadió antes de que Verónica Aliso cerrara la puerta—. Seguramente la noticia de la detención llegará a los medios hoy o mañana. Nosotros intentaremos retrasarlo al máximo, pero en esta ciudad no se puede guardar un secreto mucho tiempo. Se lo digo para que esté preparada.

—Gracias, detective.

—Le recomiendo un funeral pequeño, algo íntimo. Y dígale a la persona encargada que no dé detalles por teléfono. A la prensa le encantan los funerales.

Ella asintió y cerró la puerta.

Mientras se alejaban de Hidden Highlands, Bosch encendió un cigarrillo. A pesar de que iba en contra del reglamento, Edgar no se lo recriminó.

—Qué tía tan fría —comentó.

—Mucho —contestó Bosch—. ¿Qué te parece lo de la llamada de Goshen?

—Una pieza más del rompecabezas. A ése lo tenemos cogido por las pelotas. Está acabadísimo.

Bosch descendió por la carretera de Mulholland hacia la autopista de Hollywood. Pasó sin hacer comentarios por delante de la pista forestal donde había aparecido el cuerpo de Tony Aliso y, al llegar a la autopista, se dirigió al sur para tomar la interestatal número 10 y poner rumbo al este.

—Harry, ¿qué haces? —preguntó Edgar.

—Pensaba que íbamos al aeropuerto.

—No, vamos en coche. —¿Qué dices?

—He reservado los billetes por si alguien lo comprobaba. Cuando lleguemos a Las Vegas, les decimos que hemos venido en avión y que cogeremos un vuelo con Goshen después de la vista. Nadie tiene que saber que vamos en coche, ¿de acuerdo?

—Sí, ya capto. Es una precaución por si alguien lo comprueba. Con la mafia nunca se sabe.

—Ni con la policía.

4

Conduciendo a un promedio de casi ciento cincuenta kilómetros por hora, y contando una parada de quince minutos en un McDonald's, Bosch y Edgar se plantaron en Las Vegas en cuatro horas. Una vez allí, se dirigieron al aeropuerto internacional McCarran, dejaron el coche en el aparcamiento y sacaron sus maletines y bolsas del maletero.

Mientras Edgar esperaba fuera, Bosch entró en la terminal y alquiló un vehículo en la compañía Hertz.

Eran casi las cuatro y media cuando llegaron al edificio de la Metro. Al atravesar la oficina de detectives, Bosch vio a Iverson en su mesa, hablando con Baxter. Iverson sonrió ligeramente, pero Harry no le hizo caso y siguió caminando hasta el despacho de Felton que estaba trabajando con la puerta abierta. Harry dio dos golpecitos antes de entrar.

—Bosch, ¿dónde se había metido?

—Tenía que solucionar unos asuntos.

—¿Es éste el fiscal?

—No, es mi compañero, Jerry Edgar. El fiscal no vendrá hasta mañana por la mañana.

Edgar y Felton se dieron la mano, pero Felton mantuvo la vista fija en Bosch.

—Pues ya puede llamarle y decirle que no se moleste.

Bosch lo miró un momento y comprendió la sonrisita de Iverson: algo había ocurrido.

—Capitán, nunca deja de sorprenderme —dijo—. ¿Qué pasa?

Felton se echó hacia atrás en la silla. En el borde de la mesa había un cigarro sin encender, con la punta empapada de saliva. El capitán lo cogió y se lo colocó entre los dedos. Era evidente que estaba alargando la situación para que Bosch picara, pero éste no mordió el anzuelo.

—Su amigo Lucky está haciendo las maletas —le informó finalmente el capitán.

—¿Va a aceptar la extradición?

—Sí, se lo ha pensado mejor. No es tan tonto como parece.

Bosch cogió una silla frente a la mesa del capitán y Edgar otra a su derecha.

—Goshen —prosiguió Felton— ha despedido a ese esbirro de Joey, Mickey Torrino, y se ha buscado a su propio picapleitos. No es que sea una gran mejora, pero al menos el nuevo abogado defenderá sus intereses.

—¿Y por qué ha cambiado de opinión? —preguntó Bosch—. ¿Le ha contado usted lo de Balística?

—Sí, claro. Lo traje aquí y le expliqué la situación. También le anuncié que habíamos pulverizado su coartada.

Bosch miró a Felton, pero no hizo la pregunta que éste esperaba.

—Pues sí, no se crea que nos tocamos las pelotas. Empezamos a investigar a este tío y les hemos allanado el terreno. Goshen declaró que el viernes por la noche no había salido de su despacho hasta las cuatro de la madrugada, hora en que volvió a casa. Pues bien, nos fui-

mos para el club y descubrimos que hay una puerta trasera, por donde Goshen podría haber entrado y salido
tranquilamente. Nadie lo vio desde que Tony Aliso se
marchó de Dolly's hasta que cerró el local, así que tuvo
tiempo de sobra de ir a Los Ángeles, cargarse a Tony y
volver en el último vuelo. —Felton hizo una pausa—.
Y ahora la guinda; en el club hay una chica que trabaja
con el nombre de Modesty. Pues resulta que Modesty
tuvo una bronca con otra bailarina y fue al despacho de
Goshen para quejarse. La chica asegura que nadie contestó cuando llamó a la puerta y que cuando le dijo a
Dandi que quería ver al jefe, éste le respondió que no estaba. Eso fue hacia las doce de la noche.

Felton hizo un gesto de aprobación y guiñó el ojo.

—Vale, ¿y qué dice Dandi?

—Nada, aunque era de esperar. De todos modos, si ese
matón pretende subir al estrado y apoyar la coartada de
Goshen lo destrozaremos fácilmente. El tío tiene antecedentes penales desde la escuela primaria.

—De acuerdo, olvidémonos de él. ¿Y Goshen?

—Bueno, ya le digo que lo hemos traído aquí esta mañana y yo le he advertido que se le estaba acabando el
tiempo. Goshen tenía que decidirse y se ha decidido; ha
cambiado de abogado y, en mi opinión, ésa es una señal
clara de que está dispuesto a negociar. Con un poco de
suerte lo trincaremos a él, a Joey *el Marcas* y a unos
cuantos chorizos de la ciudad. Nosotros habremos dado
el mejor golpe de la Metro en diez años y todo el mundo contento.

Bosch se levantó y Edgar lo imitó.

—Es la segunda vez que me hace esto —protestó
Bosch sin perder la compostura—. Y le aseguro que no
habrá una tercera. ¿Dónde está Goshen?

—Tranquilo, Bosch. Todos queremos lo mismo.

—¿Está aquí o no?

—En la sala número tres. Cuando lo dejé estaba con Alan Weiss, el nuevo abogado.

—¿Ha hecho alguna declaración?

—No, claro que no. Weiss nos ha dictado sus condiciones. No habrá negociación hasta que llegue a Los Ángeles. En otras palabras, él acepta la extradición y ustedes lo acompañan a casa. Su gente tendrá que hacer el trato allá; nosotros nos retiramos a partir de hoy. Hasta que vuelva a buscar a Joey *el Marcas*; con eso le ayudaremos, Bosch. Hace años que espero ese día.

Harry salió del despacho sin decir una palabra, atravesó la oficina de la brigada de detectives sin mirar a Iverson y se dirigió al pasillo trasero que conducía a las salas de interrogación. Al llegar a la puerta de la sala tres, Bosch levantó la tapa que cubría la ventanita y vio a Goshen vestido con un mono azul de recluso. A su lado había un hombre mucho más menudo que Goshen, elegantemente trajeado. Bosch golpeó el vidrio con los nudillos, esperó un segundo y abrió la puerta.

—¿Abogado? ¿Podría hablar con usted aquí fuera?

—¿Es usted de Los Ángeles? Ya era hora.

—Hablemos fuera.

Cuando el abogado se levantó, Bosch miró a Goshen, que estaba esposado a la mesa. Apenas habían pasado treinta horas desde la última vez que lo había visto, pero Luke Goshen había cambiado. Tenía los hombros caídos y la mirada perdida. Parecía encerrado en sí mismo, como suele ocurrirle a la gente después de pasar una noche contemplando su destino. Goshen no miró a Bosch, que se limitó a cerrar la puerta en cuanto Weiss salió.

Weiss era un hombre de la edad de Bosch, delgado y

muy bronceado. El abogado lucía unas gafas de montura dorada muy fina y, aunque no estaba seguro del todo, a Harry le pareció que llevaba peluquín. En los pocos segundos que tuvo para calar al abogado, Bosch decidió que Goshen había elegido bien.

Después de las presentaciones de rigor, Weiss fue directamente al grano.

—Mi cliente está dispuesto a aceptar cualquier petición de extradición, pero ustedes deben actuar deprisa. El señor Goshen no se siente seguro en Las Vegas, ni siquiera en la cárcel de la Metro. Yo esperaba que la vista se pudiera celebrar hoy mismo, pero ya es demasiado tarde. Mañana a las nueve en punto estaré en el juzgado. Ya hemos quedado con el señor Lipson, el fiscal local, y usted podrá llevárselo al aeropuerto hacia las diez.

—Pise el freno, abogado —dijo Edgar—. ¿Por qué tanta prisa de repente? ¿Porque Luke se ha enterado de los resultados de Balística o porque El Marcas también se ha enterado y piensa que es mejor retirarse a tiempo?

—Supongo que es más fácil para Joey encargar un asesinato en la Metro que en Los Ángeles, ¿no? —añadió Bosch.

Weiss los miró como si fueran extraterrestres.

—El señor Goshen no sabe nada de un asesinato y espero que ese comentario sea sólo parte de la estrategia de intimidación que ustedes suelen emplear. Lo que sí sabe es que existe una conspiración para cargarle con un crimen que no ha cometido. Mi cliente cree que la mejor forma de llevar esto es cooperar en todo lo que haga falta en un nuevo ambiente, lejos de Las Vegas. Los Ángeles es su única alternativa.

—¿Podemos hablar con él ahora?

Weiss negó con la cabeza.

—El señor Goshen no dirá ni una palabra hasta que lleguemos a Los Ángeles. Allí llevará el caso mi hermano, que tiene un bufete en la ciudad. Saul Weiss, tal vez usted lo conozca.

A Bosch le sonaba el nombre, pero negó con la cabeza.

—Bueno, mi hermano ya ha hablado con el señor Gregson, su fiscal. Como ve, detective, usted es sólo un mensajero. Su trabajo es escoltar al señor Goshen hasta el avión mañana por la mañana y llevarlo sano y salvo a Los Ángeles. Después de eso lo más probable es que el caso deje de estar en sus manos.

—Lo más probable es que no —replicó Bosch.

Dicho esto, Harry sorteó al abogado y abrió la puerta de la sala de interrogación. Goshen alzó la vista. Bosch entró y puso las manos sobre la mesa. Sin embargo, antes de que pudiera hablar, intervino Weiss.

—Luke, no le digas nada a este hombre. Nada.

Bosch hizo caso omiso de Weiss y miró únicamente a Goshen.

—Todo lo que quiero de ti es una muestra de buena fe. Si quieres que te lleve a Los Ángeles y te deje allí sano y salvo, contéstame una pregunta. ¿Dónde...?

—Tiene que llevarte de todos modos, Luke. No caigas en la trampa. Yo no puedo representarte si no confías en mí.

—¿Dónde está Layla? —preguntó Bosch—. No pienso irme de Las Vegas hasta que hable con ella. Si quieres salir de aquí mañana, tengo que hablar con ella esta noche. No está en su casa. Anoche hablé con su compañera de piso, Pandora, y me dijo que Layla lleva un par de días sin aparecer. ¿Dónde está?

Goshen miró a Bosch y luego a Weiss.

—No digas nada —le aconsejó Weiss—. Detective,

¿podría salir un momento para que yo pueda consultar con mi cliente? Es posible que no me importe que conteste esa pregunta.

—Eso espero.

Bosch salió al pasillo con Edgar. Se metió un cigarrillo en la boca, pero no lo encendió.

—¿Por qué te interesa tanto Layla? —inquirió Edgar.

—No me gustan los cabos sueltos. Quiero saber cómo encaja ella en esta historia.

Bosch no le dijo que sabía, a través de las grabaciones ilegales, que Layla había llamado a Aliso a petición de Goshen, y le había preguntado cuándo iba a ir a Las Vegas. Si la encontraban, tendría que sonsacárselo durante el interrogatorio sin mostrar en ningún momento que él ya lo sabía.

—También es una prueba —le dijo a Edgar—. A ver hasta qué punto está dispuesto a cooperar Goshen.

En ese momento salió el abogado y cerró la puerta tras él.

—Si vuelve a intentar hablar con mi cliente cuando yo se lo he prohibido explícitamente, se acabó la colaboración entre usted y yo.

A Bosch le entraron ganas de preguntarle de qué colaboración hablaba, pero lo dejó pasar.

—¿Va a decírnoslo?

—No, se lo voy a decir yo. Mi cliente afirma que cuando esa tal Layla empezó a trabajar en el club, él la acompañó a casa unas cuantas noches. Una de esas noches ella le pidió que la dejara en un sitio distinto porque quería evitar a alguien con quien estaba saliendo y creía que tal vez la estaba esperando en su piso. Total, que era una casa en North Las Vegas. La chica le dijo a mi cliente que era el lugar donde se crio. Él no tiene la dirección exacta, pero recuerda que estaba en la esquina noroeste de Donna Street y Lillis. Pruebe allí; es todo lo que sabe.

Bosch tomó nota de las señas.

—Gracias.

—De paso, apúntese que la vista será en la sala número diez. Allí estaremos mañana a las nueve. Espero que haya tomado medidas de seguridad para el transporte de mi cliente.

—Para eso estamos los mensajeros, ¿no?

—Perdone, detective. A veces se dicen cosas en caliente, pero no era mi intención ofenderle.

—No se preocupe.

Bosch se dirigió a la oficina de detectives para usar el teléfono de una de las mesas vacías y cambiar las reservas del vuelo de las tres al de las diez y media. Aunque no miró a Iverson, era consciente de que el detective lo observaba desde su mesa a unos cinco metros de distancia. Después de colgar, Bosch asomó la cabeza por la puerta del despacho de Felton. Como el capitán estaba al teléfono, Harry se limitó a despedirse con un saludo al estilo militar.

De vuelta en el coche de alquiler, Edgar y Bosch decidieron ir a la cárcel para preparar la transferencia de custodia antes de ir en busca de Layla. La prisión estaba al lado del juzgado. Un sargento llamado Hackett les detalló cómo y cuándo les entregarían a Goshen. Como eran más de las cinco, hora en que cambiaban los turnos, Bosch y Edgar tendrían que tratar con otro sargento por la mañana. De todos modos, Bosch se sentía más cómodo conociendo el procedimiento con antelación. Edgar y él recogerían a Goshen en una zona segura y cerrada, por lo que Bosch confiaba en que no habría problemas. Al menos en Las Vegas.

Después, siguiendo las indicaciones de Hackett, Bosch y Edgar se dirigieron a un barrio de clase media en North Las Vegas donde se hallaba la casa en que Goshen había dejado a Layla. Era una vivienda de una planta, con un toldo de aluminio sobre cada ventana y un Mazda RX7 en el garaje.

Una mujer mayor abrió la puerta. Tendría sesenta y pico años y se conservaba bien. Al mostrarle la placa, Bosch le encontró cierto parecido con la imagen de Layla en la foto.

—Señora, me llamo Harry Bosch y éste es mi compañero, Jerry Edgar. Venimos de Los Ángeles y estamos buscando a una chica para hablar con ella. Es una bailarina que se hace llamar Layla.

—No vive aquí. No sé de qué hablan.

—Creo que sí lo sabe, señora, y le agradecería mucho que colaborara con nosotros.

—Ya le he dicho que no está.

—Pues a nosotros nos han dicho que sí. ¿Es cierto? ¿Es usted su madre? —inquirió Bosch—. Layla intentó ponerse en contacto conmigo, así que no hay ninguna razón para que tenga miedo o se niegue a hablar con nosotros.

—Ya se lo diré si la veo.

—¿Podemos entrar?

Bosch se apoyó en la puerta y comenzó a empujarla de forma lenta pero firme.

—No pueden...

La mujer no terminó la frase, porque sabía que era inútil. En un mundo ideal la policía no podía irrumpir en una casa de esa manera, pero la mujer era perfectamente consciente de que no vivía en un mundo ideal.

Una vez dentro, Bosch miró a su alrededor. Los muebles eran viejos; se notaba que habían tenido que durar más tiempo del previsto por el fabricante o por ella misma cuando los compró. En la sala de estar había un tresillo. Tanto el sofá como las butacas estaban tapados con una colcha estampada, seguramente para disimular el desgaste. También había un televisor antiguo, de los que tenían un dial para cambiar los canales, y varias revistas del corazón desperdigadas en una mesita baja.

—¿Vive usted aquí sola? —preguntó Bosch.

—Sí, señor —contestó la mujer indignada, como si la pregunta fuera un insulto.

—¿Cuándo fue la última vez que vio a Layla?

—No se llama Layla.

—Bueno, ésa era mi próxima pregunta. ¿Cuál es su verdadero nombre?

—Gretchen Alexander.

—¿Y usted es...?

—Dorothy Alexander.

—Dorothy, ¿dónde está?

—No lo sé.

—¿Cuándo se fue?

—Ayer por la mañana.

A una señal de Bosch, Edgar dio media vuelta y se dirigió al pasillo que conducía a la parte trasera de la casa.

—¿Adónde va? —preguntó la mujer.

—A echar un vistazo, nada más —contestó Bosch—. Siéntese aquí, Dorothy. Cuanto antes hablemos, antes saldremos de aquí.

Bosch señaló la butaca y permaneció de pie hasta que ella tomó asiento. Entonces él sorteó la mesa baja y se sentó en el sofá. Como los muelles estaban rotos, se echó hacia delante para no hundirse, pero incluso en esa postura le parecía que las rodillas le llegaban al pecho.

—No me hace gracia que su amigo toque mis cosas —protestó Dorothy, volviéndose para mirar hacia el pasillo.

—Irá con cuidado —repuso Bosch mientras sacaba su libreta—. Usted parecía saber que veníamos. ¿Cómo se enteró?

—Sólo sé lo que ella me dijo. Me avisó que podría venir la policía, pero no mencionó que vendrían desde Los Ángeles —dijo la mujer, pronunciando el nombre de la ciudad de forma extraña.

—¿Y sabe usted por qué hemos venido?

—Por Tony. Gretchen me contó que lo mataron en Los Ángeles.

—¿Adónde ha ido?

—No me lo dijo. Puede preguntármelo las veces que quiera; siempre le voy a contestar lo mismo. No lo sé.

—¿El deportivo del garaje es de ella?

—Sí, señor. Se lo compró con su propio dinero.

—¿El que ganó haciendo *striptease*?

—El dinero es dinero, se gane como se gane.

En ese momento entró Edgar y miró a Bosch. Harry le hizo un gesto para que dijera lo que había encontrado.

—Parece que estuvo aquí. Hay un segundo dormitorio y el cenicero de la mesita de noche está sucio. En el colgador del armario hay un espacio libre como si alguien se hubiera llevado la ropa, pero se ha dejado esto.

Edgar alargó la mano y le mostró un marquito ovalado con una foto de Tony Aliso y Gretchen Alexander, cogidos y sonriendo a la cámara. Bosch asintió y volvió su atención a Dorothy Alexander.

—Si se ha ido, ¿por qué no se ha llevado el coche?

—No lo sé. Vino un taxi a buscarla.

—¿Se iba en avión?

—¿Cómo quiere que lo sepa si no sé adónde iba?

Bosch la apuntó con el dedo como si fuera una pistola.

—Tiene razón. ¿Le dijo cuándo volvería?

—No.

—¿Cuántos años tiene Gretchen?

—Está a punto de cumplir veintitrés.

—¿Cómo le sentó lo de Tony?

—Mal. Estaba enamorada y le ha afectado mucho. Estoy preocupada por ella.

—¿Teme que haga alguna locura?

—No sé qué piensa hacer.

—¿Le dijo ella que estaba enamorada o es lo que usted cree?

—Me lo dijo ella. Gretchen me lo contó y es verdad. También me dijo que iban a casarse.

—¿Sabía ella que Tony ya estaba casado?

—Sí, él se lo contó. Pero también le explicó que su matrimonio no significaba nada y que era sólo cuestión de tiempo.

Bosch asintió. Se preguntaba si sería la verdad, no sólo para Gretchen sino para Tony Aliso. Entonces bajó la cabeza y miró la página en blanco de su libreta.

—Estoy tratando de recordar si hay algo más —explicó—. ¿Jerry?

Edgar negó con la cabeza, pero luego dijo:

—Bueno, me gustaría saber cómo una madre puede dejar que su hija haga eso para ganarse la vida. Desnudarse de esa manera...

—Jerry...

—Porque tiene talento. Venían a verla hombres de todo el país y siempre volvían. Todo por ella —contestó la mujer, indignada—. Y, para que lo sepa, no soy su madre, aunque como si lo fuera, porque la suya se largó y me la dejó hace muchos años. Y no pienso decirles nada más. ¡Fuera de mi casa!

La mujer se levantó, como si estuviera dispuesta a echarles por la fuerza si fuera necesario. Bosch decidió hacerle caso. Se levantó y guardó la libreta.

—Perdone la intrusión —se disculpó mientras sacaba una tarjeta de su cartera—. Si habla con ella, por favor, déle mi número y dígale que esta noche puede encontrarme en el Mirage.

—Se lo diré si hablo con ella.

Dorothy Alexander cogió la tarjeta y los siguió hasta la puerta. En el umbral, Bosch se volvió hacia ella.

—Gracias, señora Alexander.

—¿Gracias por qué?

Edgar y Bosch permanecieron un rato en silencio mientras volvían al Strip.

—Era una vieja gruñona —contestó Edgar cuando Bosch le pidió su opinión de la entrevista—. Hice esa pregunta para ver cómo reaccionaba. Aparte de eso, creo que la tal Layla o Gretchen no nos llevará a ninguna parte. No es más que una chica tonta a quien Tony estaba engañando. Normalmente son las bailarinas las que te engatusan, pero en este caso creo que era Tony el que le tomaba el pelo.

—Puede ser.

Bosch encendió un cigarrillo y volvió a sumirse en sus pensamientos, que ya se hallaban lejos de la entrevista con la señora Alexander. Para él la jornada había terminado. En esos momentos su única preocupación era Eleanor Wish.

Cuando llegaron al Mirage, Bosch se detuvo en la puerta principal.

—Harry, ¿qué haces? —preguntó Edgar—. Puede que Billets nos pague el Mirage, pero el aparcacoches no cuela.

—Sólo te dejo a ti. Yo me voy a recoger el coche porque mañana no pienso ni acercarme al aeropuerto.

—Genial, pero yo te acompaño, tío. Aquí no hay nada que hacer aparte de perder dinero.

Bosch abrió la guantera y apretó el botón de apertura del maletero.

—No, quiero estar solo para pensar un poco. Anda, Jed, coge tus cosas.

Edgar lo miró fijamente. Hacía mucho tiempo que Bosch no le llamaba Jed. Estuvo a punto de decir algo, pero se limitó a salir del coche.

—Vale, Harry. ¿Querrás que cenemos juntos más tarde?

—Seguramente. Te llamo a tu habitación.

—De puta madre.

Después de que Edgar cerrara el maletero de golpe, Bosch se dirigió a Las Vegas Boulevard y luego al norte, a Sands. Era el atardecer y la luz del día iba dando paso a las luces de neón. Harry tardó diez minutos en llegar. Aparcó delante del edificio de pisos de Eleanor Wish, respiró hondo y salió del coche. ¿Por qué no había contestado a sus llamadas? ¿Por qué no había respondido a su mensaje? Tenía que saberlo.

Al llegar a la puerta, sintió que se le encogía el estómago. La nota que había doblado y colocado tan cuidadosamente en la jamba seguía allí. Bosch bajó la mirada hacia el ajado felpudo y cerró los ojos con fuerza, al tiempo que le embargaba una sensación de culpabilidad que hasta entonces había logrado reprimir. En una ocasión una llamada telefónica de Bosch le había costado la vida a un hombre inocente. Aunque era algo impredecible, había sido un error de todas formas. Harry había conseguido, si no superarlo, al menos aceptarlo. Ante aquella puerta, Bosch sintió que la historia se repetía con Eleanor. Bosch sabía lo que encontraría al otro lado. Pedirle a Felton el número y la dirección de Eleanor había desencadenado una terrible reacción en cadena que había terminado con la detención de Eleanor y la subsiguiente destrucción de su frágil dignidad y la superación de su pasado.

Bosch le pegó una patada al felpudo, con la vaga esperanza de que ella hubiera dejado una llave. No hubo suerte. Harry guardaba su ganzúa en la guantera del coche que había dejado en el aeropuerto. Tras dudar un instante, se concentró en un punto por encima del paño, retrocedió un poco, levantó la pierna izquierda y estampó el tacón. Al astillarse la jamba, la puerta se abrió.

A continuación Bosch entró lentamente en el apartamento. En la sala de estar todo parecía en orden. Harry avanzó rápidamente por el pasillo hasta llegar al dormitorio, donde encontró la cama vacía y deshecha. Allí se quedó un rato inmóvil mientras intentaba asimilar la situación. De pronto se dio cuenta de que no había inspirado aire desde que había abierto la puerta, así que exhaló y comenzó a respirar con normalidad. Eleanor estaba viva, en algún lugar. O al menos eso parecía. Harry se sentó en la cama, sacó un cigarrillo y lo encendió. Su sensación de alivio se complicó enseguida con otras dudas y preguntas. ¿Por qué no lo había llamado Eleanor? ¿Acaso no era real lo que habían compartido?

—¿Hola? —dijo una voz masculina procedente de la puerta.

Bosch supuso que se trataba de alguien que lo había oído forzar la puerta. Se levantó y salió del dormitorio.

—Sí, estoy aquí —contestó—. Soy policía.

Cuando entró en la sala, Bosch se sorprendió al ver a un hombre impecablemente vestido con traje negro, camisa blanca y corbata negra.

—¿Detective Bosch?

Harry se puso tenso.

—Hay alguien que quiere hablar con usted.

—¿Quién?

—Él le dirá quién es y qué quiere.

El hombre salió del piso, dejando decidir a Bosch. Después de vacilar un instante, Bosch lo siguió.

En el aparcamiento había una limusina enorme con el motor en marcha. El hombre del traje negro tomó asiento al volante y, tras observarlo un momento, Bosch fue hacia el vehículo. Por el camino, palpó la chaqueta hasta notar el bulto tranquilizador de su pistola. Entonces se abrió una puerta y un hombre de rostro sombrío y facciones duras le invitó a entrar. Bosch no dudó; ya era demasiado tarde para eso.

Entró en aquel enorme vehículo y se sentó de cara a atrás. En el aterciopelado asiento había dos individuos: uno, el del rostro duro, vestido de manera informal y totalmente a sus anchas, y el otro, un hombre mayor que llevaba un traje caro con chaleco y una corbata bien apretada. Entre los dos hombres, en un apoyabrazos tapizado, había una caja negra con una lucecita verde. No era la primera vez que Bosch veía algo así. Se trataba de un artilugio que detectaba las ondas electrónicas emitidas por los aparatos de espionaje. Mientras esa lucecita brillara, podían hablar y sentirse relativamente seguros de que no los estaban oyendo o grabando.

—Detective Bosch —dijo el hombre del rostro duro.

—Usted debe de ser Joey *el Marcas*.

—Me llamo Joseph Marconi.

—¿Qué puedo hacer por usted, señor Marconi?

—Quería charlar con usted, nada más. Usted, yo y mi abogado.

—¿El señor Torrino?

El otro hombre asintió.

—Parece que hoy ha perdido un cliente —comentó Bosch.

—De eso queríamos hablarle —replicó Marconi—. Tenemos un problema. Verá, nosotros...

—¿Cómo ha sabido dónde encontrarme?

—Tenía a varios chicos vigilando el lugar. Nos imaginamos que volvería, sobre todo después de dejar esa nota.

No había duda de que lo habían seguido, pero Bosch se preguntaba desde cuándo. De pronto supo sobre qué iba a tratar la reunión.

—¿Dónde está Eleanor Wish?

—¿Eleanor Wish? —Marconi miró a Torrino y luego de nuevo a Bosch—. No la conozco, pero supongo que aparecerá.

—¿Qué quiere, Marconi?

—Sólo quería hablar con usted, nada más. Una conversación tranquila. Tenemos un pequeño problema y quizá podamos solucionarlo. Yo quiero cooperar con usted, detective Bosch. ¿Quiere usted cooperar conmigo?

—Ya se lo he dicho: ¿qué quiere?

—Lo que quiero es aclarar esto antes de que se descontrole demasiado —contestó Marconi—. Usted es un buen hombre; lo he investigado. Tiene principios, algo que yo respeto mucho. Haga lo que haga una persona, siempre hay que tener un código ético. Sin embargo, se equivoca conmigo. Yo no tuve nada que ver con lo de Tony Aliso.

Bosch sonrió y sacudió la cabeza.

—Oiga, Marconi, no me interesa su coartada. Estoy seguro de que es perfecta, pero me importa un comino. Es posible apretar el gatillo a seiscientos kilómetros de distancia. Se ha hecho desde más lejos, ¿sabe lo que quiero decir?

—Detective Bosch, sigue equivocándose. Diga lo que diga ese cabrón, es mentira. Ni yo ni mi gente tenemos nada que ver con lo de Tony Aliso. Le estoy dando la oportunidad de rectificar.

—Ah, sí. ¿Y cómo quiere que rectifique? ¿Quiere que suelte a Goshen para que usted lo vaya a buscar a la cárcel en la limusina y se lo lleve de paseo por el desierto? ¿Cree que volveremos a verlo?

—¿Y usted cree que volverá a ver a esa ex agente del FBI?

Bosch lo miró, dejando que la ira creciese en su interior hasta notar un ligero temblor en el cuello. Entonces, con un gesto rápido, sacó la pistola y se abalanzó sobre Marconi. Tras agarrarlo por la gruesa cadena de oro que le rodeaba el cuello, le apretó el cañón contra la mejilla.

—¿Qué dice?

—Tranquilo, detective Bosch —intervino Torrino—. No se precipite.

Torrino le tocó el brazo a Bosch.

—¡Quíteme las manos de encima, cabrón!

Torrino alzó ambas manos en un gesto de rendición.

—Sólo quiero calmar un poco las cosas, eso es todo.

Bosch se recostó en el asiento sin soltar la pistola. El cañón había dejado una marca circular de aceite en la mejilla de Marconi, que se la limpió con la mano.

—¿Dónde está, Marconi?

—Sólo sé que quería marcharse unos días, Bosch. No hacía falta que reaccionara así. Aquí estamos entre amigos. Ella volverá. De hecho, ahora que sé que usted está tan..., bueno, interesado en ella, le puedo garantizar personalmente que volverá.

—¿A cambio de qué?

Hackett seguía de servicio en la cárcel de la Metro. Bosch le dijo que tenía que hablar con Goshen unos minutos sobre un asunto de seguridad. Hackett refunfuñó y le recordó que ver a un preso fuera de horas de visita iba contra las reglas, pero Bosch sabía que de vez en cuando se hacían excepciones con los policías locales. El agente acabó por ceder y condujo a Bosch a una sala que los abogados empleaban para hablar con sus clientes. El sargento le pidió que esperase allí y, diez minutos más tarde, entró con Goshen y lo esposó a la silla. A continuación se cruzó de brazos y se quedó de pie detrás del sospechoso.

—Sargento, tenemos que hablar a solas.

—No es posible. Son las normas.

—Yo no pienso hablar —intervino Goshen.

—Sargento —insistió Bosch—. Lo que voy a decirle a este hombre, aunque él no quiera hablar conmigo, podría ponerle a usted en peligro. ¿Sabe a qué me refiero?

¿Por qué añadir ese posible riesgo a su trabajo? Sólo le pido cinco minutos.

Hackett lo consideró un momento y, sin decir una palabra, los dejó solos.

—Muy astuto, Bosch, pero no pienso hablar contigo. Weiss ya me advirtió que podrías colarte por la puerta de atrás, que intentarías conseguir algo antes de tiempo, pero no pienso seguirte el juego. Llévame a Los Ángeles, ponme delante de alguien que pueda negociar y haremos un trato. Así todos contentos.

—Calla y escucha, idiota. Me importa un huevo ese trato; ahora mismo sólo estoy dudando si salvarte la vida o no.

Bosch vio que había captado su atención y esperó unos momentos a que la tensión aumentara.

—Goshen, déjame explicarte una cosa. En Las Vegas sólo hay una persona que me importe. Una sola. Si no fuera por ella, toda la ciudad podría achicharrarse viva y yo me quedaría tan ancho. Pero resulta que esa persona está aquí y tu jefe la ha elegido a ella para presionarme.

Los ojos de Goshen mostraron preocupación. Bosch estaba hablando de su gente, así que sabía exactamente de qué iba la cosa.

—El trato es el siguiente —anunció Bosch—: Tú a cambio de ella. Joey *el Marcas* me ha prometido que si tú no llegas vivo a Los Ángeles, mi amiga volverá. Y viceversa. ¿Entiendes lo que te estoy diciendo?

Goshen bajó la vista y asintió lentamente.

—¿Sí o no?

Bosch sacó su pistola y la sostuvo a pocos centímetros del rostro de Goshen, que bizqueó al mirar el agujero negro del cañón.

—Podría volarte los sesos aquí mismo. Hackett entraría y yo le diría que intentaste quitarme la pistola. Él tendría que ponerse de mi parte, porque me permitió reunirme contigo en contra del reglamento.

Bosch retiró el arma.

—O mañana —continuó—. Mañana podría ocurrir lo siguiente: cuando estemos esperando nuestro vuelo, se arma un alboroto en las máquinas tragaperras. Alguien gana un bote enorme y mi compañero y yo cometemos el error de mirar. Mientras tanto, otra persona (tal vez tu colega Dandi) te clava un estilete de quince centímetros en el cuello. Tú pasas a mejor vida y mi amiga vuelve conmigo.

—¿Qué quieres, Bosch? —preguntó Goshen.

Bosch se le acercó.

—Quiero que me des una razón para no hacerlo. Tú me importas una mierda, vivo o muerto, pero no voy a permitir que le pase nada a ella. He cometido muchos errores en mi vida. Por mi culpa, mataron a un hombre inocente, ¿lo entiendes? Y no pienso dejar que vuelva a ocurrir. Ésta es mi redención, Goshen. Y si el precio es una escoria humana como tú, lo pagaré —le amenazó Bosch—. Sólo hay una alternativa. Tú conoces a Joey *el Marcas*, ¿dónde la tendría?

—Joder, no sé. —Goshen se frotó la cabeza.

—Piensa, Lucky. No es la primera vez que Joey hace algo así; para vosotros es pura rutina. ¿Dónde ocultaría a un rehén?

—Había..., hay un par de casas que usa para estas cosas. Él, bueno..., yo creo que para esto usaría a los de Samoa.

—¿Quiénes son?

—Dos matones enormes, de Samoa. Son hermanos,

con unos nombres impronunciables, así que nosotros los llamamos Tom y Jerry. Viven en una de las casas y me parece que Joey usaría la suya para esto. La otra es sobre todo para contar dinero y alojar a gente de Chicago.

—¿Dónde está la casa de los de Samoa?

—En North Las Vegas, no demasiado lejos del club Dolly's.

En una hoja de libreta que le dio Bosch, Goshen le dibujó un mapa con las instrucciones para llegar a la casa.

—¿Has estado allí?

—Alguna vez.

Bosch le dio la vuelta a la hoja.

—Dibújame un plano del interior.

Bosch aparcó el coche cubierto de polvo que acababa de recoger del aeropuerto frente a las puertas del Mirage. Cuando salió del vehículo, se le acercó un aparcacoches del hotel, pero Bosch no le hizo caso.

—¿Las llaves, señor?

—Es un momento.

El aparcacoches comenzó a decir que no podía dejar el coche ahí, pero Bosch desapareció por las puertas giratorias. Al atravesar el casino, Bosch buscó a Edgar entre los jugadores. Había varios negros altos pero ninguno era su compañero.

En un teléfono del vestíbulo Harry preguntó por la habitación de Edgar y soltó un suspiro de alivio cuando cogió el teléfono.

Jerry, soy yo. Te necesito.

—¿Qué pasa?

—Baja. Te espero fuera, en la entrada principal.

—¿Ahora? Acaban de subirme la cena. Como no me llamaste...

—Te necesito ya. ¿Te has traído el chaleco de Los Ángeles?

—¿El chaleco? Sí. ¿Qué...?

—Pues cógelo.

Bosch colgó antes de que Edgar pudiera hacer más preguntas.

Cuando se volvió para regresar al coche, se dio de bruces con alguien conocido. Al principio, como el hombre iba bien vestido, Bosch creyó que se trataba de uno de los hombres de Joey *el Marcas*, pero después se acordó de él. Era Hank Meyer, el jefe de seguridad del hotel.

—Detective Bosch. No esperaba verlo por aquí.

—Acabo de llegar. He venido a buscar a alguien.

—¿Han encontrado a su hombre?

—Eso creo.

—Felicidades.

—Perdone, Hank, pero tengo que irme. Tengo el coche aparcado en la puerta, bloqueando el tráfico.

—Ah, ¿es suyo? Acaban de decírmelo por radio. Sí, le agradecería que lo moviera.

—A eso voy. Adiós.

Bosch intentó sortearlo.

—Ah, por cierto —añadió Meyer—. Quería decirle que todavía no han reclamado el dinero de la apuesta.

—¿Qué? —Bosch se detuvo.

—A través del ordenador encontramos el número de serie. Después lo comprobé en nuestra base de datos y nadie lo ha cobrado todavía.

—Muy bien, gracias.

—Le llamé a su oficina para decírselo, pero usted no

estaba. No sabía que venía hacia aquí. De todos modos, nosotros seguiremos con los ojos abiertos.

—Gracias, Hank. Tengo que irme.

Bosch comenzó a alejarse, pero Meyer seguía hablando.

—De nada. Gracias a usted. Siempre estamos dispuestos a cooperar con nuestros hermanos de las fuerzas de seguridad.

Meyer sonrió. Bosch lo miró y le pareció que tenía una garrapata enganchada a la pierna. No podía deshacerse de él. Después de asentir por enésima vez, Harry continuó caminando al tiempo que intentaba recordar la última vez que había oído la expresión «nuestros hermanos de las fuerzas de seguridad». Había cruzado medio vestíbulo cuando echó un vistazo atrás y vio que Meyer seguía detrás de él.

—Una cosa más, detective Bosch.

Bosch se detuvo, pero perdió la paciencia.

—¿Qué, Hank? Tengo que irme ya.

—Es sólo un segundo. Quisiera pedirle un favor. Como supongo que su departamento hará pública la detención, le agradecería mucho que no mencionara el Mirage.

—De acuerdo. No diré nada. Hasta luego.

Finalmente Bosch se volvió y se alejó con paso decidido. Aunque resultaba improbable que la policía mencionara el Mirage en el comunicado de prensa, comprendía el interés de Meyer. En ese momento, al encargado le preocupaban más las relaciones públicas que la seguridad del casino, si es que eran cosas diferentes.

Bosch llegó al Caprice justo cuando Edgar salía del hotel con el chaleco antibalas. El aparcacoches miró a Harry con una expresión funesta, que no cambió a pesar de los cinco dólares de propina. Dándolo por inútil, Edgar y Bosch se metieron en el vehículo y se marcharon.

Cuando pasaron por delante, la casa de la que Goshen le había hablado parecía desierta. Bosch aparcó a media manzana de distancia.

—Todavía no lo veo claro, Harry —protestó Edgar—. Deberíamos llamar a la Metro.

—Ya te lo he dicho; no podemos. Seguro que Joey tiene a alguien dentro. Si no, no habría sabido quién era Eleanor. Si llamamos, El Marcas se enterará y la matará o se la llevará a otro sitio. Así que primero entramos y después llamamos a la Metro.

—Si es que hay un después —replicó Edgar—. ¿Qué coño vamos a hacer? ¿Entrar a lo bestia? Esto es suicida, Harry.

—No. Tú sólo tienes que ponerte al volante, darle la vuelta al coche y estar a punto para salir a escape.

Bosch había albergado la esperanza de usar a Edgar como refuerzo, pero después de contarle la situación por el camino, comprendió que no quería cooperar. Bosch pasó al plan B, en el que Edgar era tan sólo el chófer.

—Me esperas aquí, ¿no? —le preguntó a Edgar antes de salir del coche.

—Sí, pero no te dejes matar. No quiero tener que dar explicaciones.

—Haré lo que pueda. Anda, déjame tus esposas y abre el maletero.

Bosch se metió las esposas de Edgar en el bolsillo de la chaqueta y fue a abrir el maletero. De allí sacó su chaleco, se lo puso encima de la camisa y después se colocó la chaqueta para ocultar la pistolera. A continuación levantó el fondo del maletero y la rueda de repuesto, bajo la que guardaba una Glock 17 envuelta en un trapo grasiento. Una vez que hubo comprobado que el arma estaba en condiciones, Bosch se la colocó en el cinturón. Si iba a haber disparos en aquel asalto, no sería con su pistola reglamentaria. Por último, Harry se acercó a la ventana del conductor, se despidió de Jerry y se alejó calle abajo.

La casa era una pequeña construcción de cemento y yeso muy a tono con el barrio. Bosch saltó la pequeña valla que la rodeaba, se sacó la pistola del cinturón y la mantuvo pegada al costado mientras caminaba junto a la pared lateral. No vio ninguna luz a través de las ventanas, pero sí oyó el sonido apagado de un televisor. Ella estaba allí; lo presentía. Harry sabía que Goshen había dicho la verdad.

Cuando llegó a la esquina, Bosch descubrió una piscina y un porche. También se fijó en un bloque de cemento que servía de soporte a una antena parabólica. «Es el escondrijo de la mafia moderna —pensó—. Nunca saben cuánto tiempo tendrán que ocultarse, así que más vale tener quinientos canales de televisión.»

El patio trasero estaba vacío, pero al doblar la esquina Bosch vislumbró una ventana iluminada y avanzó hacia ella en cuclillas. Por entre las lamas de la persiana, Harry logró distinguir a dos hombres gigantescos, los de Samoa, evidentemente, y a Eleanor. Los de Samoa estaban sentados en un sofá, frente al televisor, y a su lado se encontraba Eleanor, con la muñeca y el tobillo esposados a una silla de cocina. La pantalla de una lámpara le impedía verle la cara, pero Bosch la reconoció por la ropa, ya que era la misma que llevaba cuando la interrogaron en la Metro. Los tres estaban viendo una reposición de *El show de Mary Tyler Moore*.

Bosch notó que la rabia le oprimía el pecho. Se agachó e intentó pensar en una forma de sacar a Eleanor de allí. Apoyado contra la pared, Harry miró más allá de la piscina y de pronto se le ocurrió una idea.

Después de comprobar que nadie se había movido, Bosch volvió a la esquina de la casa donde se encontraba la antena parabólica. Se guardó la pistola en el cinturón y, tras examinar el aparato unos instantes, giró el plato con las dos manos y lo apuntó hacia el suelo.

Pasaron unos cinco minutos, durante los cuales Bosch imaginó que uno de los de Samoa habría comenzado a jugar con el mando a distancia para intentar recuperar la imagen.

Entonces se encendió una lámpara del porche y uno de ellos emergió por la puerta trasera. Lucía una camisa hawaiana enorme y una melena negra que le llegaba hasta los hombros.

El matón llegó hasta la antena y la observó un rato sin saber qué hacer. Luego se colocó al otro lado para examinarla desde otro ángulo, con lo cual le dio la espalda a Bosch. Harry aprovechó la ocasión para acercarse por detrás y ponerle el cañón de la Glock en la parte inferior de la espalda.

—No te muevas, grandullón —le ordenó con un tono bajo y controlado—. Y no digas nada si no quieres pasarte el resto de la vida en una silla de ruedas.

Bosch esperó. El hombre no se movió ni dijo nada.

—¿Quién eres, Tom o Jerry?

—Jerry.

—Vale, Jerry. Vamos a pasear hasta el porche. Venga.

Jerry caminó hacia uno de los dos postes metálicos que soportaban el tejado del porche, mientras Bosch mantenía la pistola apretada contra la camisa del hombre. Al llegar, Harry sacó las esposas de Edgar y las pasó por delante de la enorme barriga del matón.

—Cógelas y espósate alrededor del poste.

Bosch esperó hasta oír el chasquido de las dos esposas. Entonces se colocó frente a él y examinó sus muñecas gordezuelas para comprobar que las había cerrado bien.

—Perfecto, Jerry. Ahora, ¿quieres que mate a tu hermano? Porque puedo entrar, cargármelo y llevarme a la chica. Ésa es la forma más fácil. ¿Quieres que lo haga así?

—No.

—Pues entonces haz exactamente lo que te digo. Si la jodes, lo mato a él. Y luego a ti, porque no puedo dejar testigos. ¿Entendido?

—Sí.

—Vale, llámalo y pregúntale si la tele se ve bien. Y no digas su nombre, que no me fío. Cuando te diga que no, dile que venga a ayudarte y que no pasa nada porque ella está esposada. Hazlo bien, Jerry, y nadie morirá. Si lo haces mal, no viviréis para contarlo.

—¿Cómo lo llamo?

—Prueba con «hermanito». Creo que funcionará.

Jerry interpretó bien su papel. Tras un breve intercambio de preguntas y respuestas, Tom salió al porche donde vio a su hermano de espaldas. Justo cuando empezaba a sospechar que algo iba mal, Bosch apareció por su punto ciego y le apuntó con la pistola. Empleando sus propias esposas, ató al segundo hermano —que parecía todavía más grande que el primero y lucía una camisa hawaiana aún más llamativa— al otro poste del porche.

—Vale, chicos. Ahora vuelvo. Ah, ¿quién tiene las llaves de las esposas de la mujer?

—Él —contestaron ambos al unísono.

—No seáis tontos. Ya os he dicho que no quiero matar a nadie. A ver, ¿quién la tiene?

—Yo —respondió una voz a su espalda.

Harry se quedó de piedra.

—Tranquilo, Bosch. Tira la pistola a la piscina y vuélvete despacio.

Bosch obedeció y se encontró cara a cara con Dandi. Incluso en la oscuridad, Harry percibió el placer y el odio en su mirada. Dandi se acercó a él con una pistola en la mano, procedente del porche. Bosch se enojó consigo mismo por no haber registrado el lugar más a fondo ni haberle preguntado al matón si había alguien más en la casa, aparte de su hermano y Eleanor. Dandi apretó el cañón de la pistola contra la mejilla izquierda de Bosch, justo debajo del ojo.

—¿Qué? ¿Qué se siente?

—Has hablado con tu jefe, ¿no?

—Claro. ¿Te crees que somos tontos? Ya nos imaginábamos que intentarías algo así. Ahora lo llamaremos y veremos qué quiere hacer contigo, pero primero vas a soltar a Tom y Jerry.

—Muy bien.

Bosch consideró la idea de deslizar la mano bajo la chaqueta y sacar su otra pistola, pero sabía que sería un suicidio con Dandi apuntándole a quemarropa. Por lo tanto, decidió obedecer.

Se disponía a sacar las llaves cuando de repente atisbó un movimiento a su izquierda.

—¡Alto ahí, gilipollas!

Era Edgar. Dandi se quedó paralizado, ocasión que Bosch aprovechó para sacar su Smith & Wesson y ponérsela en el cuello. Los dos hombres se miraron a los ojos un buen rato.

—¿Qué te parece? —dijo Bosch por fin—. ¿Lo probamos? ¿A ver si los dos mordemos el polvo?

Entonces Edgar se acercó y apoyó el cañón de su pistola en la sien de Dandi. Una gran sonrisa asomó al rostro de Bosch cuando le quitó el arma al gorila y la arrojó a la piscina.

—Ya me parecía que no.

Harry le hizo un gesto de agradecimiento a Edgar.

—¿Lo tienes controlado? Voy a buscar a Eleanor.

—Sí, lo tengo y espero que se mueva, el muy cabrón.

Bosch registró a Dandi para ver si llevaba otra arma, pero no encontró nada.

—¿Dónde está la llave? —le preguntó.

—Vete a la mierda.

—¿Te acuerdas de la otra noche, Dandi? ¿No querrás que se repita? Pues dame la llave de una puta vez.

Aunque sabía que su propia llave seguramente serviría, Bosch quería humillarlo. Al cabo de unos segundos, el matón soltó un suspiro y confesó que la llave estaba en la encimera de la cocina.

Bosch entró en la casa poniendo en ello los cinco sentidos y con la pistola por delante. Iba preparado para más sorpresas, pero no las hubo. Harry cogió la llave de la encimera de la cocina y regresó a la habitación donde tenían prisionera a Eleanor. Cuando ella lo vio, Bosch detectó algo en su mirada que recordaría toda la vida. Fue algo inexpresable con palabras: la desaparición del miedo, el alivio de estar a salvo o quizá puro agradecimiento. «Tal vez así es como la gente ve a los héroes», pensó.

—¿Estás bien, Eleanor? —inquirió mientras se precipitaba a quitarle las esposas.

—Sí, sí, estoy bien —respondió ella—. Lo sabía, Harry. Sabía que vendrías.

Una vez que la hubo liberado, Bosch la miró a los ojos y le dio un abrazo.

—Vámonos.

Al llegar al patio, todo seguía igual.

—Jerry, ¿todo bien? Voy a buscar un teléfono para llamar a Felton.

—Sí, todo...

—No —interrumpió Eleanor—. No quiero que los llames.

Bosch la miró sorprendido.

—Eleanor, ¿qué dices? Estos tíos te han secuestrado. Si no hubiéramos venido, es muy probable que mañana hubieras acabado en el desierto con un tiro en la nuca.

—No quiero hablar con la policía. Me niego a pasar otra vez por eso; sólo quiero que termine esta pesadilla.

Bosch la miró fijamente.

—Jerry, ¿todo bien? —repitió.

—Sí.

Bosch cogió a Eleanor del brazo y la condujo al interior de la casa. Cuando llegaron a la cocina, lo bastante lejos para no ser oídos, se paró y la miró a los ojos.

—Eleanor, ¿qué pasa?

—Nada. Es que no quiero que...

—¿Te han hecho daño?

—No, estoy...

—¿Te han violado? Dime la verdad.

—No, Harry, no es eso. Sólo quiero que esto acabe.

—Óyeme bien. Podemos detener a Joey *el Marcas*, a su abogado y a esos tres gilipollas del porche. Por eso estoy aquí; porque él me dijo que te había secuestrado.

—No te engañes, Harry. No podrás tocar a Joey con esto. ¿Qué te dijo concretamente? ¿Y quién va a testificar a tu favor? ¿Yo? Mírame, soy una delincuente convicta. Y no sólo eso, si no que antes era uno de los buenos. Imagínate lo que puede hacer con eso un abogado de la mafia.

Bosch no dijo nada porque sabía que Eleanor tenía razón.

—No quiero volver a pasar por ese trago —prosiguió ella—. Ya recibí mi dosis de realidad cuando me sacaron de casa para llevarme a la comisaría. No pienso ayudarles con esto. Vámonos.

—Si estás segura... Ya sabes que cuando salgamos de aquí no podrás cambiar de opinión.

—Segurísima.

Dicho esto, ambos regresaron al porche.

—Es vuestro día de suerte, chicos —anunció Bosch a los tres matones. Después se volvió hacia Edgar—. Nos vamos. Ya hablaremos.

Edgar simplemente asintió. Bosch les puso a los de Samoa las esposas con que habían apresado a Eleanor y se llevó las suyas. Entonces le mostró la llave al menor de los dos gigantes y la arrojó a la piscina. Después fue a buscar un palo con una red que había visto junto a la valla y lo usó para repescar su pistola. Harry entregó el arma a Eleanor para que se la aguantase mientras se acercaba a Dandi, que iba completamente vestido de negro. Edgar seguía a su lado con la pistola en la sien.

—Casi no te reconozco sin el esmoquin, Dandi. ¿Le darás un mensaje a Joey *el Marcas*?

—¿Qué?

—Que se joda. Nada más.

—No le va a gustar.

—Me importa un huevo. Tiene suerte de que no le deje tres cadáveres de recuerdo. —Bosch miró a Eleanor y agregó—: ¿Quieres añadir algo?

Ella negó con la cabeza.

—Pues vámonos. El único problema, Dandi, es que nos faltan un par de esposas. Lo siento por ti.

—Hay cuerda en...

Antes de que terminara la frase, Bosch le pegó un culatazo en el puente de la nariz y le rompió el poco hueso que le había quedado de su anterior encuentro.

Dandi se desplomó sobre las rodillas y acto seguido se escuchó un ruido seco al estrellarse de cara contra el suelo de baldosas del porche.

—¡Joder, Harry! —exclamó Edgar, visiblemente escandalizado por aquella explosión de violencia.

Bosch, por su parte, se limitó a mirarlo.

—Vámonos —dijo finalmente.

Cuando llegaron al apartamento de Eleanor, Bosch aparcó junto a la puerta y abrió el maletero.

—No tenemos mucho tiempo —les informó—. Jerry, tú quédate aquí a vigilar. Eleanor, llena el maletero con lo que quepa; es todo lo que puedes llevarte.

Eleanor hizo un gesto de conformidad, consciente de que Las Vegas se había acabado para ella. Después de lo ocurrido, no podía quedarse en aquel lugar. Bosch se preguntó si también se daba cuenta de que todo era culpa suya. Si él no la hubiese buscado, la vida de ella no habría cambiado.

Los tres salieron del coche y Bosch acompañó a Eleanor al apartamento. Ella se quedó mirando la puerta rota hasta que Bosch le confesó que era obra suya.

—¿Por qué?

—Porque cuando no diste señales de vida pensé..., pensé otra cosa.

Ella asintió de nuevo. Lo había comprendido perfectamente.

—No hay mucho que llevar —comentó, al mirar a su alrededor—. La mayoría de estas cosas no me importan. No creo ni que necesite todo el maletero.

Dicho esto, se dirigió al dormitorio, donde cogió una maleta vieja y comenzó a meter ropa. Cuando terminó, Bosch se la llevó al coche. Al volver, ella estaba llenando una caja con el resto de su ropa y otros objetos personales. Bosch la vio guardar un álbum de fotos y vaciar el armarito del baño. De la cocina sólo se llevó un sacacorchos y una taza de café con el dibujo del Mirage.

—Esto lo compré la noche que gané cuatrocientos sesenta y tres dólares —explicó ella—. Estaba jugando en la mesa de apuestas altas y me había pasado de mi límite, pero al final gané. Es algo que quiero recordar. —Colocó la taza encima de todo lo demás y sentenció—: Ya está. Toda mi vida en una caja. Bosch miró a Eleanor un instante antes de llevarse la caja al coche. Le costó un poco hacerla entrar junto a la maleta, pero cuando se volvió para decirle a Eleanor que era hora de irse, ella estaba detrás de él escudándose con la reproducción enmarcada de *Aves nocturnas*, el cuadro de Edward Hopper.

—¿Cabe esto?

—Sí. Y si no, haremos que quepa.

Ya en el Mirage, Bosch aparcó de nuevo frente a la puerta principal y vio que el encargado del estacionamiento fruncía el ceño al reconocer el coche. Harry le mostró al hombre su placa lo más rápido posible —para impedir que se diera cuenta de que no era de la Metro— y le dio veinte dólares de propina.

—Policía. Tardaré veinte minutos, media hora como máximo. Necesito dejar el coche aquí porque tendré que salir a toda pastilla.

El hombre miró el billete de veinte dólares como si fuera un excremento humano. Bosch se sacó otro del bolsillo y se lo dio.

—¿De acuerdo?

—De acuerdo. Déjeme las llaves.

—Nada de llaves. Que nadie toque el coche.

Bosch tuvo que sacar el cuadro del maletero para coger la maleta de Eleanor, un trapo y aceite para limpiar armas. Después de meter de nuevo el cuadro, cargó la maleta hasta el vestíbulo, rechazando la ayuda de un portero. Una vez dentro, lo dejó todo en el suelo y miró a Edgar.

—Muchísimas gracias por estar ahí, colega —le dijo—. Ahora Eleanor se va a cambiar y después voy a meterla en un avión. Seguramente no volveré hasta tarde, así que quedamos aquí mañana a las ocho para ir al juzgado, ¿de acuerdo?

—¿Estás seguro de que no necesitas que te acompañe al aeropuerto?

—No, no hace falta. Joey no va a intentar nada todavía y, si tenemos suerte, Dandi no se despertará hasta dentro de una hora más o menos. Voy a registrarme.

Bosch dejó a Eleanor con Jerry y se dirigió al mostrador, donde no tuvo que esperar porque ya era tarde. Le dio su tarjeta de crédito al recepcionista, y observó a Eleanor despedirse de Edgar. Él le ofreció la mano, pero ella le dio un abrazo. Luego Edgar desapareció entre la gente del casino.

Eleanor esperó a llegar a la habitación de Bosch antes de hablar.

—¿Por qué tengo que irme esta noche? Tú mismo has dicho que no hay peligro.

—Quiero asegurarme de que estás a salvo. Y mañana no podré ocuparme de ti porque tengo que ir al juzgado por la mañana y escoltar a Goshen hasta Los Ángeles. Necesito saber que estás bien.

—¿Y adónde voy a ir?

—Podrías ir a un hotel, pero creo que en mi casa estarás mejor, más segura. ¿Te acuerdas de dónde está?

—Sí. ¿En Mulholland?

—Sí. Woodrow Wilson Drive. Te daré la llave. Coge un taxi en el aeropuerto y nos vemos allí mañana por la noche.

—¿Y luego qué?

—No lo sé. Ya se verá.

Bosch se sentó junto a ella al borde de la cama y le pasó un brazo por los hombros.

—No sé si podría volver a vivir en Los Ángeles.

—Ya se verá.

Bosch la besó en la mejilla.

—No. Necesito una ducha.

Él la volvió a besar y la empujó suavemente sobre la cama. Esa vez hicieron el amor de otra manera; más despacio, con más ternura, buscando cada uno el ritmo del otro.

Después, Bosch se duchó primero y, mientras lo hacía Eleanor, comenzó a limpiar con aceite y un trapo la Glock que Dandi había arrojado a la piscina. Tras comprobar varias veces que el gatillo y el mecanismo funcionaban, Bosch llenó el cargador con nueva munición. Finalmente se fue al armario, cogió una bolsa de la lavandería del estante, metió la pistola dentro y la colocó en la maleta de Eleanor, debajo de una pila de ropa.

Ya duchada, Eleanor se puso un vestido veraniego de algodón amarillo y se hizo una trenza. A Bosch le encantaba contemplar la habilidad con que se hacía aquel peinado. Cuando hubo terminado, Harry cerró la maleta y ambos salieron de la habitación. El encargado del estacionamiento se acercó a Bosch, mientras éste guardaba la maleta en el maletero.

—La próxima vez, treinta minutos son treinta minutos. No una hora.

—Lo siento.

—Lo siento no es bastante. Me juego el puesto, macho.

Bosch no le hizo caso. De camino al aeropuerto intentó articular sus pensamientos para exponérselos a Eleanor, pero no pudo. Sus sentimientos eran demasiado caóticos.

—Eleanor —logró decir al final—. Todo lo que ha pasado ha sido culpa mía. Me gustaría compensarte.

Por toda respuesta, ella le puso la mano sobre la pierna y él hizo lo mismo.

En el aeropuerto, Bosch aparcó delante de la terminal de Southwest y sacó el equipaje del maletero. Luego dejó la pistola y la placa dentro para evitar problemas con el detector de metales.

Había un último vuelo a Los Ángeles al cabo de veinte minutos, así que Bosch le compró un billete a Eleanor y le facturó la maleta. La pistola no le causaría problemas si iba facturada. A continuación la acompañó a la terminal, donde ya había una cola de personas esperando para embarcar. Bosch extrajo la llave del llavero, se la entregó y le dio la dirección exacta de su casa.

—La casa está distinta —la advirtió—. El terremoto la destruyó y la estoy reconstruyendo, pero aún no

he terminado. No te preocupes; estarás bien. Las sábanas..., bueno..., debería haberlas lavado hace unos días
pero no tuve tiempo. Encontrarás limpias en el armario.

—Me las arreglaré. —Ella sonrió.

—Eh, oye, no creo que tengas nada de qué preocu-
parte, pero por si acaso te he metido la Glock en la maleta. Por eso la he facturado.

—La limpiaste mientras estaba en la ducha, ¿no? Me
pareció oler el aceite cuando salí.

Bosch asintió.

—Gracias, pero no creo que la necesite —dijo ella.

—Yo tampoco.

Eleanor volvió la vista a la puerta, en la que ya estaban embarcando las últimas personas. Tenía que irse.

—Te has portado muy bien conmigo, Harry. Gracias.

Bosch frunció el ceño.

—No lo suficiente. No lo suficiente para compensarte
por todo lo que ha pasado.

Eleanor se puso de puntillas y lo besó en la mejilla.

—Adiós, Harry.

—Adiós, Eleanor.

Bosch la observó mientras mostraba la tarjeta de em-
barque y se alejaba por la rampa sin mirar atrás. Algo
en su interior le dijo a Harry que tal vez no la volvería
a ver, pero enseguida reprimió aquella sensación y
echó a andar por la terminal casi desierta. La mayoría de
las tragaperras del aeropuerto estaban mudas y olvida-
das. Bosch notó que le invadía una inmensa sensación
de soledad.

El único incidente durante el proceso judicial del jueves por la mañana ocurrió antes de empezar, cuando

Weiss salió de la celda después de consultar con su cliente. Weiss fue directo hacia Bosch, que estaba charlando en el pasillo con Edgar y Lipson, el fiscal de Las Vegas que iba a solicitar la extradición. Gregson, de la oficina del fiscal de Los Ángeles, no había ido a Nevada porque Weiss y Lipson le habían asegurado que Luke Goshen aceptaría sin objeciones ser trasladado a California.

—¿Detective Bosch? —le asaltó Weiss—. Acabo de hablar con mi cliente y él me ha pedido que obtenga cierta información antes de la vista. Me ha dicho que quería una respuesta antes de aceptar la solicitud de extradición. Yo no sé de qué va la cosa, pero espero que usted no haya estado en contacto con mi cliente.

—¿Qué quiere saber? —dijo Bosch, que se mostró preocupado y perplejo.

—Cómo fue ayer por la noche, aunque no sé a qué se refiere. Me gustaría saber qué está pasando.

—Bueno, dígale que todo bien.

—¿A qué se refiere?

—Si su cliente quiere contárselo, ya se lo contará. Usted dele el mensaje.

Weiss se marchó con aire ofendido. Bosch consultó su reloj. Eran las nueve menos cinco y supuso que el juez no haría su aparición en la sala hasta pasadas las nueve. Los jueces siempre llegaban tarde. Bosch se sacó el tabaco del bolsillo.

—Voy a fumar un cigarrillo —le dijo a Edgar.

Harry cogió el ascensor y salió del edificio. Fuera empezaba a hacer calor, señal de que le esperaba otro día abrasador. En septiembre en Las Vegas el calor está prácticamente garantizado. A Bosch le alegraba la perspectiva de largarse de la ciudad, aunque sabía que atravesar el desierto en pleno día sería bastante duro.

Harry no vio a Mickey Torrino hasta que estuvo a unos metros de él. El letrado también estaba fumándose un cigarrillo antes de entrar a otra sala para defender a la mafia. Bosch lo saludó y Torrino le devolvió el saludo.

—Supongo que ya se habrá enterado. No hay trato.

Torrino miró a su alrededor para ver si los observaban.

—No sé de qué habla, detective.

—Ya. Ustedes nunca saben nada.

—Lo que sí sé es que, en este caso, se equivoca. Aunque dudo que le importen esas cosas.

—No creo que me equivoque, al menos en lo principal. Tal vez no tengamos al tío que apretó el gatillo, pero hemos atrapado al tío que lo preparó. Y vamos a coger al tío que dio la orden. Quién sabe, tal vez trinquemos a todo el equipo. ¿Y para quién trabajará usted entonces? Aunque quizá lo detengamos a usted también.

Torrino sonrió despectivamente y sacudió la cabeza como si estuviera tratando con un niño tonto.

—Usted no sabe con qué se enfrenta; esto no va a colar. Tendrá suerte si coge a Goshen. Eso es lo máximo que va a conseguir.

—¿Sabe qué? Goshen no hace más que repetir que le tendieron una trampa. Por supuesto, él dice que fuimos nosotros, pero yo sé que eso es mentira. Aun así sigo preguntándome: «¿Y si es cierto que le tendieron una trampa?». Tengo que admitir que es difícil entender por qué se quedó con esa pistola, aunque cosas más tontas he visto. Aunque si era una trampa y nosotros no fuimos, ¿quién fue? ¿Por qué iba Joey a engañar a uno de los suyos y arriesgarse a que éste lo acusara? No tiene sentido, al menos desde el punto de vista de Joey. Entonces comencé a pensar, ¿qué harías si tú fueras la mano derecha de Joey, digamos su abogado, y quisieras ser el jefe? ¿Me entiende? Sería una forma genial de eliminar de un plumazo a su competidor más cercano y a Joey. ¿Cree que colaría?

—Si se le ocurre contarle esa calumnia a alguien, le juro que se arrepentirá.

Bosch dio un paso adelante y sus caras quedaron a pocos centímetros de distancia.

—Si se le ocurre amenazarme otra vez, el que se arrepentirá será usted. Y si le vuelve a pasar algo a Eleanor Wish, le haré responsable personalmente, cabrón.

Torrino retrocedió, incapaz de sostener la mirada de Bosch. Sin decir otra palabra, regresó a la entrada del edificio. Cuando abrió la pesada puerta de cristal, volvió un momento la vista hacia Harry y, acto seguido, entró.

Al llegar al tercer piso, Bosch se encontró a Edgar que salía a paso rápido de la sala de justicia, seguido de Weiss y Lipson. Bosch miró el reloj del pasillo. Eran las nueve y cinco.

—Harry, ¿dónde estabas? ¿Fumándote un paquete entero? —preguntó Edgar.

—¿Qué ha pasado?

—Ya está. Goshen ha aceptado la extradición. Tenemos que llevar el coche a la puerta de atrás. Nos lo entregarán dentro de quince minutos.

—¿Detectives? —interrumpió Weiss—. Quiero saber todos los detalles de cómo van a trasladar a mi cliente y las medidas de seguridad que van a tomar.

Bosch le pasó el brazo por el hombro a Weiss y se acercó a él con aire confidencial. Todos se habían parado frente a los ascensores.

—La primera medida de seguridad que vamos a tomar es no decirle a nadie cómo o cuándo volveremos a Los Ángeles. Eso le incluye a usted, señor Weiss. Todo lo que necesita saber es que mañana por la mañana su cliente comparecerá ante el juez en el Juzgado Municipal de Los Ángeles.

—Espere un momento. No pueden...

—Sí podemos, señor Weiss —intervino Edgar cuando se abrieron las puertas del ascensor—. Su cliente ha acatado la extradición y dentro de quince minutos estará bajo nuestra custodia. No vamos a divulgar información sobre ninguna medida de seguridad. Permiso.

Bosch y Edgar entraron en el ascensor. Mientras las puertas se cerraban, Weiss les gritó algo acerca de que no estaban autorizados a hablar con su cliente hasta que éste hubiese consultado con su representante legal en Los Ángeles.

Media hora más tarde el Strip quedaba atrás y ellos conducían por el desierto.

—Ya puedes despedirte, Lucky —le dijo Bosch—. No vas a volver.

Goshen no respondió. Harry le echó un vistazo por el espejo retrovisor. El hombre tenía una expresión de resentimiento y las manos esposadas a una cadena gruesa que lo sujetaba por la cintura. Goshen le devolvió la mirada y por un breve instante a Bosch le pareció reconocerla; era la misma cara que había puesto en el dormitorio antes de que la reprimiera como a un niño malo.

—Conduce y calla —le contestó después de recobrar la compostura—. No pienso hablar con vosotros.

Bosch volvió a mirar a la carretera y sonrió.

—Tal vez ahora no, pero hablaremos. Te lo aseguro.

5

*E*l buscapersonas de Bosch sonó cuando él y Edgar salían de la cárcel para hombres del centro de Los Ángeles. Aunque no reconoció el número, Harry supo por las tres primeras cifras que lo llamaban desde el Parker Center.

—Detective Bosch, ¿dónde está usted? —le preguntó la teniente Billets cuando Bosch le devolvió la llamada.

Aquella formalidad le hizo pensar que la teniente no estaba sola. Y el hecho de que estuviese en el Parker Center y no en la comisaría de Hollywood le hizo sospechar que algo iba mal.

—En la cárcel de hombres. ¿Qué pasa?

—¿Está con usted Luke Goshen?

—No, acabamos de dejarlo allí. ¿Por qué? ¿Qué pasa?

—Deme el número de referencia.

Bosch dudó un instante, pero finalmente aguantó el teléfono con el hombro y abrió el maletín para buscar el número que le había pedido Billets. A pesar de que volvió a preguntarle qué sucedía, la teniente se negó a dar explicaciones.

—Detective, preséntese inmediatamente en el Parker Center —le ordenó—. En la sala de conferencias del sexto piso.

El sexto piso era la planta administrativa, así como la sede de Asuntos Internos. Bosch vaciló nuevamente antes de responder.

—Muy bien, Grace. ¿Quiere que también vaya Jerry?

—Dígale al detective Edgar que regrese a la División de Hollywood. Le daremos instrucciones.

—Sólo tenemos un coche.

—Pues que coja un taxi y lo cargue a la cuenta de la División. Dese prisa, detective. Le estamos esperando.

—¿Estamos? ¿Quiénes?

En ese momento la teniente colgó y Bosch se quedó mirando el auricular.

—¿Qué pasa? —inquirió Edgar.

—No lo sé.

El ascensor se detuvo en la planta sexta y Bosch echó a andar por un pasillo totalmente vacío, al fondo del cual se hallaba la sala de juntas. Era la última puerta antes del despacho del jefe de policía. El suelo amarillo parecía recién pulido y, al avanzar hacia su destino con la cabeza baja, Harry veía su propia sombra unos pasos más adelante.

La puerta de la sala de juntas estaba abierta y cuando Bosch entró, todos los presentes se volvieron a mirarlo. Harry reconoció a la teniente Billets y a la capitana LeValley de la División de Hollywood, así como al subdirector Irvin Irving y a un detective de Asuntos Internos llamado Chastain. Los otros cuatro hombres sentados alrededor de la larga mesa le eran totalmente desconocidos. Por sus aburridos trajes grises, Harry dedujo que eran federales.

—Siéntese, detective Bosch —le ordenó Irving.

Irving permaneció de pie. Vestía un uniforme tan ajustado que le obligaba a estar totalmente tieso y su cráneo afeitado brillaba a la luz de los fluorescentes. El subdirector acompañó a Bosch a un asiento vacío a la cabecera de la mesa y éste retiró la silla despacio mientras sus pensamientos se aceleraban. Sabía que semejante despliegue de altos cargos y federales era demasiado para haber sido provocado por su aventura con Eleanor Wish. Había algo más; algo que sólo le concernía a él. De no ser así, Billets no se habría opuesto a que Edgar lo acompañase.

—¿Es que se ha muerto alguien? —preguntó Bosch.

Irving hizo caso omiso de la pregunta. Cuando la mirada de Harry recorrió la mesa a su izquierda y se posó en Billets, la teniente bajó la cabeza.

—Detective, tenemos que hacerle unas preguntas relacionadas con su investigación del caso Aliso —le anunció Irving.

—¿De qué me acusan? —replicó Bosch.

—No le acusamos de nada —respondió Irving en tono tranquilizador—. Sólo queremos aclarar unas cosas.

—¿Quién es esta gente?

Irving presentó a los cuatro desconocidos. Tal como Bosch se había imaginado, eran federales: John Samuels, un ayudante del fiscal general asignado a la unidad de lucha contra el crimen organizado y tres agentes del FBI de diferentes ciudades: John O'Grady de Los Ángeles, Dan Ekeblad de Las Vegas y Wendell Werris de Chicago.

Nadie tendió la mano a Bosch ni hizo el menor gesto de saludo. Más bien al contrario; todos lo miraron con unas caras que expresaban un desprecio absoluto. Siendo federales, una cierta antipatía hacia la Policía de Los Ángeles era corriente, pero Bosch no lograba comprender el motivo de todo aquello.

—De acuerdo —prosiguió Irving—. Vamos a aclarar unas cuantas cosas. A partir de ahora cedo la palabra al señor Samuels.

Samuels se pasó la mano por su grueso bigote negro y se dispuso a hablar. Estaba sentado enfrente de Bosch y tenía una libreta amarilla ante él, pero estaba demasiado lejos para que Bosch pudiera leer lo que había escrito en ella. En la mano izquierda Samuels sostenía una pluma que empleaba para seguir sus notas.

—Empecemos con el registro del domicilio de Luke Goshen en Las Vegas —dijo, mirando sus apuntes—. ¿Quién exactamente encontró el arma de fuego que más tarde se identificó como el arma empleada en el asesinato de Anthony Aliso?

Bosch entornó los ojos. Intentó mirar a Billets una vez más, pero ésta seguía con la mirada clavada en la mesa. Al echar una ojeada a su alrededor, atisbó una sonrisa burlona en el rostro de Chastain. Aquello no le sorprendió, puesto que Bosch ya había topado con él anteriormente. En el departamento lo llamaban Chastain *el Justificador*. Cuando se presentaban cargos contra un agente de policía, el juicio ante el Comité de Derechos que seguía a la investigación de Asuntos Internos podía arrojar dos resultados: que las acusaciones fueran justificadas o infundadas. Chastain presumía de un alto porcentaje de querellas justificadas; de ahí el apodo que ostentaba como una medalla.

—Si esto es una investigación interna, creo que tengo derecho a representación legal —opinó Bosch—. No sé de qué va esto, pero no tengo por qué contarles nada.

—Detective —intervino Irving, al tiempo que le pasaba una hoja de papel a Bosch—. Ésta es una orden del jefe de policía en la que se le exige que coopere con estos caballeros. Si decide no hacerlo, se le suspenderá de empleo y sueldo. Sólo entonces se le asignará un representante sindical.

Bosch leyó la orden por encima. Era una carta clásica, como alguna que ya había recibido anteriormente. La misiva formaba parte de la estrategia del departamento para arrinconar a la gente a fin de obligarla a hablar.

—Yo encontré la pistola —dijo Bosch con la vista aún fija en la orden—. Estaba en el baño del dormitorio principal, envuelta con un plástico y escondida entre la cisterna del retrete y la pared. Alguien comentó que los gánsteres de *El padrino* también hacían eso, pero yo no me acuerdo.

—¿Estaba usted solo cuando supuestamente encontró el arma?

—¿Supuestamente? ¿Insinúa que la pistola no estaba allí?

—Limítese a responder, por favor.

Bosch sacudió la cabeza, indignado. Ignoraba lo que estaba ocurriendo pero parecía peor de lo que había imaginado.

—No, no estaba solo. La casa estaba llena de policías.

—¿Estaban en el baño con usted? —insistió O'Grady.

Bosch se lo quedó mirando. O'Grady era como mínimo diez años más joven que Bosch y tenía ese aspecto de niño aseado que tanto valoraba el FBI.

—Creía que el señor Samuels estaba llevando el interrogatorio —se quejó Irving.

—Así es —se apresuró a decir Samuels—. ¿Había algún policía en el baño cuando localizó el arma?

—No, estaba solo. En cuanto la vi, llamé al agente de uniforme que estaba en el dormitorio para que viniera a verla antes de que yo la tocara —explicó Bosch—. ¿A qué viene todo esto? ¿Les ha metido en la cabeza el abogado de Goshen que yo le coloqué el arma? Pues es mentira. La pistola estaba allí y, además, tenemos suficientes pruebas contra él sin contar con ella. Tenemos un móvil, huellas... ¿Por qué iba a querer colocársela?

—Para rematar el caso —volvió a intervenir O'Grady.

Bosch soltó un bufido de asco.

—Típico del FBI. Dejar todo lo que estáis haciendo para perseguir a un poli del departamento sólo porque un mafioso de mierda os ha lloriqueado un poco. ¿Qué pasa? ¿Es que os dan puntos si trincáis a un poli? ¿Paga doble si es de Los Ángeles? Vete a la mierda, O'Grady, ¿vale?

—Ya me voy, pero contesta las preguntas.

—Pues hazlas.

Samuels hizo un gesto con la cabeza como si Bosch hubiera marcado un tanto a su favor y movió la pluma un centímetro.

—¿Sabe si otro agente de policía entró en ese baño antes de que usted lo registrara y encontrara la pistola?

Bosch recordó los movimientos de los policías de Las Vegas en la habitación y concluyó que nadie había entrado en el cuarto de baño; sólo se habían asomado para ver si había alguien escondido.

—No estoy del todo seguro —repuso—, pero lo dudo. Si alguien entró, no tuvo suficiente tiempo para colocar el arma. La pistola ya estaba allí.

Samuels asintió de nuevo, consultó su libreta y finalmente miró a Irving.

—Señor Irving, creo que eso es todo por ahora. Les

agradecemos su cooperación en este asunto y esperamos verlos pronto.

Samuels se dispuso a levantarse.

—Espere un momento —le interrumpió Bosch—. ¿Ya está? ¿Piensa irse así, por las buenas? ¿Qué coño está pasando? Merezco una explicación. ¿Quién presentó la queja? ¿El abogado de Goshen? Porque, si es así, yo voy a presentar una contra él.

—Su jefe está autorizado a decírselo si lo desea.

—No, Samuels. Dígamelo usted. Usted ha hecho las preguntas; ahora le toca contestarlas.

Samuels tamborileó con la pluma en la libreta y miró a Irving, que le hizo un gesto para indicarle que hiciera lo que quisiera.

—Si insiste en recibir una explicación, se la daré —dijo tras dedicarle una mirada torva—. Por supuesto, no puedo entrar en detalles.

—Joder, ¿me van a decir qué pasa? ¿Sí o no?

Samuels se aclaró la garganta antes de continuar.

—Hace unos cuatro años, en una operación conjunta entre las oficinas del FBI en Chicago, Las Vegas y Los Ángeles, la unidad especial de lucha contra el crimen organizado creó lo que llamamos la Operación Telégrafo. A nivel de personal era una operación modesta, pero el objetivo era muy ambicioso: acabar con Joseph Marconi y los últimos tentáculos de la mafia en Las Vegas. Nos costó más de dieciocho meses, pero finalmente logramos infiltrarnos. Colocamos a un agente secreto en la organización. Y en los dos años siguientes ese agente consiguió alcanzar un nivel prominente, un puesto de confianza con Joseph Marconi. Como mucho, estábamos a unos cuatro o cinco meses de cerrar la operación e ir al jurado de acusación para solicitar cargos contra más de doce importantes miembros de la Cosa Nostra en tres ciudades, eso sin contar a un variado surtido de ladrones, tramposos, estafadores, policías, jueces, abogados y unas cuantas personas del mundo del cine, como Anthony N. Aliso. Sin mencionar que, gracias en su mayor parte a los esfuerzos de este agente infiltrado y las escuchas autorizadas que él nos proporcionó, hemos podido llegar a un mayor conocimiento de la sofisticación y el alcance de redes de crimen organizado como la de Marconi.

Samuels hablaba como si estuviera dando una rueda de prensa. Hizo una pausa para coger aire, pero no dejó de mirar a Bosch.

—El agente secreto en cuestión se llama Roy Lindell. Recuerde su nombre porque se hará famoso. Ningún otro agente permaneció tanto tiempo infiltrado y obtuvo unos resultados tan importantes. Se habrá fijado que hablo en pasado, porque nuestro hombre ya no está en la organización. Y eso se lo debemos a usted, detective Bosch. El nombre falso de Roy era Luke Goshen, Lucky para los amigos. Así que queremos darle las gracias por jodernos el final de un caso tan importante y maravilloso. Bueno, todavía podemos atrapar a Marconi y a los otros a través de las pruebas obtenidas por Roy, pero gracias a usted la operación se ha ido al carajo.

Bosch notó la rabia en la garganta, pero intentó controlarla y hablar en un tono pausado.

—Usted sugiere, no, más bien me acusa de colocar esa pistola. Pues se equivoca. Se equivoca totalmente. Soy yo quien debería enfadarme y ofenderme, pero dadas las circunstancias comprendo que hayan cometido este error. En vez de señalarme a mí, quizá deberían cuestionar a su hombre, Goshen o comoquiera que se llame. Tal vez deberían preguntarse si lo dejaron demasiado tiempo ahí dentro, porque le aseguro que nadie le metió esa pistola. Usted...

—¡No se te ocurra! —estalló O'Grady—. ¡Ni se te ocurra hablar contra él, poli de mierda! Te conocemos, Bosch; todo tu pasado. Pero esta vez has ido demasiado lejos. Le colocaste una prueba al hombre equivocado.

—Lo retiro; estoy ofendido y enfadado —replicó Bosch, todavía tranquilo—. Y tú vete a la mierda, O'Grady. Dices que yo coloqué la pistola, pues pruébalo. Pero primero tendrás que demostrar que yo metí a Tony Aliso en el maletero. Porque si no, ¿cómo coño iba a tener el arma homicida?

—Muy fácil. Podrías haberla encontrado en los arbustos de la maldita carretera forestal. Ya sabemos que la registraste por tu cuenta. Te vamos...

—Caballeros —interrumpió Irving.

—... a hundir, Bosch.

—¡Caballeros!

O'Grady se calló y todos miraron a Irving.

—Esto se está descontrolando. Declaro terminada esta reunión. Baste decir que se iniciará una investigación interna y...

—Nosotros también realizaremos nuestra propia investigación —terminó Samuels—. Mientras tanto, tenemos que pensar cómo salvar nuestra operación.

Bosch lo miró atónito.

—¿No lo entiende? —le dijo—. No hay operación, Samuels. Su testigo estelar es un asesino. Lo dejaron demasiado tiempo infiltrado y se convirtió en uno de ellos. Él mató a Tony Aliso porque se lo ordenó Joey *el Marcas*. Sus huellas estaban en el cadáver y la pistola en su casa. No sólo eso, no tiene coartada. Me dijo que se pasó toda la noche en el despacho, pero yo sé que no es verdad. Sabemos que se marchó y le dio tiempo de llegar aquí, hacer el trabajito y volver.

Bosch sacudió la cabeza y bajó la voz.

—Estoy de acuerdo con usted, Samuels —continuó Harry—. Su operación se ha ido al carajo, pero no por culpa mía. Fueron ustedes los que dejaron al tío demasiado tiempo en el horno. Por eso se les quemó. Usted era el responsable; usted jodió la operación.

Esta vez Samuels sacudió la cabeza y sonrió con tristeza. Fue entonces cuando Bosch comprendió que había algo más. Con rabia contenida, Samuels pasó la primera página de su libreta y leyó una anotación:

—«La autopsia concluye que la hora de defunción fue entre las once de la noche del viernes y las dos de la madrugada del sábado.» ¿Es así, detective Bosch?

—No sé cómo consiguió el informe porque yo aún no lo he recibido.

—¿Fue entre las once y las dos?

—Sí.

—¿Tienes esos documentos, Dan? —le pidió Samuels a Ekeblad.

Ekeblad se sacó del bolsillo varias páginas dobladas por la mitad y se las entregó a Samuels, que les echó una ojeada rápida y se las pasó a Bosch con desdén. Bosch las cogió pero no las miró, sino que mantuvo la vista fija en Samuels.

—Lo que tiene usted ahí es el informe de una investigación y una entrevista, escrito el martes por la mañana por el agente Ekeblad aquí presente. También hay dos declaraciones juradas de los agentes Ekeblad y Phil Colbert, que se unirá a nosotros en breve. Si lee esos papeles, verá que el viernes a medianoche, el agente Ekeblad estaba sentado al volante de su coche oficial en el aparcamiento trasero del Caesar's Palace, junto a Industrial Road. Con él estaba su compañero, Colbert, y en el asiento de atrás, el agente Roy Lindell.

Samuels hizo una pausa y Bosch miró los papeles que tenía en las manos.

—Era la reunión mensual, en la que Roy nos informó de los últimos acontecimientos. Roy les contó a Ekeblad y Colbert que esa noche había metido cuatrocientos ochenta mil dólares en metálico procedentes de varios negocios de Marconi en la maleta de Anthony Aliso y lo había enviado a Los Ángeles para que lo blanqueara. También mencionó que Tony había estado bebiendo en el club y se había propasado con una de las chicas. Cumpliendo su papel como empleado de Joey *el Marcas* y director del club, tuvo que ser duro con Tony. Lo esposó y lo zarandeó un poco por el cuello. Esto explicaría las huellas que se extrajeron de la cazadora de la víctima y los hematomas *ante mortem* mencionados en la autopsia.

Bosch seguía sin levantar la vista de los papeles.

—Aparte de eso —continuó Samuels—, aún quedaba mucho que contar, así que Roy se quedó con ellos unos noventa minutos. Por tanto, no hay manera humana de que hubiese podido llegar a Los Ángeles para matar a Tony Aliso antes de las dos de la mañana, ni siquiera a las tres. Y para que no se vaya de aquí pensando que estos tres agentes eran cómplices de asesinato, le diré que, por motivos de seguridad, la reunión estaba siendo vigilada por cuatro agentes más desde otro coche aparcado en el mismo lugar.

Samuels hizo una pausa antes de dar la puntilla.

—Usted no puede probar nada, Bosch. Las huellas pueden explicarse y el hombre al que usted acusa estaba sentado con dos agentes del FBI a quinientos kilómetros de donde ocurrió el asesinato. No tiene usted nada. Bueno, no es verdad. Sí tiene una cosa: la pistola. Es lo único.

Como a propósito, se abrió la puerta situada detrás de Bosch y se oyeron unos pasos. Harry siguió con la vista fija en los documentos hasta que notó que una mano le agarraba el hombro. Al volverse, vio al agente especial Roy Lindell. A su lado se hallaba otro agente que debía de ser el compañero de Ekeblad, Colbert.

—Bosch —le saludó Lindell con una gran sonrisa—, te debo un corte de pelo.

Bosch se quedó mudo al ver allí al hombre que acababa de meter en la cárcel, pero enseguida comprendió lo que había ocurrido. Irving y Billets se habían enterado de la reunión en el aparcamiento detrás de Caesar's, habían leído las declaraciones juradas y habían creído la coartada de Lindell. Ellos habían autorizado su puesta en libertad; por eso Billets le había pedido el número de referencia.

—Y ustedes creen que fui yo, ¿no? —dijo Bosch mirando a Irving y Billets—. Creen que encontré la pistola entre la maleza y se la coloqué a Goshen para rematar el caso.

Hubo un momento de duda mientras cada uno dejaba al otro la oportunidad de responder. Fue Irving quien lo hizo.

—Lo único que sabemos seguro es que no fue el agente Lindell. Su historia está probada. De momento me reservo mi opinión sobre lo demás.

Bosch miró a Lindell, que no se había movido.

—¿Por qué no me dijiste que eras un federal cuando estábamos en la Metro?

—¿Tú qué crees? Por lo que sabía, me habías colocado una pistola en el baño. ¿Piensas que te iba a contar que era un agente federal? Anda ya.

—Teníamos que continuar con el juego para ver qué ibas a hacer y asegurarnos de que Roy saliera de la Metro de una pieza —intervino O'Grady—. Después de eso, te seguimos por tierra y aire a través del desierto. Estábamos al acecho, a unos seiscientos metros de distancia; algunos pensábamos que habías hecho un trato con Joey *el Marcas*. Ya puestos, ¿por qué no?

O'Grady lo estaba pinchando, pero Bosch negó con la cabeza. Todo era inútil.

—¿Es que no veis lo que está pasando? —preguntó—. Sois vosotros los que, sin saberlo, habéis hecho un trato con Joey *el Marcas*. Os está manipulando como marionetas. ¡Joder! No me lo puedo creer.

—¿Cómo nos controla? —le preguntó Billets, señal de que tal vez la teniente no estaba del todo en contra de él.

—¿No lo ves? —respondió Bosch, mirando a Lindell—. Te descubrieron. Sabían que eras un agente y por eso planearon todo esto.

Ekeblad resopló, incrédulo.

—Esa gente no hace planes, Bosch —replicó Samuels—. Si hubiesen pensado que Roy era un confidente, se lo habrían llevado al desierto, le habrían pegado un tiro y punto.

—No, porque no estamos hablando de un confidente. Ellos sabían que Roy era un federal y por eso no podían cargárselo. Si hubieran matado a un agente del FBI, se habrían metido en una buena. Lo que hicieron es tramar un plan; ellos sabían que el tío llevaba años ahí dentro y tenía suficiente información para llevárselos a todos por delante, pero no podían matarlo. Tenían que neutralizarlo, pero ¿cómo? Pues desacreditándolo; pretendiendo que se había pasado al otro bando y era tan malo como ellos. De esa forma, cuando testificara, podrían cargarle el asesinato de Aliso, hacer creer al jurado que todo lo había hecho para salvar su tapadera. Si conseguían que el jurado tragara, todos se librarían de la cárcel.

Bosch pensó que su historia resultaba bastante convincente, a pesar de haberla elaborado a medida que hablaba. Los demás lo miraron en silencio unos segundos.

—Los sobrevaloras, Bosch —dijo Lindell finalmente—. Joey no es tan listo. Yo lo conozco y te aseguro que no es tan listo.

—¿Y Torrino? ¿No me dirás que él no podría pensar todo esto? A mí se me acaba de ocurrir ahora mismo. ¿Quién sabe el tiempo que tuvo él para planearlo? Contéstame a una pregunta, Lindell. ¿Sabía Joey *el Marcas* que Tony Aliso tenía al fisco pisándole los talones, que iban a inspeccionarlos?

Lindell dudó y miró a Samuels en busca de autorización para responder. Bosch notó un sudor de desesperación en el cuello y la espalda; sabía que tenía que convencerlos si quería salir de aquella sala con su placa. Samuels hizo un gesto con la cabeza y Lindell respondió:

—Si lo sabían, no me lo dijeron.

—Exactamente —afirmó Bosch—. Tal vez lo sabían pero no te lo dijeron. Joey era consciente de que tenía un problema con Aliso, pero también sabía que tenía un problema más gordo contigo. Así que Torrino y él se pusieron a elucubrar y se les ocurrió todo este plan para matar dos pájaros de un tiro.

Hubo otra pausa, pero Samuels negó con la cabeza.

—No cuela, Bosch. Es demasiado enrevesado. Además, tenemos setecientas horas de grabaciones, así que podemos encarcelar a Joey sin que Roy tenga que subir al estrado.

—En primer lugar, puede que ellos no supieran nada de las cintas —intervino Billets—. Y aunque conocieran su existencia, esas grabaciones son fruto del trabajo de Lindell. Sin él, ustedes no las tendrían. Y si quieren presentarlas en un juicio, se verán obligados a subir al estrado al agente. Así que destruyéndolo a él, ellos destruyen las cintas.

Estaba claro que Billets se había pasado al bando de Bosch, lo cual le dio esperanza. Samuels decidió entonces que la reunión había tocado a su fin, así que cogió su libreta y se puso en pie.

—Bueno, veo que no vamos a llegar muy lejos con todo esto —concluyó—. Teniente, está usted escuchando a un hombre desesperado. Nosotros no tenemos por qué hacerlo. Señor Irving, no le envidio en absoluto. Tiene usted un problema y tendrá que solucionarlo. Si el lunes descubro que Bosch todavía lleva su placa, iré al jurado de Acusación y obtendré cargos contra él por falseamiento de pruebas y violación de los derechos de Roy Lindell. También le pediré a nuestra unidad de derechos civiles que investigue todas las detenciones practicadas por este hombre en los últimos cinco años. Un mal policía nunca coloca pruebas falsas una sola vez; lo hace siempre por costumbre.

Samuels se dirigió hacia la puerta y los demás lo imitaron. Bosch sintió deseos de saltar de la silla y estrangularlo, pero mantuvo la calma, al menos exteriormente. Sus ojos oscuros siguieron a Samuels hasta la puerta, pero éste no se volvió a mirarlo. A quien sí miró fue a Irving.

—No tengo ningún interés en airear sus trapos sucios, jefe. Pero si no se encarga de esto, no me dejará otra elección.

Dicho aquello, los federales se marcharon. Los que se quedaron permanecieron en silencio un buen rato, escuchando los pasos sobre el linóleo recién pulido del pasillo. Bosch miró a Billets y le hizo un gesto de agradecimiento.

—Gracias, teniente.

—¿Por qué?

—Por defenderme.

—No te creo capaz de algo así, eso es todo.

—Yo no le plantaría una prueba ni a mi peor enemigo.

Cuando Chastain se levantó de su asiento, esbozó una sonrisita casi imperceptible. Sin embargo a Bosch no se le pasó por alto.

—Chastain, ya has venido a por mí varias veces y siempre has fallado —le dijo—. Más vale que te calles si no quieres volver a cagarla.

—Mira, Bosch. Mi jefe me pidió que viniera y eso he hecho. La decisión es suya, pero en mi opinión esa historia que te acabas de sacar de la manga es una idiotez. Esta vez estoy de acuerdo con los federales. Si de mí dependiera, no saldrías de aquí con una placa.

—Pero no depende de ti —le recordó Irving.

Bosch llegó a su casa con una bolsa llena de provisiones y llamó a la puerta, pero nadie contestó. A continuación le dio una patada al felpudo, bajo el cual encontró la llave que le había dado a Eleanor. Al agacharse a recogerla, le embargó una enorme tristeza. Ella no estaba.

Cuando entró en la casa, le asaltó un fuerte olor a pintura fresca. Aquello le extrañó, porque hacía ya cuatro días que había pintado. Bosch fue directamente a la cocina para guardar la comida y, cuando hubo terminado, sacó una botella de cerveza de la nevera y se la bebió lentamente, apoyado en la encimera. El olor a pintura le recordó que, a partir de ese momento, tendría tiempo de sobra para acabar todas las obras de la casa. Lo habían destinado a un trabajo de oficina, estrictamente de nueve a cinco.

Harry volvió a pensar en Eleanor y decidió comprobar si había una nota de ella o si su maleta estaba en el dormitorio. Sin embargo, no pasó de la sala de estar. La pared que había dejado a medio pintar el domingo anterior, cuando tuvo que acudir al escenario del crimen, estaba acabada. Bosch se quedó inmóvil, admirando el trabajo como si fuera una obra maestra en un museo. Finalmente se acercó a la pared y tocó levemente la pintura; estaba fresca pero seca, y dedujo que la habían pintado hacía pocas horas. Aunque no había nadie con él, Bosch sonrió de oreja a oreja. Un rayo de felicidad rasgó la nube gris que le envolvía. Ya no hacía falta que buscara su maleta en el dormitorio; la pared era una señal, una nota. Eleanor volvería.

Al cabo de una hora, Bosch había deshecho su maleta y sacado el resto de cosas del coche. Estaba bebiéndose otra cerveza en la terraza, a oscuras, mientras contemplaba las luces de la autopista de Hollywood al pie de la colina. No sabía el tiempo que ella llevaba mirándolo desde la puerta corredera de la terraza. Cuando se volvió, allí estaba.

—Eleanor.

—Harry... Pensaba que volverías más tarde.

—Yo también, pero aquí estoy.

Bosch sonrió. Quería acercarse y tocarla, pero una voz interior le aconsejó que no se precipitara.

—Gracias por terminar la pared —dijo Bosch, indicando la sala de estar con la botella.

—De nada. Me gusta pintar, me relaja.

—Sí, a mí también.

Los dos se miraron sin decir nada.

—He visto el cuadro —comentó ella—. Me gusta mucho cómo queda.

Bosch había sacado del maletero la reproducción de *Aves nocturnas* y lo había colgado en la pared recién pintada. Sabía que la reacción de ella al verlo allí le diría mucho sobre la situación y el futuro de su relación.

—Me alegro —contestó él, intentando no sonreír.

—¿Qué le pasó al que te regalé yo?

De eso hacía mucho tiempo.

—El terremoto —contestó Bosch.

Ella asintió.

—¿De dónde vienes? —preguntó Bosch.

—De alquilar un coche. Lo necesito hasta que decida lo que voy a hacer. El mío lo dejé en Las Vegas.

—Supongo que podríamos volver a buscarlo. Sin quedarnos allí; sólo entrar y salir.

Ella volvió a asentir.

—Ah, he traído un poco de vino. ¿Te apetece? ¿O prefieres una cerveza?

—Lo que tomes tú.

—Yo voy a tomar una copa de vino. ¿Estás seguro de que te apetece?

—Sí. Ya la abro yo.

Bosch la siguió hasta la cocina, donde abrió la botella y enjuagó dos copas. Hacía mucho tiempo que no tenía un invitado que bebiera vino. Eleanor lo sirvió y ambos brindaron.

—Bueno, ¿cómo va el caso?

—Se acabó para mí.

Ella frunció el ceño.

—¿Qué ha pasado? Creía que ibas a traerte a tu sospechoso de Las Vegas.

—Y lo hice, pero ya no es mi caso. Resulta que mi sospechoso era un agente federal con una coartada perfecta.

—Oh, no. —Ella bajó la mirada—. ¿Te has metido en un lío?

Bosch dejó la copa en la encimera y se cruzó de brazos.

—De momento me han puesto en una mesa. Me han echado los perros porque Asuntos Internos y el FBI creen que le coloqué una prueba al agente: la pistola. Yo no fui, pero supongo que alguien lo hizo. Todo se aclarará cuando descubra quién.

—Harry, ¿cómo...?

Bosch negó con la cabeza, se acercó a ella y la besó. Luego le quitó la copa de la mano y la depositó en la encimera.

Después de hacer el amor, Bosch fue a la cocina a abrir una cerveza y preparar la cena. Peló una cebolla y la troceó, junto con un pimiento verde. Después arrojó los dos ingredientes en una sartén y los salteó con mantequilla, ajo en polvo y otras especias. A continuación agregó dos pechugas de pollo y las frio hasta que la carne se rasgó fácilmente con el tenedor. Acto seguido, añadió una lata de salsa de tomate italiana, otra de tomate triturado y más especias. El remate final fue un chorrito del vino tinto que había traído Eleanor. Mientras se iba cociendo, Harry puso a hervir un cazo de agua para hacer arroz.

Aquélla era la mejor cena que Bosch sabía preparar en la cocina. Él hubiese preferido asar algo en la terraza, pero el terremoto había destruido su parrilla y, desde que se había vuelto a mudar a la casa, no había tenido tiempo de reemplazarla. Mientras ponía el arroz a hervir, decidió que, si Eleanor se quedaba un tiempo, se compraría una parrilla nueva.

—Qué bien huele.

Eleanor apareció por la puerta de la sala, vestida con pantalones y camisa tejana. Tenía el pelo húmedo después de ducharse y, al verla, Harry sintió deseos de volver a hacerle el amor.

—Espero que sepa bien —contestó—. La cocina es nueva y aún no le he cogido el tranquillo. Cocino muy poco.

Ella sonrió.

—Seguro que está buenísimo.

—Oye, ¿te importaría darle unas vueltas a esto mientras me pego una ducha?

—Qué va. Y voy poniendo la mesa.

—Vale. He pensado que sería buena idea comer en la terraza. Así no oleremos la pintura.

—Perdona.

—No, si no me quejo. Lo digo porque fuera se está mejor. La verdad es que lo de la pared medio pintada lo hice expresamente. Sabía que no podrías resistirlo.

—Muy bien, Sherlock —sonrió ella—. Digno de un detective de tercer grado.

—No por mucho tiempo.

Su comentario rompió el encanto del momento y ella dejó de sonreír. De camino al dormitorio, Bosch se arrepintió de haberlo dicho.

Ya duchado, Bosch agregó el último ingrediente de su receta en la sartén; sacó unos cuantos guisantes del congelador y los añadió al pollo y la salsa de tomate. Harry llevó la comida y el vino a la mesa de la terraza, donde Eleanor esperaba apoyada en la barandilla.

—Perdona —se disculpó Bosch mientras se sentaban a comer—. Me he olvidado de hacer ensalada.

—Con esto tengo de sobra.

Comenzaron a cenar en silencio y Harry esperó a que ella lo rompiera.

—Me encanta —comentó ella finalmente—. ¿Cómo se llama?

—No lo sé. Mi madre lo llamaba pollo de la casa. Creo que era el nombre que tenía en el restaurante donde lo probó.

—Entonces es una receta familiar.

—Sí, la única.

Los dos comieron en silencio durante unos minutos. Bosch miraba a Eleanor de reojo para discernir si realmente le gustaba el pollo. Estaba casi seguro de que sí.

—Harry —dijo Eleanor al cabo de un rato—, ¿quiénes son los agentes involucrados en el caso?

—Tíos de todas partes; de Chicago, Las Vegas, Los Ángeles.

—¿Quién de Los Ángeles?

—Un tal John O'Grady. ¿Lo conoces?

Hacía más de cinco años que ella no trabajaba en las oficinas del FBI de Los Ángeles. Los agentes federales se

movían mucho; Bosch dudaba que Eleanor conociera a
O'Grady y, efectivamente, no lo conocía.

—¿Y John Samuels? Es el ayudante del fiscal general. Viene de la unidad de lucha contra el crimen organizado.

—A Samuels sí lo conozco porque trabajó un tiempo en el FBI. No era muy buen agente y, como se licen-
ció en derecho, debió de ver que la investigación no era
lo suyo y se pasó a la fiscalía. —Eleanor soltó una carcajada.

—¿Qué pasa? —preguntó Bosch.

—Nada, es que acabo de acordarme de una cosa que
decían de él. Es un poco grosera.

—¿Qué?

—¿Todavía lleva bigote?

—Sí.

—Bueno, se decía que era un buen fiscal, pero que en
una investigación era incapaz de ver una mierda aunque
la tuviera en el bigote.

Ella volvió a reírse. A Bosch no le hizo tanta gracia
y se limitó a sonreír.

—Quizá por eso se hizo fiscal —agregó ella.

En ese momento Bosch se ensimismó en sus pensamientos y no reaccionó hasta que oyó la voz de Eleanor.

—¿Qué?

—Te has ido. Te preguntaba qué estabas pensando.
¿Tan malo era el chiste?

—No, estaba pensando en el pozo sin fondo en el que
me he metido. Y que a Samuels no le importa en absoluto si soy culpable o no; él sólo necesita que yo cargue
con la culpa.

—¿Por qué?

—Porque para acusar a Joey y compañía tienen que

poder explicar que el arma homicida apareciese en la casa de su hombre. Si no logran justificarlo, los abogados de Joey se los comerán vivos; presentarán al agente federal como un tío corrupto, un asesino peor que la gente a quien perseguía. Esa pistola puede causarles muchos problemas en el juicio y la mejor forma de evitarlo es culpar a la Policía de Los Ángeles, en este caso a mí: un policía corrupto de un departamento corrupto encontró la pistola entre la maleza y se la colocó al agente federal para inculparle. El jurado se lo creerá y yo seré el chivo expiatorio.

Bosch se percató de que el humor había desaparecido del rostro de Eleanor. En sus ojos notó preocupación, pero también cierta tristeza. Ella parecía comprender lo acorralado que se sentía.

—Mi única oportunidad es demostrar que Joey o uno de los suyos le metió la pistola a Luke Goshen porque había descubierto que era un agente y quería desacreditarlo. Aunque eso es lo más probable, es el camino más difícil. Para Samuels resulta más fácil cargarme a mí con el muerto.

Bosch volvió a mirar su cena a medio acabar y dejó el cuchillo y el tenedor en el plato. No podía seguir comiendo. A continuación bebió un buen trago de vino y se quedó con la copa en la mano.

—Creo que me he metido en un buen lío.

La gravedad de su situación comenzaba a pesarle. Hasta ese momento había confiado en que la verdad triunfaría, pero cada vez veía más claro el triste papel que jugaría la verdad en todo el asunto. Bosch miró a Eleanor y, cuando sus miradas se encontraron, se dio cuenta de que ella estaba a punto de llorar. Harry forzó una sonrisa.

—Bueno, ya se me ocurrirá algo —la consoló—. Puede que me toque trabajar en la oficina durante un tiempo, pero aún no estoy perdido. Lo resolveré.

Ella asintió, pero parecía muy afectada.

—Harry, ¿te acuerdas de cuando me encontraste en el casino esa primera noche y nos sentamos en el bar del Caesar's? ¿Recuerdas que me dijiste que si pudieras volver atrás harías las cosas de otra manera?

—Sí.

Eleanor se enjugó las lágrimas antes de que le surcaran las mejillas.

—Tengo que contarte algo.

—Adelante.

—Lo que te dije de pagar a Quillen el impuesto callejero y todo eso... Bueno, pues hay más.

Eleanor lo miró a los ojos, intentando adivinar su reacción antes de proseguir, pero Bosch permaneció impasible, a la espera.

—Cuando llegué a Las Vegas después de salir de la cárcel, no tenía ni casa, ni coche, ni amigos. Mi única idea era intentar jugar a las cartas. En Frontera conocí a una chica de Las Vegas, Patsy Quillen, que me dijo que llamara a su tío, Terry Quillen, y que él invertiría en mí cuando me viese jugar. Patsy me escribió una referencia para que se la llevase.

Bosch permaneció en silencio. Comenzaba a adivinar por dónde iban los tiros, pero no comprendía por qué ella se lo estaba contando.

—Así que Quillen invirtió en mí. Me consiguió un apartamento y un poco de dinero para jugar. Nunca mencionó a Joey *el Marcas* aunque yo debería haberme imaginado que el dinero venía de algún sitio; siempre es así. Bueno, más tarde, cuando me lo contó, me dijo que no me preocupara porque la organización no quería que yo les devolviera el dinero. Sólo me exigieron los intereses: doscientos dólares por semana. El impuesto. No tuve otra elección, porque ya había aceptado el dinero. Así que comencé a pagarles. Al principio fue difícil; un par de veces no conseguí reunirlo y la semana siguiente me lo doblaron y lo añadieron al impuesto de esa semana. Si te atrasas con los pagos, estás perdida.

Eleanor se miró las manos y las apoyó sobre la mesa.

—¿Qué te obligaron a hacer? —murmuró Bosch, desviando la mirada.

—No lo que estás pensando —respondió ella—. Tuve suerte... ellos me conocían. Quiero decir que sabían que había sido agente del FBI, así que aprovecharon mi experiencia. A pesar de que estaba desentrenada, me pusieron a vigilar gente. Era sobre todo en los casinos, pero un par de veces los seguí afuera. La mayoría de veces no sabía muy bien quiénes eran las personas o para qué querían la información, pero yo los observaba, a veces jugaba con ellos en las mismas mesas, y después le contaba a Terry si ganaban o perdían, con quién hablaban, cómo jugaban... cosas así.

Eleanor estaba yéndose por las ramas, retrasando el momento de contarle lo que iba a contarle, pero Bosch no dijo nada. La dejó continuar.

—A Tony Aliso lo seguí un par de veces. Ellos querían saber cuánto dinero se dejaba en las mesas y adónde iba después, lo de siempre. Pero resultó que Tony no perdía demasiado; el tío era bastante bueno a las cartas.

—¿Adónde iba después de jugar?

—A cenar o al club de *striptease*. A veces hacía recados, cosas así.

—¿Lo viste alguna vez con una chica?

—Una vez. Lo seguí a pie del Mirage al Caesar's Palace y después a unas tiendas. Luego fue a Spago a almorzar. Estaba solo y entonces apareció una chica joven. Al principio pensé que era una prostituta, pero enseguida me di cuenta de que se conocían. Después de comer volvieron a la habitación del hotel, y cuando salieron cogieron el coche de alquiler y él la llevó a la manicura, a comprar tabaco y al banco, donde ella abrió una cuenta. Nada de especial. Luego fueron al club de *striptease* de North Las Vegas. Tony salió de allí solo, así que deduje que ella debía de ser una bailarina.

Bosch asintió.

—¿Estabas espiando a Tony el viernes por la noche? —preguntó Bosch.

—No. Acabamos en la misma mesa por casualidad, porque él estaba esperando a jugar en la mesa con las apuestas más altas. Hacía más de un mes que no había hecho nada para esa gente aparte de pagar el impuesto semanal, hasta que... Terry...

Eleanor se calló. Finalmente habían llegado al punto sin retorno.

—¿Hasta que Terry qué?

Eleanor miró el horizonte. Las luces del valle de San Fernando comenzaban a encenderse y el cielo había adquirido un tono rosa brillante con pinceladas grises. Bosch la miró a los ojos, mientras ella hablaba con la mirada fija en el atardecer.

—Quillen vino a mi apartamento el día que me acompañaste desde la comisaría y me llevó a la casa donde tú me encontraste. No me dieron explicaciones y me prohibieron salir; me dijeron que nadie sufriría si los obedecía. Yo me quedé ahí un par de días y sólo me pusieron las esposas ayer por la noche. Como si ya supieran que tú ibas a venir.

Eleanor hizo una pausa, como invitando a Bosch a que hablara, pero él no dijo nada.

—Lo que estoy intentando decirte es que no fue exactamente un secuestro.

Bosch volvió a mirarse las manos.

—Y por eso no querías que llamásemos a la Metro —susurró Bosch.

Ella asintió.

—No sé por qué no te lo conté antes. Lo siento mucho, Harry...

Bosch se vio incapaz de hablar. La historia de Eleanor era comprensible y creíble. Incluso sentía lástima por ella y comprendía que se había encontrado en un pozo sin fondo. Entendía perfectamente que no tenía elección. Lo que le costaba aceptar, lo que le dolía más, es por qué ella no se lo había dicho antes.

—¿Por qué no me lo contaste, Eleanor? —le preguntó finalmente—. ¿Por qué no me lo dijiste esa noche?

—No lo sé —respondió—. Quería... No sé, supongo que esperaba que pasara el tiempo y nunca tuvieras que saberlo.

—¿Y por qué me lo dices ahora?

Ella lo miró directamente a los ojos.

—Porque no soportaba ocultártelo... y porque mientras estaba en esa casa oí algo que tienes que saber.

Bosch cerró los ojos.

—Lo siento, Harry. Lo siento mucho.

Bosch asintió; él también lo sentía. Se frotó la cara. No quería oír lo que Eleanor le iba a decir, pero tenía que hacerlo. Su mente se aceleró; sus sentimientos iban de la traición a la comprensión, pasando por una total confusión. Por un lado pensaba en Eleanor y por otro, en el caso. Alguien le había contado a Joey su relación con Eleanor. Bosch pensó en Felton, Iverson, Baxter y en todos los policías que había conocido en la Metro. Alguien le había pasado la información al Marcas y éste había usado a Eleanor como cebo. Pero ¿por qué? ¿Por qué todo ese montaje? Bosch abrió los ojos y miró a Eleanor de forma inexpresiva.

—¿Qué fue lo que oíste y tengo que saber?

—Fue la primera noche. Yo estaba en la habitación de atrás, la del televisor, el lugar donde tú me rescataste. Los de Samoa me tenían ahí y ellos iban entrando y saliendo. De vez en cuando oía hablar a otra gente en otras partes de la casa.

—¿Dandi y Quillen?

—No, Quillen se marchó. Conozco su voz y no era él. Y no creo que fuera Dandi. Me parece que eran Joey y otra persona, seguramente el abogado, Torrino. Total, que oí que uno llamaba al otro Joe. Por eso pensé que era El Marcas.

—Vale. Venga, ¿qué dijeron?

—No lo oí todo, pero uno le contaba al otro, al tal Joe, lo que había descubierto sobre la investigación policial, desde la perspectiva de la Metro, creo. Y el tal Joe se enfadó muchísimo cuando le dijeron que habían encontrado la pistola en casa de Luke Goshen. El tío preguntó: «¿Cómo coño encontraron la pistola ahí si nosotros no nos lo cargamos?», y dedujo que los policías debían de haberle colocado la pistola. Entonces añadió: «Dile a nuestro tío que si pretende coaccionarnos se va a enterar». Después de eso ya no oí mucho más porque bajaron la voz y el primer tío sólo se dedicó a calmar al segundo.

Bosch permaneció callado unos segundos, mientras intentaba analizar lo que acababa de oír.

—¿Crees que era un montaje? —preguntó—. ¿Que

lo hicieron expresamente para que tú lo oyeras y me lo contaras a mí?

—Al principio sí, por eso tampoco te lo conté inmediatamente —respondió ella—. Pero ahora no estoy tan segura. Cuando Quillen me llevó hacia allí, yo le hice un montón de preguntas que no me contestó. Pero sí que me dijo una cosa; que me necesitaban un día o dos para que alguien pasara una prueba. No me explicó más. Una prueba, eso es todo lo que dijo.

—¿Una prueba? —preguntó Bosch, perplejo.

—No hago más que darle vueltas desde que me sacaste de allí —repuso Eleanor. Luego levantó el dedo índice, a modo de introducción—. Empecemos con lo que oí. Digamos que eran Joey y su abogado y que no era un montaje, sino la verdad. Ellos no encargaron el asesinato de Tony Aliso, ¿vale?

—Vale.

—Mirémoslo desde su punto de vista. Ellos no tienen nada que ver con todo esto, pero la policía arresta a uno de sus hombres. Y, por lo que les ha dicho su contacto en la Metro, el caso parece resuelto. Los polis tienen huellas y el arma homicida, que ha aparecido en el baño de Goshen. Joey deduce que la policía se la ha colocado o que Goshen asesinó a Tony por su cuenta. Sea cual sea la respuesta, ¿cuál crees que es la primera reacción de Joey?

—Prevenir los posibles daños.

—Exactamente. Tiene que descubrir qué pasa con Goshen y cómo le puede perjudicar todo esto, pero no puede porque Goshen se ha buscado su propio abogado. Torrino no tiene acceso a él. Así que Joey y Torrino preparan una prueba para comprobar si Goshen se ha buscado su propio abogado para hablar.

—Para hacer un trato con la policía.

—Eso es. Ahora, digamos que por su contacto en la Metro, Joey y Torrino descubren que el policía que lleva el caso tiene una relación con una persona que conocen y sobre la cual tienen poder: yo.

—Así que te llevan a la casa y esperan, porque saben que si yo te encuentro o llamo a la Metro para decir dónde estás, tiene que habérmelo dicho Goshen —dedujo Bosch—. Eso significa que está cooperando con la policía; ésa era la prueba que mencionó Quillen. Si yo no aparezco, quiere decir que todo va bien y Goshen está aguantando el tipo. Pero si yo me presento, sabrán que tienen que cargarse a Goshen lo antes posible.

—Antes de que pueda hablar. Eso es lo que yo pensé.

—Lo cual querría decir que a Aliso no lo asesinó la mafia, bueno, al menos no Joey y compañía, y que no tenían ni idea de que Goshen fuera un agente federal.

Ella asintió. Bosch notó el entusiasmo propio de haber dado un enorme paso en las tinieblas de la investigación.

—No hubo música en el maletero —concluyó.

—¿Qué?

—Pues que todo el rollo de Las Vegas, Joey *el Marcas*, etcétera... fue para despistar. Nos hemos equivocado de camino. Lo debió de planear alguien muy cercano a Tony. O lo suficientemente cercano para saber que él blanqueaba dinero y hacer que pareciera un golpe de la mafia. Para cargarle el muerto a Goshen.

Eleanor asintió.

—Por eso tenía que contártelo todo —explicó ella—. Aunque significara que nosotros...

Bosch la miró. Eleanor no terminó la frase y él tampoco. A continuación él sacó un cigarrillo y se lo metió en la boca, pero no lo encendió. Primero recogió los platos de ambos y se levantó del banco de madera donde estaba sentado.

—Tampoco tengo postre.

—No pasa nada.

Bosch se llevó los platos a la cocina, los pasó por debajo del grifo y los metió en el lavavajillas. Era la primera vez que lo usaba, así que tardó un poco en averiguar cómo funcionaba. Una vez en marcha, comenzó a fregar la sartén y el cazo. Eleanor entró en la cocina con su copa de vino y lo estuvo observando unos segundos.

—Lo siento.

—No importa. Te habías metido en un lío e hiciste lo que pudiste —respondió Bosch—. No te culpo; yo seguramente habría hecho lo mismo.

—¿Quieres que me vaya?

Harry cerró el grifo y se quedó mirando su propia silueta, que se reflejaba en el acero inoxidable del nuevo fregadero.

—No —contestó—. Creo que no.

El viernes por la mañana Bosch llegó a la comisaría a las siete de la mañana con una caja de donuts que había comprado en el Fairfax Farmers Market. Como no había nadie más, dejó la caja junto a la cafetera, sacó un donut y se lo llevó a su escritorio en Homicidios envuelto con una servilleta.

A continuación fue a la oficina de guardia y se sirvió café del termo, puesto que era mucho mejor que el que salía de la máquina de la brigada de detectives.

Al regresar con el café, Bosch recogió el donut y se trasladó a la mesa situada detrás del mostrador de la oficina de detectives. Su nuevo trabajo consistía en tramitar las denuncias de los ciudadanos y clasificar y distribuir los informes nocturnos. Afortunadamente para él no tenía que contestar el teléfono, una tarea que cumplía un voluntario del barrio.

Cuando Bosch ya llevaba al menos quince minutos en la oficina empezaron a llegar los demás detectives. Seis veces consecutivas le preguntaron qué hacía en el mostrador de entrada y Bosch repitió que era demasiado largo de explicar y que pronto correría la voz. Los secretos no duraban mucho en una comisaría de policía.

A las ocho y media, el teniente Klein trajo los informes antes de irse a casa y sonrió al ver a Bosch. El teniente del turno de noche y Bosch se conocían desde hacía años.

—¿A quién has pegado esta vez, Bosch? —se burló.

Era bien sabido que el detective que se sentaba en aquella mesa lo hacía porque era su turno en la rotación o porque era objeto de una investigación interna, siendo esto último lo más común. No obstante, el sarcasmo de Klein revelaba que aún no conocía la situación en la que se hallaba Bosch. Harry sonrió, pero no dijo nada. Se limitó a coger los informes y despedirse de él con un saludo militar.

La pila de informes que Klein le había dado tenía unos cinco centímetros de altura y contenía casi la mitad de las denuncias recogidas por los patrulleros de la División de Hollywood en las últimas veinticuatro horas. Un poco más tarde recibiría una segunda entrega, más pequeña, correspondiente a lo que traían los rezagados, pero lo que tenía en las manos representaba casi todo el trabajo de un día.

Con la cabeza baja y haciendo caso omiso de las conversaciones que oía a su alrededor, Bosch tardó media hora en clasificar los informes por delitos. Después tuvo que leérselos todos por encima y emplear su experiencia para relacionar robos con atracos o asaltos, y finalmente entregar cada pila a la mesa asignada a ese delito.

Cuando alzó la vista, Bosch se fijó en que la teniente Billets estaba al teléfono en su despacho. No la había visto entrar. Parte de su trabajo administrativo consistía en resumirle los delitos de esa mañana y destacar cualquier detalle fuera de lo común o importante del que debiera estar en conocimiento en su calidad de jefa de detectives.

Harry volvió al trabajo. Primero leyó las denuncias de robos de automóviles, que eran las más numerosas. En las últimas veinticuatro horas se habían producido treinta y tres robos de coches en Hollywood. Leyó los resúmenes de cada informe en busca de datos de interés y, como no encontró nada fuera de lo habitual, llevó toda la pila al detective responsable de Automóviles. Al regresar a su puesto, Bosch vio que Edgar y Rider estaban junto a la mesa de Homicidios, llenando una caja de cartón. Cuando se acercó comprendió que estaban empaquetando el expediente del caso Aliso y otros documentos relacionados con él para mandárselo a los federales.

—Buenos días —saludó Bosch, sin saber muy bien cómo comenzar.

—Hola, Harry —respondió Edgar.

—¿Qué tal? —le preguntó Rider, con verdadera preocupación.

—Bah, tirando... Sólo quería deciros que siento mucho haberos metido en todo esto, pero que no es verdad que...

—Déjalo, Harry —le cortó Edgar—. No tienes que darnos explicaciones. Los dos sabemos que esto es una gilipollez. En todos los años que llevo en este oficio no he conocido a un poli más honrado. Y lo demás son hostias.

A Bosch le conmovieron las palabras de Edgar. No esperaba los mismos sentimientos por parte de Rider porque era el primer caso que llevaban juntos, pero ella también lo apoyó.

—No hace mucho que te conozco, Harry, pero por lo poco que sé, estoy de acuerdo con Jerry. Ya verás, todo esto pasará y volveremos al trabajo.

—Gracias.

Antes de regresar a su nuevo puesto, Bosch echó un vistazo a la caja que estaban preparando y sacó el archivo sobre el caso Aliso que Edgar había preparado.

—¿Vais a enviarlo o van a venir a buscarlo los federales?

—Vendrán a recogerlo a las diez —contestó Edgar.

Bosch consultó el reloj de la pared. Eran las nueve.

—¿Os importa si hago una copia? Por si el caso acaba en el agujero negro del FBI.

—Adelante —dijo Edgar.

—¿Ha llegado el informe de Salazar? —inquirió Bosch.

—¿De la autopsia? —preguntó Rider—. No, aún no. A no ser que todavía esté en recepción.

Sin mencionar que si aún no había llegado era porque los federales lo habían interceptado, Bosch se llevó el archivo del caso a la fotocopiadora. Programó la máquina para que copiara ambas caras de los documentos originales y puso la pila en la bandeja de alimentación automática. Antes de empezar, se aseguró de que había papel con tres agujeros. Lo había. Bosch pulsó el botón y dio un paso atrás para contemplar el funcionamiento de la fotocopiadora, que había sido donada por una cadena de copisterías del centro. Dicha empresa llevaba el mantenimiento de forma regular, por lo que la máquina era la única cosa moderna y fiable de la comisaría. Al cabo de diez minutos había terminado. Bosch colocó los originales en su carpeta y los devolvió a la caja destinada al FBI. Después sacó una carpeta nueva del armario de material, metió las copias dentro y la guardó en un archivador al que había enganchado su tarjeta de visita con cinta adhesiva. Por último, informó a sus dos compañeros de dónde estaba por si lo necesitaban.

—Harry —susurró Rider—, estás pensando en trabajar un poco por tu cuenta, ¿no?

Bosch la miró unos segundos, sin saber muy bien qué contestar. Recordó su relación con Billets y se dijo que debía ir con cuidado.

—Porque si lo estás —prosiguió Rider, que tal vez había detectado su indecisión—, me gustaría ayudarte. Ya sabemos que el FBI se lo tomará con calma. Creo que lo dejarán correr.

—También puedes contar conmigo —agregó Edgar.

Bosch volvió a dudar, miró a uno y luego a otro, y finalmente asintió con la cabeza.

—¿Quedamos en Musso's a las doce y media? —sugirió—. Invito yo.

—Allí estaremos —respondió Edgar.

Cuando regresó al mostrador de la oficina, Bosch vio a través del cristal que Billets había colgado el teléfono y estaba hojeando unos papeles. Tenía la puerta del despacho abierta y Harry dio unos golpes en el marco para avisarla.

—Buenos días, Harry. —Había una cierto pesar en su voz y comportamiento, como si le avergonzara que Bosch fuera su hombre en el mostrador—. ¿Pasa algo que deba saber?

—No creo. Todo está bastante tranquilo. Ah, hay un ladrón haciendo el circuito de los hoteles de Hollywood Boulevard. Bueno, parece el mismo tío. Ayer entró en el Chateau y el Hyatt, pero nadie se despertó. El modus operandi es igual en los dos robos.

—¿Las víctimas son gente conocida o que deba preocuparnos?

—Lo dudo, pero no leo las revistas del corazón. No reconocería a un famoso ni aunque se me acercara.

Billets sonrió.

—¿Cuánto robaron?

—No lo sé, aún no he terminado de leer las denuncias. No he entrado por eso, sino para volver a darle las gracias por defenderme ayer.

—Eso no fue defenderte.

—Sí que lo fue. Dadas las circunstancias, lo que usted dijo fue arriesgado. Se lo agradezco.

—Bueno, ya te dije que lo hice porque no les creía. Y cuanto antes empiecen a investigar Asuntos Internos y el FBI, antes descubrirán que no es verdad. Por cierto, ¿a qué hora te han citado?

—A las dos.

—¿Y quién te va a representar?

—Un amigo de Robos y Homicidios. Se llama Dennis Zane. Es un buen tío y domina estos asuntos. ¿Lo conoce?

—No, pero avísame si puedo hacer algo.

—Gracias, teniente.

—Grace.

—Gracias, Grace.

De vuelta en su mesa, Harry pensó en su cita con Chastain. Según las reglas del departamento, a Bosch lo representaría un miembro del sindicato que también fuera un detective. Su representante actuaría casi como un abogado, aconsejando a Bosch sobre qué decir y cómo hacerlo. Aquél era el primer paso en cualquier investigación interna de carácter disciplinario.

Al alzar la vista, Bosch vio en el mostrador a una mujer con una adolescente. La chica tenía los ojos llorosos y una hinchazón en el labio del tamaño de una canica, tal vez causada por un mordisco. Estaba despeinada y miraba fijamente la pared detrás de Bosch, como si hubiera una ventana. Pero no la había.

Bosch podría haberles preguntado qué deseaban sin moverse de su puesto. Sin embargo, no hacía falta ser detective para comprender qué las había llevado allí, así que se acercó al mostrador a fin de hablar de manera más confidencial. Las víctimas de violación eran las que le producían mayor tristeza. Bosch estaba convencido de que no habría durado ni un mes en la sección de violaciones. Todas las víctimas que había visto tenían esa misma mirada, una señal de que sus vidas ya no serían lo mismo a partir de ese momento. Nunca recuperarían lo que habían perdido.

Tras una breve charla con la madre y la hija, Bosch preguntó si la niña necesitaba atención médica y la madre contestó que no. Harry abrió la portezuela del mostrador y las acompañó a una sala situada en el pasillo de atrás. Luego se dirigió a la sección de delitos sexuales, donde halló a Mary Cantu, una detective que llevaba años haciendo lo que Bosch no podría haber hecho ni un solo mes.

—Mary, tienes una denuncia en la sala tres —le anunció Bosch—. Tiene quince años y ocurrió anoche. Parece ser que se acercó demasiado al camello de la esquina. El tío agarró a la chica y se la vendió con una piedra de crack a su próximo cliente. Está con su madre.

—Genial, Bosch. Justo lo que necesitaba un viernes —comentó Cantu—. Ahora mismo voy. ¿Le has preguntado si necesitaba una revisión médica?

—Me ha dicho que no, pero yo creo que sí.

—De acuerdo, ya me encargo. Gracias.

De vuelta en el mostrador, Bosch tardó unos minutos en sacarse a la niña de la cabeza y otros cuarenta y cinco en terminar de leer los informes del día y entregarlos a los equipos de detectives correspondientes.

Cuando terminó, echó un vistazo a Billets y vio que estaba al teléfono, rodeada de papeles. Entonces se dirigió al archivador, de donde sacó la copia del expediente sobre el caso Aliso que había guardado allí. Había decidido que en su tiempo libre empezaría a repasarlo. Todo había ido tan deprisa la semana anterior que no había tenido tiempo para revisar los informes como a él le gustaba. Bosch sabía por experiencia que el dominio de los detalles y matices de una investigación solía ser clave en su resolución. Empezaba a hojearlo cuando una voz vagamente familiar lo llamó desde el mostrador.

—¿Es eso lo que creo que es?

Bosch levantó la mirada. Era O'Grady, el agente del FBI. Bosch notó que la cara le ardía de vergüenza porque lo habían pescado con las manos en la masa. Comenzaba a odiar a aquel agente.

—Sí. Tendrías que haberlo recogido hace media hora.

—Ya, bueno. No soy como tú. Tenía cosas que hacer.

—¿Como qué? ¿Comprarle una nueva coleta a tu amigo Roy?

—Dame eso y déjame en paz.

Bosch aún no se había movido.

—¿Para qué lo quieres, O'Grady? Todos sabemos que vais a pasar del caso. A vosotros os importa un pimiento quién mató a Tony Aliso y no vais a averiguarlo.

—Eso es mentira. Dame la carpeta y todo lo demás.

O'Grady pasó la mano por encima del mostrador para intentar pulsar el botón que abría la puerta.

—Pisa el freno, madaleno —dijo Bosch al tiempo que se ponía en pie—. Espérate ahí. Ahora te las traigo.

Con la carpeta en la mano, Bosch caminó hasta Homicidios y, de espaldas a O'Grady, la depositó en la mesa. Luego cogió la caja con el expediente original, la documentación complementaria y las pruebas recogidas por Edgar y Rider y se lo llevó todo al agente del FBI.

—Tienes que firmar —le informó Bosch—. Cuidamos mucho nuestras pruebas y a quién se las damos.

—Seguro —repuso—. Eso lo sabe todo el mundo desde el caso O. J. Simpson.

Bosch agarró a O'Grady por la corbata y tiró de ella. El agente no encontró ningún punto de apoyo. Bosch tiró tanto que acabó hablándole a la oreja.

—¿Qué has dicho?

—Bosch, me cago...

—¡Harry!

Bosch levantó la cabeza y vio a Billets asomada a la puerta de su despacho. El detective soltó la corbata de O'Grady y éste se irguió de golpe. Tenía la cara roja de vergüenza y rabia.

—¡Estás chalado, Bosch! —gritó, mientras se ajustaba la corbata—. ¡Eres un gilipollas!

—No sabía que los agentes fuerais tan malhablados —comentó Bosch.

—Harry, siéntate —le ordenó Billets—. Ya me encargo yo.

La teniente se había acercado al mostrador.

—Tiene que firmar el recibo —explicó Bosch.

—¡Me da igual! ¡Te he dicho que me encargo yo!

Bosch volvió a su mesa y se quedó mirando a O'Grady mientras Billets sacaba de la caja el albarán y el recibo que Edgar había preparado.

La teniente le indicó a O'Grady dónde firmar y le pidió que se marchara.

—Vaya con cuidado con éste —le aconsejó O'Grady al tiempo que levantaba la caja.

—Vaya con cuidado usted, agente O'Grady. Si llega a mis oídos el menor comentario sobre este pequeño desacuerdo, me querellaré contra usted por provocación.

—Pero si ha sido él...

—No me importa. ¿Me entiende? No me importa. Ahora váyase.

—Ya me voy, pero vigile a su chico. Aléjelo de esto —dijo, señalando la caja. O'Grady comenzó a alejarse del mostrador, pero se volvió a mirar a Harry y agregó—: Eh, Bosch, me olvidaba. Tengo un mensaje de Roy.

—Agente O'Grady, ¡quiere hacer el favor de irse ya! —le exhortó Billets.

—¿Qué? —inquirió Bosch.

—Roy sólo quería preguntarte ¿quién es carne de cañón ahora?

O'Grady dio media vuelta y se dirigió hacia la salida. Billets lo siguió con la mirada hasta que desapareció y luego se volvió hacia Bosch.

—No puedes controlarte, ¿verdad? —le recriminó—. ¿Cuándo aprenderás a no meterte en estas broncas ridículas?

Bosch fue incapaz de replicar. Billets regresó a su despacho, cerró la puerta y bajó las persianas. Harry, por su parte, se reclinó en el asiento con las manos enlazadas en la nuca, miró al techo y soltó un gran suspiro.

Inmediatamente después del incidente con O'Grady, Bosch tuvo que ocuparse de tramitar la denuncia de un atraco a mano armada porque en esos momentos no había nadie en Robos. Todo el equipo estaba fuera, investigando el robo de un coche con persecución incluida.

La víctima del atraco a mano armada era un chico mexicano que vendía unos mapas de Beverly Hills en los que estaban marcadas las casas de las estrellas de cine. A las diez de la mañana, poco después de que el chico se instalara en la esquina de Hollywood Boulevard y Sierra Bonita para ofrecer su mercancía a los conductores, un sedán antiguo de fabricación estadounidense se detuvo a su lado. Al volante iba un hombre acompañado de una mujer. Después de preguntar cuánto costaban los mapas y si había vendido muchos, la mujer le apuntó con una pistola y le robó treinta y ocho dólares. El chico había ido a denunciar el robo con su madre. Al parecer, sólo había vendido un mapa cuando fue atracado y casi todo lo que le robaron era el dinero que llevaba para dar cambio. Aquellas pérdidas equivalían a todo un día de trabajo en la esquina, agitando los brazos como aspas de molino.

Por el exiguo botín y el método torpe empleado por los atracadores, Bosch dedujo que los autores serían un par de yonquis en busca de dinero fácil para su próxima papelina de caballo. Ni siquiera se habían molestado en ocultar la matrícula del coche, que el chico había memorizado mientras se alejaban.

Cuando el chico y su madre se fueron, Bosch se dirigió al teletipo y circuló una orden de busca del automóvil y una descripción de los sospechosos. Entonces descubrió que ya había una orden de busca de ese vehículo por haber sido empleado en dos robos la semana anterior. «Para lo que ha servido», pensó Bosch. Deberían haber detenido a los ladrones antes de que atracaran a ese pobre chico, pero aquello era la gran ciudad, no un mundo perfecto. A Bosch no le podían afectar demasiado ese tipo de decepciones.

Para entonces era la hora de comer y la oficina había quedado casi desierta. Bosch sólo vio a Mary Cantu en la mesa de Delitos Sexuales, seguramente ocupada con la denuncia de aquella mañana.

Edgar y Rider ya se habían marchado; al parecer habían pensado que sería mejor acudir a Musso's por separado. Cuando Bosch se disponía a salir, se fijó en que las persianas del despacho de la teniente seguían bajadas. Billets estaba allí. Tras recoger la carpeta sobre el caso Aliso de la mesa de Homicidios y meterla en su maletín, Bosch llamó a la puerta de la teniente. Antes de que ella pudiera responder, él la abrió y asomó la cabeza.

—Me voy a comer y luego al centro para lo de Asuntos Internos. El mostrador se queda vacío.

—Muy bien —contestó ella—. Le pediré a Edgar o Rider que te sustituyan después de comer. Ahora mismo tampoco tienen ningún caso.

—Vale, hasta luego.

—Em... ¿Harry?

—¿Sí?

—Perdona por lo de antes. Sigo creyendo lo que te dije, pero debería haber hablado contigo en el despacho, no delante de todo el mundo. Lo siento.

—No pasa nada. Buen fin de semana.

—Igualmente.

—Gracias, teniente.

—Grace.

—Grace.

A las doce y media clavadas, Bosch aparcó detrás del restaurante Musso and Frank's de Hollywood Boulevard. Aquel local era toda una institución en Hollywood desde su fundación en el año 1924. En su época había sido lugar de encuentro de la flor y nata de la ciudad. Allí pasaron horas conversando Francis Scott Fitzgerald y William Faulkner. Una vez, Charlie Chaplin y Douglas Fairbanks disputaron una carrera a caballo por Hollywood Boulevard, y el perdedor tuvo que pagar una cena en Musso's. A la sazón el restaurante vivía principalmente del encanto de su pasado glorioso. Sus asientos de cuero rojo seguían llenándose cada día a la hora de comer y por el aspecto y la forma de moverse de algunos camareros uno hubiera jurado que habían servido al mismo Chaplin. El menú tampoco había cambiado en todos los años que Bosch llevaba almorzando allí, algo extraísimo en una ciudad donde las prostitutas del Boulevard duraban más que la mayoría de los restaurantes.

Edgar y Rider esperaban en una de las codiciadas mesas redondas y Bosch se sentó con ellos después de que el maitre se la señalara con el dedo. Debía de estar demasiado viejo y cansado para acompañarlo. Edgar y Rider habían pedido té frío, así que Bosch decidió tomar lo mismo aunque pensó que era una lástima, puesto que en Musso's servían el mejor martini de la ciudad. Sólo

Rider miró la carta. Al ser nueva en la división, todavía no había frecuentado el restaurante lo suficiente para saber cuál era el mejor plato.

—Bueno, ¿qué vamos a hacer? —preguntó Edgar mientras ella decidía.

—Tenemos que volver a empezar desde el principio —contestó Bosch—. Lo de Las Vegas era una pista falsa.

Rider miró a Bosch por encima de la carta.

—Deja eso —le aconsejó—. Tienes que pedir la empanada de pollo.

Ella dudó, pero enseguida se mostró conforme y dejó la carta sobre la mesa.

—¿Qué quieres decir con una pista falsa? —le preguntó a Bosch.

—Pues que el asesino de Tony quería que siguiéramos esa pista, así que colocó la pistola en Las Vegas para alejarnos de Los Ángeles. Pero la pifió, porque no sabía que el tío era un agente infiltrado con un montón de federales de coartada. Ahí la cagó —explicó Bosch—. Al principio, cuando descubrí que nuestro sospechoso era un federal, lo primero que pensé fue que Joey *el Marcas* y su gente lo habían descubierto y habían preparado todo para desacreditarlo.

—Parece lo más lógico —opinó Edgar.

—A mí también me lo parecía, al menos hasta ayer por la noche —dijo Bosch. En ese instante un camarero anciano llegó a la mesa, ataviado con una americana roja.

—Tres empanadas de pollo —pidió Bosch.

—¿Desea el señor algo de beber? —le preguntó el camarero.

«Qué coño», pensó Bosch.

—Sí, un martini con tres olivas. Y más té frío para los demás. Ya está.

El camarero asintió y se alejó lentamente sin tomar nota.

—Ayer por la noche —prosiguió Bosch—, me enteré a través de una fuente de que Joey ignoraba que Luke Goshen era un impostor. El Marcas no tenía ni idea de que Goshen era un soplón, y menos aún un agente federal. Por eso, cuando detuvimos a Goshen, Joey tramó un plan para averiguar si su hombre iba a aguantar o acabaría cantando. Si Goshen se rajaba, Joey iba a encargar que lo mataran en la cárcel de la Metro.

Bosch les dio un momento para que asimilaran lo que acababa de decir.

—Como veis, esta nueva información desmonta la primera teoría.

—¿Y quién es esta fuente? —quiso saber Edgar.

—No os lo puedo decir, pero es fiable. Os lo prometo.

Bosch vio que ambos bajaban la mirada. Harry sabía que confiaban en él, pero los confidentes tenían fama de ser unos mentirosos redomados. Basar toda la investigación en su palabra era mucho pedir.

—De acuerdo —cedió Bosch—. La fuente es Eleanor Wish. Jerry, ¿le has contado a Kiz lo que pasó?

Edgar dudó antes de asentir con la cabeza.

—Entonces sabéis quién es. Eleanor lo oyó todo mientras la tenían retenida en esa casa. Antes de que llegáramos, Joey y su abogado, Torrino, estuvieron allí. Eleanor oyó lo que decían y, por lo visto, no sabían nada de Goshen. De hecho, todo ese secuestro formaba parte de la prueba. Ellos sabían que la única forma que yo tenía de descubrir aquella casa era a través de Goshen. Ésa era la prueba para saber si Lucky estaba cooperando con la policía.

Todos permanecieron en silencio unos minutos mientras Edgar y Rider digerían la nueva información.

—De acuerdo —dijo Edgar finalmente—. Ya veo por dónde vas. Pero si Las Vegas fue una enorme pista falsa, ¿cómo demonios llegó la pistola a la casa del agente?

—Eso es lo que tenemos que averiguar. ¿Y si hubiera alguien ajeno a la mafia, pero lo suficientemente cercano a Tony para saber que estaba blanqueando dinero? ¿Alguien que conocía a Tony o que lo siguió a Las Vegas para observar cómo trabajaba y cómo recogía el dinero de Goshen? ¿Alguien que sabía que Goshen podría cargar con las culpas y que Tony volvería el viernes con un montón de dinero en el maletín?

—Pues podría haberlo preparado todo, siempre y cuando hubiera tenido acceso a la casa de Goshen para plantarle la pistola —contestó Edgar.

—Exactamente, pero llegar a esa casa no habría sido un problema. Está en medio de la nada y Goshen casi siempre estaba fuera, en el club. Cualquiera podría haber entrado, colocado la pistola y vuelto a salir. La cuestión es: ¿quién?

—Estás pensando en su mujer o su amante —contestó Edgar—. Ambas podrían haber tenido acceso a toda esa información.

Bosch asintió.

—Entonces, ¿en quién nos concentramos? —continuó Edgar—. No podemos vigilarlas a las dos ahora que estamos trabajando en nuestro tiempo libre.

—No hará falta —dijo Bosch—. Creo que está claro a quién debemos investigar.

—¿A quién? —preguntó Edgar—. ¿A la amiguita?

Bosch miró a Rider, dándole la oportunidad de responder. Ella aceptó el guante.

—No..., no puede ser Layla porque..., porque ella llamó a Tony el domingo por la mañana y dejó un mensaje en el buzón de voz. ¿Para qué iba a llamarlo si sabía que había muerto?

Bosch asintió. Rider era realmente buena.

—Quizás era parte del plan —sugirió Edgar—. Otra pista falsa.

—Puede ser, pero lo dudo —replicó Bosch—. Además, sabemos que Layla trabajó en Las Vegas el viernes por la noche, así que es imposible que se cargara a Tony.

—Entonces es su mujer —concluyó Edgar—. Verónica.

—Eso es —convino Bosch—. Creo que nos mintió, que se hizo la sueca cuando le preguntamos por los negocios de su marido. En realidad lo sabía todo y por eso tramó el plan. Ella escribió las cartas a Hacienda y a Crimen Organizado. Quería que hubiera algo contra Tony y que, cuando apareciera muerto, todo apuntara a un golpe de la mafia. Música en el maletero. Colocarle la pistola a Goshen fue sólo la guinda. Si la encontrábamos, genial. Y si no, nos hubiéramos hartado de rebuscar por Las Vegas hasta archivar el caso.

—¿Quieres decir que ella lo preparó todo sola? —preguntó Edgar.

—No —contestó Bosch—. Sólo digo que el plan fue suyo, pero tuvo que contar con la ayuda de un cómplice. Para matar a Aliso se necesitaban dos personas y está claro que ella no llevó la pistola a Las Vegas. Después del asesinato ella se quedó en su casa, mientras su cómplice se fue a Las Vegas y le plantó la pistola a Luke Goshen.

—Espera un momento —contestó Rider—. Nos olvidamos de algo. Verónica Aliso disfrutaba de una vida muy acomodada gracias al negocio de blanqueo de Tony. Tenía una mansión en las colinas, coches... ¿Por qué iba a matar a la gallina de los huevos de oro? ¿Cuánto había en ese maletín?

—Según los federales, cuatrocientos ochenta mil dólares —respondió Bosch.

Edgar emitió un pequeño silbido, mientras Rider negaba con la cabeza.

—Sigo sin entenderlo —insistió ella—. Cuatrocientos ochenta mil es mucho dinero, pero Tony ganaba al menos eso en un año. En términos financieros, matarlo suponía beneficios a corto plazo pero perder a la larga. No tiene sentido.

—Entonces hay algo más en este caso que todavía no sabemos —concedió Bosch—. Tal vez Tony estaba a punto de dejarla; tal vez esa vieja de Las Vegas que nos contó que Tony iba a irse con Layla estaba diciendo la verdad. O quizás hay más pasta por algún lado, pero de momento no veo a nadie más que encaje como posible homicida.

—¿Y el guarda de la urbanización? —preguntó Rider—. Según su registro, Verónica no salió el viernes en toda la noche ni nadie fue a verla.

—Bueno, habrá que volver a considerarlo —contestó Bosch—. Tiene que haber otra forma de entrar y salir.

—¿Cuál es el próximo paso? —inquirió Edgar.

—Volver a empezar —respondió Bosch—. Quiero saberlo todo sobre ella: de dónde es, quiénes son sus amigos, qué hace en esa casa todo el santo día, adónde iba cuando Tony estaba de viaje y con quién.

Rider y Edgar asintieron.

—Tiene que haber un cómplice, seguramente un hombre. Y creo que lo encontraremos a través de ella.

El camarero se acercó con una bandeja, que depositó en un carrito desplegable. Los tres detectives miraron en silencio mientras el viejo preparaba los platos. En primer lugar cortó la tapa de cada empanada y, a continuación, sirvió el contenido de cada una encima de las tapas y repartió los platos. Para finalizar depositó los dos vasos de té frío ante Edgar y Rider, sirvió el martini de Bosch de una jarrita de cristal y se marchó sin decir una palabra.

—Obviamente, tenemos que ser muy discretos —les recordó Bosch.

—Desde luego —contestó Edgar—. Y Balas nos ha puesto primeros en la rotación. El próximo caso nos toca a Kiz y a mí solos. Eso nos distraerá de éste.

—Bueno, haced lo que podáis. Si os cae un cadáver, no podemos hacer nada. Mientras tanto, os propongo lo siguiente: vosotros dos investigáis el pasado de Verónica, a ver qué encontráis. ¿Tenéis algún contacto en el *Times* o las revistas de cine?

—Yo tengo un par en el *Times* —repuso Rider—. Y conozco a una mujer, la víctima de un caso, que trabaja de recepcionista en la revista *Variety*.

—¿Son de confianza?

—Creo que sí.

—Pues pídeles que te busquen a Verónica. Hace unos años tuvo sus quince minutos de fama. Quizá se publicó algo sobre ella y encontramos nombres de personas con las que podamos hablar.

—¿Y si volvemos a interrogar a Verónica? —sugirió Edgar.

—Creo que es mejor esperar. Quiero tener algo de que hablar.

—¿Y a los vecinos?

—Eso sí. Con un poco de suerte, ella os verá por la ventana y le dará que pensar. Si subís hasta allá, intentad echarle un vistazo al registro del guarda. Hablad con Nash. Estoy seguro de que sabréis sacárselo sin necesidad de otra orden de registro. Me gustaría revisar la lista de todo el año, ver quién ha entrado a verla, especialmente cuando Tony estaba fuera. A través de los recibos de sus tarjetas de crédito, podemos reconstruir las fechas de sus viajes. Así sabremos cuándo estuvo sola en casa.

Bosch levantó el tenedor. Todavía no había probado bocado porque estaba demasiado inmerso en el caso.

—Además necesitamos el máximo de información sobre el caso; sólo tenemos el expediente que preparó Edgar. Ahora me voy al Parker Center para mi pequeña charla con Asuntos Internos. Por el camino, me pasaré por la oficina del forense y sacaré una copia de la autopsia. Los federales ya la tienen. También hablaré con Donovan de Investigaciones Científicas a ver si encontró algo en el coche. Además, tiene las huellas de los zapatos. Con un poco de suerte conseguiré copias antes de que vengan los federales y se lo lleven todo. ¿Me dejo algo?

Los otros negaron con la cabeza.

—¿Quedamos después del trabajo para ver qué hemos descubierto?

Ellos asintieron.

—¿Os parece en el Cat and Fiddle hacia las seis?

Edgar y Rider volvieron a asentir con la cabeza porque ya estaban ocupados comiendo. Bosch probó la empanada, que había comenzado a enfriarse, y se unió a su silencio. Todos estaban pensando en el caso.

—Está en los detalles —comentó al cabo de un rato.

—¿El qué? —preguntó Rider.

—La solución. Cuando te toca un caso como éste, la clave siempre está en los detalles. Ya veréis. Cuando lo resolvamos, la respuesta estará ahí, en el expediente. Siempre pasa.

La entrevista con Chastain en Asuntos Internos empezó tal como Bosch esperaba. Harry estaba sentado junto a Zane, su representante, en una de las salas de interrogación, donde una vieja grabadora Sony registraba todo lo que se decía. Chastain seguía el procedimiento habitual. Primero quería que Bosch explicara los hechos con el máximo de detalle posible. Después comenzaría a buscar contradicciones. Bastaba con que pillara a Harry diciendo una mentira para acusarlo ante el Comité de Derechos. Según la gravedad del caso, la sanción podía ir de la suspensión al despido.

En un tono monocorde y farragoso, Chastain leía unas preguntas ya preparadas, que Bosch respondía lenta y cuidadosamente con el mínimo de palabras posible. No era la primera vez que tomaba parte en ese juego.

Antes de la entrevista, Zane había tenido un cuarto de hora para asesorar a Bosch sobre el procedimiento y la mejor actitud a tomar. Al igual que un buen abogado, Zane no le preguntó directamente si había colocado la pistola. A él no le importaba; simplemente veía a Asuntos Internos como el enemigo, un grupo de policías malos con la sola misión de atacar a los policías buenos. Zane era de la vieja escuela, creía que todos los policías eran buenos por naturaleza y, aunque a veces el trabajo los corrompía, no debían ser acosados por sus propios compañeros.

Todo fue según lo previsto durante media hora, pero de pronto Chastain les lanzó una pregunta inesperada.

—Detective Bosch, ¿conoce usted a una mujer llamada Eleanor Wish?

—¿De qué vas, Chastain? —terció Zane, haciéndole un gesto a Bosch para que no contestara.

—¿Con quién has hablado? —quiso saber Bosch.

—Un momento, Harry. No digas nada —le insistió Zane—. ¿Adónde quieres ir a parar?

—El jefe lo ha dejado muy claro. Estoy investigando la conducta de Bosch durante este procedimiento. En cuanto a mis fuentes, de momento no puedo hacerlas públicas.

—Se supone que estáis indagando sobre la presunta colocación de una pistola en un sitio determinado. Eso es lo que hemos venido a explicar.

—¿Quieres que te lea la orden del jefe en persona? Está muy clara.

Zane lo miró un momento.

—Danos cinco minutos para hablar de esto. ¿Por qué no vas a empastarte las caries?

Chastain se levantó y apagó la grabadora. Al llegar a la puerta, se volvió a mirarlos con una sonrisa en los labios.

—Esta vez os tengo a los dos. No podrás salir de ésta, Bosch. Y Zane, bueno, ya ves que no siempre se puede ganar.

—Eso lo sabes tú mejor que yo, mojigato. Anda, vete y déjanos solos.

Cuando Chastain se hubo ido, Zane se acercó a la grabadora para asegurarse de que estaba apagada. Luego se levantó y comprobó que el termostato no fuera un aparato de escucha camuflado. En cuanto se convenció de que la conversación era privada, se sentó y le preguntó a Bosch por Eleanor Wish. Bosch le contó sus encuentros con Eleanor en los últimos días, pero no mencionó el secuestro ni su posterior confesión.

—Uno de los polis de la Metro debe de haberle dicho que te liaste con ella —dedujo Zane—. Eso es todo lo que tiene. Quiere acusarte de asociación con una delincuente. Si lo admites, te ha cogido, pero ya está. Si no tienen nada más, como mucho te caerá una reprimenda. Pero si dices que no estuviste con ella y él puede probar que sí, entonces te habrás metido en un buen lío. Yo te aconsejo que confieses que has estado con ella. Total, no pasa nada. Le dices que el rollo ya ha terminado y, si eso es todo lo que tiene contra ti, es un fantasma de mierda.

—No lo sé.

—¿El qué?

—Si ha terminado.

—Pues no se lo digas. Y si te lo pregunta, decide tú. ¿De acuerdo?

Bosch asintió y Zane abrió la puerta. Chastain estaba fuera.

—¿Dónde estabas, Chastain? —se quejó Zane—. Te estábamos esperando.

Chastain no respondió. Entró en la sala, encendió la grabadora y reanudó el interrogatorio.

—Sí, conozco a Eleanor Wish —contestó Bosch—. Y sí, he pasado algún tiempo con ella en los últimos días.

—¿Cuánto tiempo?

—No lo sé exactamente. Un par de noches.

—¿Durante la investigación?

—No. Por la noche, cuando había terminado. No todos trabajamos las veinticuatro horas como tú. —Bosch sonrió con ironía.

—¿Era Eleanor Wish una testigo en este caso? —preguntó Chastain, algo sorprendido de que Bosch hubiera cruzado aquella línea.

—Al principio pensé que podría serlo, pero después de localizarla y hablar con ella, enseguida me di cuenta de que no tenía nada que aportar al caso.

—Pero al principio la abordó en calidad de investigador de este caso.

—Correcto.

Chastain consultó su libreta un buen rato antes de formular la siguiente pregunta.

—¿Está esa mujer, sigo refiriéndome a la delincuente convicta Eleanor Wish, viviendo en su casa en estos momentos?

Bosch notó que su cólera aumentaba. La invasión de su intimidad y el tono de Chastain comenzaban a hacerle mella. Tuvo que esforzarse por conservar la calma.

—Eso no lo sé.

—¿Quiere decir que no sabe si alguien está viviendo en su casa o no?

—Mira, tío, ayer por la noche estaba allí, ¿vale? ¿Es eso lo que quieres oír? Pasó la noche conmigo, pero no sé si ya se ha marchado. Ella tiene su propia casa en Las Vegas, así que puede que haya vuelto. No lo sé, no lo he comprobado. ¿Quieres que la llame y se lo pregunte?

—No creo que sea necesario. Ya tengo todo lo que quería. —Entonces Chastain le soltó la clásica cantinela de Asuntos Internos—: Detective Bosch, en breve será informado de los resultados de esta investigación sobre su conducta. Si el departamento presenta cargos contra usted, se le notificará la fecha de la vista ante el Comité de Derechos. Tres capitanes del departamento dictaminarán tras estudiar las pruebas; usted podrá elegir a uno, yo seleccionaré al segundo y el tercero será elegido al azar. ¿Alguna pregunta?

—Sólo una. ¿Cómo puedes considerarte un policía cuando todo lo que haces es sacarte de la manga estas investigaciones de mierda?

Zane puso la mano en el antebrazo de Bosch para tranquilizarlo.

—Déjalo —le dijo Chastain a Zane—. No me importa contestar. De hecho, es una pregunta que he oído a menudo. Es gracioso que siempre me la hagan los polis a los que estoy investigando. Bueno, la respuesta es que yo me siento orgulloso de mi trabajo porque represento a los ciudadanos y, si nadie controla a la policía, nadie puede controlar los abusos de poder. Yo tengo una función valiosa en esta sociedad, detective Bosch. Estoy orgulloso de lo que hago. ¿Puede usted decir lo mismo?

—Bla, bla, bla —se burló Bosch—. Este discursito sonará fantástico a quien escuche esta grabación. Supongo que si te pasas la noche practicándolo, al final te lo acabas creyendo. Sólo tengo una pregunta, Chastain: ¿quién controla a la policía que controla a la policía?

Bosch se levantó y Zane lo siguió. La entrevista había terminado.

Después de salir del Departamento de Asuntos Internos y agradecerle a Zane su ayuda, Bosch bajó al laboratorio de Investigaciones Científicas en el tercer piso para ver a Art Donovan. El perito acababa de regresar de la escena de un crimen y estaba catalogando todas las pruebas que había recogido.

—¿Cómo has entrado, Harry? —preguntó Donovan, sin alzar la vista.

—Con la combinación.

La mayoría de los detectives del Departamento de Robos y Homicidios conocía la combinación de la puerta. A pesar de que hacía cinco años que Bosch no trabajaba allí, seguía siendo la misma.

—Ya —dijo Donovan—. Así empiezan los problemas.

—¿Qué problemas?

—Pues que tú aparezcas aquí mientras yo trabajo con las pruebas. Como me descuide, me las invalidarán en el juicio y yo saldré por la tele haciendo el ridículo.

—Estás paranoico, Artie. Además, no toca otro juicio del siglo hasta dentro de unos años.

—Muy gracioso. ¿Qué quieres?

—¿Qué ha pasado con mis huellas de zapatos y todo lo demás?

—¿Del caso Aliso?

—No, del caso Lindbergh. ¿Tú que crees?

—Me han dicho que ya no llevabas la investigación. Tengo que prepararlo todo para que lo recoja el FBI.

—¿Cuándo?

Por primera vez, Donovan levantó la mirada y dejó lo que estaba haciendo.

—Sólo sé que van a mandar a alguien antes de las cinco.

—Entonces es mi caso hasta que ellos aparezcan. ¿Qué pasó con las huellas de zapatos que sacaste?

—Nada. He enviado copias al laboratorio del FBI en Washington para su identificación.

—¿Y qué?

—Nada, aún no me han contestado. Todos los departamentos del país les mandan cosas, ya lo sabes. Y por lo que me han dicho, cuando llega un paquete de Los Ángeles, se lo toman con calma. No creo que me digan nada hasta la semana que viene. Eso, si tengo suerte.

—Mierda.

—De todos modos ahora es demasiado tarde para llamar a la costa este; probaré el lunes. No sabía que las huellas te importaran tanto —le dijo Donovan—. Comunicación, Harry. Ése es el secreto. Deberías probarlo un día de éstos.

—No te preocupes. Oye, ¿todavía tienes una copia de las huellas?

—Sí.

—¿Me puedes dar una?

—Claro, pero tendrás que esperarte unos veinte minutos hasta que acabe esto.

—Venga, Artie. Seguramente está en un archivador; son sólo treinta segundos.

—¡Vale ya, Harry! —exclamó Donovan, exasperado—. Te lo digo en serio. Ya sé que está en un archivador y sólo me llevaría medio minuto encontrártelo, pero si dejo lo que estoy haciendo, se me puede caer el pelo cuando testifique sobre este caso. Ya me imagino al picapleitos gritando: «¿Le está usted diciendo a este jurado que mientras clasificaba las pruebas de este caso, se levantó para buscar las pruebas de otro caso?».

No hace falta ser Perry Mason para convencer a un jurado. Venga, déjame tranquilo y vuelve dentro de media hora.

—Vale, Artie. Te dejo en paz.

—Y llama al timbre antes de entrar. Tenemos que cambiar la combinación de esa puerta. —Esto último lo dijo más para sus adentros que para Bosch.

Harry salió del Parker Center a fumarse un cigarrillo, pero tuvo que caminar hasta la acera para encenderlo. La razón era que había tantos policías fumadores empedernidos que a menudo se congregaba una multitud frente a las puertas del edificio. El jefe de policía opinaba que el gentío y la nube de humo azulado que flotaba de forma permanente en la entrada, causaban muy mala imagen, por lo que había prohibido fumar en la propiedad que rodeaba el edificio. Eso quería decir que la acera de Los Angeles Street parecía el escenario de una manifestación sindical, con policías —algunos de uniforme— caminando arriba y abajo mientras fumaban. Sólo faltaban los piquetes con pancartas. Incluso corría el rumor de que el jefe de policía había hablado con el ayuntamiento para intentar prohibir fumar en la acera, pero le habían dicho que ésta se hallaba fuera de su alcance.

Bosch estaba encendiendo un segundo cigarrillo con la colilla del primero cuando vislumbró la enorme figura del agente del FBI Roy Lindell que salía tranquilamente del cuartel general de la policía. Al llegar a la acera, giró a la derecha, en dirección a la sala de justicia federal. Pese a caminar directamente hacia Bosch, Lindell no lo vio hasta tenerlo casi encima.

—¿Qué haces? —preguntó, sobresaltado—. ¿Estabas esperándome?

—No, estoy fumándome un cigarrillo. ¿Qué haces tú, Lindell?

—Nada que te importe.

Lindell se dispuso a sortear a Harry.

—¿Qué tal la charla con Chastain? —le preguntó Bosch.

Lindell se detuvo.

—Me han pedido que viniera a hacer una declaración y eso he hecho. Yo he dicho la verdad; ya veremos qué pasa.

—El problema es que tú no sabes la verdad.

—Lo que sé es que encontraste una pistola que yo no puse ahí. Ésa es la verdad.

—Una parte.

—Bueno, es lo único que sé y eso es lo que le he dicho. Adiós.

Lindell comenzó a alejarse mientras Bosch lo contemplaba. Pero su comentario lo detuvo de nuevo.

—Puede que vosotros tengáis bastante con una parte de la verdad, pero yo no.

Lindell se volvió y se acercó a Bosch.

—¿Qué quieres decir con eso?

—Adivina.

—No, dímelo tú.

—Pues que alguien nos usó a todos y yo voy a averiguar quién fue. Ya te avisaré cuando lo sepa.

—Oye, tío, tú ya no tienes el caso. Lo estamos investigando nosotros, así que más te vale que lo dejes.

—Lo estáis investigando vosotros —repitió Bosch con sarcasmo—. Seguro que estáis escarbando como locos.

—No te rías. Lo estamos tomando en serio.

—Dime una cosa, Lindell.

—¿Qué?

—Cuando estabas en Las Vegas, ¿alguna vez fue Tony a recoger el dinero con su mujer?

Lindell se quedó callado un momento mientras decidía si responder a la pregunta. Finalmente negó con la cabeza.

—Nunca —contestó—. Tony siempre decía que ella odiaba ese lugar. Malos recuerdos, supongo.

Bosch intentó disimular su interés.

—¿Recuerdos de Las Vegas?

Lindell sonrió.

—Para alguien que se supone que tiene todas las respuestas, no sabes mucho, ¿no? Tony la conoció en el club hace unos veinte años. Mucho antes de que yo llegara.

Ella era una bailarina que Tony iba a convertir en estrella de cine. El mismo cuento que siguió usando hasta el final. Supongo que después de su mujer aprendió la lección; no casarse con todas.

—¿Conocía su mujer a Joey *el Marcas*?

—Ya llevas tres preguntas, Bosch.

—¿Lo conocía?

—No lo sé.

—¿Cómo se llamaba ella en esa época?

—Eso tampoco lo sé. Hasta la vista, Bosch.

Lindell dio media vuelta y se marchó. Tras arrojar la colilla a la calzada, Bosch regresó a la Casa de Cristal. Unos minutos más tarde, después de llamar al timbre como un niño obediente, Bosch entró en el laboratorio de Investigaciones Científicas. Donovan, que seguía en su mesa, le pasó una carpeta a Harry.

—Ahí tienes; es lo mismo que envié a Washington —le informó—. Lo que hice es sacar una foto del negativo y luego revelar el nuevo negativo en blanco y negro para poder distinguir mejor la huella. También lo amplié todo a tamaño natural.

Bosch sólo había comprendido la última frase. Al abrir la carpeta, encontró dos pisadas negras sobre fondo blanco. Ambas eran huellas parciales del pie derecho aunque, entre las dos, se podía ver casi toda la suela. Donovan se levantó y le indicó a Bosch un surco en el tacón. Era una línea curvada, pero rota.

—Si encontráis al asesino y todavía tiene los zapatos, lo cogeréis con esto. ¿Ves esa línea? No parece diseño del fabricante. O es un corte con un cristal o un defecto de fábrica. Si encuentras el zapato, podremos identificarlo y mandar al tío a chirona.

—Muy bien —comentó Bosch, todavía con la mirada fija en las fotos—. ¿Tenían los de Washington alguna idea de lo que podía ser?

—No demasiada. Suelo consultarle estas cosas a un colega que conocí en un congreso. Cuando me llamó para decirme que había recibido el paquete, sólo me comentó que tal vez fuera una de esas botas blandas que se llevan tanto ahora. Son como botas de trabajo pero más cómodas y deportivas.

—Vale, Artie. Muchas gracias.

Bosch se dirigió al centro médico de la Universidad de California y aparcó junto a la estación de maniobras abandonada. La oficina del forense estaba en la parte trasera del edificio y Harry entró por la puerta de atrás, después de mostrarle la placa al guarda de seguridad.

En primer lugar Bosch fue al despacho del doctor Salazar, pero lo halló vacío. Después se dirigió a la planta de autopsias y echó un vistazo en la primera sala, donde estaba la mesa baja de Salazar. Efectivamente, allí estaba el forense, trabajando sobre el pecho abierto de un chico negro. Cuando Bosch entró, Salazar alzó la vista.

—Harry, ¿qué haces tú aquí? Éste no es vuestro.

—Quería hablarte sobre el caso Aliso.

—Ahora mismo estoy un poco liado. Y para estar aquí has de ponerte mascarilla y bata.

—Ya lo sé. Sólo quería una copia del informe de la autopsia.

—Ahora pido que te hagan una. Dicen que el FBI está interesado en el caso, ¿es verdad?

—Eso parece.

—Es curioso porque los federales no hablaron conmigo. Sólo entraron y se llevaron el informe. Y tú ya sabes que el informe sólo contiene las conclusiones, sin las cábalas que nos gusta hacernos a nosotros.

—¿Y qué cábalas les habrías contado si hubieran venido a hablar contigo?

—Les habría contado mi corazonada.

—Cuéntamela.

Salazar apartó la vista del cadáver, pero mantuvo sus manos enguantadas sobre él para que no goteara la sangre.

—Mi corazonada es que buscáis a una mujer.

—¿Por qué?

—Por la sustancia que encontré dentro y debajo de los ojos.

—¿La pomada?

—¿Qué?

—Nada, no importa. ¿Qué encontraste?

—Los resultados del análisis confirmaron que se trataba de *oleo capsicum*. También lo encontramos en las cavidades nasales. ¿Sabes de qué hablo, Harry?

—De Pepper Spray.

—Vaya, me has fastidiado la sorpresa.

—Perdona. ¿Así que alguien lo roció con Pepper?

—Exactamente. Por eso creo que fue una mujer o alguien que temía no poder controlarlo. Además, todas las mujeres de por aquí lo llevan en el bolso.

Bosch se preguntó si Verónica Aliso sería una de esas mujeres.

—Genial, Sally. ¿Algo más?

—No. El resto de análisis dieron negativo.

—¿No encontrasteis nitrato amílico?

—No, pero se elimina con rapidez. No lo encontramos muy a menudo. ¿Qué tal tú con las balas?

—Bien. ¿Puedo llamar a tu ayudante?

—Llévame al interfono.

Mientras Bosch empujaba la silla de ruedas de Salazar, éste levantó las manos para no ensuciar nada. En una de las encimeras había un teléfono conectado a un interfono. Tras decirle a Harry qué botón debía pulsar, Salazar solicitó a su ayudante que le hiciera una fotocopia del informe.

—Gracias —dijo Bosch.

—De nada. Espero que te sirva. Recuerda, busca una mujer que lleve Pepper Spray en el bolso. No Mace, Pepper Spray.

—De acuerdo.

A causa del tráfico del fin de semana, Bosch tardó casi una hora en ir desde el centro hasta Hollywood. Cuando llegó al Cat & Fiddle de Sunset Boulevard eran más de las seis y, al franquear la verja, localizó a Edgar y Rider ya sentados en la terraza del bar. En su mesa había una gran jarra de cerveza y una tercera persona: Grace Billets.

El Cat & Fiddle era un local muy frecuentado por los policías de Hollywood porque se hallaba a pocas manzanas de la comisaría. Por eso, cuando Bosch se acercó a la mesa, ignoraba si Billets estaba allí por casualidad o porque se había enterado de su pequeña operación independiente.

—Hola, chicos —los saludó Bosch.

En la mesa había un vaso vacío. Harry se sirvió un poco de cerveza de la jarra y brindó por el fin de otra semana.

—Harry —intervino Rider—, la teniente sabe lo que estamos haciendo y ha venido a ayudar.

Bosch asintió y miró a Billets con cautela.

—Siento que no me lo dijeras —dijo la teniente—. Pero entiendo lo que estás haciendo. Sé que al FBI le interesa enterrar nuestro caso para que no peligre el suyo, pero un hombre ha sido asesinado. Si ellos no buscan al homicida, no sé por qué no podemos hacerlo nosotros.

Bosch asintió, estupefacto. Nunca había tenido un jefe que no se ajustara estrictamente a las normas. Grace Billets era un gran cambio.

—Desde luego —agregó ella—, tenemos que andarnos con mucho cuidado. Si la cagamos, no sólo tendremos al FBI en nuestra contra.

Lo que quería decir era que sus carreras podían peligrar.

—Bueno, yo ya no puedo estar mucho peor —afirmó Bosch—. Así que si algo va mal, quiero que me culpéis a mí.

—Ni hablar —protestó Rider.

—No. Vosotros tenéis un futuro en la policía; yo no. Todos sabemos que Hollywood es lo máximo a lo que puedo aspirar. Así que si la mierda empieza a salpicar, me las cargo yo. Si no estáis de acuerdo, quiero que lo dejéis ahora mismo. —Hubo un silencio hasta que finalmente todos asintieron, uno por uno—. Entonces de acuerdo. Y ahora contadme lo que habéis descubierto.

—Algunas cosas, pero no mucho —contestó Rider—. Jerry ha subido a la urbanización a ver a Nash mientras yo hacía unas cuantas búsquedas en el ordenador y llamaba a mi amigo del *Times*. Primero busqué en los recibos de la tarjetas de crédito de Tony Aliso y de ahí saqué el número de la seguridad social de Verónica. En la base de datos de la Seguridad Social, descubrí que Verónica no es su verdadero nombre. El nombre que consta en la Seguridad Social es Jennifer Gilroy, nacida hace cuarenta y un años en Las Vegas, Nevada. No me extraña que odiara Las Vegas; la pobre se crió allí.

—¿Historial laboral?

—Nada hasta que vino aquí y trabajó en TNA Productions.

—¿Qué más?

Antes de que Rider pudiera contestar, se armó un alboroto cerca de la puerta del bar. La puerta de cristal se abrió y un camarero enorme empujó a un hombre más menudo. El hombrecillo, desaliñado y borracho, gritó algo sobre falta de respeto. El camarero lo arrastró a la fuerza hasta la portezuela de la terraza y lo echó del bar. Pero en cuanto le dio la espalda, el borracho intentó volver a entrar. Entonces el camarero le dio un empujón tan fuerte que el pobre hombre se cayó de culo. Tras aquella humillación, el borracho empezó a proferir amenazas contra el camarero. La gente de algunas mesas se rio por lo bajo mientras el borracho se levantaba y se alejaba dando tumbos.

—Éste ha empezado temprano —comentó Billets—. Adelante, Kiz.

—Bueno, al final la busqué en el ordenador del Centro Nacional de Información sobre Delitos. Jennifer Gilroy fue arrestada dos veces en Las Vegas por prostitución. De esto hace más de veinte años. He llamado al centro y les he pedido que nos envíen las fotos y los expedientes que tengan. Como está en microficha tienen que buscarlo, así que no lo recibiremos hasta la semana que viene. De todos modos, dudo que nos sirvan de algo. Por lo visto, ninguno de los casos llegó a juicio. Ella se declaró culpable y pagó la fianza en ambas ocasiones.

Bosch asintió, ya que no había nada fuera de lo habitual.

—Eso es todo lo que tengo. En el *Times* no encontré nada. Y mi amiga en el *Variety* tampoco tuvo mucha suerte. Apenas se mencionaba a Verónica Aliso en la crítica de *Víctima del deseo*. El artículo dejaba verdes a ella y a la película, pero a mí me gustaría verla de todos modos. ¿Todavía tienes la cinta, Harry?

—Está en mi mesa.

—¿Sale desnuda? —preguntó Edgar—. Porque si sale desnuda yo también me apunto.

Nadie le hizo caso.

—Bueno, ¿qué más? —prosiguió Rider—. Ah, sí. He encontrado un par de menciones a Verónica Aliso en artículos sobre estrenos. Cuando dijiste que Verónica tuvo sus quince minutos de gloria, creo que te referías a quince segundos, Harry. Bueno, yo ya estoy. ¿Tú qué has encontrado, Jerry?

Tras aclararse la garganta, Edgar contó que se había pasado por la garita de Hidden Highlands, donde Nash se negó a dejarle ver el libro de entradas y salidas sin una orden de registro. Edgar les explicó que había estado toda la tarde intentando obtener una, pero no había encontrado a ningún juez que no se hubiera ido ya de fin de semana. Finalmente halló uno que le firmó la orden y acordó llevársela a Edgar al día siguiente.

—Kiz y yo subiremos mañana. Le echaremos un vistazo al libro y después intentaremos entrevistar a alguno de los vecinos. Como tú dijiste, esperamos que la viuda nos vea por la ventana y tal vez se asuste un poco. Con un poco de suerte quizá cometa algún error.

Era el turno de Bosch, y éste les contó sus hallazgos de esa tarde, incluido su encuentro con Roy Lindell.

Harry les reveló que el agente le había dicho que Verónica Aliso había comenzado su carrera haciendo *striptease* en Las Vegas. Después les habló del descubrimiento de Salazar sobre el Pepper Spray. Bosch compartía la opinión del forense de que había sido una mujer la que había rociado a Tony con el aerosol de defensa personal poco antes de su muerte.

—¿Crees entonces que podría haberlo hecho ella sola? —preguntó Billets.

—Eso no importa porque no estaba sola —respondió Bosch.

Acto seguido, Harry se colocó el maletín en el regazo y extrajo las copias de las huellas que Donovan había sacado del cuerpo y el parachoques del Rolls. Bosch dispuso las fotos en medio de la mesa para que los demás pudieran verlas.

—Es un cuarenta y cuatro. Artie dice que pertenece a un hombre bastante grande. Eso quiere decir que tal vez la mujer lo rociara con el aerosol, pero este tío lo remató. —Bosch señaló las huellas y agregó—: El hombre apoyó el pie derecho en la espalda de la víctima para poder acercarse y dispararle a quemarropa; muy frío y eficiente. El tío debía de ser un profesional, tal vez alguien de la época de Verónica en Las Vegas.

—El mismo que colocó la pistola en casa de Goshen —sugirió Billets.

—Yo creo que sí.

Bosch había estado vigilando la entrada, por si el borracho decidía volver y cumplir su amenaza. Sin embargo, al mirar en esa dirección, no vio al borracho sino al agente Ray Powers. Powers, que seguía llevando sus gafas de espejo a pesar de que era casi de noche, entró en el patio y se detuvo a hablar con el camarero. Con grandes aspavientos, el camarero le contó al corpulento policía el incidente del borracho y sus amenazas. Powers recorrió las mesas con la mirada y, al ver a Bosch y los otros, se deshizo del camarero y se acercó a ellos.

—Ya veo que las eminencias grises se han tomado un descanso —comentó.

—Eso es, Powers —replicó Edgar—. Creo que el hombre que buscas está meando detrás de esos arbustos.

—Sí, buana. Ahora mismo voy a buscarlo.

Powers miró a los demás con una sonrisa de satisfacción en los labios. Entonces vio las copias de las huellas y las señaló con la barbilla.

—¿A esto le llamáis vosotros una sesión de estrategia investigativa? Bueno, os voy a dar una pista. Son huellas de zapatos. —Powers sonrió, orgulloso de su chiste.

—Estamos fuera de servicio, Powers —le informó Billets—. ¿Por qué no haces tu trabajo y nos dejas a nosotros el nuestro?

Powers le hizo un saludo militar.

—Alguien tiene que trabajar, ¿no? —El agente se marchó sin esperar respuesta.

—Este tío es un chulo de mierda —comentó Rider.

—Está cabreado porque le dije a su teniente lo de la huella que dejó en el Rolls —explicó Billets—. Creo que le cayó una buena bronca. Bueno, volvamos a lo nuestro. ¿Qué opinas, Harry? ¿Tenemos suficiente información para hablar con Verónica?

—Casi. Mañana yo iré con ellos a ver el libro de entradas y salidas. Tal vez le hagamos una visita, pero me gustaría tener algo más concreto de que hablar.

Billets asintió.

—Quiero que me mantengáis informada. Llamadme al mediodía.

—De acuerdo.

—Cuanto más tiempo pase, más difícil será guardar el secreto de la investigación. Creo que el lunes tendremos que hablar sobre lo que hemos descubierto y decidir si pasárselo al FBI.

—No estoy de acuerdo —intervino Bosch, negando con la cabeza—. Les demos lo que les demos, los federales no van a hacer nada. Si quiere solucionar el caso, tiene que dejarnos solos y mantener al margen al FBI.

—Lo intentaré, Harry, pero llegará un momento en que será imposible. Estamos realizando una investigación en toda regla de forma ilegal. Correrá la voz; ya verás. Yo sólo digo que será mejor si la voz viene de mí y puede ser controlada.

Bosch asintió, no muy convencido. Aunque sabía que la teniente tenía razón, se resistía a la sugerencia. El caso les pertenecía a ellos. A él. Todo lo que le había ocurrido en la última semana lo hacía mucho más personal. Por eso no quería cedérselo a nadie.

Después de guardar las huellas, Harry se terminó la cerveza y preguntó cuánto les debía.

—Invito yo —declaró Billets—. Cuando celebremos la resolución del caso, pagas tú.

—De acuerdo.

Al llegar a su casa, Bosch encontró la puerta cerrada con llave y la llave que le había dado a Eleanor Wish debajo del felpudo. Lo primero que miró al entrar fue la pared. El cuadro de Hopper seguía allí, pero ella se había ido. Recorrió toda la casa, pero no halló ninguna nota. Su ropa ya no estaba en el armario. Ni su maleta.

Bosch se sentó en la cama y pensó en Eleanor.

Aquella mañana habían dejado las cosas bastante abiertas. Harry se levantó temprano y, mientras ella lo contemplaba desde la cama, él le preguntó qué iba a hacer ese día. Ella le contestó que no lo sabía.

Al final se había ido. Bosch se pasó una mano por la cara; ya comenzaba a sentir su ausencia. Cuando rememoró su conversación de la noche anterior, decidió que se había equivocado; a Eleanor le había costado mucho confesarle su complicidad con la mafia, pero él sólo la había juzgado en términos de cómo le afectaba a él y a su caso. No a ella. Ni a ellos dos.

Bosch se recostó en diagonal sobre la cama, extendió los brazos y contempló el techo. Notaba la cerveza haciéndole efecto, dándole sueño.

—Vale —dijo en voz alta.

Se preguntaba si ella lo llamaría o si transcurrirían cinco años antes de que se volvieran a encontrar por casualidad. Entonces pensó en la cantidad de cosas que le habían pasado en el último lustro y lo larga que había sido la espera. El cuerpo comenzó a dolerle y cerró los ojos.

—Vale.

Bosch se durmió y soñó que estaba solo en un desierto sin carreteras. A su alrededor sólo había kilómetros y kilómetros de terreno desolado.

6

A las siete de la mañana del sábado Bosch se compró dos cafés y dos donuts en el puesto de Bob del Farmers Market y se dirigió al claro del bosque donde habían encontrado el cadáver de Tony Aliso. Mientras comía y se tomaba el café, contempló la capa de aire marino que envolvía la ciudad dormida. El sol del amanecer proyectaba las sombras de los rascacielos del centro, que semejaban enormes monolitos opacos en la neblina de la mañana. Era un espectáculo impresionante del cual Bosch se sintió el único testigo.

Cuando terminó de comer, Harry se limpió los dedos pringosos de azúcar con una servilleta de papel que había humedecido en la fuente del mercado. Después metió todos los papeles en la bolsa de los donuts y arrancó el coche.

Bosch, que se había dormido temprano el viernes por la noche, se despertó antes del amanecer completamente vestido y con unas ganas locas de salir de casa y hacer algo. Harry siempre había creído que uno tenía éxito en una investigación si trabajaba sin descanso. Así pues, había decidido emplear la mañana intentando encontrar el lugar donde los asesinos de Tony Aliso habían interceptado el Rolls-Royce.

Por un par de razones, Bosch concluyó que el secuestro había tenido que producirse en Mulholland Drive, cerca de la entrada a Hidden Highlands. En primer lugar, porque el claro estaba junto a Mulholland. Si la operación se hubiera llevado a cabo en las inmediaciones del aeropuerto, el coche seguramente habría aparecido por los alrededores, no a casi veinticinco kilómetros de distancia. El segundo motivo era que resultaba más fácil y discreto interceptar el vehículo en la oscuridad de Mulholland. Siempre había mucho tráfico en la zona del aeropuerto, por lo que presentaba un riesgo mucho mayor.

La siguiente pregunta era si los asesinos de Aliso lo habían seguido desde Burbank o si simplemente lo habían esperado en su puesto en Mulholland. Bosch decidió que esto último era lo más probable, ya que si era una pequeña operación —de dos personas, máximo— seguir al coche habría resultado demasiado sospechoso. La cosa resultaba aún más complicada en Los Ángeles, donde el propietario de un Rolls-Royce sería muy consciente del peligro de un asalto. Bosch dedujo que los asesinos habrían esperado en Mulholland e ideado un plan para que Aliso se detuviera a pesar de que llevaba cuatrocientos ochenta mil dólares en metálico en su maletín. Bosch adivinó que la única forma de hacer parar a Aliso era utilizar a su mujer. Entonces se imaginó los faros del Rolls-Royce que, tras una curva, iluminaban a Verónica Aliso pidiendo socorro. Tony se habría parado seguro.

Bosch sabía que el lugar de espera debía ser un punto de Mulholland por donde Tony tuviera que pasar a la fuerza. Sólo había dos rutas lógicas desde el aeropuerto a Hidden Highlands que pasaran por Mulholland. Una era por el norte, cogiendo la autopista 405 y la salida de

Mulholland. La otra era seguir La Cienaga Boulevard desde el aeropuerto, subir por Laurel Canyon y continuar montaña arriba por Mulholland.

Las dos rutas sólo tenían un kilómetro de Mulholland en común y, como no había forma de saber cuál elegiría Aliso esa noche, a Bosch le pareció obvio que el secuestro se produjo en algún punto de ese kilómetro. Harry se fue para allá y estuvo conduciendo arriba y abajo durante más de una hora hasta decidir qué lugar habría escogido él para interceptar el coche de Aliso. El sitio estaba en una curva muy cerrada, a unos ochocientos metros de la entrada a Hidden Highlands. Era una zona con pocas casas, todas ellas en la parte sur, en una colina bastante por encima de la carretera. Al norte había una pendiente muy pronunciada, sin edificar y cubierta de eucaliptos y acacias. Era el sitio ideal: solitario y oculto.

Una vez más, Bosch imaginó a Tony Aliso tomando la curva. Los faros de su Rolls-Royce enfocaron a su propia mujer en medio de la carretera. Aliso se detuvo, confuso: ¿qué hacía ella allí? Cuando salió del coche, apareció el cómplice por la ladera norte. La mujer lo roció con el aerosol y el cómplice lo acompañó hasta el maletero del Rolls. Aliso debió de frotarse los ojos, cegado, mientras lo metían a la fuerza en el maletero y lo maniataban. Lo único que debía preocuparles a los asesinos era que otro automóvil asomara por la curva y los iluminara con sus faros. Sin embargo, con lo tarde que era y lo apartado del lugar, no parecía probable. Toda la operación podía llevarse a cabo en menos de quince segundos. Por eso habían empleado el aerosol; no porque fuera una mujer, sino porque les permitía acelerar la maniobra.

Bosch aparcó junto a la carretera y echó un vistazo a su alrededor. No se veía ni un alma. Aunque Harry decidió que regresaría esa noche para verlo a oscuras, su intuición le decía que había acertado.

Tras cruzar la carretera, miró por la pendiente donde suponía que el cómplice había estado esperando e intentó encontrar un sitio donde se podría haber ocultado. Entonces distinguió un caminito de tierra que conducía al bosque y se acercó a él en busca de pisadas. Había muchas, y Bosch se agachó a examinarlas. El terreno era polvoriento, por lo que algunas se distinguían claramente. Había huellas de dos pares de zapatos totalmente distintos; uno viejo con los tacones gastados y otro con los tacones mucho más nuevos que dejaba unos surcos muy marcados en el polvo. Ninguno era el que estaba buscando: la bota de trabajo con el corte en la suela que Donovan había observado.

Bosch siguió con la mirada el caminito hasta los árboles y decidió adentrarse un poco más. Al pasar por debajo de una rama, se encontró en pleno bosque. Cuando sus ojos se acostumbraron a la penumbra, Harry vislumbró un objeto azul a unos metros de distancia y, aunque tenía que desviarse del camino para llegar hasta él, quiso averiguar de qué se trataba.

Tres metros más adelante, Bosch descubrió que el objeto azul era una lona plastificada, como las que se veían en los tejados después de que un terremoto derribara las chimeneas y resquebrajara los edificios de la ciudad. Bosch se acercó y vio que dos de las esquinas de la lona estaban atadas a sendas acacias y que colgaba de la rama de una tercera, formando un pequeño refugio en una parte llana de la ladera. Desde donde estaba no detectó ninguna señal de vida.

A Bosch le resultó imposible acercarse al refugio en silencio porque el terreno estaba cubierto con una espesa capa de hojas secas y ramitas que crujían bajo sus pies. Al llegar a unos tres metros de la lona, lo detuvo la voz ronca de un hombre.

—¡Alto! ¡Tengo una pistola, cabrones!

Bosch se quedó helado, con la vista fija en la lona. Se había quedado en un punto ciego. No veía al hombre que le había gritado, aunque seguramente tampoco podía verlo a él. Finalmente decidió arriesgarse.

—Yo también tengo una —replicó—. Y una placa.

—¿Policía? ¡Yo no he llamado a la policía!

Su voz tenía un tono histérico, por lo que Bosch sospechó que estaba tratando con uno de los vagabundos que habían sido expulsados de los centros psiquiátricos durante los grandes recortes de presupuesto de los años ochenta. La ciudad estaba plagada de ellos. En cada esquina había al menos uno pidiendo limosna; dormían debajo de los pasos elevados y vivían como termitas en los bosques de las colinas, en miserables chabolas a pocos metros de mansiones millonarias.

—Pasaba por casualidad —chilló Bosch—. Si guardas tu pistola, yo me guardo la mía. —Harry supuso que el hombre de la voz atemorizada ni siquiera iba armado.

—Vale.

Bosch abrió la funda de la pistola que llevaba bajo el brazo, pero no la sacó. Lentamente dio los últimos pasos hasta el tronco de la acacia. Bajo la lona descubrió a un hombre de pelo largo y gris sentado en una manta con las piernas cruzadas. Llevaba barba y lucía una camisa hawaiana de seda azul. Sus ojos eran los de alguien un poco ido. Bosch enseguida le miró las manos, pero no vio ningún arma. Entonces se relajó un poco y lo saludó con la cabeza.

—Hola —dijo Bosch.

—Yo no he hecho nada.

—Ya lo sé.

Bosch miró a su alrededor. Había ropa y toallas dobladas, una pequeña mesa plegable con una sartén, unas velas, latas de comida, dos tenedores y una cuchara. Al no ver ningún cuchillo, Harry dedujo que el hombre se lo había escondido en la camisa o bajo la manta. Encima de la mesa también había una botella de colonia, con la que el vagabundo había perfumado generosamente el refugio. En el suelo, Harry vio un viejo cubo lleno de latas de aluminio, una pila de periódicos y un libro de bolsillo muy manoseado, titulado *Forastero en tierra extraña*.

Bosch se agachó frente al hombre como un receptor de béisbol, para poder hablarle desde la misma altura. A continuación miró hacia la parte exterior del claro, donde descubrió que el hombre arrojaba lo que no necesitaba. Al pie de otra acacia, entre bolsas de basura y restos de ropa, había una bolsa marrón y verde, abierta como un pescado destripado. Harry volvió a mirar al hombre y se dio cuenta de que llevaba otras dos camisas hawaianas debajo de la de seda azul con chicas haciendo surf. Sus pantalones estaban sucios, pero llevaba la raya demasiado planchada para un vagabundo. Los zapatos también estaban demasiado nuevos para pertenecer a un hombre que vivía en los bosques. Bosch dedujo que aquellos zapatos habían dejado algunas de las huellas del camino; las de los tacones nuevos.

—Qué camisa tan bonita —comentó Bosch.

—Es mía.

—Ya lo sé. Sólo he dicho que era bonita. ¿Cómo te llamas?

—George.

—¿George qué más?

—Lo que tú quieras.

—Vale, George lo-que-tú-quieras, ¿por qué no me hablas de esa bolsa y esta ropa que llevas? Y de los zapatos. ¿De dónde han salido?

—Me la entregaron. Ahora es mía.

—¿Qué quieres decir?

—Pues que me la entregaron. Eso quiero decir. Me la dieron toda a mí.

Bosch sacó sus cigarrillos, cogió uno y le ofreció el paquete al hombre, pero éste lo rechazó.

—No fumo. Tardaba medio día en reunir las latas para comprar un paquete; por eso lo dejé.

Bosch asintió.

—¿Cuánto tiempo llevas viviendo aquí, George?

—Toda mi vida.

—¿Cuándo te echaron de Camarillo?

—¿Quién te lo ha dicho?

Bosch lo había deducido porque Camarillo era el psiquiátrico más cercano.

—Me lo han dicho y basta. ¿Cuánto tiempo hace?

—Si te han dicho una cosa, ya sabes el resto. ¿Te crees que soy tonto?

—Está claro que no. Y la bolsa y la ropa, ¿cuándo te la «entregaron»?

—No lo sé.

Bosch se levantó y se acercó a la bolsa. En el asa había una etiqueta de identificación. Al darle la vuelta, leyó el nombre y la dirección de Anthony Aliso. La bolsa estaba encima de una caja de cartón que se había roto al caer por la pendiente. Bosch le dio una patada a la caja para ver lo que decía en el lateral. «Scotch standard HS/T-90 VHS 96-count.»

Bosch dejó la caja y la bolsa donde estaban, regresó junto al hombre y volvió a acuclillarse.

—¿Te la «entregaron» el viernes por la noche?

—Lo que tú digas.

—Lo que yo diga no. Mira, George, si quieres continuar viviendo aquí y que te deje en paz, tienes que ayudarme. Y si insistes en hacerte el loco, no me ayudas. ¿Cuándo la recibiste?

George se tocó el pecho con la barbilla, como un niño que acaba de recibir una reprimenda de su profesora.

Acto seguido cerró los ojos y se tocó los párpados con el pulgar y el índice.

—No lo sé —respondió con una voz estrangulada—. Vinieron y me la dejaron. Eso es todo lo que sé.

—¿Quién te la dejó?

George levantó los ojos, brillantes por la emoción, y señaló al cielo con uno de sus dedos sucios.

Cuando Bosch lo imitó, vio un retazo de cielo azul entre las copas de los árboles y soltó un suspiro, exasperado. Aquello no iba a ninguna parte.

—O sea que unos hombrecillos verdes te la lanzaron desde su nave espacial, ¿no, George? ¿Es eso lo que quieres decir?

—Yo no he dicho eso. No sé si eran verdes porque no los vi.

—¿Pero viste la nave espacial?

—No, tampoco he dicho eso. Sólo vi las luces de aterrizaje.

Bosch se quedó mirándolo.

—Es de mi talla —continuó George—. Tienen un rayo

invisible que te mide desde allá arriba, tú ni te das cuenta, y entonces te mandan la ropa.

—Genial.

A Bosch comenzaban a dolerle las rodillas. Cuando se levantó, los huesos le crujieron.

—Estoy demasiado viejo para esta mierda, George.

—Ésa es una frase de poli. Cuando yo tenía mi casa, siempre veía *Kojak*.

—Muy bien. Vamos a hacer una cosa, George. Si no te importa, me voy a llevar esa bolsa y la caja de vídeos.

—Adelante. Yo no viajo. Y tampoco tengo vídeo.

Mientras Bosch se dirigía hacia la caja y la bolsa, se preguntó por qué los asesinos no las habían dejado en el Rolls. Entonces se le ocurrió que las cosas debían de haber estado en el maletero. Como tenían prisa, las habían arrojado colina abajo para poder meter a Aliso. Había sido una decisión apresurada. Un error.

Bosch cogió la bolsa por una esquina cuidando de no tocar el asa, aunque no creía que encontrara otras huellas aparte de las de George. La caja era ligera pero aparatosa, así que tendría que hacer un segundo viaje. Al volver la vista hacia el vagabundo, Harry decidió no amargarle el día.

—George, de momento puedes quedarte la ropa.

—Vale, gracias.

—De nada.

Mientras subía por la pendiente, Bosch pensó en que debería acordonar la zona y llamar a Investigaciones Científicas para que siguieran los pasos de rigor. Pero no podía. Si lo hacía, se descubriría que había continuado una investigación de la que le habían expulsado.

Cuando llegó a la cima, el tema había dejado de preocuparle. Había encontrado una nueva pista, lo cual le inspiró un plan. Inmediatamente Bosch comenzó a esbozarlo en su cabeza. Estaba entusiasmado. Al pisar el asfalto de la carretera, le pegó un puñetazo al aire y echó a correr hacia su coche.

Bosch pulió los detalles de su plan mientras se dirigía a Hidden Highlands. Hasta entonces Harry había sido como un corcho a la deriva en el océano del caso. Las corrientes lo habían arrastrado sin que él lograra controlar la situación. No obstante, las cosas habían cambiado. En ese momento Harry tenía una idea que, con un poco de suerte, le permitiría atrapar a Verónica Aliso.

Cuando llegó a Hidden Highlands, Nash estaba en la garita. El guarda salió y se agachó para saludar.

—Buenos días.

—¿Qué tal, Nash?

—Regular. Su gente anda por ahí revolucionando al personal.

—Ya, bueno. ¿Qué le vamos a hacer?

—Nada, supongo. ¿Va a reunirse con ellos o viene a ver a la señora Aliso?

—Vengo a ver a la señora del castillo.

—Bien. A lo mejor así me deja en paz. Voy a avisarla.

—¿Es que no le deja en paz?

—No, ha estado llamando para saber por qué llevan toda la mañana hablando con los vecinos.

—¿Y qué le ha dicho?

—Pues que la policía está haciendo su trabajo y que en una investigación de homicidio tiene que hablar con mucha gente.

—Muy bien. Hasta ahora.

Nash se despidió y le abrió la verja. Bosch se dirigió

a la mansión de Aliso, pero antes de llegar vio a Edgar que salía de la casa de al lado. Bosch detuvo el coche y le indicó que se acercara.

—Harry.

—Jerry, ¿has encontrado algo?

—No, no mucho. Da igual investigar en estos barrios ricos que en las peores zonas. Nadie quiere hablar, nadie vio nada. Estoy harto.

—¿Dónde está Kiz?

—Recorriendo a pie el otro lado de la calle. Nos reunimos en la comisaría y cogimos un solo coche. Por cierto, Harry, ¿qué te parece?

—¿Kiz? Muy buena detective.

—No, no me refiero a eso. Ya sabes... ¿qué te parece?

Bosch se lo quedó mirando.

—¿Quieres decir ella y tú?

—Sí, ella y yo.

Bosch sabía que Edgar se había divorciado hacía seis meses y comenzaba a sacar la cabeza del hoyo. No obstante, también sabía algo sobre Kiz que no tenía derecho a contarle.

—No lo sé, Jerry. Es mejor no liarse con compañeros de trabajo.

—Sí, puede ser —convino Edgar—. ¿Vas a ver a la viuda?

—Sí.

—¿Quieres que vaya contigo? Nunca se sabe; si se imagina que sospechamos de ella, a lo mejor intenta escaparse. O pegarte un tiro.

—Lo dudo. Es demasiado fría para reaccionar así. Vamos a buscar a Kiz. Tengo un plan y os necesito a los dos.

Y

Verónica Aliso los aguardaba en la puerta.

—Estoy esperando a que me den una explicación. ¿Se puede saber qué está pasando?

—Lo siento, señora Aliso —se disculpó Bosch—. Hemos estado muy ocupados.

Verónica Aliso los hizo pasar.

—¿Quieren tomar algo? —preguntó mientras los conducía al salón.

—No, gracias.

Habían acordado que Bosch fuera el único en hablar. Rider y Edgar intentarían intimidarla con su silencio y sus miradas gélidas.

Bosch y Rider se sentaron en el mismo sitio que la primera vez, y Verónica Aliso hizo lo propio. En cambio Edgar permaneció de pie, lejos del sofá. Tras apoyarse en la repisa de la chimenea, puso cara de preferir estar en cualquier otra parte del planeta ese sábado por la mañana.

Verónica Aliso vestía tejanos, una camisa clásica azul celeste y unas botas sucias de trabajo. Llevaba el pelo recogido en un moño y estaba muy guapa, a pesar de que no se había arreglado mucho. Bosch se fijó en las pecas de su escote. Él sabía por el vídeo que continuaban hasta el pecho.

—¿Interrumpimos algo? —preguntó Bosch—. ¿Iba usted a salir?

—Quería ir a los establos de Burbank, donde tengo un caballo. El cadáver de mi marido fue incinerado y voy a llevar las cenizas al campo. A Tony le encantaba el campo...

Bosch asintió con aire grave.

—Bueno, no tardaremos mucho. Ya habrá visto que hemos estado hablando con los vecinos. Es sólo una encuesta de rutina. Nunca se sabe; tal vez alguien vio algo, un coche delante de la casa que no debería haber estado allí... no sé.

—Yo me habría dado cuenta.

—Ya... Me refería a cuando usted no estaba aquí. Si hubiera entrado alguien, usted no lo habría sabido.

—¿Y cómo habrían entrado en la urbanización?

—Es poco probable, ya lo sé. Pero de momento es todo lo que tenemos.

Ella frunció el ceño.

—¿Nada más? ¿Y eso que me dijeron el otro día? ¿Lo del hombre de Las Vegas?

—Lo siento mucho, señora Aliso, pero nos equivocamos de camino. Las primeras pistas sobre su marido parecían apuntar en esa dirección, pero la cosa no funcionó. Ahora creemos que vamos por el buen camino y queremos recuperar el tiempo perdido.

Ella parecía muy sorprendida.

—No lo entiendo. ¿Qué quiere decir con que se equivocaron de camino?

—Sí, bueno, se lo puedo explicar, si le interesa. Pero tiene que ver con su marido y algunos asuntos bastante desagradables.

—Detective, en los últimos días me he preparado para cualquier cosa. Cuéntemelo.

—Bueno, tal como le indiqué en nuestra última visita, su marido estaba involucrado con una gente muy peligrosa de Las Vegas. Creo que mencioné los nombres: Joey *el Marcas* y Luke Goshen.

—No me acuerdo. —Ella mantuvo la mirada de asombro.

Bosch tenía que admitir que era buena actriz. Tal vez no había triunfado en el cine, pero podía actuar cuando lo necesitaba.

—Para ser claros, eran mafiosos, miembros de una organización criminal de Las Vegas —prosiguió Bosch—. Y parece que su marido llevaba mucho tiempo trabajando para ellos; iba a buscar dinero negro a Las Vegas y luego lo invertía en sus películas. Después de blanquearlo, se lo devolvía a la mafia, cobrando comisión. Como era mucho dinero, nos despistó. Hacienda estaba a punto de hacerle una inspección a su marido. ¿Lo sabía?

—¿Una inspección? No, no me dijo nada.

—Bueno, cuando descubrimos lo de la inspección, pensamos que tal vez la mafia también se había enterado y había matado a su marido para que no salieran a la luz sus actividades ilegales. Sin embargo, ahora ya no creemos que fuera así.

—No lo entiendo. ¿Están seguros? A mí me parece obvio que esa gente tuvo algo que ver.

Aquí Verónica falló un poco. Su tono de voz era demasiado apremiante.

—Bueno, ya le he dicho que nosotros también lo pensamos. No hemos abandonado del todo esa posibilidad, aunque de momento no encaja. El hombre que arrestamos en Las Vegas, ese tal Goshen que le mencioné, parecía culpable pero resultó tener una coartada como una roca; imposible de romper. No pudo ser él, señora Aliso. De momento todo indica que alguien se tomó muchas molestias para que pareciera que lo hizo él, pero no fue así.

Verónica Aliso negó con la cabeza. Entonces cometió su primer error de verdad; podría haber dicho que si no había sido Goshen, tenía que haber sido el otro hombre que Bosch había mencionado o algún otro mafioso.

Sin embargo, no lo hizo. En consecuencia, Bosch dedujo que ella sabía lo de Goshen. Verónica se había dado cuenta de que el plan no había funcionado y estaba pensando a la desesperada.

—Entonces, ¿qué van a hacer? —preguntó finalmente.

—Lo hemos soltado.

—Me refiero a la investigación.

—Bueno, estamos empezando un poco de cero. Ahora pensamos que tal vez fue un robo.

—Pero usted dijo que no se llevaron el reloj.

—Es cierto, no se lo llevaron. Sin embargo, la investigación en Las Vegas no fue una total pérdida de tiempo. Allí descubrimos que su marido llevaba mucho dinero cuando aterrizó en Los Ángeles esa noche. Lo traía para blanquearlo a través de su compañía. Era mucho; más de un millón de dólares. Lo llevaba para...

—¿Un millón de dólares?

Ése fue su segundo error. Para Bosch, el énfasis en la palabra millón y su sorpresa la delataron. Verónica tenía que saber que había mucho menos dinero en el maletín de Aliso. Bosch la contempló mientras ella miraba al infinito; claramente la procesión iba por dentro. Harry esperaba que estuviera preguntándose dónde estaba el resto del dinero.

—Sí —contestó él—. Verá, el hombre que le dio el dinero a su marido, el que al principio pensamos que era sospechoso, es un agente del FBI que se infiltró en la organización en la que trabajaba su marido. Por eso su coartada es tan sólida. Fue él quien nos dijo que su marido llevaba un millón de dólares. Ni siquiera cabía en el maletín, así que tuvo que meter una parte en la bolsa.

Bosch hizo una pausa, consciente de que ella estaba visualizando toda la historia. Sus ojos tenían esa mirada perdida que ya había visto en sus películas. Aunque en esa ocasión era auténtica. Todavía no había terminado la entrevista, pero ella ya estaba tramando algo. Harry lo notaba.

—¿Estaba el dinero marcado por el FBI? —preguntó ella—. Quiero decir: ¿pueden localizarlo de alguna manera?

—No, desgraciadamente el agente no tuvo tiempo de marcarlo. Había demasiado dinero. Pero la transacción tuvo lugar en un despacho con una cámara de vídeo, así que no hay duda; Tony se marchó de Las Vegas con un millón de dólares. Para ser exactos... —Bosch hizo una pausa para abrir su maletín y consultar rápidamente una página de una carpeta—, un millón setenta y seis mil. Todo en efectivo.

Verónica bajó la mirada al asentir. Bosch la observó, pero su concentración se vio interrumpida cuando le pareció oír un ruido en la casa. De pronto se le ocurrió que tal vez hubiera alguien más con ella. No se lo habían preguntado.

—¿Ha oído eso? —preguntó Bosch.

—¿Qué?

—Me ha parecido oír algo. ¿Está usted sola?

—Sí.

—Parecía un golpe.

—¿Quiere que eche un vistazo? —se ofreció Edgar.

—Oh, no... —intervino Verónica rápidamente—. Em... Habrá sido el gato.

Bosch no recordaba haber visto un gato la última vez que estuvieron allí. Miró rápidamente a Kiz, que hizo un gesto casi imperceptible para indicarle que ella tampoco lo recordaba. De todos modos, Harry decidió pasarlo por alto.

—Bueno, ahora ya sabe por qué hemos venido. Tenemos que hacerle unas preguntas. Puede que usted ya nos las haya contestado antes, pero, como le he dicho, estamos empezando de cero. No la entretendremos mucho, así podrá irse a los establos.

—Muy bien. Adelante.

—¿Le importa si me tomo un vaso de agua antes de empezar?

—No, claro que no. Lo siento, debería habérselo ofrecido. ¿Alguien más quiere algo?

—Yo paso —dijo Edgar.

—No, gracias —contestó Rider.

Verónica Aliso se levantó y se dirigió al pasillo. Bosch le dio un poco de ventaja y después la siguió.

—Sí que nos ofreció algo, pero yo le dije que no —explicó Bosch a sus espaldas—. Pensaba que no tendría sed.

Bosch la siguió hasta la cocina, donde ella abrió un armario y sacó un vaso. Bosch miró a su alrededor. Era una cocina grande con electrodomésticos de acero inoxidable, encimeras de granito negro y una zona central con un fregadero.

—Del grifo ya me va bien —dijo, al tiempo que le cogía el vaso para llenarlo en el fregadero.

Bosch se apoyó en la encimera y bebió un sorbo de agua. Después vertió el resto y depositó el vaso junto a la pila.

—¿No quiere más?

—No, sólo era para quitar las telarañas.

Él sonrió, pero ella no.

—Bueno, ¿volvemos al salón? —preguntó la señora Aliso.

Bosch la siguió y, justo antes de salir de la cocina, se volvió a mirar el suelo de baldosa gris. Sin embargo, no vio lo que esperaba.

Durante los siguientes quince minutos Bosch le

hizo preguntas sobre cosas que ya habían discutido seis días antes y tenían poco que ver con la situación actual del caso. Eran los últimos toques al plan; la trampa estaba tendida y aquélla era su forma de retirarse discretamente. Cuando consideró que ya había dicho y preguntado bastante, Bosch cerró la libreta en la que había tomado unos apuntes que no volvería a leer, y se levantó. Harry le dio las gracias a Verónica Aliso por su paciencia y ésta acompañó a los tres detectives hasta la puerta. Cuando Bosch traspasó el umbral, ella lo detuvo. A Harry no le sorprendió; la viuda también tenía un papel que interpretar.

—Manténgame informada, detective Bosch. Se lo ruego.

Bosch se volvió para mirarla.

—Tranquila. Si pasa algo, usted será la primera en saberlo.

Bosch acercó a Edgar y Rider hasta su coche, sin hablar sobre la entrevista hasta después de aparcar.

—Bueno, ¿qué opináis? —preguntó Harry mientras sacaba el tabaco.

—Que el anzuelo está echado —contestó Edgar.

—Sí —convino Rider—. La cosa se pone interesante.

—¿Y el gato? —dijo Bosch después de encender un cigarrillo.

—¿Qué? —preguntó Edgar.

—El ruido de la casa. Ella dijo que era el gato, pero en la cocina no había ningún cuenco con comida.

—A lo mejor están fuera —sugirió Edgar.

Bosch negó con la cabeza.

—La gente que tiene gatos en casa les da de comer

dentro —explicó Bosch—. Aquí en la montaña no puedes dejarlos salir, por los coyotes. A mí personalmente no me gustan los gatos. Soy alérgico y siempre noto si hay uno cerca, así que no creo que sea cierto. Kiz, tú no viste ningún gato, ¿verdad?

—No, y eso que me pasé todo el lunes ahí dentro.

—¿Crees que era el tío? —preguntó Edgar—. ¿El que lo planeó todo con ella?

—Puede ser. Creo que allí había alguien. Tal vez su abogado.

—No, los abogados no se esconden de esa manera; dan la cara.

—Cierto.

—¿Deberíamos quedarnos a vigilar para ver quién sale? —preguntó Edgar.

Bosch reflexionó un instante.

—No —contestó finalmente—. Si nos ven, descubrirán que lo del dinero es un cebo; es mejor dejarlo. Venga, salgamos de aquí. Tenemos que prepararnos.

7

Durante su estancia en Vietnam, la misión principal de Bosch había sido luchar en la red de túneles que se extendía bajo los pueblos de la provincia de Cu Chi; sumergirse en las profundidades que los soldados llamaban «el eco negro» y regresar vivo. No obstante, el trabajo en el interior de las galerías subterráneas era rápido, de modo que entre misiones Bosch pasaba muchos días en la jungla, luchando y esperando. En una de esas ocasiones, él y un puñado de hombres quedaron aislados de su unidad. Bosch pasó una noche sentado en la hierba alta, espalda contra espalda con un chico de Alabama llamado Donnel Fredrick, mientras todos oían los pasos de una compañía del Vietcong y esperaban en silencio a que el enemigo los encontrase. No podían hacer otra cosa, ya que los vietnamitas los superaban en número. Durante la espera, los minutos se les antojaron horas. Sin embargo, todos sobrevivieron, aunque Donnel murió más tarde en una trinchera, herido por un impacto de mortero disparado desde su propio bando. Bosch siempre había pensado que esa noche en la hierba alta vivió lo más parecido a un milagro.

A menudo, cuando estaba solo en una guardia o en una situación de peligro, Bosch recordaba aquella noche.

Por eso le vino a la memoria en ese momento, mientras esperaba sentado con las piernas cruzadas y apoyado en el eucalipto a diez metros del refugio de George, el vagabundo. Encima de su ropa, Harry llevaba una especie de poncho de plástico que solía guardar en el maletero de su coche. Las chocolatinas que tenía eran de la marca Hershey, con almendras, las mismas que había comido en la jungla tantos años atrás. Y como aquella noche en la hierba alta, el tiempo que permaneció inmóvil se le hizo eterno. Estaba oscuro, sólo un tenue rayo de luna iluminaba la lona azul, y Bosch seguía a la espera. Le apetecía un cigarrillo, pero no podía arriesgarse a encender un mechero en la oscuridad. De vez en cuando le parecía oír a Edgar en su puesto veinte metros a su derecha, aunque no podía estar seguro de que se tratara de su compañero y no de un ciervo o un coyote.

George le había dicho que había coyotes. El vagabundo se lo había advertido cuando Bosch lo metió en el asiento de atrás del coche para llevarlo al hotel donde iba a pasar la noche. Afortunadamente a Harry no le daban miedo los coyotes.

No había sido fácil lograr que el anciano se marchara. George estaba convencido de que habían venido a llevárselo a Camarillo. Y allí era adonde debería haber ido, pero la institución no lo admitía sin un certificado aprobado por el gobierno. Así que el vagabundo iba a alojarse un par de noches en el hotel Mark Twain de Hollywood. No era un mal sitio; Bosch había vivido allí más de un año mientras reconstruían su casa. La peor habitación del hotel era diez veces mejor que una lona en el bosque. No obstante, Bosch sabía que George tal vez no compartiera ese punto de vista.

A las once y media, el tráfico en Mulholland se había

reducido a un coche cada cinco minutos. Bosch no los veía debido al desnivel del terreno y la espesura de los matorrales, pero los oía y veía sus faros, que iluminaban el follaje por encima de su cabeza. En ese momento Bosch estaba alerta porque un coche había pasado dos veces, una en cada dirección. Se notaba que era el mismo vehículo porque el motor iba un poco estrangulado.

· De pronto el coche volvió a pasar por tercera vez. Bosch escuchó con atención el ruido del motor, al que se añadió el sonido de los neumáticos sobre la grava, señal de que había salido al arcén. Acto seguido el motor se detuvo y el silencio subsiguiente se vio puntuado por el ruido de una puerta al abrirse y cerrarse a continuación. Harry se acuclilló lentamente, pese al dolor que le producía esa postura en las rodillas, y se preparó para entrar en acción. Escudriñó la oscuridad a su derecha, donde estaba Edgar, pero no vio nada. Después miró hacia la cima de la pendiente y esperó.

Al cabo de unos instantes Harry vio una luz que recorría los matorrales. El haz de una linterna apuntaba hacia abajo y oscilaba de izquierda a derecha mientras su portador descendía cautelosamente por la pendiente en dirección al refugio. Bajo el poncho, Bosch sostenía la pistola con una mano y una linterna con la otra. Tenía el pulgar apoyado en el interruptor, listo para encenderla.

El haz de luz dejó de moverse. Bosch supuso que el sospechoso había hallado el lugar donde tendría que haber estado la bolsa. Tras un momento de vacilación, recorrió el bosque con la linterna, iluminando a Bosch durante una fracción de segundo. Sin embargo, la luz no volvió a él, sino que se detuvo en la lona azul, tal como Harry había supuesto que ocurriría. Luego el individuo comenzó a avanzar, siempre guiado por la linterna. El hombre —si es que se trataba de un hombre— tropezó al acercarse al hogar de George y, unos instantes más tarde, desapareció tras el plástico azul. Bosch sintió una descarga de adrenalina por todo el cuerpo. Una vez más, se acordó de Vietnam. En esa ocasión evocó los túneles: atacar al enemigo en la oscuridad, con la consiguiente sensación de terror y emoción. Harry sólo había admitido esto último cuando logró salir sano y salvo de aquel infierno. Y en parte para reemplazar esa sensación, se había unido a la policía.

Con la esperanza de que no le crujieran las rodillas, Bosch se puso en pie muy despacio con la vista fija en la luz de la linterna. Edgar y él habían colocado la bolsa debajo de la lona después de rellenarla con papel de periódico arrugado. Bosch comenzó a avanzar hacia el refugio lo más silenciosamente posible. En teoría, mientras él se acercaba por la izquierda, Edgar lo hacía por la derecha. Sin embargo, la oscuridad le impedía comprobarlo.

Bosch estaba a tres metros de distancia y oía la respiración acelerada de la persona bajo la lona. A continuación oyó el ruido de una cremallera que se abría, seguido de una exclamación.

—¡Mierda!

Bosch se acercó y reconoció la voz justo al llegar a la parte descubierta del refugio. Acto seguido, apuntó su arma y su linterna en esa dirección.

—¡Alto! ¡Policía! —gritó Bosch, al tiempo que encendía la linterna—. De acuerdo, sal de ahí, Powers.

Casi inmediatamente se encendió una linterna a la derecha de Bosch.

—¿Qué coño...? —comenzó a decir Edgar.

Enfocado por ambas linternas estaba el agente Ray Powers. El corpulento policía, vestido de uniforme, sostenía su propia linterna de patrulla en una mano y la pistola en la otra. Powers se había quedado boquiabierto, con una expresión de asombro total.

—Bosch, ¿qué coño haces aquí? —exclamó.

—Eso digo yo, Powers —replicó Edgar, furioso—. ¿Sabes qué coño has hecho? Te has metido en una... ¿Qué hacías aquí, tío?

Powers bajó el arma y la enfundó.

—Estaba... Bueno, me avisaron. Alguien debió de veros escondiéndoos por aquí. Me dijeron que había dos tíos merodeando por el bosque.

Bosch se alejó del refugio sin bajar su pistola.

—Sal de ahí, Powers —le ordenó.

Powers obedeció. Bosch le apuntó con la linterna en la cara.

—¿Y el aviso? ¿Quién lo dio?

—Un tío que pasaba en coche por la carretera. Debió de veros por aquí. ¿Quieres quitarme eso de la cara?

Bosch no le hizo caso.

—¿Entonces qué? —preguntó—. ¿A quién llamó?

Después de llevar a Bosch y Edgar hasta allí, la misión de Rider era aparcar en una calle cercana y escuchar la radio de la policía. Bosch sabía que, de haberse producido esa llamada, la detective habría anulado la visita de la patrulla diciéndoles que se trataba de una operación de vigilancia.

—No llamó. Yo iba en el coche y el tío me paró.

—¿Te dijo que acababa de vernos?

—Eh... no. Me paró hace un rato, pero no he podido comprobarlo hasta ahora.

Bosch y Edgar se habían apostado en el bosque a las

dos y media. A esa hora era de día y Powers todavía no estaba de servicio. El único coche en la zona era el de Rider. Bosch sabía que Powers mentía y todo comenzaba a cobrar sentido: el hallazgo del cadáver, la huella en el maletero, el Pepper Spray y la razón por la cual le habían quitado las ligaduras de las muñecas. Todo estaba allí, en los detalles.

—¿Cuánto tiempo hace? —insistió Bosch.

—Bueno, justo después de empezar mi ronda. No me acuerdo de la hora.

—¿Era de día?

—Sí. ¡Baja ya la linterna!

Bosch siguió sin hacerle caso.

—¿Cómo se llamaba el ciudadano que nos vio?

—No me dio su nombre. Era un tío en un jaguar que me paró en el cruce de Laurel Canyon y Mulholland. Me contó lo que había visto y yo le dije que lo comprobaría en cuanto pudiera. Así que vine a verlo y entonces vi la bolsa. Me imaginé que sería la del tío del maletero; vi la circular sobre el coche y el equipaje, así que sabía que lo estabais buscando. Siento haberos jodido el asunto, pero deberíais haber informado al oficial de guardia. Joder, Bosch, me estás dejando ciego.

—Sí, nos lo has jodido —repitió Bosch, que finalmente dejó de apuntarle con la linterna. También bajó la pistola, pero no la enfundó sino que se la guardó debajo del poncho—. Ya no vale la pena continuar. Powers, sube hasta tu coche. Jerry, coge la bolsa.

Bosch ascendió por la colina detrás de Powers con la linterna enfocada en la espalda del policía. Harry sabía que si hubieran esposado a Powers en el refugio, no podrían haberlo llevado hasta la carretera debido a la pronunciada pendiente y a que el agente podría haber ofrecido resistencia. Por eso tuvo que engañarlo y hacerle pensar que no pasaba nada.

En la cima de la colina, Bosch esperó a que Edgar llegara antes de actuar.

—¿Sabes lo que no entiendo, Powers?

—¿Qué?

—No entiendo por qué esperaste hasta la noche para comprobar una queja que recibiste durante el día. ¿Te dicen que dos personas sospechosas están merodeando por los bosques y tú decides esperar hasta que oscurezca para ir a comprobarlo tú solo?

—Ya te lo he dicho. No he tenido tiempo.

—Y una mierda, Powers —le espetó Edgar, que o bien acababa de comprender o le había seguido el juego a Bosch perfectamente.

Los ojos de Powers se apagaron al concentrarse en lo que debía hacer. Harry aprovechó el momento para apuntar su pistola entre esos dos portales vacíos.

—No pienses tanto, Powers; se acabó —le anunció—. Ahora estate quieto. ¿Jerry?

Edgar se acercó por la espalda y le arrebató la pistola a Powers. Tras arrojarla al suelo, le agarró las manos y lo esposó. Cuando hubo terminado recogió el arma. A Bosch le pareció que Powers seguía retraído, con la mirada totalmente ausente. De pronto el policía volvió a la realidad.

—Estáis locos. La habéis cagado de verdad —afirmó con rabia contenida.

—Ya lo veremos. Jerry, ¿lo tienes? Quiero llamar a Kiz.

—Adelante. Lo tengo cogido por los huevos —respondió Edgar—. Espero que intente escapar. Anda, Powers, a ver si me alegras el día.

—¡Vete a la mierda, Edgar! No sabéis lo que hacéis. ¡Os la vais a cargar! ¡Os la vais a cargar con todo el equipo!

Edgar no replicó. Bosch se sacó el walkic-talkie del bolsillo y pulsó el botón para hablar.

—Kiz, ¿estás ahí?

—Sí.

—Ven aquí. Rápido.

—Voy.

Bosch se guardó el walkie-talkie y todos permanecieron en silencio un minuto hasta que vieron la luz azul de la sirena de Rider. Harry se acercó. La luz intermitente iluminaba las copas de los árboles del bosque. Bosch se dio cuenta de que desde abajo, desde el refugio de George, podía parecer que las luces vinieran del cielo. En ese momento lo vio todo claro. La nave espacial de George había sido el coche patrulla de Powers y el secuestro una parada de inspección de la policía; la forma ideal de detener a un hombre que llevaba casi medio millón de dólares en efectivo. Powers se había limitado a esperar el Rolls blanco de Aliso, seguramente en el cruce de Mulholland y Laurel Canyon. Luego lo había seguido y había encendido las luces al llegar a aquella curva solitaria. Tony debió de pensar que iba demasiado rápido y se detuvo.

Rider aparcó detrás del coche patrulla, y Bosch fue a hablar con ella.

—¿Qué ha pasado? —preguntó Rider.

—Powers. Es Powers.

—Dios.

—Sí. Quiero que tú y Jerry lo llevéis a la comisaría. Yo os seguiré en el coche patrulla.

Bosch regresó con Edgar y Powers.

—Vale, vámonos.

—Acabáis de perder vuestros trabajos —amenazó Powers—. La habéis cagado.

—Nos lo cuentas en la comisaría.

Cuando cogió a Powers del brazo, Bosch notó su musculatura. Edgar y él lo metieron en el asiento de atrás del coche de Rider y Edgar se sentó junto a él. Bosch asomó la cabeza por la puerta abierta para darles instrucciones.

—Quitádselo todo y encerradlo en una de las salas de interrogación. No os olvidéis de la llave para las esposas —les recordó—. Yo os sigo en el coche.

Dicho eso, Bosch cerró la puerta y golpeó dos veces en el techo del vehículo. Acto seguido se dirigió al coche patrulla, depositó la bolsa de Aliso en el asiento de atrás y se sentó al volante. Cuando Rider arrancó, Bosch la siguió a toda velocidad hacia Laurel Canyon.

Billets tardó menos de una hora en presentarse. Cuando llegó, los tres detectives estaban sentados en la mesa de Homicidios. Bosch estaba repasando el expediente del caso con Rider, que tomaba notas en una libreta. Edgar, por su parte, estaba escribiendo a máquina. La teniente entró con un ímpetu y una mirada acorde con las circunstancias. Bosch aún no había hablado con ella, porque había sido Rider quien la había avisado.

—¿Qué me estás haciendo? —preguntó Billets, taladrando a Bosch con la mirada.

La teniente se dirigía a Bosch porque era el jefe del equipo y la responsabilidad de aquella posible catástrofe caería enteramente sobre él. A Harry no le importaba, no sólo porque le parecía justo, sino porque en la media hora que había tenido para repasar el expediente y las demás pruebas del caso, su confianza había ido en aumento.

—¿Que qué le estoy haciendo? Le he traído a su asesino.

—Te dije que llevaras una investigación discreta y cuidadosa —respondió Billets—. ¡No que montaras una operación chapucera y detuvieras a un poli! No me lo puedo creer.

Billets se puso a caminar arriba y abajo, sin mirarlos a los ojos. La oficina de detectives estaba vacía a excepción de ellos cuatro.

—Es Powers, teniente —le informó Bosch—. Si se calma, podremos...

—Ah, ¿conque es él? ¿Y tienes pruebas? ¡Genial! Ahora mismo llamo al fiscal para que tome nota de los cargos. Por un momento creí que habíais trincado a este hombre sin apenas tener pruebas contra él. —Billets se paró y fulminó a Bosch con la mirada.

—En primer lugar, detenerlo fue una decisión sólo mía —explicó Bosch con toda la calma posible—. Y tiene razón, todavía no tenemos suficientes pruebas para llamar al fiscal, pero las conseguiremos. No me cabe ninguna duda de que Powers es nuestro hombre. Fueron él y la viuda.

—Vaya, me alegro de que a ti no te quepa ninguna duda, pero tú no eres el fiscal ni el maldito jurado.

Bosch no respondió porque era inútil. Tenía que esperar a que se disipara la rabia de la teniente antes de poder hablar con tranquilidad.

—¿Dónde está? —quiso saber Billets.

—En la sala tres —contestó Bosch.

—¿Qué le habéis dicho al oficial de guardia?

—Nada, porque ocurrió al final del turno. Powers iba

a recoger la bolsa de Aliso y luego a fichar, así que pudimos encerrarlo mientras estaban pasando lista para el siguiente turno y no había nadie por los pasillos. Yo aparqué su coche y dejé la llave en la oficina de guardia. Le dije al teniente que estaba de servicio que íbamos a usar a Powers para un pequeño registro porque necesitábamos a un agente de uniforme. Él me contestó que de acuerdo y supongo que se fue a casa. Que yo sepa, nadie sabe que lo tenemos ahí.

Billets reflexionó un instante. Cuando habló, parecía más tranquila; más como la persona que normalmente ocupaba el despacho acristalado.

—De acuerdo. Voy a pasarme por allí a buscar café, a ver si me preguntan por él. Cuando vuelva, quiero hablar de todo esto con detalle para ver qué tenemos.

Billets se dirigió lentamente hacia el pasillo al fondo de la oficina de detectives. Bosch la contempló mientras se alejaba y después marcó el número de la oficina de seguridad del Mirage. Tras dar su nombre a la persona que contestó, le dijo que tenía que hablar urgentemente con Hank Meyer.

Cuando el hombre mencionó que eran más de las doce, Bosch insistió en que era una emergencia y le aseguró que Meyer estaría dispuesto a hablar con él. Bosch le dio todos los números donde podría localizarlo, empezando con su teléfono de la comisaría, y colgó. Después volvió a repasar la documentación del caso.

—¿Has dicho que está en la tres?

Bosch levantó la vista y asintió. Billets había vuelto con una taza de café humeante.

—Quiero echarle un vistazo.

Bosch la acompañó por el pasillo hasta llegar a las cuatro puertas que daban a las salas de interrogación. Las puertas número uno y dos estaban a la izquierda; la tres y la cuatro a la derecha, a pesar de que no había una sala número cuatro. Aquella puerta daba a un pequeño cubículo con una ventana de cristal que permitía observar la sala tres. Al otro lado del cristal había un espejo. Billets entró en la sala cuatro y vio a Powers sentado en una silla directamente enfrente del espejo, tieso como una vara. Tenía las manos esposadas a la espalda; todavía llevaba el uniforme, pero le habían quitado el cinturón. Powers miraba directamente su imagen en el espejo, lo cual producía un efecto un poco siniestro en la sala cuatro. Parecía que los estuviera mirando directamente a los ojos, como si no hubiera nada que los separase.

Billets miró a aquel hombre con la vista fija en ella.

—Ya sabes que hay mucho en juego —susurró.

—Sí —contestó Bosch.

Los dos permanecieron un rato en silencio hasta que Edgar abrió la puerta para anunciar que Hank Meyer estaba al teléfono. Bosch regresó a la oficina y le pidió a Meyer lo que necesitaba. Meyer le contestó que estaba en casa y tendría que ir al hotel, pero que lo llamaría lo antes posible. Bosch le dio las gracias y colgó. Para entonces, Billets se había sentado en una de las sillas de la mesa de Homicidios.

—Contadme exactamente qué ha pasado —dijo.

Bosch, que seguía siendo el responsable, se pasó los siguientes quince minutos narrando cómo había encontrado la bolsa de Tony Aliso, cómo le había tendido la trampa a Verónica y esperado en el bosque de Mulholland hasta que apareció Powers. Luego le dijo que la explicación que Powers les había dado no tenía ningún sentido.

—¿Qué más ha dicho? —preguntó Billets al final.

—Nada. Jerry y Kiz lo metieron en la sala y ya está.

—¿Y qué más tenéis?

—Para empezar, tenemos su huella en el interior de la puerta del maletero. También tenemos pruebas de su asociación con la viuda.

Billets arqueó las cejas, sorprendida.

—En eso estábamos trabajando cuando usted llegó. El domingo por la noche, al buscar el nombre de la víctima en el ordenador, a Jerry le salió una denuncia de robo. Alguien entró en la casa de Aliso en el mes de marzo. Jerry encontró el informe, pero no parecía guardar conexión con el caso; era un robo normal y corriente. Sin embargo, el agente que recibió la denuncia de la señora Aliso era Powers. Creemos que la relación comenzó con el robo; ahí es donde se conocieron. Después de eso, tenemos la lista de entradas y salidas de la garita del guardia. En la lista están anotadas las rondas que hizo la policía en Hidden Highlands con el número del coche patrulla. La lista muestra que el vehículo asignado a Powers había estado patrullando la urbanización dos o tres noches a la semana, las mismas que sabemos por sus tarjetas de crédito que Tony estaba fuera de la ciudad. Creemos que iba a verse con Verónica.

—¿Qué más? —preguntó la teniente—. De momento sólo tenéis un montón de casualidades.

—Las casualidades no existen —dijo Bosch—. No como éstas.

—Continúa.

—Como le decía, la historia de Powers de por qué fue al bosque no tiene sentido. Bajó a buscar la bolsa de Aliso y la única forma de que supiera que valía la pena volver a por ella era a través de Verónica. Es él, teniente. Él es el asesino.

Billets meditó un momento. Bosch creía que sus argumentos comenzaban a convencerla, pero aún tenía otra carta en la manga.

—Otra cosa: ¿Recuerda nuestro problema con Verónica? No sabíamos cómo podía haber salido de Hidden Highlands sin que apareciera en la lista de entradas y salidas.

—Sí.

—Pues bien, la lista muestra que la noche del asesinato, el coche de Powers entró a patrullar en dos ocasiones. Las dos veces fue cosa de entrar y salir. La primera vez entró a las diez y salió a las diez y diez. La segunda entró a las once cuarenta y ocho y salió cuatro minutos más tarde. En la lista constaba como una patrulla de rutina.

—¿Y qué?

—La primera vez entró y la recogió a ella. Verónica se ocultó en el suelo del asiento de atrás. Fuera estaba oscuro y el guarda sólo vio a Powers que volvía a salir. Los dos esperaron a Tony, se lo cargaron y después Powers la llevó a casa, lo cual explica la segunda entrada.

—Parece que encaja —opinó Billets, asintiendo con la cabeza—. ¿Cómo ves el asesinato en sí?

—Siempre habíamos pensado que tuvieron que hacerlo dos personas. Verónica sabía en qué vuelo llegaba Tony; eso les permitió calcular la hora. Powers la fue a buscar y los dos se plantaron en el cruce de Laurel Canyon y Mulholland a esperar al Rolls blanco, que debió de pasar alrededor de las once. Powers siguió a Tony hasta la curva cerca del bosque, encendió las luces del coche patrulla y le indicó que se detuviera, como si se tratara de un control de la policía. Entonces le ordenó a Tony que saliera del coche y se dirigiera al maletero, que tal vez abrió Tony o tal vez Powers después de esposarlo. De cualquier forma, Powers descubrió entonces que tenía un problema: la bolsa y la caja de vídeos no le dejaban mucho espacio libre. Powers no tenía demasiado tiempo porque un coche podría aparecer por detrás y descubrirlos, así que cogió la bolsa y la caja y las arrojó colina abajo. Entonces le dijo a Tony que se metiera en el maletero. Tony quizá se negó y se resistió un poco. Total, que Powers lo roció con su Pepper Spray y lo metió en el maletero. Quizá Powers le quitó los zapatos en ese momento, para evitar que hiciera ruido ahí dentro.

—Aquí entra Verónica —prosiguió Rider—. La viuda condujo el Rolls mientras Powers la seguía en el coche patrulla. Los dos sabían adónde iban. Necesitaban un lugar donde el coche no pudiera ser hallado en varios días, a fin de que Powers tuviera tiempo de ir a Las Vegas, colocarle la pistola a Goshen y dejar un par de pistas más, como la llamada anónima a la Metro. La llamada era lo que iba a señalar a Luke Goshen como culpable, no las huellas dactilares. Eso fue un golpe de suerte para ellos. Bueno, me estoy adelantando. Decía que Verónica condujo el Rolls y Powers la siguió hasta el claro que da al Hollywood Bowl. Ella abrió el maletero y Powers hizo el trabajo sucio. O tal vez él le pegó un tiro y la obligó a ella a pegar el segundo. De esa manera eran cómplices de verdad, hermanos de sangre.

Billets asintió con semblante serio.

—Parece un poco arriesgado. ¿Y si a él lo llamaban por la radio? Todo el plan se habría ido a la porra.

—Ya lo habíamos pensado, así que Jerry habló con la oficina de guardia. Gómez, el oficial de servicio esa noche, recuerda que Powers tuvo un turno tan ajetreado que no cenó hasta las diez. Luego no supo nada de él hasta el final del turno de vigilancia.

Billets volvió a asentir.

—¿Y las huellas de los zapatos? ¿Son suyas?

—Ahí Powers ha tenido suerte —intervino Edgar—. Hoy lleva unas botas nuevas, como si se las acabara de comprar.

—Mierda.

—Sí —convino Bosch—. Creemos que ayer vio las huellas en el Cat & Fiddle y hoy se ha comprado unas botas nuevas.

—Vaya, hombre...

—Bueno, todavía queda la posibilidad de que no se haya deshecho de las viejas. Estamos intentando obtener una orden de registro de su casa. Ah, y tampoco tenemos tan mala suerte. Jerry, cuéntale lo del Pepper Spray.

Edgar se apoyó sobre la mesa.

—Acabo de ir al cuarto de material y le he echado un vistazo al inventario. Por lo visto, el domingo Powers cogió una carga de *oleo capsicum*, pero luego no hizo un informe de empleo de fuerza.

—O sea, que usó su aerosol, pero no se lo dijo al oficial de servicio —resumió Billets.

—Eso es.

Billets repasó mentalmente todo lo que le habían contado.

—De acuerdo —concluyó—. Habéis encontrado mucho en muy poco tiempo, pero de momento es todo circunstancial y puede tener una explicación. Aunque lograrais probar que él y la viuda se habían estado viendo, eso no prueba que asesinaran a Aliso. La huella dactilar del maletero puede explicarse como una torpeza en el escenario del crimen. Y tal vez sea eso.

—Lo dudo —dijo Bosch.

—Bueno, tus dudas no son suficientes. ¿Qué vamos a hacer?

—Todavía tenemos un par de cosas en el asador. Jerry va a solicitar una orden de registro basada en lo que hemos encontrado hasta ahora. Si podemos entrar en casa de Powers quizás encontremos las botas o incluso otra cosa. Ya veremos. También tengo una pista en Las Vegas. Creemos que para haber hecho todo esto, Powers tenía que haber seguido a Tony una o dos veces, para averiguar lo de Goshen y escogerlo a él como chivo expiatorio. Powers habría querido seguir a Tony de cerca, lo cual significaría alojarse en el Mirage. Y es imposible alojarse allí sin dejar rastro. Puedes pagar al contado, pero tienes que dar los datos de tu tarjeta de crédito para cubrir gastos de habitación, llamadas, cosas así. En otras palabras, no puedes registrarte bajo ningún nombre que no tengas en una tarjeta de crédito. Ahora mismo tengo a alguien comprobándolo.

—Vale, ya es algo —comentó Billets. La teniente asintió con la cabeza y se tapó la boca con la mano mientras reflexionaba en silencio—. Total, que necesitamos una confesión, ¿no?

—Seguramente —asintió Bosch—. A no ser que haya suerte con la orden de registro.

—No vas a poder hacerle confesar. Es policía; conoce todos los trucos y leyes.

—Bueno, ya veremos.

Billets y Bosch consultaron sus respectivos relojes. Era la una de la madrugada.

—Nos hemos metido en un buen lío —afirmó Billets con solemnidad—. No podremos mantener esto en secreto mucho más allá del amanecer. Después, tendré que dar parte de lo que hemos descubierto y lo que no.

Y si no hemos solucionado el caso, se nos caerá el pelo a todos.

—Váyase a casa, teniente —le aconsejó Bosch—. Olvídese de que ha venido y déjenos la noche para trabajar. Vuelva a las nueve, con el fiscal si quiere, pero que sea alguien de confianza. Si no conoce a nadie, yo puedo avisar a alguien. Pero denos hasta las nueve: ocho horas. Cuando usted llegue, o bien le damos el caso solucionado o usted hace lo que tenga que hacer.

Billets los miró uno por uno, respiró hondo y exhaló despacio.

—Buena suerte.

Dicho esto, la teniente se marchó.

Frente a la puerta de la sala de interrogación número tres, Bosch hizo una pausa para ordenar sus pensamientos. Era consciente de que todo dependía de cómo fueran las cosas en esa sala. Tenía que conseguir que Powers confesara su crimen, lo cual no sería tarea fácil. Powers era policía y conocía todos los trucos de la profesión. Bosch tenía que encontrar algún punto débil que pudiera explotar para que el gigante se derrumbara. Sabía que sería una partida brutal, así que respiró hondo y abrió la puerta.

Bosch entró en la sala, se sentó frente a Powers y le mostró dos hojas de papel.

—Vale, Powers. Vengo a informarte de la situación.

—Ahórrate saliva, gilipollas. Sólo pienso hablar con mi abogado.

—Bueno, para eso he venido. ¿Por qué no te calmas y hablamos del tema?

—¿Que me calme? ¿Me arrestáis, me esposáis como

a un maldito delincuente y luego me dejáis aquí durante una hora y media mientras decidís lo mucho que la habéis jodido? ¿Y quieres que me calme? ¿De qué vas, Bosch? No pienso calmarme. ¡Suéltame ya o dame el teléfono de una puta vez!

—Bueno, ése es el problema, ¿no? Decidir si presentar cargos o no. Por eso he venido, Powers. Pensaba que tal vez tú podrías ayudarnos.

Powers no pareció prestar atención, sino que bajó la mirada y miró el centro de la mesa. Sus ojos revelaban que estaba considerando todas las posibilidades.

—Esto es lo que hay —le anunció Bosch—. Si te detengo ahora, tendremos que llamar a un abogado y los dos sabemos que ahí se acabó la historia. Ningún abogado va a permitir que su cliente hable con la policía. Iremos a juicio y tú ya sabes lo que significa eso: suspensión de empleo y sueldo. Tendremos que pedir que no haya fianza y te pasarás nueve o diez semanas en la trena antes de que se arreglen las cosas a tu favor. O no. Mientras tanto, saldrás en la primera plana de todos los periódicos. Entrevistarán a tu madre, a tu padre, a tus vecinos... Bueno, ya sabes de qué va el rollo.

Bosch sacó un cigarrillo y se lo metió en la boca. No lo encendió ni le ofreció uno a Powers porque recordaba que él ya se lo había rechazado en la escena del crimen.

—La alternativa a eso es sentarnos aquí e intentar aclararlo todo —prosiguió—. Ahí tienes dos hojas. Lo bueno de tratar con un policía es que no tengo que explicártelo. La primera es una hoja de derechos; ya sabes lo que es. Firmas conforme comprendes tus derechos y luego eliges. O hablas conmigo o llamas a tu abogado después de que presentemos los cargos. La segunda hoja es la renuncia a representación legal.

Powers contempló en silencio las hojas mientras Bosch ponía un bolígrafo encima de la mesa.

—Te quitaré las esposas en cuanto estés listo para firmar —le prometió—. Como ves, lo malo de tratar con un policía es que no te puedo colar un farol. Ya conoces el asunto. Sabes que si firmas la renuncia y hablas conmigo, o bien saldrás de ésta o te meterás hasta el cuello. Puedo darte más tiempo si quieres pensártelo.

—No necesito más tiempo —replicó—. Sácame las esposas.

Bosch se levantó y se colocó detrás de Powers.

—¿Eres zurdo?

—No.

Apenas había espacio entre la espalda de aquel hombretón y la pared. Con la mayoría de sospechosos era una posición peligrosa, pero Powers era policía y sabía que si intentaba algo, perdería cualquier posibilidad de salir de esa sala y retornar a su vida normal. También era consciente de que alguien los estaría observando desde la sala cuatro, listo para entrar si había violencia. Así pues, Bosch le quitó la esposa de la mano derecha y la cerró en torno a una de las barras metálicas de la silla.

Powers firmó las dos hojas rápidamente. Bosch intentó no dejar traslucir su alegría al ver que el policía cometía semejante error. Se limitó a guardarse el bolígrafo en el bolsillo.

—Pon el brazo a la espalda.

—Venga, Bosch. Trátame como un ser humano. Si vamos a hablar, hablemos.

—Pon el brazo a la espalda.

Powers obedeció y soltó un suspiro de frustración. Bosch lo esposó de nuevo al respaldo de la silla y regresó a su asiento. Se aclaró la garganta mientras repasaba mentalmente los últimos detalles del caso. En aquel momento su misión era clara; tenía que hacer que Powers creyera que podía ganar, que podía salir de allí. Si lo creía, tal vez comenzaría a hablar. Y si comenzaba a hablar, Bosch pensaba que podía ganar la batalla.

—Vale —comenzó Bosch—. Te lo voy a poner fácil. Si logras convencerme de que nos hemos equivocado, saldrás de aquí antes de que amanezca.

—Eso es todo lo que quiero.

—Bueno, sabemos que tienes una relación con Verónica Aliso anterior a la muerte de su marido. Y también sabemos que lo seguiste a Las Vegas en un mínimo de dos ocasiones antes del asesinato.

Powers mantuvo los ojos fijos en la mesa, pero Bosch era capaz de leerlos como si fueran las agujas de un polígrafo. Al mencionar Las Vegas, Harry detectó un pequeño temblor en las pupilas de Powers.

—No hay duda —insistió Bosch—. Tenemos el registro del Mirage. Ahí fuiste torpe, Powers. Gracias a esa prueba podemos relacionarte con Tony Aliso en Las Vegas.

—Bueno, me gusta ir a Las Vegas. ¿Qué pasa? ¿Tony Aliso también estaba? Vaya, qué casualidad. Por lo que dicen, iba allí muy a menudo. ¿Qué más tenéis?

—Tenemos tu huella, la huella dactilar dentro del coche. Y el pasado domingo recargaste el Pepper Spray, pero no cumplimentaste un informe de empleo de fuerza para explicar por qué lo usaste.

—Se me disparó sin querer. No hice un informe de empleo de fuerza porque no la hubo. No tenéis nada. ¿Mis huellas? Claro que las tenéis, porque yo abrí el coche, gilipollas. Yo encontré el cadáver, ¿recuerdas? Esto es un chiste, tío. Creo que más me vale llamar a mi abogado y arriesgarme. Ningún fiscal va a haceros caso con esta mierda.

Bosch hizo caso omiso de sus provocaciones.

—Por último, tenemos tu pequeña expedición de esta noche. Tu explicación es absurda, Powers. Bajaste a buscar la bolsa de Aliso porque sabías que estaba allí y pensabas que había algo que tú y la viuda no habíais visto: medio millón de dólares. La única duda es si ella te avisó por teléfono o si tú estabas en la casa cuando pasamos a verla esta mañana.

Bosch se fijó en que las pupilas de Powers volvían a temblar, aunque sólo por un instante.

—Ya te he dicho que quiero a mi abogado.

—Supongo que eras el chico de los recados, ¿no? Verónica te envió a buscar el dinero mientras ella esperaba en la mansión.

Powers lanzó una carcajada forzada.

—Eso me ha gustado: «chico de los recados». Lástima que casi no conozca a esa señora, pero lo has intentado. Muy bueno, Bosch. Tú también me gustas, pero voy a decirte una cosa. —Powers se reclinó sobre la mesa y bajó la voz—. Si alguna vez te encuentro a solas por la calle, te voy a partir la cara.

Powers se incorporó y asintió. Bosch sonrió.

—¿Sabes qué? Hasta ahora no estaba seguro, pero ahora sí. Lo hiciste tú, Powers. Tú eres el asesino. Y olvídate de la calle, porque no vas a volver a ver la luz del día. Así que dime, ¿de quién fue la idea? ¿Quién sacó el tema primero: tú o ella?

Powers bajó la mirada y sacudió la cabeza.

—Déjame ver si lo adivino —prosiguió Bosch—. Supongo que tú subiste a la mansión y viste todo lo que tenían, el dinero, los coches... Quizás habías oído hablar de

Tony y empezaste por ahí... Estoy seguro de que fue idea tuya, Powers. Aunque tengo el presentimiento de que ella sabía que se te ocurriría. Es una tía lista; esperó a que se te ocurriera... —Bosch hizo una pausa—. ¿Y sabes qué? No tenemos ninguna prueba contra ella. Nada. La tía te manipuló perfectamente, hasta el final. Ella no irá a la cárcel mientras que tú —Bosch señaló a Powers con el dedo— vas a pagar por todo. ¿Es eso lo que quieres?

Powers se reclinó sobre la silla con una sonrisa de desconcierto.

—No lo entiendes, ¿verdad? —dijo Powers—. El chico de los recados eres tú. El problema es que no tienes nada que repartir. Con lo que me has dicho no puedes colgarme lo de Aliso. Yo encontré el cuerpo, tío, y abrí la puerta del maletero. Si visteis una huella, la dejé entonces. El resto es un montón de mierda que no significa nada. Si te presentas ante un fiscal con eso, se van a reír en tu cara. Así que tráeme el teléfono, chico de los recados. Anda, date prisa.

—Todavía no, Powers. Todavía no.

Bosch estaba sentado en su puesto de Homicidios con la cabeza sobre la mesa. Junto a un codo tenía una taza vacía de café y, al borde de la mesa, un cigarrillo que se había consumido por completo, dejando una nueva cicatriz en la vieja madera. Estaba solo. Eran casi las seis y un tímido rayo de sol comenzaba a asomar por las ventanas de la oficina, que estaban orientadas al norte. Harry había pasado más de cuatro horas con Powers, pero no había avanzado ni un ápice. Ni siquiera había hecho mella en su talante tranquilo. Estaba claro que el corpulento policía había ganado los primeros asaltos del combate.

Sin embargo, Bosch no dormía. Simplemente estaba descansando y esperando. Seguía concentrado en Powers. A Harry no le cabía ninguna duda; estaba seguro de que tenía al asesino esposado a esa silla. Las pocas pruebas que había conseguido apuntaban claramente al agente, pero lo que le convencía era su propia experiencia con criminales. Bosch estaba convencido de que un hombre inocente se habría asustado. Un hombre inocente no habría adoptado la actitud arrogante de Powers ni lo habría provocado de esa manera. Sólo restaba romper ese caparazón de arrogancia. Bosch estaba cansado, pero seguía animado a continuar. Lo único que le preocupaba era el tiempo; tenía el reloj en contra. Billets volvería al cabo de tres horas.

Bosch metió la colilla y las cenizas en la taza vacía y lo arrojó todo a la papelera que había debajo de la mesa. A continuación se puso en pie, encendió otro cigarrillo y dio un paseo por entre las mesas de la oficina de detectives. Quería despejarse un poco para estar listo para el siguiente asalto.

Bosch pensó en localizar a Edgar por el busca y preguntarle si él y Rider habían encontrado algo útil, pero decidió no hacerlo. Sabía que no podía perder tiempo. Además, de haber encontrado algo, ellos ya le habrían llamado.

De pie al fondo de la oficina y con estos pensamientos flotando en su cabeza, los ojos de Harry se posaron en la mesa de Delitos Sexuales. Al cabo de unos segundos se dio cuenta de que estaba mirando una Polaroid de la niña que había venido a la comisaría con su madre para denunciar que la habían violado. La foto era la primera de una pila que alguien había adjuntado a los informes sobre el caso. La detective Mary Cantu lo había dejado encima de todos sus papeles para mirárselo el lunes. Sin prestar atención, Bosch sacó la pila de fotos y comenzó a mirarlas. La niña había sido duramente maltratada. Para Bosch, los morados que había captado la cámara de Mary Cantu eran un testimonio deprimente de todo lo peor de aquella ciudad. A él siempre le había parecido más fácil tratar con víctimas muertas. Las vivas le afectaban profundamente porque nunca podían ser consoladas del todo. Siempre se quedaban con la pregunta de por qué.

A veces Bosch pensaba que Los Ángeles era un enorme desagüe donde iban a parar todas las miserias humanas. Era un lugar donde la gente buena parecía estar en minoría en comparación con la mala: los psicópatas, los tramposos, los violadores y los asesinos. Era un lugar que engendraba a alguien como Powers fácilmente. Demasiado fácilmente.

Bosch volvió a poner las fotos en su sitio, avergonzado por su voyeurismo desconsiderado del dolor de aquella niña. Luego volvió a su mesa y llamó a su casa. Hacía más de veinticuatro horas que no había pasado por allí y esperaba que Eleanor Wish contestara —había dejado la llave debajo del felpudo— o que hubiera un mensaje de ella. Después de que sonara tres veces, oyó su propia voz en el contestador diciéndole que dejara un mensaje. Bosch marcó su código para consultar sus mensajes y la máquina le dijo que no había ninguno.

Harry se quedó un rato pensando en Eleanor, con el auricular todavía en la oreja. De pronto oyó su voz.

—Harry, ¿eres tú?

—¿Eleanor?

—Estoy aquí.

—¿Por qué no contestabas?

—Porque pensaba que era para ti.

—¿Cuándo has llegado?

—Ayer por la noche. Te estaba esperando. Gracias por dejar la llave.

—De nada... Eleanor, ¿dónde has estado?

—En Las Vegas. Necesitaba mi coche... cerrar mi cuenta corriente, cosas así. ¿Dónde has estado tú?

—Trabajando. Tenemos un nuevo sospechoso en la comisaría. ¿Pasaste por tu apartamento?

—No, no tenía por qué. Sólo hice lo que tenía que hacer y volví.

—Perdona por despertarte.

—No importa. Estaba preocupada por ti, pero no quería llamarte por si estabas liado con algo.

Bosch quería preguntarle qué iba a pasar entre ellos, pero estaba tan feliz de que ella estuviera en su casa que no se atrevió a estropearlo.

—No sé cuándo volveré a casa —dijo.

Bosch oyó abrirse y cerrarse las puertas del pasillo y unos pasos que se acercaban a la oficina de detectives.

—¿Tienes que colgar? —preguntó Eleanor.

—Em...

Edgar y Rider entraron en la oficina. Rider llevaba una bolsa de pruebas de color marrón con algo muy pesado dentro. Edgar acarreaba una caja de cartón en la que alguien había escrito la palabra «Navidad» con rotulador grueso. Sonreía de oreja a oreja.

—Sí —contestó Bosch—. Tengo que colgar.

—Vale. Hasta luego.

—¿Estarás ahí?

—Aquí estaré.

—Vale, Eleanor. En cuanto pueda iré para allá.

Bosch colgó y miró a sus dos compañeros. Edgar seguía sonriendo.

—Te hemos traído tu regalo de Navidad, Harry —anunció Edgar—. Tenemos a Powers en esta caja.

—¿Son las botas?

—No, no había botas; es aún mejor que las botas.

—Enséñamelo.

Edgar levantó la tapa de la caja y sacó un sobre de color marrón. Luego inclinó la caja para que Harry pudiera ver el interior. Bosch silbó, asombrado.

—Feliz Navidad —dijo Edgar.

—¿Lo has contado? —preguntó Bosch, todavía hipnotizado por los fajos de billetes.

—Cada fajo lleva un número —explicó Rider—. Si los sumas hay un total de cuatrocientos ochenta mil dólares. O sea que está todo.

—No es un mal regalo, ¿eh, Harry? —comentó Edgar con entusiasmo.

—No. ¿Dónde estaba?

—En un altillo —contestó Edgar—. Uno de los últimos sitios donde miramos. Vi la caja en cuanto asomé la cabeza.

Bosch asintió.

—Vale. ¿Qué más?

—Encontramos esto debajo del colchón.

Edgar extrajo unas fotos del sobre marrón. Eran copias de diez por quince, cada una con la fecha impresa digitalmente en la esquina inferior izquierda. Bosch las puso sobre la mesa y las examinó con cuidado, cogiéndolas por las esquinas. Esperaba que Edgar también las hubiera tratado del mismo modo.

La primera foto era de Tony Aliso entrando en un coche, aparcado delante del Mirage. La segunda también era de la víctima caminando hacia la entrada del club Dolly's. A continuación había una serie de fotos de Tony hablando con el hombre que Aliso conoció como Luke Goshen. Ésas estaban tomadas desde lejos y de noche, pero en la entrada del club había tantos rótulos de neón que estaba muy iluminada. Se veía claramente que eran Aliso y Goshen.

Luego había unas fotos del mismo sitio, pero la fecha de la esquina inferior era distinta. Las imágenes mostraban a una chica joven que salía del club y entraba en el coche de Aliso. Bosch la reconoció enseguida, era Layla. También había fotos de Tony y Layla juntó a la piscina del Mirage. En la última instantánea, el cuerpo bronceado de Tony se inclinaba sobre la tumbona de Layla para besarla en la boca.

Bosch miró a Edgar y Rider. Edgar seguía sonriendo, pero Rider no.

—Es tal como imaginábamos —comentó Edgar—. Powers siguió a Aliso hasta Las Vegas, lo cual demuestra que tenía la información para prepararlo todo. Él y la viuda. Los tenemos, Harry. Esto demuestra premeditación, alevosía, de todo. Los tenemos a los dos; de aquí van directos al patíbulo.

—Puede ser. —Bosch miró a Rider—. ¿Qué te pasa, Kiz?

Ella sacudió la cabeza.

—No lo sé, me parece todo demasiado fácil. El sitió estaba muy limpio. No había ni botas viejas ni señal alguna de que Verónica Aliso hubiera estado en ese lugar. Y después encontramos todo esto tan fácilmente que es como si quisieran que lo encontráramos. Quiero decir que si Powers se deshizo de las botas, ¿por qué iba a dejar las fotos bajo el colchón? Y comprendo que quisiera quedarse con la pasta, pero ponerla en el altillo me parece un poco tonto.

Ella señaló las fotos y el dinero con un gestó de desprecio. Bosch asintió y se reclinó sobre la silla.

—Creó que tienes razón —convino—. Powers no es tan idiota.

Bosch pensó en lo parecida que era esa situación al hallazgo de la pistola en casa de Goshen. Aquello también había resultado ser demasiado fácil.

—Creo que todo es una trampa, obra de Verónica —concluyó Bosch—. Powers sacó las fotos, se las dio a ella y le dijo que las destruyera. Sin embargo, ella no lo hizo sino que se las guardó por si acaso. Seguramente fue Verónica quien las colocó debajo de su cama y puso el dinero en el altillo. ¿Era fácil de acceder a él?

—Sí —contestó Rider—. La trampilla tenía una escalera plegable.

—Espera un momento. ¿Por qué iba ella a tenderle una trampa? —preguntó Edgar.

—No creo que ésa fuera su intención inicial —repuso Bosch—. Debía de ser un plan de emergencia. Si las cosas comenzaban a ir mal, si nosotros nos acercábamos demasiado, Verónica le cargaba el muerto a Powers. Tal vez cuando lo envió a buscar la bolsa, ella se fue a su casa con las fotos y el dinero. ¿Quién sabe cuándo se le ocurrió? Te aseguro que cuando le contemos a Powers que hemos encontrado esto en su casa, los ojos se le saldrán de las órbitas. ¿Qué tienes ahí, Kiz? ¿La cámara?

Rider asintió y depositó la bolsa en la mesa.

—Una Nikon con teleobjetivo y el recibo de compra con la tarjeta de crédito.

Bosch asintió y se distrajo un segundo. Estaba pensando en cómo usar las fotos y el dinero con Powers. Aquélla era su oportunidad de obligarlo a hablar y tenía que hacerlo bien.

—Esperad, esperad —exclamó Edgar, con cara de confusión—. Aún no lo entiendo. ¿Quién dice que es una trampa? Quizás él guardaba el dinero y las fotos, y los dos iban a repartírselo cuando pasara un tiempo. ¿Por qué tiene que ser una traición de ella?

Bosch miró a Rider y luego a Edgar.

—Porque Kiz tiene razón. Es demasiado fácil.

—No si Powers pensaba que no teníamos ni idea. Si él creía que nadie sospechaba de él hasta el momento en que saltamos de detrás de los arbustos.

Bosch negó con la cabeza.

—No lo sé. Dudo que él se hubiera comportado conmigo como lo hizo ahí dentro si sabía que tenía todo eso en su casa. Yo creo que ha sido una trampa. Ella se lo está pasando todo a él. Si la interrogamos nos contará algún rollo de que el tío estaba obsesionado con ella. Tal vez, si es buena actriz, nos dirá que tuvo una aventura con Powers pero que enseguida cortó con él. Luego nos explicará que no la dejaba en paz y que mató a su marido porque quería tenerla toda para él.

Bosch se apoyó en el respaldo y miró a sus compañeros en espera de respuesta.

—Creo que es posible —contestó Rider—. La cosa encaja.

—Aunque nosotros no la creamos —añadió Bosch.

—¿Y qué saca Verónica de todo esto? —insistió Edgar, que se negaba a dar el brazo a torcer—. Poner el dinero allá significa perderlo. ¿Qué le queda entonces?

—La casa, los coches, el seguro de vida —contestó Bosch—. Quizá parte de la empresa... y la oportunidad de escapar.

No obstante, era una respuesta floja y Harry lo sabía. Medio millón de dólares era mucho dinero para emplearlo en una trampa. Era el único fallo de la teoría que acababa de elaborar.

—Se deshizo de su marido —sugirió Rider—. Quizás eso era todo lo que quería.

—Él la había estado engañando durante años —repuso Edgar—. ¿Por qué ahora? ¿Por qué fue distinto esta vez?

—No lo sé —contestó Rider—, pero había algo diferente o hay algo que se nos escapa. Eso es lo que tenemos que averiguar.

—¿Ah, sí? Pues buena suerte —se burló Edgar.

—Tengo una idea —anunció Bosch—. Si alguien sabe más, ése es Powers. Quiero intentar engañarle y creo que sé cómo hacerlo. Kiz, ¿todavía tienes esa película con Verónica?

—¿*Víctima del deseo*? Sí. Está en mi cajón.

—Pues ve a buscarla y tráemela al despacho de la teniente. Voy a buscar más café y ahora vuelvo.

Bosch entró en la sala de interrogación con la caja del dinero. Llevaba el lado donde ponía «Navidad» contra el pecho para que pareciese una caja de cartón cualquiera. Observó a Powers para ver si la reconocía, pero si lo hizo no dio ninguna señal de ello. Powers seguía sentado tal como lo había dejado Bosch: tieso como una vara, con los brazos a la espalda como si los llevara casi por decisión propia. El policía lo miró con unos ojos serenos y listos para el siguiente asalto. Harry depositó la caja en el suelo, fuera del campo de visión de Powers, y volvió a sentarse frente a él. Después la abrió, sacó una grabadora y una carpeta y lo puso todo en la mesa.

—Ya te lo he dicho, Bosch. No quiero que me grabes.

Si tienes una cámara al otro lado del espejo, también estás violando mis derechos.

—Ni cámaras, ni cintas, Powers. Esto es sólo para enseñarte algo, eso es todo. A ver, ¿dónde estábamos?

—Habíamos llegado al punto de que presentes cargos o te calles. O me dejas ir o me traes a mi abogado.

—Bueno, han pasado un par de cosas. He pensado que te gustaría saberlo antes de decidir.

—Vete a la mierda. Estoy hasta los huevos de todo esto. Tráeme el teléfono.

—¿Tienes una cámara, Powers?

—Te digo que... ¿Una cámara? ¿Qué quieres decir?

—Si tienes una cámara. Es una pregunta clara.

—Pues claro. Todo el mundo tiene una cámara. ¿Qué pasa?

Bosch estudió su reacción y notó que Powers empezaba a perder el control de sí mismo. Las vibraciones que le llegaban desde el otro lado de la mesa se lo confirmaban. Bosch esbozó una pequeña sonrisa. Quería que Powers supiera que a partir de ese momento la situación se le iba a ir de las manos.

—¿Te llevaste la cámara cuando fuiste a Las Vegas en marzo?

—No lo sé, supongo. Siempre me la llevo cuando voy de vacaciones. No sabía que fuera un delito. ¿Qué más se inventará el maldito gobierno?

Bosch dejó que él sonriera, pero no le correspondió.

—¿Cómo lo has llamado? —susurró Bosch—. ¿Unas vacaciones?

—Sí, eso he dicho.

—Es curioso, porque Verónica no lo ha llamado así.

—No sé de qué hablas.

Powers desvió la mirada un instante. Era la primera vez que lo hacía y Bosch sintió que se avecinaba un nuevo cambio. Estaba haciéndolo bien; lo notaba. La cosa progresaba.

—Claro que lo sabes, Powers. Y a Verónica también la conoces bastante bien. Ella nos lo ha contado todo. Está en la otra sala ahora mismo. Ha resultado ser más débil de lo que pensaba. Yo creía que tú tenías todos los puntos. Ya sabes lo que dicen, cuánto más arriba estés, más dura será la caída, ¿no? Yo pensaba que tú acabarías cediendo, pero al final ha sido ella. Edgar y Rider le sacaron una confesión hace un momento. Es increíble cómo unas cuantas fotos de la escena del crimen pueden afectar el sentido de culpabilidad de una persona. Nos lo dijo todo, Powers. Todo.

—Eres un bolero, Bosch. Y ya me estoy comenzando a hartar. ¿Dónde está el teléfono?

—Ella nos ha contado que os...

—No quiero oírlo.

—Que os conocisteis cuando subiste esa noche para tomar nota de la denuncia de robo. Una cosa llevó a la otra y, al cabo de poco, tuvisteis un pequeño romance. Algo para recordar. Sólo que ella recobró la razón y rompió contigo. Todavía quería al viejo Tony. Sabía que él viajaba mucho, que a veces la engañaba, pero ya estaba acostumbrada y lo necesitaba. Así que te dejó de lado. Sólo que, según ella, tú no querías quedarte al margen. Seguiste llamándola, siguiéndola a todas partes. Comenzaba a estar asustada, pero ¿qué podía hacer ella? ¿Acudir a Tony y decirle que un tío con quien se había enrollado la estaba siguiendo? Entonces...

—¡Qué gilipollez, Bosch! Es broma, ¿no?

—Entonces comenzaste a seguir a Tony, él era tu principal obstáculo. El tío te estorbaba, así que te pusiste manos a la obra; lo seguiste a Las Vegas y lo pescaste con las manos en la masa. Allí averiguaste a qué se dedicaba y cómo matarlo para que nosotros siguiéramos una pista falsa. «Música en el maletero», lo llaman. Sólo tú conocías la melodía, Powers. Ya te tenemos. Con la ayuda de ella, te vamos a empapelar.

Powers seguía con la vista fija en la mesa, pero la piel alrededor de sus ojos y de la mandíbula se había tensado.

—Estoy harto de escuchar tus gilipolleces —dijo sin alzar la vista—. Ella no está en la otra habitación, sino en su mansión de las colinas. Éste es el truco más viejo del manual.

Powers miró a Bosch y forzó una sonrisa.

—¿Estás intentando colarle esta trola a un policía? No me lo puedo creer, tío. Eres penoso. Estás haciendo el ridículo.

Bosch pulsó el botón de la grabadora y la voz de Verónica Aliso llenó el minúsculo cuarto.

«Fue él. Está loco. No pude pararlo hasta que fue demasiado tarde... Después no pude decírselo a nadie porque... porque habría parecido que yo...»

—Ya basta —dijo Bosch, después de apagarlo—. No debería habértelo puesto, pero pensé que, de poli a poli, debería informarte de la situación.

Bosch observó en silencio mientras Powers se iba acalorando. La furia comenzaba a hervir tras sus pupilas. Sin mover ni un solo músculo, se puso más tenso que una cuerda de violín. Pero al final logró controlarse y recobrar la compostura.

—Eso es lo que dice ella —murmuró Powers—. No puede corroborarlo. Es una fantasía, Bosch. Su palabra contra la mía.

—Podría ser. Pero tenemos esto.

Bosch abrió la carpeta y arrojó la pila de fotos delante de Powers. A continuación las dispuso en forma de abanico para que pudiera verlas.

—Esto corrobora gran parte de su historia, ¿no?

Bosch contempló a Powers mientras estudiaba las fotografías. Una vez más, el policía pareció estar a punto de estallar, pero una vez más se contuvo.

—Esto no corrobora nada —contestó—. Las podría haber sacado ella misma. Podría haber sido cualquiera. Sólo porque os haya dado unas fotos... La tía os tiene en el bolsillo, ¿no? Os creéis todo lo que dice.

—Podría ser, pero ella no nos dio las fotos.

Bosch sacó de la carpeta una copia de la orden de registro y la depositó encima de la mesa.

—Hace cinco horas se la enviamos por fax al juez Warren Lambert en su casa de The Palisades y él nos la devolvió firmada. Edgar y Rider se han pasado casi toda la noche en tu pequeño bungalow de Hollywood. Entre las cosas que incautaron había una cámara Nikon con teleobjetivo. Y estas fotos. Estaban debajo de tu colchón, Powers.

Bosch hizo una pausa para que los ojos cada vez más sombríos de Powers digirieran la información.

—Ah, y encontramos otra cosa. —Bosch se agachó para recoger la caja—. Esto estaba en el altillo con los adornos de Navidad.

Bosch vació el contenido de la caja y los billetes se desparramaron por la mesa y el suelo. Tras sacudir la caja para asegurarse de que no quedaba nada, Bosch la soltó y luego miró a Powers. Los ojos del policía iban como locos, de un fajo a otro. Bosch sabía que lo tenía cogido. Y que, en el fondo, se lo debía todo a Verónica Aliso.

—Personalmente, yo no creo que seas tan idiota para tener las fotos y el dinero en tu casa —continuó Bosch en voz baja—. He visto cosas más raras, pero yo creo que no sabías que todo esto estaba en tu casa porque no lo pusiste allí. Francamente, a mí me da igual. A ti te tenemos y si podemos cerrar el caso eso es todo lo que me importa. Estaría bien atraparla a ella también, pero no pasa nada. La necesitamos para trincarte a ti. Con las fotos, su testimonio y todo lo que hemos comentado antes, creo que podemos acusarte de homicidio sin problemas. Como existen los agravantes de premeditación y alevosía, te enfrentas a dos posibilidades: la inyección o la perpetua sin posibilidad de conmutación.

»Bueno —prosiguió Bosch—. Voy a buscar ese teléfono para que puedas llamar a tu abogado, pero más te vale escoger a uno bueno. No una de esas estrellas del caso O. J. Simpson, sino alguien hábil fuera de la sala de justicia. Un negociador.

Dicho esto, Bosch se levantó. Ya con la mano en el pomo de la puerta, se volvió hacia Powers.

—¿Sabes qué? Lo siento por ti, tío. Siendo un poli y todo el rollo, esperaba que fueras más listo. Me da la sensación de que va a pagar el pato la persona menos culpable de las dos, pero supongo que así es la vida. Alguien tiene que pagar.

Bosch se volvió y abrió la puerta.

—¡Qué zorra! —exclamó Powers con rabia contenida.

Entonces susurró algo que Bosch no logró oír. Bosch lo miró sin decir nada.

—Todo fue idea suya —confesó Powers—. Ella me engañó y ahora os está engañando a vosotros.

Bosch esperó un segundo, pero el policía no añadió nada más.

—¿Quieres decir que vas a hablar conmigo?

—Sí, siéntate. A lo mejor podemos llegar a un acuerdo.

A las nueve Bosch estaba en el despacho de la teniente, informándola de los últimos acontecimientos. Tenía un vaso vacío en la mano, que no tiró a la papelera para recordarse a sí mismo que necesitaba más café. Harry estaba agotado, tenía unas ojeras tan grandes que casi le dolían y un horrible sabor de boca causado por sus excesos con el café y el tabaco.

Como sólo había comido chocolatinas en las últimas veinte horas, también su estómago finalmente comenzaba a protestar. A pesar de todo ello, estaba feliz. Había ganado el último asalto con Powers y, en ese tipo de pelea, el último era el único que contaba.

—Bueno —dijo Billets—, ¿te lo explicó todo?

—Al menos su versión del asunto —contestó Bosch—. Powers la culpa a ella, como era de esperar. Recuerde que el tío piensa que ella está en la sala de al lado, así que nos la ha pintado como una terrible viuda negra. Como si él nunca hubiera tenido un pensamiento impuro en su vida hasta que la conoció.

Bosch se llevó el vaso a la boca y entonces recordó que estaba vacío.

—Pero en cuanto la traigamos aquí y ella comience a hablar, oiremos su versión del asunto —opinó Bosch.

—¿Cuándo han salido Jerry y Kiz?

Bosch consultó su reloj.

—Hace unos cuarenta minutos. Estarán al caer.

—¿Por qué no has subido tú a buscarla?

—No lo sé. Supongo que, como ya detuve a Powers,

he pensado que ahora les toca a ellos. Para repartir un poco la gloria.

—Ten cuidado. Si sigues así, perderás tu reputación de tío duro.

Bosch sonrió y bajó la vista.

—Bueno, resúmeme la versión de Powers —le pidió Billets.

—Su versión es más o menos lo que nos habíamos imaginado. Powers subió a la mansión a tomar nota de la denuncia del robo y así empezó todo. Él dice que ella le dio pie y, casi sin querer, empezaron a tener un rollo. Powers hacía más rondas nocturnas por el barrio y ella se pasaba por su bungalow las mañanas en que Tony iba a trabajar o estaba en Las Vegas. Tal como él lo describe, ella lo sedujo. El sexo era algo bueno y exótico. Lo tenía bien cogido.

—Entonces ella le pidió que siguiera a Tony.

—Eso es. El primer viaje que Powers hizo a Las Vegas fue un trabajo limpio. Verónica sólo le pidió que siguiera a su marido y Powers volvió con un puñado de fotos de Tony y Layla y un montón de preguntas sobre la gente que se reunía con él en Las Vegas. Powers no es idiota. Sabía que Tony estaba implicado en algo sucio, así que, según él, Verónica se lo contó todo. Por lo visto ella conocía todos los detalles y a todos los tíos de la mafia por su nombre. También le dijo cuánto dinero había en juego. Entonces fue cuando surgió el plan. Verónica le dijo a Powers que si Tony desaparecía, sólo quedarían ellos dos y un montón de dinero. Ella le explicó que Tony había estado sisando dinero durante años. Había al menos un par de millones en el bote además de lo que llevara encima su marido cuando se lo cargaran.

Bosch se levantó y continuó con la historia mientras

paseaba por el despacho. Estaba demasiado cansado para estar mucho rato sentado sin que lo venciera la fatiga.

—O sea que ése era el objetivo del segundo viaje. Powers fue a Las Vegas y espió a Tony de nuevo para recoger información. Siguió al tío que le daba el dinero a Tony, Luke Goshen. Powers no tenía ni idea de que Goshen fuera un agente federal, así que él y Verónica lo eligieron como chivo expiatorio y tramaron un plan para que el asesinato pareciera un golpe de la mafia. Música en el maletero.

—Es bastante enrevesado.

—Sí. Powers asegura que todo el plan fue idea de ella y a mí me parece que es verdad. Creo que el tío es listo, pero no tanto. Todo esto fue idea de Verónica; Powers era sólo alguien que le siguió la corriente. Aunque ella tenía una salida de emergencia que Powers no conocía.

—El propio Powers.

—Sí. Verónica lo preparó todo para que él cargara con las culpas, pero sólo si nos acercábamos demasiado. Powers me ha dicho que ella tenía una llave de su casa, el bungalow de Sierra Bonita. Ella debió de ir allí esta semana, metió las fotos debajo del colchón y la caja de dinero en el altillo. Muy astuto por su parte. Cuando Jerry y Kiz la traigan, ya sé exactamente lo que va a decir. Nos dirá que él lo hizo todo, que se enamoró de ella, que tuvieron una aventura y ella lo dejó. Después él se cargó a su marido. Cuando ella se dio cuenta de lo que había ocurrido, no pudo decir nada. Powers la obligó a guardar silencio y ella no tuvo otra elección. Él era policía y la amenazó con acusarla de todo si no le obedecía.

—Es una buena historia. De hecho, creo que todavía podría funcionar con un jurado. La podrían soltar.

—Puede ser. Todavía tenemos trabajo que hacer.

—¿Y el dinero que se quedó Aliso?

—Buena pregunta. En ninguna de las cuentas bancarias de Aliso aparece la cantidad de dinero de la que habla Powers. Al parecer, ella le contó que estaba en una caja de seguridad, pero no le dijo dónde. Tiene que estar en algún sitio. La encontraremos.

—Si es que existe.

—Yo creo que sí. Ella le colocó medio millón de dólares a Powers para cargarle el muerto. Eso es mucho dinero, a no ser que tengas un par de millones más escondidos en algún sitio. Eso es lo que nosotros...

Bosch miró la oficina de detectives a través del cristal. Edgar y Rider caminaban hacia el despacho de la teniente, pero Verónica Aliso no iba con ellos. Cuando entraron en la oficina con cara de preocupación, Bosch ya sabía lo que iban a decir.

—Se ha ido —anunció Edgar.

Bosch y Billets se los quedaron mirando.

—Parece que se largó ayer por la noche —explicó Edgar—. Sus coches todavía están allí, pero no hay nadie en la casa. Nosotros entramos por la puerta de atrás y no había nadie.

—¿Se ha llevado la ropa o las joyas? —preguntó Bosch.

—Creo que no. Se ha ido y punto.

—¿Se lo preguntasteis al guarda?

—Sí, hablamos con él. Ayer ella tuvo dos visitas. El primero era un mensajero a las cuatro y quince, del servicio de mensajería Legal Eagle. El chaval estuvo unos cinco minutos; entró y salió. Y por la noche tuvo otra visita, bastante tarde. El tío dio el nombre de John Galvin. Ella ya había llamado al guarda y le había dicho que cuando llegara alguien con ese nombre lo dejara pasar. El guarda apuntó la matrícula y la hemos buscado: es un coche alquilado en un Hertz de Las Vegas. Intentaremos localizarlo. Total, que Galvin se quedó hasta la una de la mañana. El tío se largó justo cuando nosotros estábamos en el bosque trincando a Powers. Ella seguramente se marchó con él.

—Hemos llamado al guarda que estaba de servicio ayer por la noche —dijo Rider—, pero no se acordaba de si Galvin salió solo o no. No recuerda haber visto a la señora Aliso, pero podría haber estado escondida en el asiento de atrás.

—¿Sabemos quién es su abogado? —preguntó Billets.

—Sí —contestó Rider—. Neil Denton, de Century City.

—Vale, Jerry, tú sigue la pista del coche alquilado en Hertz y, Kiz, tú intenta localizar a Denton y averiguar por qué le envió un mensajero a Verónica en pleno fin de semana.

—De acuerdo —dijo Edgar—. Pero tengo un mal presentimiento. Creo que se ha esfumado.

—Pues tendremos que encontrarla —replicó Billets—. Adelante.

Edgar y Rider volvieron a su mesa y Bosch permaneció unos segundos en silencio, dándole vueltas a los últimos acontecimientos.

—¿Crees que deberíamos haberla vigilado? —preguntó Billets.

—Bueno, ahora parece que sí. Pero no es culpa nuestra; no disponíamos de los recursos humanos. Además, no teníamos nada concreto contra ella hasta hace un par de horas.

Billets asintió con la preocupación reflejada en el rostro.

—Si no encuentran una pista sobre ella en los próximos quince minutos, anúncialo por radio.

—De acuerdo.

—Volviendo a Powers, ¿crees que nos oculta algo?

—No lo sé. Es probable. Todavía me queda la pregunta
de por qué ahora.

—¿Qué quieres decir?

—Que Aliso llevaba años yendo a Las Vegas y tra-
yendo maletas llenas de dólares. Según Powers hacía años
que engañaba a Joey y que tenía amantes en la ciudad.
Verónica lo sabía todo; tenía que saberlo. ¿Qué la llevó
a matarlo ahora en lugar del año pasado o el anterior?

—Quizá simplemente se hartó. O éste fue el momento
perfecto; apareció Powers y se le ocurrió hacerlo.

—Tal vez. Yo se lo pregunté a Powers y me dijo que
no lo sabía, pero puede que nos oculte algo. Voy a intentar
sacárselo.

Billets no dijo nada.

—Todavía hay algo que desconocemos —continuó
Bosch—. Nos guardan un secreto y espero que ella nos
lo cuente. Si la encontramos.

Billets hizo un gesto con la mano, como descartan-
do la posibilidad de no encontrarla.

—¿Has grabado a Powers? —preguntó.

—En audio y vídeo. Kiz estaba observando en la sala
cuatro. En cuanto Powers dijo que quería hablar, ella lo
puso todo en marcha.

—¿Le leíste sus derechos otra vez? ¿Cuando empe-
zasteis a grabar?

—Sí, está todo ahí. Lo tenemos bien cogido. Si
quiere verlo, le traeré la cinta.

—No. Ni siquiera quiero verlo en persona si puedo
evitarlo. No le prometiste nada, ¿verdad?

Bosch iba a responder, pero se detuvo al oír el sonido de gritos amortiguados. Debían de ser de Powers, que seguía encerrado en la sala tres. Harry miró a través del cristal del despacho y vio a Edgar levantarse de su silla para comprobar qué sucedía.

—Seguramente querrá a su abogado —supuso Bosch—. Bueno, ya es un poco tarde para eso... No, no le prometí nada. Le dije que hablaría con el fiscal para que no presentara cargos por las circunstancias agravantes, pero va a ser difícil. Con lo que me dijo ahí dentro, podemos acusarlo de lo que nos dé la gana: premeditación, alevosía, incluso asesinato a sueldo.

—Tendré que llamar a un fiscal.

—Sí. Si no ha pensado en nadie o no le debe a nadie un favor, pida por Roger Goff. Es un caso de su estilo y hace tiempo que le debo uno. No nos fallará.

—Sí, lo conozco. Pediré por él —dijo Billets—. También tendré que avisar a los jefes. No todos los días puedo llamar al subdirector e informarle de que mis hombres no sólo han investigado un caso que tenían prohibido investigar, sino que encima han detenido a un policía. Y por asesinato, nada menos.

Bosch sonrió. No la envidiaba en absoluto.

—Se va a armar una gorda —auguró Bosch—. Esto será otra vergüenza para el departamento. Por cierto, aunque no las incautaron porque no están relacionadas con el caso, Jerry y Kiz encontraron un par de cosas que ponen los pelos de punta en casa de Powers: parafernalia nazi y otros objetos de supremacía blanca. Puede usted advertir a los jefes para que hagan lo que quieran con el tema.

—Gracias por decírmelo. Hablaré con Irving, aunque dudo que quiera que salga a la luz.

PASAJE AL PARAÍSO

En ese momento Edgar se asomó por la puerta abierta.

—Powers dice que tiene que ir a mear y ya no aguanta más.

Edgar miraba a Billets.

—Pues llévalo al lavabo —replicó ella.

—No le quites las esposas —añadió Bosch.

—¿Cómo va a mear con las manos a la espalda? No querréis que se la saque yo, ¿verdad? Porque me niego.

Billets se rio.

—Ponle las esposas delante —le aconsejó Bosch—. Dame un segundo y te ayudo.

—Vale, estaré en la tres.

A través del cristal, Bosch vio alejarse a Edgar en dirección al pasillo que daba a las salas de interrogación. Bosch miró a Billets, que todavía estaba sonriendo por la queja de Jerry.

—Ya sabe que me puede usar a mí cuando haga esa llamada —le recordó Bosch con semblante serio.

—¿A qué te refieres?

—Pues que no me importa si les dice que usted no sabía nada hasta que yo la llamé dándole las malas noticias.

—No seas idiota. Hemos resuelto un asesinato y retirado de las calles a un policía asesino. Si no son capaces de ver que lo bueno pesa más que lo malo, pues... que se jodan.

Bosch sonrió.

—Es usted guay, teniente.

—Gracias.

—De nada.

—Y me llamo Grace.

—Vale, Grace.

417

Bosch estaba pensando en lo bien que le caía Billets mientras recorría el corto pasillo que daba a las salas de interrogación y a la puerta abierta de la sala tres. Edgar estaba esposando a Powers con las manos delante.

—Hazme un favor, Bosch —le rogó Powers—. Déjame ir al lavabo de la entrada.

—¿Para qué?

—Para que no me vean aquí atrás. No quiero que nadie me vea así. Además, puedes tener un problema si a la gente no le gusta lo que ve.

Bosch se mostró conforme. Powers tenía razón. Si lo llevaban al lavabo de los vestuarios, todos los policías de servicio los verían y habría preguntas, tal vez rabia por parte de algunos agentes que ignoraban lo que sucedía.

El lavabo situado en la entrada de la comisaría era de uso público, pero un domingo tan temprano seguramente estaría vacío. Edgar y Bosch podrían llevar a Powers sin ser vistos.

—Vale, vamos —cedió Bosch—. Al de la entrada.

Bosch y Edgar caminaron con él hasta el mostrador de la sala de detectives y luego recorrieron el pasillo de la zona de administración, cuyas oficinas estaban vacías y cerradas por ser domingo. Mientras Bosch se quedaba fuera con Powers, Edgar hizo un rápido reconocimiento de los servicios.

—No hay nadie —informó, aguantando la puerta abierta desde dentro.

Bosch siguió a Powers, que se dirigió al urinario más alejado. Harry permaneció en la puerta y Edgar se colocó al otro lado del detenido, junto a la hilera de lavabos. Cuando Powers terminó de orinar, fue a lavarse las manos. En ese momento, Bosch se fijó en que Powers tenía los cordones del zapato derecho desatados. Edgar también lo vio.

—Átate el zapato, Powers —le ordenó Edgar—. Si te caes y te rompes tu cara bonita, no quiero que me acusen de brutalidad policial.

Powers se detuvo y se miró el zapato. Luego miró a Edgar.

—Ahora.

Pero antes que nada, Powers se lavó las manos y se las secó con una toalla de papel. Finalmente apoyó el pie derecho en el borde del lavabo para atarse los cordones.

—Es lo malo de los zapatos nuevos —comentó Edgar—. Los cordones siempre se desatan, ¿verdad?

Bosch no podía ver la cara de Powers porque el policía estaba de espaldas a la puerta, pero estaba mirando a Edgar.

—Vete a la mierda, negro.

Aquello fue como una bofetada para Edgar, cuyo rostro se llenó de rabia y odio. El detective miró a Bosch de reojo para juzgar si se opondría a su intención de pegar a Powers. Fue una mirada rápida, pero justo lo que necesitaba el policía.

Powers se abalanzó sobre Edgar y lo aplastó contra la pared de baldosa blanca. Inmediatamente alzó sus manos esposadas; con la izquierda agarró la camisa de Edgar y con la derecha apuntó una pistola pequeñísima al cuello del estupefacto detective.

Bosch corrió hacia ellos hasta que vio la pistola y Powers comenzó a gritar.

—Atrás, Bosch. Atrás o mato a tu compañero. ¿Es eso lo que quieres?

Powers había vuelto la cabeza para mirar a Bosch, que se detuvo y separó las manos del cuerpo.

—Eso es —dijo Powers—. Y ahora vas a hacer lo que te diga. Saca la pistola despacio y tírala al primer lavabo.

Bosch no se movió.

—Sácala, te digo.

Powers hablaba con determinación, pero cuidaba de no levantar mucho la voz.

Bosch echó una ojeada a la diminuta pistola que sostenía Powers. La reconoció enseguida; era una Raven de calibre veinticinco, una pistola que ya en su época de patrullero era muy popular entre los policías de uniforme. Era pequeña —en la mano de Powers parecía un juguetito— pero mortífera. Metida en un calcetín o una bota resultaba casi invisible con la pernera del pantalón por encima, lo cual explicaba por qué Edgar y Rider no habían reparado en ella. Bosch sabía que un disparo de la Raven a quemarropa mataría a Edgar y, aunque iba en contra de sus instintos, no le quedaba otro remedio que entregar su arma. Powers estaba desesperado y Bosch sabía que la gente desesperada no pensaba las cosas con calma. Una persona desesperada actuaba de forma irracional; era capaz de asesinar. Por eso Bosch extrajo su pistola con dos dedos y la arrojó al lavabo.

—Muy bien, Bosch. Ahora tírate al suelo debajo de los lavabos.

Bosch obedeció, sin dejar de mirarlo.

—Edgar, ahora te toca a ti —anunció Powers—. Saca tu pistola y tírala al suelo.

La pistola de Edgar se estrelló contra las baldosas.

—Ahora, ponte con tu compañero. Eso es.

—Powers, estás loco —le dijo Bosch—. ¿Adónde vas a ir? No tienes escapatoria.

—¿Quién habla de escapar, Bosch? Coge tus esposas y ponte una en la muñeca izquierda.

Cuando lo hubo hecho, Powers le ordenó que pasara las esposas por la tubería de desagüe del lavabo e instruyó a Edgar para que se pusiera la otra esposa en la muñeca derecha.

—Vale, muy bien —sonrió Powers—. Así os estaréis un rato quietecitos. Ahora, tiradme vuestras llaves.

Powers cogió las llaves de Edgar y se quitó las esposas. Inmediatamente después se frotó las muñecas para recobrar la circulación de la sangre. Seguía sonriendo aunque Bosch no sabía si se daba cuenta.

—Ahora, veamos.

Bosch comprendió entonces lo que Powers estaba planeando: ir a por Verónica. Harry recordó que Kiz estaba sentada en la mesa de Homicidios, de espaldas al mostrador principal, y Billets en su despacho. No lo verían hasta que fuera demasiado tarde.

—No está aquí, Powers —dijo Bosch.

—¿Qué? ¿Quién?

—Verónica. Fue un engaño. Ni siquiera la hemos detenido.

La expresión de Powers se tornó seria y concentrada. Bosch adivinó lo que estaba pensando.

—La voz era de una de sus películas. La grabé de un vídeo. Si vuelves a las salas de interrogación, no podrás salir de la comisaría.

Bosch vio que la piel de Powers se tensaba, tal como había ocurrido antes.

Su rostro se encendió por la furia, pero de pronto, inexplicablemente, volvió a sonreír.

—Muy listo, Bosch. Quieres hacerme creer que ella no está allí, ¿verdad? Me estás tomando el pelo.

—No es ninguna tomadura de pelo. Verónica no está aquí. Íbamos a detenerla con lo que tú nos dijiste, pero subimos a su casa hace una hora y no está. Se largó ayer por la noche.

—Si no está aquí, entonces cómo...

—Eso no era un engaño. El dinero y las fotos estaban en tu casa. Si tú no las pusiste allí, tuvo que ser ella. Te ha tendido una trampa. ¿Por qué no dejas la pistola y volvemos a empezar? Tú te disculpas ante Edgar por lo que le llamaste y nosotros nos olvidamos de este pequeño incidente.

—Ah, ya lo veo. Os olvidáis del intento de fuga pero yo sigo cargando con el asesinato.

—Ya te he dicho que hablaría con el fiscal. Viene uno para aquí en estos momentos. Es un amigo mío y hará todo lo que pueda por ti. Es a ella a quien queremos atrapar.

—¡Qué gilipollas eres! —exclamó Powers en voz alta, aunque enseguida bajó el volumen—. ¿No ves que voy a por ella? ¿Crees que has podido conmigo? ¿Crees que me doblegaste ahí dentro? No has ganado, Bosch. Yo hablé porque quería hablar. Yo te gané a ti, tío, pero tú no te enteras. Empezaste a confiar en mí porque me necesitabas. Nunca deberías haberme quitado las esposas, colega.

Powers se calló un momento para que asimilaran sus palabras.

—Ahora tengo una cita con esa zorra y no pienso faltar por nada del mundo. Si no está aquí, la iré a buscar.

—Podría estar en cualquier parte.

—Y yo también, Bosch. No me verá venir.

Powers agarró la bolsa de plástico que recubría el interior de la papelera y la vació. A continuación guardó dentro la pistola de Bosch y abrió a tope los grifos de los tres lavabos, lo cual provocó un auténtico estruendo en el cuarto alicatado. Después de meter la pistola de Edgar en la bolsa, Powers la dobló varias veces para ocultar las dos armas y se guardó la Raven en el bolsillo de la camisa a fin de acceder a ella más rápidamente. Luego arrojó las llaves de las esposas a un urinario y tiró de la cadena. Sin siquiera mirar a los dos hombres esposados bajo el lavabo, se dirigió a la puerta.

—Chao, inútiles —dijo antes de irse.

Bosch miró a Edgar. Sabía que si gritaban seguramente no les oirían. Era domingo; no había nadie en el ala de administración y en la oficina de la brigada de detectives sólo estaban Billets y Rider. Con el agua, sus gritos serían ininteligibles. Billets y Rider pensarían que eran los alaridos habituales procedentes de la celda de borrachos.

Bosch giró sobre sí mismo y apoyó los pies contra la pared, justo debajo del lavabo. Su intención era romper la tubería impulsándose con las piernas, pero al agarrarla el metal estaba ardiendo.

—¡Hijo de puta! —gritó Bosch al soltarla—. Ha abierto el agua caliente.

—¿Qué hacemos? Se va a escapar.

—Tú tienes los brazos más largos. Intenta llegar al grifo y cerrarlo.

Estirando el brazo al máximo, Edgar consiguió rozar el grifo. Le costó unos cuantos segundos lograr que el chorro de agua se convirtiera en un goteo.

—Ahora abre la fría —le dijo Bosch—. Vamos a enfriar esto.

Edgar tardó unos segundos más, pero finalmente Bosch estuvo listo para volver a intentarlo. Se agarró de la tubería y empujó las piernas contra la pared. Cuando Edgar lo imitó, la suma de fuerzas consiguió romper la tubería por la parte superior, la que estaba sellada al lavabo. Un chorro de agua los empapó mientras pasaban la cadena de las esposas por la parte rota de la tubería. A continuación se arrastraron por el suelo embaldosado hasta el urinario, donde Bosch vio sus llaves en la rejilla inferior. Harry las agarró y tardó unos segundos en abrirse las esposas con la mano izquierda. A continuación le pasó las llaves a Edgar y corrió hacia la puerta, chapoteando en el agua que anegaba el suelo.

—Cierra el grifo —gritó Bosch antes de irse.

Bosch corrió pasillo abajo y saltó por encima del mostrador de la oficina de detectives. No había nadie y, al mirar a través del cristal, Harry vio que el despacho de la teniente también estaba vacío. Entonces oyó unos golpes fuertes y los gritos apagados de Rider y Billets. Bosch enfiló el corredor que daba a las salas de interrogación y halló todas las puertas abiertas menos una. Obviamente Powers había buscado a Verónica Aliso después de encerrar a Billets y Rider en la sala tres. Tras liberarlas, Harry regresó a la oficina de la brigada de detectives y se dirigió a toda velocidad al pasillo trasero de la comisaría. Cuando llegó al fondo, Bosch abrió de golpe la pesada puerta metálica que daba al aparcamiento e instintivamente se llevó la mano a la funda de su pistola, pese a que estaba vacía. Registró con la mirada el estacionamiento y las puertas abiertas del garaje. No había rastro de Powers, pero había dos policías de uniforme junto a las bombas de gasolina. Bosch se acercó a ellos.

—¿Habéis visto a Powers?

—Sí —contestó el mayor de los dos—. Acaba de irse. Con nuestro coche. ¿Qué coño está pasando?

Bosch no respondió. Bajó la cabeza y maldijo para sus adentros.

Y

Seis horas más tarde, Bosch, Edgar y Rider contemplaban desde su mesa la reunión que se desarrollaba en el despacho de la teniente. Apretujados como sardinas en aquel pequeño cuarto estaban Billets, la capitana Le-Valley, el subdirector Irving, tres investigadores de Asuntos Internos -Chastain entre ellos- y el jefe de policía con su secretario. Bosch sabía que habían hablado por teléfono con el ayudante del fiscal del distrito, Roger Goff, ya que lo había reconocido por el altavoz. Después de aquella llamada, los jefes cerraron la puerta, con la clara intención de decidir el destino de los tres detectives que esperaban fuera.

El jefe de policía estaba de pie en medio del despacho con los brazos cruzados y la cabeza baja. Había sido el último en llegar y parecía que los demás le estuvieran resumiendo la situación. Aunque de vez en cuando asentía, no parecía intervenir demasiado. Bosch sabía que el tema principal de la reunión sería cómo enfocar el escándalo de Powers. Había un asesino suelto, que para colmo era policía. Acudir a los medios de comunicación con una noticia así era un ejercicio de masoquismo, pero Bosch no veía otra alternativa. Habían buscado en vano a Powers en los lugares más evidentes. El coche patrulla en el que huyó había aparecido abandonado en las montañas, en Fareholm Drive, y nadie sabía adónde había ido desde allí. Los equipos de vigilancia apostados en el exterior del bungalow de Powers, la mansión de Aliso y la residencia del abogado Neil Denton, no habían obtenido ningún fruto, por lo que había llegado la hora de informar a la prensa y mostrar la foto del policía corrupto por televisión. Bosch suponía que el jefe de policía había hecho acto de presencia porque planeaba convocar una rueda de prensa. De otro modo, habría dejado que Irving se encargase de todo.

En ese momento Bosch se dio cuenta de que Rider había dicho algo.

—¿Qué dices?

—Te preguntaba qué vas a hacer con tu tiempo libre.

—No lo sé, depende de cuánto nos caiga. Si es sólo un periodo, lo emplearé para terminar las obras en mi casa. Si son más de dos, tendré que buscarme algún trabajo para ganar dinero.

Cada periodo de suspensión de empleo y sueldo era de quince días. Las sanciones disciplinarias solían medirse por periodos completos cuando la falta era grave y, en aquel caso, Bosch estaba bastante seguro de que el jefe les impondría un castigo severo.

—No va a despedirnos, ¿verdad, Harry? —preguntó Edgar.

—Lo dudo, pero todo depende de cómo se lo estén contando.

Al volver la vista a la ventana del despacho, las miradas de Bosch y el jefe de policía se cruzaron, pero éste enseguida desvió la mirada, lo cual era mala señal. El jefe no era un hombre de la casa. Había sido contratado para tranquilizar a la comunidad y el factor determinante de su elección no habían sido sus grandes dotes de gestión policial, sino el hecho de venir de fuera. Bosch no lo conocía personalmente y tampoco esperaba conocerlo. Sólo lo había visto de lejos; era un hombre negro con casi todo el peso alrededor de la cintura. Los policías a quienes no les caía bien, que eran muchos, le llamaban Barriga de Barro. Harry no sabía cómo le llamaban los policías a quienes les caía bien.

—Quería pedirte perdón, Harry —dijo Rider.

—¿Perdón por qué? —inquirió Bosch.

—Por no ver la pistola. Lo cacheé yo. Le pasé las manos por las piernas pero, no sé cómo, no la noté. No lo entiendo.

—Era lo bastante pequeña como para caber en la bota —le explicó Bosch—. No fue todo culpa tuya, Kiz. Jerry y yo la cagamos en el lavabo. Deberíamos haberlo vigilado mejor.

Kiz asintió, pero Bosch notaba que seguía sintiéndose fatal. Harry vio entonces que la reunión en el despacho de la teniente había terminado. Con el jefe de policía y su secretario a la cabeza, LeValley y los detectives de Asuntos Internos salieron de la brigada por la entrada principal. Aquello les suponía dar una incómoda vuelta si sus coches estaban aparcados detrás de la comisaría, pero les evitaba pasar por delante de Homicidios y saludar a Bosch y los demás. «Otra mala señal», pensó Bosch.

Sólo Irving y Billets permanecieron en el despacho después de la reunión. Billets los miró y les hizo un gesto para que entraran. Los tres detectives se levantaron lentamente y se encaminaron hacia el despacho. Ya dentro, Edgar y Rider se sentaron, pero Bosch permaneció de pie.

—Jefe —saludó Bosch, dándole la palabra a Irving.

—De acuerdo. Os lo voy a contar tal como me lo han contado a mí —anunció Irving.

El subdirector consultó una hoja de papel donde había tomado unas notas.

—Por llevar una investigación no autorizada y por incumplir el reglamento en el registro y transporte de un prisionero, cada uno de vosotros queda suspendido

427

sin paga durante dos periodos de quince días y con paga durante otros dos. Y, por supuesto, la falta de conducta constará en vuestra hoja de servicios. Si no estáis conformes, podéis apelar al Comité de Derechos.

Irving hizo una pausa. Aunque era un castigo más severo de lo que esperaba, Bosch permaneció impasible. Edgar, en cambio, no pudo contener un suspiro. En cuanto a la posibilidad de apelación que había mencionado Irving, ésta sólo existía sobre el papel. Las sanciones disciplinarias impuestas por el jefe en persona casi nunca se anulaban ya que eso supondría que tres capitanes del Comité de Derechos votaran en contra de su superior. Invalidar la decisión de un investigador de Asuntos Internos era una cosa, pero invalidar la decisión del jefe de policía era un suicidio político.

—De todos modos —prosiguió Irving—, el jefe deja en suspenso las sanciones a la espera de los próximos acontecimientos y evaluaciones.

Hubo un momento de silencio mientras los detectives intentaban comprender el significado de la última frase.

—¿Qué quiere decir con «deja en suspenso»? —le inquirió Edgar.

—Pues que el jefe os está ofreciendo una oportunidad —explicó Irving—. Quiere ver cómo se desarrollan los acontecimientos en los próximos días. Todos vosotros deberéis presentaros mañana a trabajar y continuar como podáis con la investigación. Hemos hablado con la fiscalía y están dispuestos a acusar a Powers; nos traerán los papeles mañana a primera hora. Ya hemos corrido la voz y el jefe lo anunciará a la prensa dentro de un par de horas. Si tenemos suerte, atraparemos a ese tío antes de que encuentre a la mujer o haga más daño. Y si tenemos suerte, quizá vosotros también la tengáis.

—¿Y Verónica Aliso? ¿No van a presentar cargos contra ella?

—Aún no. Primero tenemos que detener a Powers. Goff dice que sin él, la confesión grabada carece de valor. Goff no podrá emplearla contra ella sin que el propio Powers la presente en el estrado.

Bosch bajó la vista.

—O sea que sin él, ella se escapa.

—Eso parece.

Bosch asintió.

—¿Qué va a decir el jefe? —le preguntó a Irving.

—Va a contar exactamente lo que ha pasado. Vosotros saldréis bien parados en algunas cosas y no tanto en otras. No va a ser un gran día para este departamento.

—¿Y por eso nos van a caer dos meses? ¿Por ser portadores de malas noticias?

Irving tensó la mandíbula y lo taladró con la mirada.

—No pienso rebajarme a contestar eso. —Entonces el subdirector se dirigió a Rider y Edgar—: Vosotros dos ya os podéis retirar. Yo tengo que discutir otro asunto con el detective Bosch.

Al ver que se iban, Bosch se preparó para la reprimenda de Irving provocada por su último comentario. No estaba muy seguro de por qué lo había hecho, ya que sabía que suscitaría la ira del subdirector. No obstante, cuando Rider cerró la puerta de la oficina, Irving habló de otro asunto.

—Detective, quiero que sepa que ya he hablado con los federales y todo está solucionado.

—¿Cómo es eso?

—Les dije que, tras los hechos de hoy, había quedado claro, clarísimo, que usted no tuvo nada que ver con la manipulación de pruebas. Les dije que el culpable era Powers y que íbamos a dar por terminado ese aspecto concreto de nuestra investigación interna.

—De acuerdo, jefe. Gracias.

Pensando que eso era todo, Bosch se dispuso a marcharse.

—Detective, hay una cosa más.

Bosch se volvió hacia él.

—He discutido este asunto con el jefe de policía, y hay otro aspecto que le preocupa.

—¿Cuál?

—La investigación iniciada por el detective Chastain reveló información sobre su asociación con una delincuente convicta. A mí también me preocupa. Me gustaría recibir algún tipo de garantía por su parte de que esto no va a seguir así. Y me gustaría darle esa garantía al jefe de policía.

Bosch se quedó unos momentos en silencio.

—No puedo dársela.

Irving miró al suelo. Los músculos de su mandíbula volvieron a tensarse.

—Me decepciona, detective Bosch —concluyó—. Este departamento ha hecho mucho por usted. Y yo también. Yo le he apoyado en algunos momentos difíciles. Usted nunca ha sido fácil, pero creo que tiene un talento que este departamento y esta ciudad necesitan. Supongo que por eso merece la pena tenerle con nosotros. ¿No querrá fallarme a mí y a otra gente de este departamento?

—No.

—Pues siga mi consejo y cumpla con su deber, hijo. Ya sabe cuál es. No le digo más.

—Sí, señor.

—Eso es todo.

Y

Bosch vio un polvoriento Ford Escort con matrícula de Nevada aparcado delante de su casa. En el pequeño comedor, Eleanor Wish lo esperaba sentada con la lista de anuncios clasificados del *Times* del domingo. Tenía un cigarrillo encendido en el cenicero junto al periódico y un rotulador para marcar las ofertas de empleo. Cuando Harry lo vio, el corazón le dio un vuelco. Si ella estaba buscando trabajo, quería decir que tal vez iba a quedarse en Los Ángeles; a quedarse con él. Para redondearlo, toda la casa olía a deliciosa comida italiana.

Bosch se acercó a Eleanor, le puso la mano en el hombro y probó con un beso en la mejilla. Ella le acarició la mano. Al incorporarse, Harry se dio cuenta de que estaba buscando en la sección de apartamentos amueblados de Santa Mónica, no en la sección de empleos.

—¿Qué estás preparando?

—Mis espaguetis con salsa. ¿Te acuerdas?

Bosch asintió, aunque no lo recordaba. Sus recuerdos de los días pasados con Eleanor cinco años antes se centraban en ella, en los momentos íntimos y en todo lo que sucedió más tarde.

—¿Qué tal en Las Vegas? —preguntó Bosch, sólo por decir algo.

—Como siempre. Es un sitio que no se echa de menos. No me importaría nada no volver nunca más.

—¿Estás buscando un piso por aquí?

—He pensado que valía la pena mirar.

Eleanor ya había vivido en Santa Mónica. Bosch recordó el dormitorio con balcón de su apartamento. Desde la barandilla se olía el mar y, si te asomabas un poco, se veía Ocean Park Boulevard. De todos modos,

Bosch sabía que ella no podía permitirse un sitio así en las circunstancias en las que se hallaba, por lo que debía de estar buscando en la zona al este de Lincoln.

—Ya sabes que no hay prisa —le dijo—. Puedes quedarte aquí. Hay una buena vista, es tranquilo... ¿Por qué no ...?, no sé, ¿por qué no te lo tomas con calma?

Ella lo miró, pero decidió no decir lo que iba a decir. Bosch se dio cuenta.

—¿Quieres una cerveza? —preguntó Eleanor para cambiar de tema—. He comprado más. Están en la nevera.

Bosch asintió, dejándola escapar por el momento, y entró en la cocina. Al ver una olla a presión se preguntó si Eleanor la había comprado o se la había traído de Las Vegas. Abrió la nevera y sonrió. ¡Qué bien lo conocía! Había traído Henry Weinhard's en botella. Bosch sacó dos y se las llevó al comedor, donde abrió la de Eleanor y luego la suya. Los dos comenzaron a hablar a la vez.

—Tú primero —dijo ella.

—No, tú.

—¿Seguro?

—Sí, ¿qué?

—Sólo iba a preguntarte cómo te han ido las cosas hoy.

—Ah. Bueno, bien y mal. Al final logramos que el tío confesara y acusara a la mujer.

—¿A la mujer de Tony Aliso?

—Sí. Ella lo planeó todo desde el principio. Según él, claro. Lo de Las Vegas fue una pista falsa.

—Genial. ¿Cuál es la parte mala?

—Pues que resulta que el tío es un poli y...

—¡Ostras!

—Espera; eso no es lo peor. Se nos ha escapado.

—¿Se os ha escapado? ¿Qué quieres decir?

—Pues que se fugó de la mismísima comisaría. En la bota tenía escondida una pistola, una Raven pequeñita, y no la vimos al registrarlo. Edgar y yo lo llevamos al lavabo y, por el camino, debió de pisarse los cordones. A propósito, claro. Luego, cuando Edgar se dio cuenta y le dijo que se los atara, el tío sacó la Raven. Se escapó, salió al aparcamiento y se largó en un coche patrulla. Todavía llevaba el uniforme.

—¡Joder! ¿Y aún no lo han encontrado?

—No, y ya hace ocho horas. Se ha esfumado.

—Bueno, ¿adónde puede ir en un coche patrulla y de uniforme?

—Se deshizo del coche, lo hemos encontrado abandonado, y dudo mucho que, esté donde esté, siga llevando el uniforme. Por lo visto, el tío andaba metido en toda esa mierda de extrema derecha, de supremacía blanca y todo el rollo. Seguramente conoce gente que le conseguirá ropa sin hacer preguntas.

—Menudo policía.

—Sí, es curioso. Fue el tío que encontró el cadáver la semana pasada. Era su ronda y, como era policía, ni se me ocurrió que pudiera ser culpable. Ese día descubrí que era un gilipollas, pero sólo lo vi como el policía que había encontrado el cadáver. Él debía de saberlo. Lo calculó todo para que tuviéramos que darnos prisa para salir de ahí. El tío fue bastante listo.

—O la tía.

—Sí, es más probable que fuera ella. Pero bueno, me siento más, no lo sé, frustrado o decepcionado por no haberme fijado en él ese día que por dejarlo escapar hoy. Debería haberlo considerado; más de una vez el que encuentra el cadáver es el asesino. El uniforme me cegó.

Eleanor se levantó de la mesa y se acercó a Harry. Le rodeó el cuello con los brazos y le sonrió.

—Lo cogerás. No te preocupes.

Bosch asintió y se besaron.

—¿Qué ibas a decir antes? —preguntó ella—. Cuando los dos hablamos a la vez.

—Ah... Ya no me acuerdo.

—No debía de ser muy importante.

—Quería decirte que te quedaras aquí conmigo.

Ella apoyó la cabeza sobre el pecho de él, para que Bosch no pudiera verle los ojos.

—Harry...

—Sólo para ver cómo va. Siento... Es casi como si no hubiera pasado todo este tiempo. Quiero..., quiero estar contigo. Puedo cuidarte; aquí puedes sentirte segura y tomarte el tiempo que necesites para volver a empezar. Buscar un trabajo, hacer lo que quieras hacer.

Eleanor se separó de él para mirarlo a los ojos. En esos momentos lo único que Harry quería era conservarla cerca de él y estaba dispuesto a hacer lo que fuera necesario para conseguirlo.

La advertencia de Irving era lo que menos le preocupaba.

—Pero ha pasado mucho tiempo, Harry. No podemos tirarnos tan de cabeza.

Bosch asintió y bajó la mirada. Sabía que ella tenía razón, pero seguía trayéndole sin cuidado.

—Te quiero a ti, Harry —afirmó Eleanor—. A nadie más. Pero es mejor ir despacio para estar seguros. Los dos.

—Yo ya estoy seguro.

—Quizá sólo lo piensas.

—Santa Mónica está muy lejos de aquí.

Ella sonrió.

—Pues tendrás que quedarte a dormir cuando vengas a verme —dijo ella, y soltó una carcajada.

Harry asintió y se dieron un largo abrazo.

—¿Sabías que me haces olvidar muchas cosas? —le susurró Bosch al oído.

—Tú también —contestó ella.

Mientras hacían el amor sonó el teléfono, pero la persona que llamó no dejó un mensaje en el contestador. Más tarde, cuando Bosch salió de la ducha, Eleanor le dijo que habían telefoneado otra vez pero tampoco habían dejado mensaje.

Finalmente, mientras Eleanor hervía el agua para la pasta, el teléfono sonó una tercera vez y Bosch lo cogió antes de que saltara el contestador.

—¿Bosch?

—Sí, ¿quién es?

—Soy Roy Lindell. ¿Me recuerdas? Luke Goshen.

—Claro que me acuerdo. ¿Eras tú el que ha llamado antes?

—Sí, ¿por qué no lo cogías?

—Estaba ocupado. ¿Qué quieres?

—Conque fue esa zorra, ¿no?

—¿Qué?

—La mujer de Tony.

—Sí.

—¿Conocías a ese tal Powers?

—No. Sólo de vista.

Bosch no quería decirle nada que él no supiera. Lindell soltó un suspiro de aburrimiento.

—Sí, bueno, Tony me dijo una vez que le daba más miedo su mujer que Joey *el Marcas*.

—¿Ah, sí? —preguntó Bosch, repentinamente interesado—. ¿Dijo eso? ¿Cuándo?

—No recuerdo. Lo soltó una vez, cuando estábamos charlando en el club. Recuerdo que acabábamos de cerrar, él estaba esperando a Layla y nos pusimos a hablar.

—Gracias por decírmelo, Lindell. ¿Qué más te contó?

—Te lo estoy diciendo ahora, ¿no? Además, antes no podía contártelo. Estaba metido en mi papel, tío, y mi personaje no podía decirle nada a la poli. Y después..., bueno, después pensé que habías intentado joderme y por eso no te conté nada.

—Pero ahora has cambiado de opinión.

—Sí. Mira, Bosch, la mayoría de los tíos no te habrían llamado. ¿Crees que alguien más del FBI va a admitir que la pifiamos contigo? Ni de coña. Pero me gusta tu estilo. Te apartan del caso y ¿qué haces?: te revuelves y atacas de nuevo. Y resulta que al final vas y lo resuelves. Hay que tener pelotas y mucho estilo. Eso me va.

—¿Te va? Pues me alegro. ¿Qué más te dijo Tony Aliso sobre su mujer?

—No mucho, sólo que era más fría que un témpano. Me contó que lo tenía cogido por los huevos; que no podía sacarle el divorcio sin perder la mitad de su pasta y arriesgarse a que ella pululara por ahí sabiéndolo todo sobre su negocio y sus socios. Ya me entiendes.

—¿Por qué no le pidió a Joey que se la cargara?

—Supongo que Joey la conocía y le tenía cariño. Fue Joey quien se la presentó a Tony hace años. Creo que Tony sabía que si se lo pedía a Joey, él le diría que no y al final ella se enteraría. Y si se lo pedía a otro, tendría que darle explicaciones a Joey. El Marcas tenía la última palabra en esas cosas y no habría querido que Tony contratara a un desconocido que pudiese poner en peligro la operación de blanqueo.

—¿Crees que ella conocía mucho a Joey? ¿Que ahora podría estar con él?

—Ni en broma. Ella ha matado a la gallina de los huevos de oro. Tony representaba dinero limpio y, para Joey, el dinero tiene prioridad.

Bosch y Lindell permanecieron unos segundos en silencio.

—¿Y ahora qué vas a hacer? —preguntó finalmente Bosch.

—¿Te refieres a mi caso? Pues esta misma noche vuelvo a Las Vegas y mañana por la mañana voy a testificar ante el jurado de acusación. Supongo que me pasaré con ellos un par de semanas como mínimo. Tengo una historia bastante buena que contarles. Si todo va bien, para Navidad tendremos a Joey y su gente en el bote.

—Espero que lleves guardaespaldas.

—Sí, claro. No estoy solo.

—Bueno, buena suerte, Lindell. Tonterías aparte, a mí también me gusta tu estilo. Una cosa. ¿Por qué me contaste lo de los de Samoa? Eso no encajaba con tu personaje.

—Tuve que hacerlo, Bosch. Me asustaste.

—¿De verdad creíste que te mataría?

—No estaba seguro, pero eso no me preocupaba. Tenía a gente vigilando que tú no conocías, pero sí sabía que se la cargarían a ella. Y soy un agente, tío. Era mi deber intentar evitarlo. Por eso te lo conté. Me sorprendió que no me descubrieras en ese momento.

—Ni se me ocurrió. Lo hacías muy bien.

—Bueno, engañé a quien tenía que engañar. Ya nos veremos, Bosch.

—Sí, seguro. ¿Lindell?

—¿Qué?

—¿Sabía Joey *el Marcas* que Tony Aliso le robaba?

Lindell se rio.

—Nunca te rindes, ¿verdad, Bosch?

—No.

—Bueno, esa información es parte de la investigación y no puedo hablar sobre ella. Oficialmente.

—¿Y oficiosamente?

—Yo no te he dicho nada, ¿vale? Pero la respuesta a tu pregunta es que Joey pensaba que todo el mundo le robaba. No confiaba en nadie. Cada vez que me ponían un micrófono, yo sudaba la gota gorda, porque nunca sabías cuándo te iba a poner la mano en el pecho. Yo llevaba con él más de un año y todavía me lo hacía de vez en cuando. Tenía que llevar el micrófono en el sobaco. ¿Has intentado despegarte cinta adhesiva del sobaco? Duele un huevo.

—¿Y Tony?

—A eso iba. Sí, Joey creía que Tony le robaba y yo también. Tienes que comprender que un poco estaba permitido. Joey sabía que todo el mundo tenía que sacarse un dinerillo extra para ser feliz, pero tal vez pensaba que Tony estaba llevándose más de lo que le tocaba. Si es así, nunca me lo dijo. Lo único que sé es que lo hizo seguir un par de veces a Los Ángeles y consiguió un contacto en el banco de Tony en Beverly Hills. Esta persona le pasaba los saldos mensuales de Tony.

—¿Ah, sí?

—Sí. Así que Joey habría sabido si había ingresos fuera de lo normal.

Bosch pensó un poco, pero no se le ocurrió qué más decir.

—¿Por qué lo preguntas, Bosch?

—No lo sé; es algo que estoy investigando. Powers dice que Tony tenía un par de millones escondidos en algún sitio.

Lindell silbó, asombrado.

—Eso es mucho dinero. A mí me parece que Joey lo habría notado y le habría dado un toque de atención. Una cantidad así ya no cuela.

—Bueno, creo que lo acumuló a lo largo de los años. Además, Tony blanqueaba dinero para algunos amigos de Joey en Chicago y Arizona, ¿recuerdas? Podría haberlos engañado a ellos también.

—Todo es posible. Oye, tengo que coger un avión. Ya me contarás cómo va la cosa.

—Una última pregunta.

—Bosch, me tengo que ir a Burbank.

—¿Conoces a un tío en Las Vegas llamado John Galvin?

Galvin era el apellido del hombre que había visitado a Verónica Aliso la noche que desapareció. Hubo un silencio antes de que Lindell contestara que no le sonaba, pero ese silencio fue lo que más interesó a Bosch.

—¿Estás seguro?

—Ya te he dicho que nunca lo había oído nombrar, ¿vale? Tengo que irme.

Después de colgar, Bosch abrió el maletín y sacó su libreta para anotar algunas de las cosas que Lindell le había dicho. Eleanor salió de la cocina con cubiertos y servilletas.

—¿Quién era?

—Lindell.

—¿Quién?

—El agente que interpretó a Luke Goshen.

—¿Y qué quería?

—Supongo que disculparse.

—Qué raro. El FBI no suele disculparse por nada.

—No era una llamada oficial.

—Ah, una de esas llamadas entre tíos, para hacerse los machotes.

Bosch sonrió porque ella tenía razón.

—¿Qué es esto? —preguntó Eleanor al ver la cinta de *Víctima del deseo* en el maletín de Bosch—. Ah, ¿es una de las películas de Tony Aliso?

—Sí, su contribución al cine de este país. Ésta es una en la que sale Verónica. Tengo que devolvérsela a Kiz.

—¿Ya la has visto?

Bosch asintió.

—Me habría apetecido verla. ¿Te gustó? —preguntó Eleanor.

—Era bastante mala, pero si quieres podemos verla esta noche.

—¿Seguro que no te importa?

—Seguro.

Durante la cena, Bosch le contó a Eleanor los últimos detalles del caso. Eleanor hizo algunas preguntas y finalmente se sumieron en un silencio agradable. Los tallarines con salsa boloñesa que ella había preparado estaban deliciosos, y Bosch rompió el silencio para decírselo. Para beber, Eleanor había abierto una botella de vino tinto y Harry también comentó que era excelente.

Después de cenar, dejaron los platos en el fregadero y se dispusieron a ver la película. Bosch se sentó con el brazo en el respaldo del sofá y acarició suavemente el cuello de Eleanor. Sin embargo, le aburrió ver de nuevo la película y su mente enseguida empezó a darle vueltas a los acontecimientos del día. El dinero era lo que más le preocupaba. Harry se preguntó si Verónica ya lo tenía en su poder o si se había visto obligada a desplazarse para ir a buscarlo. Bosch concluyó que no estaría en un banco local porque ya habían comprobado todas las cuentas de Aliso en bancos de Los Ángeles, lo cual apuntaba a Las Vegas.

Los movimientos de Tony Aliso demostraban que en los últimos diez meses no había estado en ningún otro sitio aparte de Los Ángeles y Las Vegas y, si había estado reuniendo un pequeño fondo, tenía que haberlo guardado en un lugar al que tuviera fácil acceso. Como Verónica no se había marchado de su casa hasta ese día, Bosch llegó a la conclusión de que no tenía el dinero.

Sus pensamientos se vieron interrumpidos por el teléfono. Bosch se levantó del sofá y contestó en la cocina para no molestar a Eleanor, que seguía viendo la película. Era Hank Meyer, que llamaba desde el Mirage. Sin embargo, su voz no parecía la de Hank Meyer, sino la de un niño asustado.

—Detective Bosch, ¿puedo confiar en usted?

—Pues claro, Hank. ¿Qué pasa?

—Ha pasado algo, bueno, quiero decir que pasa algo. Por culpa suya yo sé algo que no debería saber. Ojalá todo esto... No sé que...

—Un momento, un momento. Hank, cálmese y dígame qué pasa. Tranquilo. Si me lo cuenta, lo solucionaremos. Sea lo que sea.

—Estoy en mi despacho. Me llamaron a casa porque yo había dicho que me avisaran si alguien se presentaba con el recibo de la apuesta de su víctima.

—Vale.

—Bueno, pues alguien lo cobró esta noche.

—Vale, alguien lo cobró. ¿Quién fue?

—Bueno, verá. Yo escribí una nota en el ordenador para que el cajero le pidiera el permiso de conducir y el número de la Seguridad Social, ya sabe, para impuestos. Escribí la nota aunque su recibo sólo era de cuatro mil dólares.

—De acuerdo. ¿Y quién canjeó el recibo?

—Un tal John Galvin. Tenía una dirección local.

Bosch se apoyó en la encimera y apretó el auricular contra la oreja.

—¿Cuándo ocurrió eso? —preguntó Bosch.

—A las ocho y treinta de esta noche. Hace menos de dos horas.

—No lo entiendo, Hank. ¿Por qué le preocupa tanto?

—Bueno, dejé instrucciones en el ordenador para que me llamaran a casa en cuanto canjearan ese recibo, así que lo hicieron. Yo vine y tomé nota de la información de la persona que cobró la apuesta para poder hablar con usted lo antes posible. Me fui directo a la sala de vídeos. Quería ver a ese John Galvin, ya sabe, hacerme una idea de su aspecto.

Meyers volvió a detenerse. Sacarle la historia era peor que arrancarle una muela.

—¿Y? —inquirió Bosch—. ¿Quién era, Hank?

—La imagen era clarísima. Resulta que yo conozco a John Galvin, pero no como John Galvin. Bueno, como sabe, uno de mis deberes es mantener relaciones con la policía y ayudar con cualquier cosa que...

—Sí, Hank, ya lo sé. ¿Quién era?

—Miré el vídeo. Estaba muy claro. John Galvin es un hombre que conozco. Es un capitán de la Metro. Se llama... John Felton.

—¿Cómo lo...?

—Porque yo también lo conozco. Ahora escúcheme,

Hank. Usted no me ha dicho nada, ¿de acuerdo? No ha hablado conmigo. Es lo mejor, lo más seguro para usted. ¿De acuerdo?

—Sí, pero... ¿qué va a pasar?

—Usted no se prcocupe. Yo me encargaré de esto y nadie en la Metro lo sabrá. ¿De acuerdo?

—Supongo que sí. Yo...

—Hank, tengo que irme. Gracias, le debo un favor.

Después de colgar, Bosch llamó a información para pedir el teléfono de la compañía aérea Southwest en el aeropuerto de Burbank. Las compañías Southwest y American West, que llevaban la mayoría de vuelos a Las Vegas, salían de la misma terminal. Harry telefoneó a Southwest y les pidió que avisaran a Roy Lindell por el altavoz. Mientras esperaba, consultó su reloj. Había pasado más de una hora desde que había hablado con Lindell, pero no creía que el agente tuviera tanta prisa como le había dado a entender por teléfono. Bosch suponía que había sido una excusa para colgar.

Una voz le preguntó con quién quería hablar. Después de repetir el nombre de Lindell, Bosch esperó y al cabo de unos segundos oyó la voz de Lindell.

—Sí, soy Roy. ¿Quién es?

—Hijo de puta.

—¿Quién es?

—John Galvin es John Felton y tú lo sabías.

—¿Bosch? Bosch, ¿qué haces?

—Felton es el hombre de Joey en la Metro —contestó—. Tú lo sabías porque estabas dentro de la organización. Y también sabías que, cuando Felton hace cosas para Joey, usa el nombre de John Galvin.

—Bosch, no puedo hablar de esto. Todo forma parte de nuestra investi...

—Me importa un huevo tu investigación. Tienes que saber de qué lado estás, tío. Felton tiene a Verónica Aliso, lo cual significa que está en manos de Joey.

—¿De qué hablas? Estás loco.

—Ellos saben lo del dinero que se quedó Aliso, ¿no lo ves? Joey quiere su dinero y van a sacárselo a ella.

—¿Cómo sabes todo esto?

—Porque lo sé.

Entonces a Bosch se le ocurrió una idea y se asomó por la puerta de la cocina. Eleanor, que seguía viendo la película, le hizo un gesto de interrogación y Harry sacudió la cabeza para mostrar que estaba enfadado con la persona al otro lado de la línea.

—Me voy a Las Vegas a buscar a Joey y creo que tú sabrás encontrarlo —dijo Bosch—. ¿Queréis ayudarme? Porque está claro que con la Metro no puedo contar.

—¿Cómo estás tan seguro de que ella está allí?

—Porque envió una señal de auxilio. Qué, ¿os apuntáis o no?

—Sí. Te doy un número y llámanos cuando llegues.

Después de colgar, Bosch volvió al salón, donde Eleanor ya había apagado el vídeo.

—No puedo más. Es malísima. ¿Qué pasa?

—La vez que seguiste a Tony Aliso por Las Vegas dices que fue a un banco con su novia, ¿no?

—Sí.

—¿A qué banco? ¿Dónde?

—Em... Creo que estaba en Flamingo, al este del Strip y al este de Paradise Road. No me acuerdo del nombre... Ah, creo que era el Silver State National. Sí, eso es, el Silver State.

—El Silver State en Flamingo, ¿estás segura?

—Sí.

—¿Y parecía que estaba abriendo una cuenta?

—Sí, pero no lo sé seguro. Es lo malo de seguir a alguien sola. Al ser una sucursal muy pequeña, no pude quedarme mucho tiempo por ahí. Me pareció que ella estaba firmando los papeles y Tony sólo observaba, pero tuve que salir y esperar a que ellos terminaran. Acuérdate de que Tony me conocía. Si me veía, habría descubierto que yo lo estaba espiando.

—Vale, me voy.

—¿Ahora?

—Ahora mismo. En cuanto haga unas llamadas.

Bosch volvió a la cocina y llamó a Grace Billets. Mientras le explicaba lo que había descubierto y le contaba lo que él creía que pasaba, puso en marcha la cafetera. Después de que la teniente le diera permiso para viajar, llamó a Edgar y Rider y quedó con ellos en la comisaría al cabo de una hora.

Con una taza de café en la mano, Bosch se apoyó en la encimera y reflexionó sobre la situación. Le pareció que había una contradicción. Si el capitán de la Metro era el topo de la organización en la policía, ¿por qué se había dado tanta prisa en detener a Goshen al comprobar las huellas dactilares que Bosch le había dado? Después de darle muchas vueltas, Bosch concluyó que Felton lo había visto como una oportunidad para librarse de Goshen. El capitán debió de pensar que su rango en los bajos fondos de Las Vegas subiría si Lucky desaparecía del mapa. Tal vez incluso había planeado el asesinato de Goshen para asegurarse de que Joey le debiera un favor. O bien Felton ignoraba que Goshen conocía sus actividades en la organización o bien planeaba deshacerse de él antes de que tuviera ocasión de contárselo a nadie.

Bosch bebió un sorbo de café hirviendo y apartó esos

pensamientos de su mente. Entonces volvió al salón donde Eleanor seguía sentada en el sofá.

—¿Te vas?

—Sí. Tengo que recoger a Jerry y Kiz.

—¿Por qué esta noche?

—Porque tenemos que llegar antes de que el banco abra mañana por la mañana.

—¿Crees que Verónica irá al banco?

—Es un presentimiento. Me parece que Joey al fin se ha dado cuenta de que si él no se cargó a Tony lo hizo otra persona cercana a él. Y esa persona ahora tiene su dinero. Joey conoce a Verónica desde hace años y se habrá imaginado que lo mató ella. Creo que envió a Felton para que lo comprobara, recuperara su dinero y se la cargara si ella era culpable. Pero Verónica debió de convencerle de que no lo hiciera. Seguramente mencionó que tenía dos millones de Joey en una caja de seguridad de Las Vegas. Creo que eso evitó que Felton la matase y por eso se la llevó consigo. Es muy posible que Verónica sólo viva hasta que consigan esa caja. Creo que ella le dio a Felton el último recibo de Aliso porque pensó que él lo canjearía y quizá nosotros lo estuviéramos esperando.

—¿Qué te hace pensar que el dinero está en el banco que yo vi?

—Que sabemos lo que Tony tenía en Las Vegas, todas sus cuentas corrientes, y allí no está. Según Powers, Tony guardó el dinero en una caja de seguridad a la que Verónica no tendría acceso hasta que él muriera porque no tenía firma. Así que yo creo que está en Las Vegas; es el único sitio adonde había viajado en el último año. Y si un día llevó a su novia a abrir una cuenta, seguramente la llevó al mismo banco.

Eleanor asintió.

—Tiene gracia —comentó Bosch.

—¿El qué?

—Que todo esto resulte ser un robo a un banco. La clave del caso no es el asesinato de Tony, sino el dinero que sisó y escondió. Un robo con un asesinato como efecto secundario. Y así es como nos conocimos tú y yo. En un robo a un banco.

Eleanor asintió y se quedó callada al recordarlo. Inmediatamente Bosch se arrepintió de haber sacado el tema.

—Perdona —se disculpó—. Supongo que no tiene tanta gracia. Eleanor lo miró desde el sofá.

—Voy contigo a Las Vegas —fue su respuesta.

8

*L*a sucursal del Silver State National Bank donde Tony Aliso había llevado a su amante estaba en la esquina de un pequeño centro comercial, entre una tienda de electrodomésticos y un restaurante mexicano llamado La Fuentes. El lunes de madrugada, cuando llegaron los detectives del Departamento de Policía de Los Ángeles y los agentes del FBI, el aparcamiento estaba casi vacío. El banco no abría hasta las nueve y los otros negocios lo hacían a las diez.

Como los establecimientos estaban cerrados, a los agentes se les presentó el problema de dónde instalar sus puestos de vigilancia. Era demasiado obvio apostar cuatro coches del gobierno en el aparcamiento. Hubieran llamado demasiado la atención, ya que allí sólo había otros cinco vehículos: cuatro en los extremos y un viejo Cadillac en primera fila, enfrente del banco. Al Cadillac le faltaba la matrícula, tenía el parabrisas roto, las ventanas abiertas y el maletero cerrado con un candado y una cadena que habían pasado por uno de sus múltiples agujeros oxidados.

Parecía tristemente abandonado por su dueño, quizás otra víctima de Las Vegas. El coche se había quedado clavado a pocos metros del banco, como alguien perdido en el desierto, que muere de sed a pocos metros de un oasis.

Tras realizar un reconocimiento de la zona, los federales decidieron usar el Cadillac como escondite. Abrieron el capó y colocaron a un agente con una camiseta grasienta haciendo ver que reparaba el viejo motor. El equipo de vigilancia lo completaban cuatro agentes ocultos en una furgoneta sin ventanas, que estacionaron junto al Cadillac. A las siete de esa mañana la habían llevado al taller de material del FBI, donde habían rotulado «Restaurante Mexicano La Fuentes» en letras rojas. La pintura todavía estaba secándose cuando se llevaron la furgoneta a las ocho de la mañana.

A las nueve, el aparcamiento comenzaba a llenarse, en su mayor parte con empleados de las tiendas y un par de clientes del Silver State que esperaban a que el banco abriera para realizar alguna operación urgente. Bosch lo observaba todo desde el asiento trasero de un coche federal; en el asiento de delante estaban Lindell y un agente llamado Baker. Habían aparcado en una gasolinera al otro lado de Flamingo Road, la calle del banco. Edgar y Rider se hallaban en otro coche federal un poco más arriba. Había otros dos vehículos más del FBI, uno parado y el otro dando vueltas por la zona. Estaba previsto que Lindell entrara en el aparcamiento en cuanto éste se llenara de coches, para no llamar la atención. El plan también incluía un helicóptero del FBI que estaba sobrevolando el centro comercial.

—Ahora abren —dijo una voz por la radio del coche.

—Recibido, La Fuentes —contestó Lindell.

Los vehículos del FBI iban equipados con un pedal adicional y un micrófono en la visera. De esta forma el conductor sólo tenía que pisar el pedal y hablar, es decir, se ahorraba llevarse el micrófono a la boca, un movimiento que a menudo lo delataba. Bosch había oído que también la Policía de Los Ángeles se había decidido a instalar esta tecnología en sus vehículos, pero que las unidades de narcóticos y equipos de vigilancia especializados tendrían prioridad.

—Oye Lindell, ¿alguna vez has ido a hablar por radio y sin querer has pisado el freno?

—Aún no, Bosch. ¿Por qué?

—Por nada. Es sólo curiosidad por saber cómo funciona todo esto.

—Todo depende del uso que haga cada uno.

Bosch bostezó. Ya no recordaba la última vez que había dormido. Había pasado toda la noche al volante para llegar a Las Vegas y el resto del tiempo planeando la vigilancia al banco.

—¿Tú qué opinas, Bosch? —le preguntó Lindell—. ¿Vendrán tarde o temprano?

—Vendrán esta mañana. Joey quiere su dinero y no esperará.

—Sí, puede ser.

—¿Tú crees que vendrán más tarde?

—Si fuera yo, lo retrasaría un poco. De esa manera, si hubiera gente vigilando —el FBI, la policía, Powers o quien fuera— se habría asado de calor para cuando llegara yo. ¿Sabes lo que quiero decir?

—Sí. Si esperamos aquí todo el día no vamos a estar muy despiertos cuando llegue el momento.

Después de aquello, Bosch permaneció en silencio un buen rato. Desde el asiento de atrás, estudió la nuca de Lindell y se fijó en que el agente se había cortado el pelo. Ya no se apreciaba el lugar donde Bosch le había cortado la coleta.

—¿Crees que vas a echarlo de menos? —preguntó Bosch.

—¿El qué?

—La vida de agente infiltrado.

—No, ya empezaba a hartarme. Tengo ganas de hacer vida normal.

—¿Ni siquiera a las chicas?

Bosch se fijó en que Lindell miraba de reojo a Baker y después a Bosch por el espejo retrovisor, por lo que dedujo que era mejor olvidar el asunto.

—¿Qué tal el aparcamiento, Don? —preguntó Lindell, cambiando de tema.

Baker echó un vistazo al estacionamiento, que comenzaba a llenarse. Sin embargo, casi todos los coches se dirigían a la cafetería de la esquina.

—Creo que podemos entrar y colocarnos delante de la cafetería —contestó Baker—. Ya estamos lo bastante cubiertos.

—De acuerdo, pues. Adelante —ordenó Lindell. El agente inclinó la cabeza ligeramente para proyectar la voz hacia la visera—. Eh, La Fuentes, aquí Roy. Vamos a situarnos; os llamaremos desde la cafetería que está detrás de vosotros.

—Comprendido —respondió la radio—. Siempre has querido ponerte detrás de mí, ¿no, Roy?

—Muy gracioso —comentó Lindell.

Transcurrió una hora sin novedad en el nuevo puesto de vigilancia. Lindell pudo acercarse aún más con el coche, aparcando delante de una escuela de crupieres bastante cercana al banco.

Al ser día de clase, unos cuantos aspirantes a crupier

entraban y salían del aparcamiento. Era una buena tapadera.

—No sé, Bosch —dijo Lindell, rompiendo un largo silencio—. ¿Crees que van a venir o no?

—Yo sólo dije que era un presentimiento. Pero sigo creyendo que todo encaja. Sobre todo desde que llegamos aquí; la semana pasada encontré una caja de cerillas en la habitación de Aliso en el Mirage; era del restaurante La Fuentes. Vengan o no vengan, estoy seguro de que Tony tiene una caja de seguridad en ese banco.

—Estoy pensando en mandar a Don a preguntarlo. Tal vez podamos poner fin a todo esto y dejar de perder tiempo si descubrimos que no hay caja.

—Tú mandas.

—En eso te doy la razón.

Transcurrieron un par de minutos más de tenso silencio.

—¿Y Powers? —preguntó Lindell.

—¿Qué le pasa?

—Tampoco lo veo, Bosch. Cuando llegamos esta mañana, estabas histérico con que Powers vendría a buscarla para acribillarla a balazos. Así que, ¿dónde está?

—No lo sé, Lindell. Pero si nosotros hemos podido deducir esto, él también. No me extrañaría que Powers ya conociera la existencia de la caja cuando espió a Tony y simplemente lo omitiera en nuestra pequeña charla.

—A mí tampoco, pero sigo pensando que sería idiota si se presenta aquí. Tiene que sospechar que nosotros estamos al acecho.

—La palabra no es idiota, sino suicida. Pero no creo que le importe; él sólo quiere cargársela. Y si lo matan, pues qué se le va a hacer. Ya te dije que estaba dispuesto a montar el número kamikaze en la comisaría cuando pensó que Verónica estaba allí.

—Bueno, esperemos que se haya tranquilizado un poco desde...

—¡Ahí! —gritó Baker.

Bosch siguió con la vista el dedo de Baker, que apuntaba hacia la otra esquina del aparcamiento, por donde acababa de entrar una limusina blanca.

—Dios —exclamó Lindell—. No puede ser tan imbécil.

A Bosch todas las limusinas le parecían iguales, pero Lindell y Baker parecían haberla reconocido.

—¿Es Joey *el Marcas*?

—Es su limusina. Le encantan esos tanques blancos, como a todos los italianos. No me lo puedo creer... No puede estar ahí dentro. Malgasté dos años de mi vida para atraparlo y... ¡el tío se presenta en persona a recoger este paquete!

La limusina se detuvo enfrente del banco.

—¿Lo tienes, La Fuentes? —preguntó Lindell.

—Sí, lo tenemos —dijo la voz de la radio en un susurro, pese a que no había forma de que los ocupantes de la limusina oyeran a los de la furgoneta.

—Un, Dos, Tres, alerta —prosiguió Lindell—. Parece que el zorro ha entrado en el gallinero. Águila, tómate un descanso. No quiero que nos asustes al personal.

Desde el helicóptero y las otras unidades de tierra confirmaron a coro la recepción del mensaje.

—Pensándolo bien, Tres, ¿por qué no venís por la entrada sureste y me esperáis allí? —preguntó Lindell.

—Comprendido.

Finalmente se abrió la puerta de la limusina, pero en el lado oculto a Bosch. Éste contuvo la respiración un segundo hasta que el capitán Felton salió del vehículo.

—*Voilá!* —susurró la voz por la radio.

Entonces Felton hizo salir a Verónica Aliso, aga-
rrándola por el brazo. A continuación otro hombre se
apeó de la limusina, al tiempo que la puerta del maletero se abría automáticamente. Mientras este segundo
individuo, que llevaba pantalones y camisa grises con el
nombre cosido en el bolsillo, se dirigía al maletero, Felton se inclinó a hablar con alguien que seguía en la limusina. Todo ello sin soltar a Verónica ni un solo instante.

Bosch sólo la vio un segundo pero, pese a hallarse a
unos treinta metros de distancia, notó el miedo y el cansancio reflejados en su rostro. Seguramente había sido
la noche más larga de su vida.

El segundo hombre sacó una pesada caja de herramientas del maletero y siguió a Felton y Verónica, que
caminaban hacia el banco. El capitán sujetaba a la mujer con firmeza, al tiempo que escudriñaba la zona. En
un momento dado, Bosch se dio cuenta de que Felton posaba unos segundos la mirada en la furgoneta para luego desviarla. El rótulo debía de haber sido el factor decisivo. Un buen detalle.

Cuando pasó junto al viejo Cadillac, Felton se inclinó para echar un vistazo al hombre que lo estaba repa-
rando. Al estimar que no era una amenaza, el capitán se
incorporó y se dirigió hacia las puertas acristaladas del
banco. Antes de que entraran, Bosch se percató de que
Verónica llevaba una especie de bolsa de tela en la mano,
pero no pudo apreciar su tamaño porque estaba vacía y
plegada.

Bosch no volvió a respirar hasta perderlos de vista.

—Vale —dijo Lindell hablando hacia la visera—. De

momento son tres: Felton, la mujer y el especialista. ¿Alguien lo conoce?

No hubo respuesta durante unos segundos hasta que alguien dijo:

—Estoy demasiado lejos, pero me ha parecido Maury Pollack. Es un experto en cajas fuertes que ya ha trabajado alguna vez para Joey.

—De acuerdo, lo comprobaremos más tarde —respondió Lindell—. Ahora mando a Baker a abrir una cuenta. Cinco minutos después entras tú, Conlon. Comprobad vuestros transmisores.

Baker se cercioró del funcionamiento de las modernas radios que Conlon y él llevaban bajo la ropa: con auriculares y sin hilos. Funcionaban, así que Baker salió del coche y caminó a paso rápido por la acera hasta llegar al banco.

—Vale, Morris —intervino Lindell—. Sal a dar un paseo y párate a mirar en la tienda de electrodomésticos.

—Comprendido.

Bosch contempló al agente Morris —que había conocido en la reunión celebrada antes del amanecer— mientras cruzaba el aparcamiento procedente de un coche en la entrada suroeste. Morris y Baker se cruzaron sin mirarse ni volver la vista hacia la limusina, que seguía aparcada con el motor en marcha enfrente del banco.

A Bosch, los siguientes cinco minutos se le antojaron horas. Aunque hacía calor, Harry sudaba principalmente por la ansiedad de la espera y la duda sobre lo que estaría ocurriendo. Desde que había entrado en el banco, Baker sólo les había informado de que los sujetos se hallaban en la cámara acorazada.

—De acuerdo, Conlon, adelante —ordenó Lindell al cumplirse los cinco minutos.

Bosch vio que Conlon salía de la cafetería y caminaba hasta la sucursal. Durante los siguientes quince minutos la tensión fue en aumento. Finalmente habló Lindell, sólo para romper el silencio.

—¿Cómo estáis ahí fuera? ¿Todo el mundo bien?

La respuesta afirmativa se produjo en forma de chasquidos de micrófono. Justo cuando retornaron al silencio, se oyó la voz de Baker.

—Salen, salen. Algo va mal —susurró con urgencia.

Bosch miró hacia las puertas del banco y, al cabo de un segundo, emergieron Felton y Verónica. El capitán de policía todavía tenía a la mujer agarrada por el brazo mientras el especialista los seguía con su caja de herramientas en la mano.

Esa vez, Felton caminó con paso decidido hacia la limusina sin mirar a su alrededor. Él llevaba la bolsa de tela, que no parecía haber aumentado de tamaño. Si antes el rostro de Verónica expresaba temor y cansancio, en ese instante estaba aún más desencajado por el miedo. Aunque resultaba difícil asegurarlo desde la distancia, a Bosch le pareció que estaba llorando.

La puerta de la limusina se abrió desde dentro mientras el trío seguía la misma ruta que antes, pasando junto al viejo Cadillac.

—Vale —anunció Lindell a los agentes que escuchaban—. Cuando dé la orden, atacamos. Yo me acercaré a la limusina por delante y Tres me seguirá. Uno y Dos, vosotros id por la parte de atrás. Recordad que es una detención corriente de un vehículo. La Fuentes, vosotros bajad a ayudar. Si hay un tiroteo, cuidado con quedar entre dos fuegos. Mucho cuidado.

Mientras se oían «comprendidos» por la radio, Bosch observó a Verónica y se dio cuenta de que ella sabía que iba a morir. La expresión de su rostro le recordó a la de su marido; ambas poseían la certeza de que el juego había terminado.

De repente Harry vio que el maletero del Cadillac se abría de golpe. Y de dentro, como impulsado por el mismo metal, saltó Powers. Con un grito salvaje que Bosch oyó claramente y nunca olvidaría, el patrullero aterrizó en el suelo.

—¡Verónica!

Cuando ella, Felton y el especialista se volvieron hacia el origen del alarido, Powers apuntó dos pistolas hacia ellos. En ese instante Bosch distinguió el brillo de su propia arma, la Smith & Wesson, en la mano izquierda del asesino.

—¡Va armado! —gritó Lindell—. ¡A por ellos!

Lindell arrancó el coche y pisó el acelerador a fondo. Aunque el vehículo avanzó a toda velocidad hacia la limusina, Bosch sabía que no había nada que hacer; estaban demasiado lejos. Harry vio cómo se desarrollaban los acontecimientos con una fascinación macabra, como si estuviera contemplando una escena a cámara lenta de una película de Sam Peckinpah.

Powers abrió fuego con ambas pistolas y los casquillos saltaban a medida que se acercaba a la limusina. Aunque Felton intentó desenfundar su propia arma, fue el primero en caer en el tiroteo. Luego le tocó el turno a Verónica, que se quedó inmóvil frente a su asesino, sin intentar correr ni parapetarse. La viuda se desplomó sobre la acera, en un lugar donde Bosch no podía verla porque la limusina se lo tapaba.

Powers seguía avanzando y disparando. El especialista soltó la caja de herramientas, alzó las manos y comenzó a alejarse de la línea de fuego. Pero Powers no le hizo caso; Bosch no sabía si el policía disparaba al cuerpo caído de Verónica o a la puerta abierta de la limusina. Entonces ésta arrancó y, después de que las ruedas giraran un segundo sobre sus ejes, comenzó a moverse, con la puerta trasera todavía abierta. Sin embargo, enseguida se estrelló contra una fila de coches aparcados y el conductor salió huyendo hacia la cafetería.

Powers no prestó atención al fugado. Al llegar al punto donde había caído Felton, dejó la pistola sobre el pecho del capitán y alargó la mano hacia la bolsa de tela, que yacía en el suelo junto a él. Al tiempo que el policía descubría que la bolsa estaba vacía, a sus espaldas se abrieron las puertas del furgón y de él emergieron los cuatro federales armados con escopetas. El agente de la camiseta grasienta se aproximaba por el lado del Cadillac, apuntando a Powers con la pistola que había escondido en el motor.

El ruido de los coches que se acercaban hizo reaccionar a Powers. El policía soltó la bolsa, se volvió hacia los cinco agentes que tenía detrás y les apuntó con la pistola que le quedaba.

Los agentes abrieron fuego antes que él y la fuerza del impacto elevó a Powers por los aires. El policía fue a estrellarse contra el capó de una camioneta que debía de pertenecer a un cliente del banco. Cayó de espaldas y perdió la pistola, que rebotó en el capó y finalmente acabó en el suelo. Los ocho segundos que duró el tiroteo fueron un infierno de sonido, pero el silencio que siguió fue aún más ensordecedor.

Powers había muerto. Felton había muerto. Giuseppe Marconi, también conocido como Joseph Marconi o

Joey *el Marcas*, había muerto; su cuerpo ensangrentado yacía sobre la tapicería de piel de la limusina.

Cuando llegaron a Verónica Aliso, la mujer estaba agonizando. Había recibido dos balazos en el pecho y la sangre espumosa que asomaba por su boca indicaba que tenía los pulmones destrozados. Mientras los agentes del FBI se apresuraban a acordonar la zona, Bosch y Rider se quedaron con la viuda.

Verónica Aliso tenía los ojos abiertos, pero apagados. Sus pupilas se movían de un lado a otro como si buscaran algo o alguien que no estaba allí. Su mandíbula comenzó a moverse y pronunció algo inaudible. Bosch se agachó y acercó el oído a sus labios.

—Quiero... hielo —farfulló.

Bosch la miró, sin comprender. Entonces ella comenzó a hablar y él volvió a acercar el oído.

—... la acera... tan caliente. Necesito... hielo.

Bosch la miró y asintió con la cabeza.

—Ahora viene, ahora viene. Verónica, ¿dónde está el dinero?

Al inclinarse sobre ella, Bosch se dio cuenta de que tenía razón; la acera estaba ardiendo.

—Al menos... al menos no lo tienen —logró decir ella.

Entonces Verónica comenzó a toser. Era una tos fuerte y húmeda; tenía el pecho lleno de sangre y no tardaría mucho en ahogarse. Bosch no sabía qué hacer ni qué decirle a esa mujer.

Era consciente de que seguramente la habían matado con sus propias balas y de que se estaba muriendo porque él había cometido un error al dejar escapar a Powers. Casi quería pedirle que lo perdonara, que ella le dijera que comprendía por qué las cosas habían salido tan mal.

Bosch desvió la mirada. En ese momento oyó unas sirenas que se aproximaban, pero Harry había visto suficientes heridas de bala para saber que Verónica no iba a necesitar la ambulancia. Bosch volvió a mirarla. Tenía la cara muy pálida y parecía a punto de desvanecerse. Cuando sus labios volvieron a moverse, su voz fue poco más que un carraspeo desesperado. Bosch no la entendió y le susurró al oído que lo repitiera.

—… jenamija…

Bosch se volvió a mirarla, perplejo, y negó con la cabeza. Ella se molestó.

—Dejen —pronunció claramente, empleando sus últimas fuerzas—, dejen… a mi hija.

Bosch la miró a los ojos mientras asimilaba la frase y, sin pensarlo, asintió con la cabeza. Entonces Verónica exhaló. Sus pupilas se apagaron para siempre.

Bosch se levantó.

—Harry, ¿qué ha dicho? —le preguntó Rider.

—Ha dicho…, no estoy muy seguro de lo que ha dicho.

Apoyados contra el maletero del coche de Roy Lindell, Harry Bosch, Edgar y Rider contemplaban a los agentes del FBI y la Metro que no cesaban de llegar a la escena del crimen. Lindell había ordenado que acordonaran todo el centro comercial, lo cual había provocado el comentario sarcástico de Edgar: «Cuando esta gente monta una juerga, nunca se quedan cortos».

Los tres detectives de la Policía de Los Ángeles ya habían declarado y no formaban parte de la investigación. Habían sido meros testigos de la operación y, en esos momentos, seguían siendo simples observadores.

El agente al cargo de la oficina del FBI en Las Vegas había acudido a dirigir la investigación. Los federales también habían llevado una caravana con cuatro salas, donde estaban tomando declaración a los diversos testigos que habían presenciado el tiroteo. Los cadáveres seguían en la acera y en la limusina, aunque cubiertos con plástico amarillo: un toque de color que agradecían los periodistas que filmaban la escena desde sus helicópteros.

Bosch había logrado sacarle a Lindell un poco de información sobre lo que estaba pasando. El FBI ya había identificado el Cadillac en el que Powers se había ocultado durante al menos cuatro horas, el tiempo que el aparcamiento había estado vigilado. Por lo visto el vehículo pertenecía a un hombre de Palmdale, un pueblo en medio del desierto, al noreste de Los Ángeles. El FBI ya lo tenía fichado por participar en diversas actividades racistas, entre ellas la organización de dos manifestaciones antigubernamentales en los últimos dos Días de la Independencia. El propietario del Cadillac también había intentado recaudar fondos para contribuir a la defensa de los hombres acusados del atentado en la sala federal de justicia de Oklahoma hacía dos años. Lindell le dijo a Bosch que se había cursado una orden de arresto contra él por ayudar a Powers a planear el asesinato de Verónica.

El plan era bastante bueno. El maletero del Cadillac estaba forrado con moqueta y varias mantas. La cadena y el candado que lo cerraban se podían abrir desde dentro y los agujeros oxidados en los guardabarros y el maletero habían permitido a Powers observar y esperar hasta el momento propicio, con las pistolas listas.

El especialista en cajas de seguridad, que efectivamente era Maury Pollack, estuvo encantado de cooperar con los agentes, feliz por no haber acabado bajo aquel plástico amarillo. Pollack le contó a Lindell y a sus colegas que Joey lo había ido a buscar esa mañana; le había pedido que se pusiera ropa de trabajo y trajera su taladro. Maury desconocía el objetivo de la operación, porque nadie había hablado mucho durante el trayecto en la limusina. Sólo notó que la mujer estaba asustada.

Dentro del banco, Verónica Aliso había presentado una copia del certificado de defunción de su marido, de su testamento y una orden judicial que le concedía acceso a su caja de seguridad, por ser la única heredera de Anthony Aliso. El empleado le permitió la entrada y forzar la caja porque la señora Aliso le contó que no había podido hallar la llave de su marido. El problema fue, según Pollack, que al abrir la caja se encontraron con que estaba vacía.

—¿Te imaginas? Todo esto para nada —comentó Lindell—. Yo esperaba hacerme con esos dos kilos. Por supuesto, nos los habríamos repartido con vuestro departamento: mitad y mitad.

—Por supuesto —dijo Bosch—. ¿Habéis hablado con el banco? ¿Cuándo fue la última vez que Tony fue a su caja?

—Ésa es otra. Se ve que el tío estuvo allí el viernes, unas doce horas antes de que lo mataran. Entró y limpió la caja. Debió de tener una premonición. El tío lo sabía.

—Quizá sí.

Bosch pensó en las cerillas del restaurante La Fuentes que había encontrado en la habitación de Tony. Aliso no fumaba, pero sí había ceniceros en la casa donde había vivido Layla.

Bosch dedujo que si Tony había vaciado la caja de seguridad y almorzado en La Fuentes el viernes, la única razón por la que tendría cerillas del restaurante era porque había comido allí con alguien que fumaba.

—Ahora la cuestión es: ¿dónde está el dinero? —se preguntó Lindell—. Si lo encontramos podemos incautarlo. El pobre Joey ya no va a necesitarlo.

Lindell miró hacia la limusina. La puerta seguía abierta y una de las piernas de Marconi asomaba por debajo del plástico amarillo. Un pantalón de color azul, un mocasín negro y un calcetín blanco. Eso era todo lo que Bosch podía ver de Joey *el Marcas*.

—¿Los del banco están cooperando o tenéis que pedir una orden judicial para cada cosa? —inquirió Bosch.

—No, nos están ayudando. La directora está ahí dentro, temblando como un flan. No está acostumbrada a que haya masacres delante de la puerta del banco.

—Pues pídele que compruebe si tiene una caja a nombre de Gretchen Alexander.

—¿Gretchen Alexander? ¿Quién es ésa?

—Tú la conoces: Layla.

—¿Layla? ¿Me tomas el pelo? ¿Crees que el tío le daría dos millones de pavos a ese pendón verbenero?

—Pregúntaselo. Vale la pena intentarlo.

Cuando Lindell regresó al banco, Bosch se volvió hacia sus compañeros.

—Jerry, si quieres recuperar tu pistola, deberíamos decírselo ahora para que no las destruyan o las archiven para siempre.

—¿Mi pistola? —Edgar miró hacia el plástico amarillo con una expresión de dolor—. No, no la quiero. Está maldita.

—Sí —convino Bosch—. Yo también pensaba lo mismo.

Bosch meditó un rato sobre los hechos hasta que oyó que alguien lo llamaba. Al volverse, vio que Lindell le hacía señas para que se dirigiera al banco.

—¡Sí, señor! —anunció Lindell—. Layla tiene una caja.

Bosch y sus compañeros entraron en el edificio, donde Bosch vio a varios agentes entrevistando a los estupefactos empleados. Lindell lo condujo hasta una mesa donde estaba sentada la directora de la sucursal. Era una mujer de unos treinta años con el pelo rizado y castaño. La placa sobre su mesa decía Jeanne Connors. Lindell cogió un documento de la mesa y se lo mostró a Bosch.

—Layla tiene una caja aquí, que también está a nombre de Tony. Aliso sacó ambas cajas el viernes antes de que lo mataran. ¿Sabes lo que creo? Que vació su caja y lo puso todo en la de ella.

—Es muy probable.

Bosch estaba leyendo el registro de entradas en la cámara acorazada, que estaban escritas a mano en una ficha.

—Así que vamos a conseguir una orden de registro y abrirla a lo bestia —prosiguió Lindell, entusiasmado—. Tal vez se lo pediremos a Maury, ya que está tan dispuesto. El FBI se quedará con todo el dinero... Excepto vuestra parte, claro.

Bosch lo miró.

—Puedes forzarla si consigues pruebas para obtener la orden de registro, pero no encontrarás nada.

Bosch señaló la última entrada en la ficha. Gretchen Alexander había sacado la caja cinco días antes: el miércoles después de que mataran a Aliso. Lindell tardó unos segundos en reaccionar.

—Joder, ¿crees que la vació?

—Pues sí.

—Se ha largado, ¿no? Tú la buscaste.

—Se ha esfumado, tío. Y yo voy a hacer lo mismo.

—¿Te vas?

—Ya he prestado declaración. Hasta la vista, Roy.

—Bueno, adiós.

Bosch se dirigió a la puerta del banco. Al abrirla, Lindell se acercó a él.

—Pero ¿por qué lo puso todo en la caja de Layla?

Lindell seguía sosteniendo la ficha como si fuera la respuesta a todas sus preguntas.

—No lo sé. Quizá...

—¿Qué?

—... estaba enamorado de ella.

—¿Tony? ¿De una chica así?

—Nunca se sabe. La gente mata por muchas razones. Y supongo que se enamora por muchas razones. El amor hay que pillarlo al vuelo, ya sea con una chica así o con... otra persona.

Lindell asintió y Bosch se marchó.

Bosch, Edgar y Rider cogieron un taxi hasta el edificio federal donde habían dejado su coche. Una vez allí, Bosch dijo que quería pasar un momento por la casa de North Las Vegas donde había crecido Gretchen.

—No va a estar, Harry —le advirtió Edgar.

—Lo sé. Quiero hablar un momento con la vieja.

Bosch encontró la casa sin problemas y aparcó en la entrada. El Mazda RX7 seguía allí y no parecía que se hubiese movido.

—No tardaré. Podéis quedaros en el coche.

—Yo voy contigo —dijo Rider.

—Yo me quedo con el motor en marcha —se ofreció Edgar—. Y conduciré la primera parte del viaje.

Edgar sustituyó a Bosch al volante, al tiempo que Bosch y Rider se dirigían a la puerta de la casa. Cuando Bosch llamó, la mujer contestó enseguida; debía de haberlos visto u oído y estaba preparada.

—Usted otra vez —dijo, mirando por la puerta entreabierta—. Gretchen sigue sin estar.

—Ya lo sé, señora Alexander. Es con usted con quien quiero hablar.

—¿Conmigo? ¿Por qué?

—¿Podría abrirnos, por favor? Nos estamos asando aquí fuera.

La mujer abrió con cara de resignación.

—Aquí también me estoy asando. ¿Se cree que puedo permitirme aire acondicionado?

Bosch y Rider se dirigieron al salón. Tras presentar a Rider, los tres tomaron asiento. Harry se sentó al borde del sofá, al recordar cómo se había hundido la última vez.

—De acuerdo. ¿Qué pasa? ¿Por qué quieren ustedes hablar conmigo?

—Quiero que me hable de la madre de su nieta —le dijo Bosch.

La mujer se quedó boquiabierta y Bosch notó que Rider también estaba perpleja.

—¿Su madre? —preguntó Dorothy—. Su madre hace años que se fue. No tuvo la decencia de hacerse cargo de su propia hija, y de su madre aún menos.

—¿Cuándo se marchó?

—Hace muchos años. Gretchen todavía llevaba pañales. Sólo me dejó una nota diciendo adiós y buena suerte. Y desapareció.

—¿Adónde fue?

—No tengo ni la más remota idea y no quiero saberlo.

Así estamos mejor. Ella abandonó a una criatura; no tuvo ni la decencia de llamar o escribir para pedir una foto.

—¿Cómo sabía que no le había pasado algo?

—No lo sabía pero, por mí, como si se hubiera muerto.

La vieja no sabía mentir. Era la típica persona que subía la voz y sonaba indignada cuando no decía la verdad.

—Usted lo sabía —afirmó Bosch—. Le enviaba dinero, ¿no?

La mujer se miró las manos con tristeza durante un buen rato. Era su forma de confirmar la sospecha de Bosch.

—¿Cada cuánto?

—Una o dos veces al año. Pero no lo bastante para compensarnos por lo que había hecho.

Bosch quiso preguntarle cuánto habría sido bastante, pero no lo hizo.

—¿Cómo recibía el dinero?

—Por correo, siempre en metálico. Sé que venía de Sherman Oaks, California, porque lo ponía en el matasellos. ¿Qué tiene que ver eso?

—Dígame el nombre de su hija, Dorothy.

—Era hija mía y de mi primer marido, que se apellidaba Gilroy.

—Jennifer Gilroy —dijo Rider, al recordar el verdadero nombre de Verónica Aliso.

La anciana miró a Rider sorprendida, pero no preguntó cómo lo sabía.

—La llamábamos Jenny —le comentó—. Bueno, cuando me quedé con Gretchen volví a casarme y le puse el apellido de mi segundo marido para que los niños de la escuela no se burlaran de ella. Todo el mundo pensaba que yo era su mamá, y a nosotras no nos importaba. Nadie tenía por qué saber la verdad.

Bosch asintió en silencio. Por fin todo encajaba. Verónica Aliso era la madre de Layla; Tony Aliso había pasado de la madre a la hija. No había nada más que decir o preguntar.

Bosch le dio las gracias a la anciana y le hizo un gesto a Rider para que ella saliera primero. Ya en el umbral de la puerta, Harry se detuvo y volvió la vista hacia Dorothy Alexander. Esperó unos segundos a que Rider se hubiera alejado antes de hablar.

—Cuando hable con Layla, bueno, Gretchen, dígale que no vuelva a casa. Dígale que se aleje todo lo que pueda de aquí. —Bosch sacudió la cabeza para subrayar sus palabras—. Que no vuelva nunca más.

La mujer no dijo nada. Bosch esperó un par de segundos con la vista fija en el felpudo de bienvenida. Finalmente se despidió y puso rumbo al coche.

Bosch se sentó en el asiento de atrás y Rider en el de delante. En cuanto Edgar arrancó el coche, Rider se volvió hacia Bosch.

—Harry, ¿cómo se te ocurrió eso?

—Por las últimas palabras de Verónica. Ella me dijo: «Dejen a mi hija», y entonces lo adiviné. Incluso se parecían un poco físicamente, pero hasta ahora no había caído.

—Pero si no la conoces.

—La he visto en foto.

—¿Qué? —preguntó Edgar—. ¿Qué decís?

—¿Crees que Tony Aliso sabía quién era? —preguntó Rider, sin hacer caso a Edgar.

—No lo sé —contestó Bosch—. Si lo sabía, resulta más fácil entender lo que pasó. A lo mejor incluso se lo había pasado a Verónica por la cara. Quizá fue eso lo que la empujó a matar.

—¿Y Layla, bueno, Gretchen?

Edgar miraba alternativamente a Bosch y a Rider, manteniendo un ojo en la carretera y cada vez más desconcertado.

—Algo me dice que no lo sabía. Creo que si lo hubiera sabido, se lo habría dicho a su abuela. Y la vieja no estaba enterada.

—Si Tony sólo estaba usándola para cabrear a Verónica, ¿por qué le dio todo el dinero?

—Podía estar usándola o también podía estar enamorado de ella. Quizá fue casualidad que todo ocurriera el día que lo mataron. Tal vez hizo la transferencia porque tenía al fisco pisándole los talones y creía que le congelarían la cuenta. Podrían haber sido muchas cosas, pero ahora nunca lo sabremos. Todo el mundo ha muerto.

—Excepto la chica.

Edgar frenó de golpe y aparcó al lado de la carretera. Por pura casualidad, se hallaban enfrente de Dolly's.

—¿Alguien va a contarme qué coño pasa? —exigió—. Os hago un favor y me quedo en el coche para que no se apague el aire acondicionado y luego no me explicáis nada. ¿De qué coño estáis hablando?

Edgar miraba a Bosch por el espejo retrovisor.

—Conduce, Jed. Kiz te lo contará cuando lleguemos al Flamingo.

Cuando finalmente aparcaron frente al Hilton Flamingo, Bosch se apeó y entró en el enorme casino. Tras abrirse paso entre las máquinas tragaperras, llegó a la sala de póquer, donde había quedado en pasar a buscar a Eleanor cuando terminaran. Bosch la había dejado en el Flamingo esa mañana después de que ella les indicara el banco donde había visto a Tony Aliso y Gretchen Alexander.

Había cinco mesas en la sala de póquer. Bosch recorrió las caras de los jugadores, pero no vio a Eleanor. Cuando Harry se dio la vuelta, ella estaba allí. Justo como había aparecido la primera noche que él había salido a buscarla.

—Harry.

—Eleanor. Pensaba que estarías jugando.

—No podía jugar mientras tú estabas en peligro. ¿Todo bien?

—Todo bien. Nos vamos.

—Fenomenal. Estoy harta de Las Vegas.

Bosch dudó un momento antes de hablar. Casi perdió el valor, pero al final lo recobró.

—Quiero hacer una parada antes de irnos. La que habíamos comentado. Bueno, si es que te has decidido.

Eleanor lo miró un momento y una sonrisa iluminó su rostro.

9

*B*osch caminaba por el linóleo pulido del sexto piso del Parker Center, clavando los tacones a cada paso. Quería dejar marcas sobre aquel suelo tan cuidado. Al entrar en la División de Asuntos Internos, pidió por Chastain y la recepcionista le preguntó si tenía una cita. Bosch le contestó que no concertaba citas con gente como Chastain. La mujer lo miró unos segundos y él sostuvo la mirada hasta que ella cogió el teléfono y marcó un número interno. Después de murmurar unas palabras, la mujer se puso el auricular sobre el pecho y levantó la vista hacia Bosch.

—El señor Chastain quiere saber el motivo de su visita —le informó, mientras examinaba con la mirada la caja de zapatos y la carpeta que Bosch sostenía.

—Dígale que su caso se ha ido a pique.

La recepcionista volvió a susurrar y seguidamente pulsó el botón que abría la portezuela del mostrador. Bosch entró en la oficina de la brigada, donde había varios investigadores en sus mesas. Chastain estaba en una de ellas.

—¿Qué haces aquí, Bosch? —preguntó, mientras se levantaba—. Estás suspendido por dejar escapar a un detenido.

Chastain lo dijo en voz alta para que los demás supieran que Bosch era un hombre culpable.

—El jefe me ha rebajado la suspensión a una semana —replicó Bosch—. A eso yo lo llamo unas vacaciones.

—Bueno, esto sólo es el primer asalto. Todavía no he acabado contigo.

—Por eso he venido.

Chastain le indicó la sala de interrogación donde Bosch había estado con Zane la semana anterior.

—Hablemos ahí dentro.

—No —respondió Bosch—. No voy a hablar, Chastain. Sólo he venido a enseñarte una cosa.

Bosch depositó la carpeta sobre la mesa y Chastain se quedó mirándola.

—¿Qué es esto?

—El final del caso. Ábrela.

Chastain se sentó y la abrió con un gran suspiro, como si fuera a realizar una tarea desagradable o inútil. La primera hoja era una fotocopia del manual de normas y conducta de los agentes del departamento. Para los detectives de Asuntos Internos, aquel libro era como el código penal para el resto de agentes e investigadores del departamento.

La parte que Harry había fotocopiado se refería a la prohibición a los agentes de relacionarse con delincuentes conocidos, criminales convictos y miembros del crimen organizado. Dicha asociación se castigaba con expulsión del departamento.

—No hacía falta que me trajeras esto, Bosch. Ya tengo el libro —se burló Chastain.

El detective de Asuntos Internos estaba intentando bromear porque no sabía muy bien lo que Bosch se traía entre manos y, aunque disimularan, tenía a sus compañeros observándolo.

—¿Ah, sí? Pues más te vale sacarlo y leer la letra pequeña, colega.

Chastain bajó la vista y leyó la última parte de la norma.

—«Se admitirá una excepción a este código si el agente puede demostrar, a satisfacción de sus superiores, una relación familiar de sangre o matrimonial. Si eso queda establecido, el agente debe...»

—Ya vale —le interrumpió Bosch.

Bosch levantó la hoja para dejar a la vista de Chastain los otros papeles que había en la carpeta.

—Lo que tienes ahí, Chastain, es un certificado matrimonial expedido en Clark County, Nevada, que demuestra mi matrimonio con Eleanor Wish. Si eso no te sirve, aquí están las declaraciones firmadas por mis dos compañeros. Ellos fueron los testigos de la boda: el padrino y la dama de honor.

Chastain se quedó mirando los papeles.

—Se acabó, tío —le dijo Bosch—. Has perdido, así que déjame en paz.

Chastain se reclinó en la silla. Se había ruborizado y sonreía de forma incómoda, porque sabía que los otros estarían mirándolo.

—¿Me estás diciendo que te has casado para evitar una investigación de Asuntos Internos?

—No, gilipollas. Me he casado porque quiero a una persona. Por eso se casa la gente.

Chastain no supo qué responder. Negó con la cabeza, consultó su reloj y hojeó unos papeles mientras intentaba demostrar que aquello era sólo una pequeña interrupción. Hizo de todo, excepto mirarse las uñas.

—Sí, ya me imaginaba que te quedarías sin palabras —contestó Bosch—. Hasta la vista, Chastain.

Bosch se dispuso a marcharse, pero se dio la vuelta y agregó:

—Ah, casi me olvidaba. Puedes decirle a tu fuente que nuestro trato queda rescindido.

—¿Qué fuente, Bosch? ¿De qué coño hablas?

—De Fitzgerald o quienquiera que te dio la información en Crimen Organizado.

—No sé de que...

—Claro que lo sabes. Te conozco, Chastain. Tú solo no habrías encontrado la información sobre Eleanor Wish. Tienes línea directa con Fitzgerald y él te lo contó. O él o uno de los suyos; no me importa quién. De todos modos, el trato que hice con él ya no tiene valor; puedes decírselo.

Bosch cogió la caja de zapatos y la agitó. Dentro sonaron la cinta de vídeo y las grabaciones, pero Bosch se dio cuenta de que Chastain no tenía ni idea de lo que significaba.

—Tú díselo, Chastain —repitió—. Hasta la vista.

Bosch finalmente se marchó y, al pasar por delante de la recepcionista, le mostró el pulgar hacia arriba. En el pasillo, en lugar de ir a la izquierda en dirección a los ascensores, torció a la derecha y atravesó las puertas dobles que daban al despacho del jefe de policía. El secretario del jefe, un teniente de uniforme, estaba en la mesa de recepción. Bosch no lo conocía, lo cual era bueno. Se acercó y depositó la caja de zapatos encima de la mesa.

—¿En qué puedo ayudarle? ¿Qué es esto?

—Es una caja, teniente. Contiene unas cintas que el jefe querrá ver y escuchar. Ahora mismo.

Bosch se dispuso a irse.

—Espere un momento —dijo el secretario—. ¿Sabe él de qué se trata?

—Dígale que llame a Fitzgerald. Él le explicará de qué se trata.

Bosch se marchó y no se volvió cuando el secretario lo llamó. De camino a los ascensores, pensó que se sentía bien. Sabía que no ocurriría nada con las cintas ilegales que le había dado al jefe de policía, pero le parecía haber aclarado las cosas. El pequeño número que le había montado a Chastain serviría para que Fitzgerald se enterara de que todo había sido una jugada de Bosch, por lo que Billets y Rider estarían a salvo de las represalias del jefe de Crimen Organizado. Podía intentar ir tras él, pero Bosch se sentía seguro. Fitzgerald ya no tenía nada en su contra. Nadie tenía nada contra él.

*E*ra su primer día en la playa después de haberse pasado dos días sin apenas salir de la habitación. Bosch no lograba ponerse cómodo en la tumbona. No le cabía en la cabeza que a la gente le gustara hacer eso: freírse al sol. Harry estaba pringoso de crema bronceadora y la arena se le había colado entre los dedos de los pies. Eleanor le había comprado un bañador rojo que, según él, le quedaba ridículo y le hacía sentirse como una diana de feria. «Al menos, no es uno de esos tangas que se ponen algunos», pensó.

Bosch se incorporó un poco y echó un vistazo a su alrededor. Hawai era increíble, tan bonito que parecía un sueño. Y las mujeres también eran preciosas, sobre todo Eleanor, que yacía a su lado en otra tumbona. Tenía los ojos cerrados y una media sonrisa en los labios. Llevaba un traje de baño negro muy alto de caderas, que destacaba sus piernas morenas y bien torneadas.

—¿Qué miras? —preguntó sin abrir los ojos.

—Nada. Sólo... Es que no estoy cómodo. Creo que me voy a dar un paseo.

—¿Por qué no te compras un libro? Tienes que relajarte. Para eso es la luna de miel: sexo, descanso, buena comida y buena compañía.

—Bueno, dos de cuatro no está mal.

—¿Qué le pasa a la comida?

—La comida está buenísima.

—Muy gracioso —contestó Eleanor, golpeándole en el brazo.

Eleanor también se incorporó y contempló el agua resplandeciente. En el horizonte se veía el perfil de Molokini.

—Qué bonito es esto.

—Sí.

Los dos se quedaron unos segundos en silencio, mirando a la gente que caminaba por la orilla. Bosch levantó las piernas, se inclinó hacia delante y se sentó con los codos en las rodillas. El sol le calentaba la espalda.

Comenzaba a sentirse bien.

Harry se fijó en una mujer que caminaba lánguidamente junto al mar y que había capturado la atención de todos los hombres de la playa. Era alta y esbelta y su cabellera larga y rubia estaba mojada.

Lucía un bikini minúsculo -apenas un par de cuerdas y triángulos de tela negra- que resaltaba su bronceado.

Al pasar por delante de él, el sol dejó de cegarle y Bosch pudo verle la cara. Los rasgos le resultaban familiares. Bosch la conocía.

—Harry —susurró Eleanor en ese momento—. ¿No es ésa...? Parece la bailarina. La chica que vi con Tony.

—Layla —dijo Bosch, pronunciando su nombre más que respondiendo.

—Es ella, ¿no?

—Antes no creía en las casualidades —dijo Bosch.

—¿Vas a llamar al FBI? Seguramente tiene el dinero.

Bosch miró a la mujer que se alejaba. Al darle la espalda, casi parecía que estuviera desnuda; sólo se veían un par de tiras del bikini. El sol volvió a darle en los ojos y su imagen se distorsionó. Estaba desapareciendo bajo la luz cegadora del sol y la neblina del Pacífico.

—No, no voy a llamar a nadie —respondió finalmente.

—¿Por qué no?

—Porque ella no hizo nada —contestó—. Dejó que un tío le diera dinero. No hay nada malo en eso. Puede que hasta estuviera enamorada de él.

Bosch la observó mientras pensaba en las últimas palabras de Verónica.

—Además, ¿quién va a echar de menos el dinero? —preguntó—. ¿El FBI? ¿El departamento? ¿Algún gánster gordo de Chicago con diez guardaespaldas? Olvídalo. No voy a llamar a nadie.

Bosch le echó un último vistazo. Layla ya estaba muy lejos. Mientras caminaba, miraba el mar y el sol recortaba su figura. Bosch le hizo un gesto de despedida, pero evidentemente ella no lo vio. Después se acostó en la tumbona y cerró los ojos. Casi inmediatamente notó que el sol penetraba en su piel, curando sus heridas. Y entonces notó la mano de Eleanor sobre la suya y sonrió. Se sentía seguro. Sentía que nadie podía volver a hacerle daño.

Michael Connelly

Decidió ser escritor tras descubrir la obra de Raymond Chandler. Con ese objetivo, estudió periodismo y narración literaria en la Universidad de Florida. Durante años ejerció como periodista de sucesos, para dedicarse después a la escritura. El detective Harry Bosch, a quien presentó en su primera obra, *El eco negro*, protagoniza la mayoría de sus novelas posteriores, de las que cabe destacar: *El poeta*, *Deuda de sangre*, *Ciudad de huesos* o *Cauces de maldad*. En febrero de 2008, Rocaeditorial publicó *Echo Park* y en noviembre del mismo año *El observatorio*.

La obra de Connelly ha sido traducida a 35 idiomas y ha recibido premios como el Edgar, Grand Pris, Bancarella o Maltese Falcon. En febrero de 2009 le otorgaron el Premio Pepe Carvalho por su trayectoria literaria.